2024中国最佳科幻作品

SCIENCE FICTION

人民文学出版社编辑部　编

人民文学出版社

图书在版编目（CIP）数据

2024中国最佳科幻作品 / 人民文学出版社编辑部编．北京 ：人民文学出版社，2025．-- ISBN 978-7-02-019464-3

I．I247.7

中国国家版本馆CIP数据核字第2025X9L439号

责任编辑 秦雪莹 向心愿
装帧设计 李思安
责任印制 董宏阳

出版发行 人民文学出版社
社 址 北京市朝内大街166号
邮政编码 100705

印 刷 河北延风印务有限公司
经 销 全国新华书店等

字 数 311千字
开 本 880毫米×1230毫米 1/32
印 张 12.5 插页3
印 数 1—5000
版 次 2025年8月北京第1版
印 次 2025年8月第1次印刷

书 号 978-7-02-019464-3
定 价 49.00元

出版说明

我社自二十世纪七十年代末起，便致力于科幻文学的出版探索。1979年郑文光的科幻小说《飞向人马座》和1980年童恩正的《珊瑚岛上的死光》相继由我社出版。2004年，我社出版刘慈欣《带上她的眼睛》，2019年重新选编并收入新编语文新课标必读丛书，重命名为《流浪地球》，让科幻的种子在青少年心中生根发芽。2011年，《三体3：死神永生》出版，当年即作为唯一的类型文学长篇获得《当代》长篇小说“年度五佳”，首次将科幻文学置于中国当代文学的主流序列。四十余年来，我社始终秉持开放包容的文学理念，持续关注科幻领域的创作动态。

2014年，《中国最佳科幻作品》年选应运而生，旨在系统梳理年度科幻创作成果，构建兼具文学品质与科学想象力的文本序列。本书延续“21世纪年度作品选”系列严谨规范的编选传统，以当年发表于期刊、图书、网络平台的中短篇科幻小说为遴选范围，秉持思想性与艺术性并重的原则，既注重技术想象的独创性，亦强调人文关怀的深刻性，力求全景式呈现科幻文学在本土语境下的多元探索和年度发展风貌。

年选编选工作承蒙众多文学评论家和编辑家支持。我们组建专业编委会，在广泛阅读基础上充分参考专家意见，以严格标准筛选篇目，并按发表时间顺序编排，既为读者呈现年度创作脉络，亦为学界留存可靠的研究文本。在此，谨向诸位专家的鼎力相助深表谢忱。

我们期待通过这部年选，让读者既能沉浸于年度科幻创作的奇伟想象，亦能触摸到中国科幻扎根现实、面向未来的精神脉络。我们深知，优秀的科幻作品永远是指向未来的寓言，而文学的责任正在于守护这份穿越时空的思想火种。恳请学界同人与广大读者不吝指正，共同见证中国科幻文学的茁壮成长。未来，人民文学出版社将继续秉持百花齐放的出版理念，开拓更广阔的文学空间。

人民文学出版社编辑部

目录

神龙会

韩 松

一、拼龙

甲辰龙年春节我们要去哈尔滨。全国的人们都跑到那里，文旅大受欢迎。但是，我们除了玩以外，还实践着父亲们的主题：龙。我，陈一鸣，北京烧包生物贸易公司董事长；李云飞，开封烩丰航模开发公司董事长。我们乘坐神龙般的高铁，从北京至哈尔滨，五小时。而二十年前父亲们坐绿皮火车，整一宿。彼时我父亲陈刚与李云飞父亲李杰，在去黑龙江寻龙过程中结为好友。

中介在哈尔滨高铁站迎接。“俺是梁晓东。”这个四十岁的红脸膛男人说。他开的洗浴店在疫情中倒闭，但多亏了文旅的兴起，又有事情要做了。梁晓东是我们的父亲在大庆见过的那孩子，他爷爷在二十世纪四十年代得到了一张龙的照片。

梁晓东带我们去吃饭。一路上人山人海，都是来旅游的。饭店也满座了。吃饭的对象有十几人。其中制药集团也是活动的出资方。又高又帅的女孩叫王佳奇，是当地文旅部门的干部。“欢迎你们来宣传东北、振兴东北！”她说。还有制药集团的股东们，包括一个白胖的男孩，是“特特并”购物网站东北办事处的代表。另外还有期望搭车推销产品的，有鄂伦春族的黑木耳、朝鲜族的辣白菜、俄罗斯人的巧克力等。网红雄哥是应邀来做直播的。

吃小鸡炖蘑菇、排骨炖豆角、铁锅炖大鹅、猪肉炖粉条。小烧酒喝酣时，制药集团张经理端杯走过来。

“飞起来，没毛病？”张经理问。

“没毛病。”梁晓东代我们回答。

“能削了搞烟花的？”张经理说。

“蔡家强吗？”我道，“没问题。”

“你们是咋整出来的？”王佳奇问。

“受《弗兰肯斯坦》启发，利用现有材料拼起来。”李云飞说。

“特特并”男孩眼放金光：“拼起来，当然是拼起来！”我看了他一眼。我也经常在那网站通过拼团的方式买东西。假货颇多，不过便宜。这回有些配件就是从上面购到的。

桌上我没说，弗兰肯斯坦的工作是拼尸体。吃完饭，梁晓东带我们去松花江北岸一座废弃的造船厂厂房，它被用作组装车间。租赁的集装箱卡车陆续到达。雇人将尸体——牛、鹿、猪、骆驼、马、虎、鹰、蛇、鱼、鳄鱼等卸下。它们是从各地动物园和自然保护区收购来的。有些东西，比如老虎，不太好弄到手，便从“特特并”上买。

梁晓东随时来看，了解装配进度。雄哥跟着拍摄。梁晓东又带我们去红专街吃早餐。这也是打卡点。游客非常疯狂，拼住廉价酒店，一天跑十几个景点，睡醒后就红专街早餐。疫情后第一次。去年此时还躺病床上。看到经济内循环的力量，我们更加有了信心。

在尹胖子油炸糕摊，遇到了畜牧科幻协会的信号先生。才知道该协会是这次活动的主要推手。信号先生读到记录我们父亲经历的书《寻龙记》后，建议哈尔滨有关部门搞龙。黑龙江的真正标识是什么？是龙，秃尾巴老李 —— 传说中的黑龙江龙神。

信号先生说："我们是龙的传人。黑龙江文旅有了龙做灵魂，就能可持续发展，不会像山东烧烤城那样，火一把就没了。"

信号先生掏出一张老照片给我们看。这应该是梁晓东爷爷交给李云飞父亲那张照片的影印件。一头硕大动物卧在江边，身形比较模糊，但约莫看得出缤纷闪亮的鳞片，头似骏马一般，向上耸起一个影影绰绰的短角，身下有四条腿。几十个村民模样的人举着盆碗，往动物身上泼水。这便是二十世纪四十年代黑龙江"见龙"事件，是关于这种神秘动物的少有的目击记录。受照片吸引，二十年前我们的父亲来黑龙江寻龙。

信号先生送我他写的新书《行星仪式》。组装也进行到最后一步，把无人机穿在拼起来的尸体里。兔眼、鹿角、牛嘴、驼头、蜃腹、虎掌、鹰爪、鱼鳞、蛇身 …… 拼在一起就是标准龙形。由此知道了龙的本质是"拼凑"。

二、有龙则灵

大年初一。蔡家强在太阳岛放出烟花龙，果然不同凡响。我们在船厂废墟把龙飞起。两千零二十四头龙，外壳是尸体，内部是无人机，腾云驾雾，遮天蔽日，顷刻间压过了烟花龙的气势。

"贼啦牛×！"梁晓东兴高采烈地说。

"烟花龙早泄啦。"李云飞说。

"我们这个长航程，能坚持一整天。"我说。

惊喜的游客朝松花江北岸蠢蠢欲动。我们让龙们飞得更远，去西岸。很多商家见了都来找我们，希望龙带上标志和广告。我们给了价位，又让龙群拼出“龙腾盛世谱华章，春满冰城万象新”的标语。雄哥做了直播。

但到中午，空中出现三头新龙，特征是大，目测身长百米，像波音珍宝飞机，看出是不锈钢骨架，可能装备了新型涡扇发动机，体侧闪着噼啪雷电。与我们的无人机尸体龙相比，更加威风。于是游客们欢叫着纷纷掉头往新龙方向跑去。

“硌硬！”梁晓东见风头被抢，便去找王佳奇。“倒也不是大水冲了龙王庙。”王佳奇安慰道。原来，只要是愿意来哈尔滨做龙的，文旅部门都支持。政府还要求本地企业参与，展现东北的装备制造实力。齐齐哈尔的重型机械厂，沈阳的飞机厂和机器人公司，甚至在东北投资的外国汽车公司，都加入了活动。王佳奇指了指站在江堤上的一个大胡子洋人。

“Dragons bring miracles（有龙则灵）！”洋人挥动拳头说，“这儿始终是投资的沃土！”

傍晚，又有一些新龙现身。这回的龙有着连腥味都能闻到的鲜明肉感。从鳞甲到脚趾都栩栩如生。不是合金，不是塑料。高度逼真的模样让人起鸡皮疙瘩。新龙使得无人机龙和机器龙黯然失色。

“会不会里面藏着个人在驾驶？”我想到《环太平洋》的机甲战士。

“在这时代，任何不像尸体的东西，都值得怀疑。”李云飞担心地说。

难道不是真正的活龙吗。我想到父亲们做过的事。不过这些龙的身上也有商标和广告。

“岔劈！”梁晓东又与王佳奇交涉。王佳奇告诉他，这龙是深圳巨大基因集团和东北经常大米集团联合打造的，是实验室人造活龙。根据古代传说龙的形象，提取现实相关动物基因，加以编辑，造出新物种。二〇一〇年美国人造出第一个人工生命，开启了再生进化大门。没料我国仅用十四年便造出了活体龙，对外则一直用“复活猛犸”来打掩护。

“尿性！文旅背后是科技硬核。”雄哥说，“东北的价值绝非 GDP 可以衡量！”

“刺激消费！创造未来经济的新奇迹！”“特特并”男孩望着潮水般的人群说。这才知道，“特特并”参股了每一个龙项目。

“是仪式，现在最需要鼓求一场仪式。”王佳奇说。

龙群的舞动使得哈尔滨的天空愈发热闹纷呈。更多人闻讯赶来一睹龙的丰姿。他们唱：“处处都是快乐的好风光，人人都爱你东北好地方！东北风啊，真豪放，吹遍了神州大地和山岗！”

深夜，出现了许多潜航龙，像是应用了水生动物仿生技术，在松花江破冰巡游。龙从河面跃起，让大人小孩乘坐。龙还登陆，在中央大街，四足爬行，用一种奇异的语音与游客交流。据说这与大连的船舶厂有关，也就是生产航母的企业，哈尔滨的电机集团也支持了，只有它能造大型船用发动机。果然是制造业实力的大比拼，清除了年前南方股市下跌带来的阴影。

三、LOONG

大年初二，文旅部门将几种龙划分在不同旅游区。无人机龙巡航冰雪大世界，机器龙飞翔在东北虎林园上空，合成生物龙以斯大林公园为中心活动，潜航龙主要负责松花江两岸水域和陆地。考虑到龙太拥挤了，就把一些龙分派至哈尔滨以外，像漠河北极村这样的热门旅游目的地也去了一组。乌苏里江、嫩江，以及黑河黑龙江中方航道一侧亦有群龙游弋。这实现了《周易》爻辞描述的龙“在田”“在渊”“在天”。

游客们不再仅把吃喝玩乐当目的，更重要的是共沾龙的祥瑞。股市赔钱的、楼宅烂尾的、基金亏本的，以及被欠薪的农民工、环卫工、公务员和辅警，还有找不到工作的大学生，都云集哈尔滨，向龙祈祷，冀盼大吉。

“特特并”男孩说，老板十年前就预见了这个。“他得脑膜炎，休息治疗时便思考。他不想做最有钱的人，但必须让普通人得到实惠。哈尔滨文旅热，是普通人得实惠的体现。龙和‘特特并’都是为老百姓服务的。”

雄哥虽然吃着政府提供的简朴二十元工作餐，却毫无怨言。他不分昼夜直播，把哈尔滨神龙会的盛况传遍全国，甚至到了世界，给人们带来更强的信心和预期，也驳斥了一些西方国家媒体关于“龙是纸糊的”的恶意抹黑。

但不知为何，我仍有些焦虑。做到这些不容易。我患得患失，一度陷入抑郁。我父亲是北京平谷的中学老师，当年沉迷寻龙，耽误了别的，又受到欺骗，以为可以白用美国人的钱寻龙，结果遭人耻笑和斥骂，他一气之下脑溢血，成了植物人。我到香港读大学，回来后成立公司，却遭遇贸易战，出口滑坡，又受疫情影响，跌入低谷，有一阵我不得不去跑外卖和开网约车。现在抓住了龙的机会。多亏我们的父亲跟梁晓东有那么一层关系，而梁晓东又是王佳奇的连襟。但这热烈繁盛的景象真的能长期持续吗？

我拿出《寻龙记》读。父亲们在黑河乘坐深潜器到了黑龙江水下，遇到了龙。“龙又一次冲过来，把脸贴在前窗玻璃上，面色总体来讲是苍白的，带一些金龟子那样的浅绿色，额头上有密密的数十道皱纹，挂着几缕水草，两眼饱含智慧，却透露出一副深深的失望神情。”

初三，又来了新龙，忽然从夜空中浮现，像是一组银色沙粒聚集起来，又似横亘太空的闪亮星系墙。这是一条巨龙。但很快发现，实际上是一对龙，缓慢游行，又骤然加速，交尾缠绕，然后分开、对穿，像春晚上的二人转。最后又交叉绞缠一处，极光似的铺陈开来。所有人看得目瞪口呆。

“这又是哪家的？”我不安地问。

“还真看不出来。”李云飞皱眉。

这双龙身上没有广告和标识。它们破坏了文旅部门划定的区域，把无人机龙、机器龙、合成生物龙、潜航龙的阵列统统打乱。王佳奇抱臂沉思。“特特并”男孩则面有喜色——网售平台就愿意多多益善吧，而不管它们从何而来。

新龙乍现时，有幻影感。长春电影节也掺和进来了？二十年前，有记者采访父亲，说他遇到的不是真龙，而是硅谷图形的计算机工程师根据寻龙者潜意识活动的脑电波创造的量子龙。这跟安迪·琼斯和他的新 CG 实验室有关。我想到，北京的搜索引擎公司最近推出了生成式人工智能“文心雕龙”。

但新来龙的头是方正的，浑圆的眼睛鼓起，鼻子也圆乎乎，它没有明显的角，却龙态毕具。看不出是 CG。文心雕龙达不到这种水平，任何一款国产大模型都不会有这个效果，GPU 和算力俱无法支持。

忽然，像李鬼见了李逵，之前那几组龙失去动力，垂头丧气停在空中、水中和陆上。而这对不知来历的龙，则大摇大摆游行于它们中间，如入无人之境。游客们发出惊呼。

“真龙，DRAGON！”洋人尖叫。

“哦，是 LOONG！”雄哥也喊，仿佛要以此确证龙的唯一文化归属。

我怦然心动，顾不上管不能动弹的尸体无人机。李佳奇说：“谢谢大家，召唤来了神龙！”“特特并”男孩引导现场游客高呼：“LOONG！LOONG！！LOONG！！！有龙则灵！！！！”

半夜，两条龙才离开，一闪便消失在夜空。剩下动不了的人造龙，成了一座悬浮在空中和水上的雕塑公园，也无法回收。

四、龙示

初四，龙再来，增至四对，游行在雕塑间。它们尾部缠绕在一起，身体却极其灵动，八条身躯如长鞭抛射。龙吟声似火箭发动机轰鸣。全城建筑地震般摇撼。

没有关于这些龙的来历的任何信息。果然是真龙？我们的父亲相信，龙是真实存在的生物。

李云飞父亲曾参观河南濮阳仰韶文化墓葬出土的蚌壳摆塑的龙虎图，有六千年历史，蚌龙形态跟后世常见画上龙一样，马首、鼍身、鹰爪，而蚌虎跟现实中老虎完全相同。父亲们猜想，既然蚌虎是真实动物的写照，凭什么龙就是假想的？古文中动物的名字，都是象形字，反映古人看到的真实动物，如虎、豹、象、马、鹿、羊、狐、鼠、鸡、兔、燕、龟、蛇、蝎、蛙、鱼、鼋、鼍等，龙也是象形字，这怎么解释？父亲们统计，《周易》中除龙外还涉及十六种动物，都是当时生活中实有，凭什么龙就是虚构？十二生肖，除龙外其余都是实有生物，为什么只有龙是假想的？

父亲们查找古籍，发现有很多目击龙的记录。尤其《汉书》后，都将“见龙”当作严肃大事记录。古人似乎曾有与龙共同生活的时光。留下许多以龙命名之地：龙山、龙潭、龙湖、龙庙等。沈括提及辽太祖耶律阿保机射杀黑龙。女真人的金国库藏中曾保存龙骸。直到明清仍有龙出现。最近一次有记录的“见龙”，是一九四四年在黑龙江肇源县松花江边上的陈家围子村，人们看到一个黑色巨型动物卧在沙滩上，并拍下照片，后来这张照片被梁晓东的爷爷获得。父亲们推测，龙是从两亿八千万年前石炭纪末期幸存下来的两栖动物。如果要把这幅失落的历史图画复原，还可以进一步追溯到三亿五千万年前，也就是泥盆纪晚期。那是一个鱼类鼎盛的时代，陆地上除少量昆虫外，看不到其他动物身影。但随着陆地上升，原先的海洋萎缩，有的被分割成内陆湖泊，并逐渐干涸，一些鱼类为寻找新生活空间，艰难爬上陆地，鱼鳔转化为肺组织，胸鳍、腹鳍发展为五趾型的四肢，鱼成了两栖类。龙，便是这登陆大军中的一员。这一过程持续了六千万年。古代两栖类经过复杂的进化，有的成了走兽，有的成了飞禽，有的成了直立人，龙也演化成了一种适应现代环境的生物，是大熊猫和银杏一样的活化石。它们数量稀少，只偶尔被人看见。

现在我才觉得父亲们的推论或有道理。龙也许进化出了智慧，甚至产生了文明。在地球上，平行存在着人类文明和龙族文明，只是后者善于隐蔽，一般不与现代人接触。但如今它们被哈尔滨神龙会吸引而来，也是要做一番旅游，并见证振兴东北的奇迹？我们做的那些龙太像真的，使得它们以为是同类，欣喜若狂要来相会？它们也有在二十一世纪复兴龙族的打算？没有确切答案。我继续观察龙。伴随龙啸，像听到号令，凝固了一夜的人造龙雕塑纷纷活过来。它们互相冲撞，轰然爆裂，成了碎片，坠落在地。水中溅起大浪。我心痛。虽然买了保险，但这种意外，会理赔吗？

雄哥再做直播，却联不上网。也没有了卫星导航信号。部分城区出现断电。

但全国各地的人们仍不绝如缕拥入哈尔滨。的确是多年难得一见的祥瑞，也是此时最迫切需要的吉兆。大串联般，渐渐人与人分不出空隙，挤在一起，大街上无法走动一步，河滩上人头密密。有人窒息晕倒，仍高呼口号:“有龙则灵！”我估计，此时会集在哈尔滨的人超过十亿。

游客渐渐喊累了，像我们一样，在兴奋中困惑。事情像要发生反转，莫不然又要来一次乐极生悲？

“它们到底是从哪旮旯来的？”制药集团张经理问。

“五眼联盟？亚版北约？”雄哥也有疑虑。

“备不住是黄海核试验震出来的。”梁晓东说。

“哥斯拉？虽是龙样，但内心是哥斯拉。麻应人。”王佳奇大概想到了核废水。

“也可能，龙对赝品不满，便摧毁了它们。”李云飞说，“幕后是英伟达（NVIDIA）在操纵。”

“怎么可能！龙也是拼起来的嘛。这是典型的秦朝龙。”“特特并”男孩说。

“也许，是来提醒我们，未来世界不太平？”我说。

我看了看满地满江的人造龙碎片，想到年前的一些事，泥石流、地震、火灾、雪灾……仅在黑龙江，就有两座体育馆被雪压塌。世界动荡不宁，多场军事冲突持续。传说接下来还有更大的异变……

父亲们收集的资料上说，龙是祥瑞之物，但它出现的时节不对，或所处环境不当，则会变为凶兆，所谓“瑞兴非时，即为妖孽”。我不愿相信这个。在我受的教育中，龙代表的是团结凝聚、造福人类、生生不息、奋发开拓的精神。这也是我来哈尔滨的目的，我盼望龙能助我转运改命。

五、牧龙

破五这天，文旅部门决定疏散群众，撤到安全区。但大家不愿离去。民众仍对龙怀有期待。龙是主心骨。离了龙还能靠谁呢？不从龙那里得到点儿好处，谁都不会走。

更多龙在天幕上无中生有地扭动着纵身跳出，好像欢快地表演春节联欢晚会上的大秧歌。烛龙、应龙、青龙、苍龙、虬龙、火龙、黑龙、雨龙、雪龙、云龙、蟠龙……若非亲见，万难置信。

我感到寒冷和压迫。龙在控制人的精神。龙眼中有蓝火，如激光致盲器。无人敢与之对视。面朝群龙，人们不自觉跪拜，好像弱小生物向巨兽臣服。游客们拿来蛋堡、韭菜合子、煎饼馃子和老村长酒、北大仓酒、大泉源酒，供奉给龙。他们挥舞“特特并”提供的仿制龙旗，齐唱:“大雪封门再送财神，烈火烧不尽心上的人！等她的情郎啊衣锦还乡，今生我只与你成双！”但龙并没有吃那些供品。

此时哈尔滨成了一座封闭之城，一个茧房，信息、物资和人，只能进不能出。

用望远镜看，每条龙的腹部有一个洞。

“放牧的龙。”赶到现场的畜牧科幻协会的信号先生看了看，断然说。

“放牧？”

“瘘管。只有放牧动物身上有。”

“做什么用？”

“方便观察胃中食物，助排积气和粪便，以保持体魄康健。”

“打洞很痛吧。”我才意识到，这些龙难道并不是自由的生物？

“谁给它们打的洞？”

“豢龙者哟。”

“古代饲养龙的故事是真实的啊。”

“它们到底从何而来？要做什么？”

“噢，为维持新陈代谢，龙也要进食。”信号先生脸上露出莫测的笑意。

我蓦然想到，父亲收集的一则资料是这么描述的——在传说中，龙非常喜欢吃人，因为人类是万物之灵，是大地之母女娲创造出来的，身上的灵气最浓郁。吃了人以后可以帮助龙提升修炼速度和增强力量，因为龙是靠天地灵气孕育出来的，吞食天地间一切拥有灵气的生物就是龙增强力量的方法。龙靠着强大的力量在很长一段时间里称霸三界，在龙的残暴统治下所有生物苦不堪言。

六、龙的代理

初六晨，龙在天上排列成一个颇似乾卦的图案。快到中午，卦象四角出现四个模糊人像。雄哥认出，是大禹、周武王、刘邦、朱棣。又变化为其他形象，有似秦始皇 —— 被称作“祖龙”。

“它们好、好像了解我们的文化。”李云飞上气不接下气说。

“每次吃完，再找一个代理，重新造出历史。真龙附体，便是确定代理人。”信号先生并不像在叙说一篇新编的故事，而是在描述一个事实。

“那些皇帝，是代理人？”梁晓东吃惊地问。

“对，这就是历史真相。”信号先生肃然而笃定地说。

“这次，发生在新世纪的东北大地上哪。”雄哥拍着手儿唱，“巨龙巨龙你擦亮眼，永永远远地擦亮眼！”

“每当人要崩盘时，龙就出现。此番更不同寻常，因为这回崩盘将使牧场一同完蛋，关系到龙的生存安全。”信号先生一本正经解释。

我想到几千年来朝代的更替，以及有学者讨论的，亿万年里，地球上出现过不止一次文明。没想到二十一世纪这次轮回被我遇上。我无意之中置身于一场千年不遇剧变的尾声。但信号先生是怎么知道的？畜牧科幻协会究竟是一个什么组织？至于谁是代理人，我唯一能想到的是隐退的表演滑稽戏的东北大叔。

七、龙的传人

初七凌晨，哈尔滨忽然离地飞起，满载十几亿人直上天宇。像空间站，不，空间城。周围有龙托举或护卫。浩瀚星空中，苍龙七宿像散射荧光的窗花纸一样贴在眼前。宇宙要比想象的复杂和神秘得多。哈尔滨并不是银河系中一座寻常城市。

人们站在广场、大街和河滩。龙腹部的洞口张大，形如黑洞。人像一溜溜肉丝连成串被吸进去。我听梁晓东嘀咕一声："宇宙尽头还真是俺东北那旮旯！"李云飞也飞走了。我等待自己那一刻，却迟迟没发生。

一束青光照下。一个人首龙身的生物走来。他遍体是鳞，头戴王冠，身披红氅，脖子上拴着一挂扑克牌。是"特特并"男孩。他四肢并用，爬上圣索菲亚大教堂的尖顶，以奇怪的姿势匍匐，俯瞰空无一人的城市，发出咚咚咚的笑声。

城中山岳般堆满"特特并"的产品。"特特并"保留了文明火种。这些年它把一切复制下来，包括犹如黄金的垃圾。现实中消失的，都被它事无巨细影印并再造。灾后重建或文明复兴就靠它了。

"欢迎你，陈一鸣。"那像是新时代代理人的龙形人对我说。

"留我下来做什么呢？"

"写龙的传说。要让世世代代记住，我们是龙的传人。"

八、龙行天下

我被催眠。醒来后，发现龙一个都不见了，它们像从来没有存在过。人群回来了。城市着陆，停在一个陌生但又熟悉的星球上。这儿所有东西都有复制拼贴感。

人们在庆祝龙年春节。有很多龙的传说。龙是一种撷取了牛、鹿、猪、驼、马、虎、鹰、蛇、鱼、鳄鱼等特征的动物。你可以说它是其中一种，但又不是任何一种。它是变动不居的“取相”，也便是“无”。从来没有发现过龙的遗骸和化石。这儿的人一谈起龙，便想到“空即是色，色即是空”。我重新思考“特特并”的意义。

我一直待到元宵节那天才离开。他们安排了饺子宴，对我说是“龙肉馅”，取自外星的龙之牧场。但他们并没有见过真龙。

“皮实！ 避免了烧烤城的命运。”梁晓东感慨万千道。

“得劲！ 你以后得常来啊。”王佳奇直视我的眼睛说。

玩了一会儿掼蛋。梁晓东把我送上飞船。我从小程序上查到，活动款项已打到账上。我觉得做了一场梦。我把哈尔滨神龙会的传说写下来，准备在未来事务管理局的春晚上，讲给那些不信龙的人听。

飞船像头游龙在缥缈的银河间蹿行。船身上印有畜牧科幻协会的标志。我打开信号先生送我的《行星仪式》—— 它讲述了无数宇宙中另一个地球的故事。

“不存在科幻”公众号，2024年2月10日

养只模因[1]当宠物

过拟合

距离我夺得金奖的那届模因培育大赛已经过去了十年，最后一届模因大赛的冷清落幕也已经是六年前的事了。经过这些年的奋斗，我现在是一家互联网大厂的P7专家，每天带着团队忙得团团转——再拿下几个项目，我应该就有机会升P8[2]了。但是，在那些因工作压力而焦虑压抑想撂挑子不干的夜晚，我还是会想起模因大赛的故事——那些养模因当宠物的岁月紧密围绕着我大学四年的青春，还有我那时的室友郭鹤。

说来奇怪，回忆起郭鹤的时候，我总是想不起她的面容。我只能想起她突然兴奋的眼神，以及明显不干正事的诡异笑容——那种表情

---

① 指在模因理论中文化传递的基本单位，在诸如语言、观念、信仰、行为方式等文化传播更替过程中的地位，与基因在生物繁衍更替及进化的过程中相类似。

② P7是技术专家，P8是高级技术专家。

总是让我心里一颤，但又忍不住问她是有了什么新主意。她总是穿着被漂白剂漂出斑点的黑色T恤、膝盖上破了大洞的化纤运动裤、小脚趾处戳破了两个洞的运动鞋。我看了四年都没有看习惯，一问她怎么不换新，她就搬出谁都听不懂的那一套。

“以勒·柯布西耶为代表的现代派建筑学家认为，功能先于形式。正如朗香教堂在雨水收集中留下的黑色水痕，这些衣物使用过程创造出的痕迹是彰显其功能的美学高光……”

我至今不知道朗香教堂哪里有黑色水痕，但郭鹤的破洞裤从大二一直穿到了毕业，而且破洞越来越大。她得意地说这是纯天然破洞裤，和那些流水线生产的破洞牛仔裤没有一点儿可比性。

扯远了。我第一次接触模因饲养是在大二结束时的初夏，那天我刚刚考完一场考试，从酷烈的阳光中扑回宿舍空调的怀抱。我一眼就看到郭鹤坐在自己的电脑前，正对着一屏幕的数字作苦思冥想状。我是做题的高手，不禁好奇她在做什么。

“我在挑选宠物。你要来一只吗？”

我一头雾水。郭鹤看我没有理解，又补充道：“是模因宠物。传统的动植物宠物都是一团物质，依靠物质资源而生存。相对应地，模因宠物是一团概念，生活在认知资源中。模因宠物不用喂食也不用铲屎，养起来比生物宠物方便多了。挑一只试试吧！”

说实话，听完这段解释，我的迷惑只增不减。但我还是听从郭鹤的建议，从一屏幕的数字里挑了我最喜欢的一串：9936257。“9936257，9936257……”我认真地记住了它，“然后呢？”

“当一个模因被所有人遗忘，它在概念层面就死去了。所以，如果你想让9936257一直活着，你就需要一直记着它，偶尔想一想它。除了你，没有任何人会特意给它这样的认知资源，因此它的生命将完全依赖于你……这也是我们把‘模因宠物’称为‘宠物’的原因。”

这突然落在肩上的责任吓了我一跳。但我很快就反应过来，“假如我把它记在了一张纸上，然后彻底忘记了它。十年后，我再次看到这张纸，想起来了9936257，那这中间的十年里，它算不算……活着？”

郭鹤又露出了她那种得意的笑容。很明显，对于这个问题她早有准备，“那种状态的模因有点儿像植物人，虽然延续着生命，但是没有作为生命的生活：与外界的其他概念交流、碰撞、融合，经历无时无刻不在发生的变化与成长”。

我稀里糊涂地养了两三个星期9936257，才体会到郭鹤说的“模因的生活”是什么意思。在我上网冲浪或者复习备考的过程中，9936257总是会突然探出头——1993年，英特尔公司正式发布了奔腾处理器；1936年，阿兰·图灵提出了图灵机模型；今天买的两个苹果称出来总价9.93元；桌面上那包薄荷糖，商家联系电话是136×××99257……再看到这个数字时，我就会联想到电脑风扇轻微的呼呼声，以及苹果与薄荷混合的奇怪香气。神奇的是，当品尝新的薄荷糖时，我也会立刻想到微电子芯片里冷静从容的秩序感：因为9936257，原本在概念领域里毫不相关的薄荷与电脑也成了时常相伴的好友。

在9936257的陪伴下，我顺利而不失紧张地度过了期末季。当我把那些我完全不感兴趣的知识塞进大脑，我想我的模因宠物会见证它们的到来与遗忘，就像观看稍纵即逝的晚霞；当我躺在床上因为焦虑而辗转反侧时，念及依赖着我的模因宠物，我也会拥有一点儿掌控感。

有多少人在偷偷养模因宠物呢？我没有想过这个问题，直到放暑假的第一天，一位同专业的老哥在年级群里郑重宣布，要放生自己的模因宠物。

“我的模因宠物真的很美。任何见到它的人都会牢牢记住它，把它限制在自己一个人的思想里……我真的不忍心。它是：……”

我已经不记得他的模因宠物叫什么了，好像是一句金戈铁马主题的诗。但这哥们儿的发言就像一石激起千层浪，潜藏在学校里的模因饲养员们纷纷开始“寻找组织”。一时间，朋友圈每刷几条就有一则“模因宠物征友帖”，上面写着自家模因宠物的名字、特质，以及想交哪一类模因朋友。模因交友的方法也怪搞笑的：双方各自分享自己的模因内容，然后想方设法让它们扯上联系。如果“97号汽油”的主人想让它和“白云拿铁”交友，两位主人就竭尽全力挖掘两者的共同点——都是液体，都是深色，都装在容器里，都是消耗品——使得其中一只被想起时，另一只也会相伴而来。

我看得也有点儿想发征友帖，但9936257只是一串普通的数字，大概不会有人对它感兴趣。塞翁失马，焉知非福。当郭鹤忍不住在我面前奚落这些人时，我特别庆幸自己没有因为跟风而落入她“地图炮”的范围。

“有价值的概念还值得分享一下，这些又平凡又无趣的模因……这么一‘放生’，它们连做宠物的独特归属性也失去了。”

“有什么非平凡的概念吗？”我随口一问，仍然怀着从炮火中幸存的沾沾自喜。

“升维主义——”

四个字脱口而出，郭鹤的表情明显一怔。我还是头一次看到她这样的神态。回想起这段对话，我总是想到另一个经典比喻：“大学生的理想主义就像内裤，每个人都有，每个人都穿，但是从来都羞于展示给别人。”我怀疑这是她为数不多的暴露出理想内裤的瞬间。

我听说过“降维打击”，这个科幻小说创造的模因火得不得了，哪里都能用，于是便向郭鹤询问什么是升维主义。

“你知道二维实数空间和一维实数空间有什么区别吗？”

“一维空间有序关系，而高维空间没有。”我记得很清楚：这是数学分析老师在课上讲过的高屋建瓴之语，期末考试还考过。我在那门课上拿了优秀，但郭鹤只拿了3.25的绩点，大概是因为她考前没刷往年题。

“没错。一维空间里，三大于二、九大于七，但是在二维空间里，‘东’和‘南’哪个大呢？它们不能被简单地排序。高维空间里更是如此。根据高斯环形定理，随着维数的增加，一个高维正态分布的大部分质量都会集中在薄薄的一层球壳里。在社会中，如果每个人都只代表着一个一维量 —— 比方说，高考总分 —— 那么人们就可以被排序，然后无止境地被更高位者打败。作为高维量的人就很难被打败：隔壁竞赛生的算法能力比我强，但是我更擅长学术写作；我的成绩比班长好，但是他做得一手好饭 …… 在升维主义的愿景里，每个人都是独一无二且有所特长的个体。”

“高维世界里的人不容易输，但他们也不容易赢呀。”我指出。

郭鹤点点头，称赞我看问题的角度很全面。

模因饲养的流行程度远远超出了我的想象。仅仅过了一个暑假，学校里的模因饲养员们就拉了很多大群、小群，还打算成立一个模因饲养兴趣社团。我本来不应该知道这些事情的 —— 整个暑假，我白天在互联网大厂实习，晚上则预习下个学期要学的《操作系统》与《计算机网络》，完全没有从事这种娱乐活动的时间。但是在新学期的一节专业课课间，我正抓紧时间写着另一门课的作业，一个一米八几的男同学突然弯腰凑到我面前。我吓了一大跳，问他有什么事。

“请问你是郭鹤的室友吗？”

我诚实地点了点头。高个子看起来有点儿腼腆，他告诉我，郭鹤似乎是模因饲养这个概念的发明人，他们打算成立一个模因饲养协会，想邀请郭鹤来当会长。但是郭鹤在线上拒绝了，不知道我作为她的室友能不能劝一劝……

我答应了，还加了他的微信。回到宿舍后，我向郭鹤原封不动地转述了他的请求，又告诉她：担任学生社团的会长，在评奖学金时可以加两分综评。郭鹤还是拒绝了。她开玩笑说，自己患有“有用恐惧症”，只想做那些没人想做也没人做过的事情。

这确实符合我对郭鹤的认知，她做过的标新立异之事简直“罄竹难书”。一年冬天，她和一个朋友把一只柚子的皮一圈一圈剪成了极其细长的一条，然后把柚绳从二楼垂下，呈现出它一维展开后数米长的长度。我当时不能理解她在做什么，现在依然不能。总之，我接受了她的解释，又转述给了那个高个子。

高个子很失望。在朋友圈里忧郁了几天之后，他突然邀请我加入模因饲养协会。我一时不知道如何拒绝，就此成为模因饲养协会的初创会员之一。

经过三轮竞选，高个子成了协会的会长。十年过去，我已经不记得他本名叫什么了，只记得他的姓氏好像是个多音字。在协会里，大家总是直接叫他“会长”。

不得不说，会长是一个相当奋进的人。在社团成立的第一个学期里，他带领社团每周举办一次模因研讨会；到第二个学期，研讨会变成了每月一次；等到来年暑假之后的秋季学期开学，会长忧郁地发现，就算研讨会频率进一步降低，也找不到愿意参加的人了。在一场以模因研讨会为主题的研讨会上，几个协会骨干复盘了活动的失败。

“……活动同质化严重，缺乏创新性、突破性；研讨会以即兴交流为主，普通成员很难深度参与，缺乏成就感、反馈感……”

经过若干轮有组织的头脑风暴，模因饲养协会想到了一个极好的点子——举办模因饲养大赛。

乒乓球协会举办乒乓球大赛，网球协会举办网球大赛，辩论社举办辩论大赛，就连科幻协会也举办科幻小说征文大赛。究其原因，举办大赛作为一种活动形式有着极大的优越性：一方面，比赛激发的胜负欲会诱使人深度投入；另一方面，一句“××大学第×届××比赛一等奖”也能填充简历，而且一些官方认证的奖项还可以在综测成绩上加分呢。

“目前，我们最大的困难在于我们的独创性，最大的机遇也在于我们的独创性。我们一定要把这第一届模因大赛办成、办好。有了这一届的成功经验，我们就可以推而广之，组建地区性、全国性乃至世界性的模因饲养爱好者联盟，并组织大型的、专业的、高层级的比赛。”会长如是说道。

那么，模因大赛要怎么办呢？经过讨论，协会达成了共识：一个优质的模因，一定是一个传播能力强大的模因，能牢牢抓住大众的注意力，从他们的脑海中汲取认知资源；而一个优秀的模因饲养员，不仅需要用伯乐般的眼光挑选出优质模因，还需要精心培育它，让它能够尽情生长到更多人的脑海里。

据此，协会制定了一套模因饲养比赛规则，非常简单，只有三步：

第一步，参赛者登记注册自己的模因，并让主办方测算模因当前的流行度；

第二步，参赛者抚育自己的模因；

第三步，主办方再次测算模因的流行度，并根据流行度增加的幅度给参赛者评分。

模因既可以是已经存在的语句，也可以是生造出来的新词汇，“流行度”的测算则通过一套复杂的互联网大数据模型完成。这一年我大四，已经保研上岸，变得格外空闲，会长又在每一个超过十人的群聊里猛烈宣传，最后我决定参赛试试看。

我把这件事告诉了郭鹤。“这不就是营销炒作吗？”她对比赛的不屑里，泄露出一丝被压抑的胜负欲，“我要找工作，没时间参加。但是，我很乐意给你当参谋。”

是的，郭鹤没有选择保研。照理说，她的绩点是够的。对我来说，这又是一个未解之谜。

“这不就是营销炒作吗？”—— 很不幸的是，郭鹤一语成谶。

当我还在努力挑选好词佳句时，一位参赛选手已经在大赛平台上公开了自己选择的模因：

“轻轻轻，轻轻轻，轻糖轻脂轻卡。怕肥怕胖怕热量，就喝清新润～瓶～”

是的，他拉到了商家赞助。

我不认识这位参赛者，但是根据四处流传的小道消息，清新润瓶这家企业和他签了一万元的合同。参赛者为企业制作洗脑的产品宣传文案与视频，企业则提供流量资源。只过去了不到一周，学校里的每个电梯间广告位都开始轮播“轻轻轻”了。

坐电梯的时候本来就要听广告，因此我也没有太介意。我只是赞叹于这位参赛者的格局之大，并为提前输掉比赛感到气馁。找到赞助商的模因饲养员越来越多 ——

“今年～过节～不收礼！ 收礼～就收～乐多星！”

“烫！ 烫！ 烫！ 极～锅～房～”

“科技助眠用超人。”

“轻轻轻，轻轻轻 ……”

我越来越厌烦这些空有形式而疏于内容的洗脑广告，但郭鹤的愤怒积攒得更快。当我无意识地哼着“轻轻轻”回到宿舍时，她快步走到我面前，我还没反应过来，我的桌子就发出了“砰”的一声巨响。走廊里的同学纷纷侧目，我赶紧关上了门。

“我要帮你拿到模因大赛冠军。”

说完这句宣言，郭鹤瞟了一眼关上的宿舍门，然后问我：“参赛用的模因你选好了吗？”

我惭愧地摇了摇头。郭鹤拍了拍我的肩膀，沉思片刻，然后开始在宿舍里来回踱步。我看着她走了漫长的十几分钟后才停了下来。

“我之前教你养的是模因宠物，而模因大赛是野生模因之间的较量。既然是野生生物，自然就分成草食生物和肉食生物两种。

“草食模因就像那些人现在发明的模因，从空闲的思想中得到认知能量。肉食模因的能量来源，则是直接吞食其他模因。

“在‘逆天’这个词诞生之后，你还见过有人说‘雷人’吗？或者‘惊人’‘超凡’？这些词在概念空间里的资源，已经被‘逆天’吃得所剩无几了。人类想要表达概念的时候，就会试图寻找对应的词语，或者模因。大部分概念都已经有了对应的词汇，苹果们对应‘苹果’，香蕉们对应‘香蕉’，你很难找到没有不属于其他词汇的空白概念。但是，你可以让你的模因抢夺其他词汇的概念空间，从而在语言中扎根，得到大规模的使用。一个经典的例子是用‘只因’① 取代‘鸡’……”

我已经不知道该说什么好了，只是一个劲儿地点头。

“让我们想想，有哪些时髦的词汇拥有凶狠杀戮的潜能？”

在郭鹤的注视下，我感觉自己就像一张二维生物，薄得不堪入目。我的意识里突然冒出了一句话：“暂时……暂时不能给你明确的答复。”

“暂时不能给你明确的答复”，这是学院教务在解释保研政策时推出的一句名台词。这句话用礼节性的辞藻包装了推诿与无能，兼具现代信息科技的严谨精巧与传统太极文化的中庸神韵。很多人都有相关

① 一个网络流行词，因语速太快读起来像“鸡”的读音，所以指鸡这种动物。

的表情包，一谈到相关话题，就出言讽刺。

郭鹤认为，抛开背景故事不谈，这句表述也有着强大的破圈潜力。她希望能让它彻底觉醒，从草食的具体典故，变成肉食的模因杀手——

“暂时不能给你明确的答复”可以猎食“暧昧”。我总是看到我的两个朋友在一起，一问他们是不是在恋爱，他们又矢口否认。如果他们直接说“我们正在暧昧阶段”，气氛未免过于桃色，但是来一句“暂时不能给你明确的答复”——嘿！幽默又精准。

“暂时不能给你明确的答复”可以猎食“无语”。在互联网上看到不知该作何评论的奇闻逸事时，一句“无语了”稍显土气。如果换成“暂时不能给你明确的答复”，或者缩写一个“暂”字，便能将困惑的心情浓缩成乱中有序的一团。

当然，“暂时不能给你明确的答复”也可以猎食“不知道”“还在犹豫”。这个表述在客气中带着典雅，更加适合各类商务场合——只需要把“你”换成“您”。

……

我们只是挖掘了“暂时不能给你明确的答复”的几种用法，才华横溢的网友们就开始了无止境的创作，给这句话赋予了越来越多的含义。模因大赛系统测算出的流行度指数上涨，就像火箭一样拔地而起。几个月之后，每天都有上千万人说着“暂时不能给你明确的答复”，以至于我一看到“暂”字，就感到一阵强烈的厌倦——它就像入侵物种一样，变成了语言世界里一株拔不掉的烂梗。

模因大赛收官的那一天，“暂时不能给你明确的答复”以绝对优势取得了第一名。主办方不得不用对数坐标系，才让我和其他参赛者的流行度显示在同一张柱状图上。我在颁奖典礼上举着奖状的时候，观众席里没有郭鹤。她说自己当天有事，所以没来。奖状外面套着高档的红丝绒硬壳，拿在手上却很轻。

回到宿舍，我看到郭鹤坐在电脑前，好像在写什么东西。我高兴地和她打招呼，她立刻切换了窗口，屏幕上换成了一个简历投递页面。

“恭喜你呀。”她微笑着说。

关于模因大赛的故事，到这里就戛然而止了。我回到了奋进的生活之中，作为本科生发表了自己的第一篇论文，然后拿着荣誉学位毕了业。我最后一次见郭鹤是在宿舍清退的那天，我拖着行李箱挥手向她告别，就像四年里那些普通的暑假开端一样。蝉在高温里试探性地轻叫，碎云在蓝天中白得晃眼。

我在成功者的维度上越走越远，在几十个9936257秒里，永远做着自认为正确的选择，也一直没有后悔。我不知道郭鹤去了哪儿，毕业之后，谁也联系不上她，搜索她的名字也总是查无此人。或许她去了一个更高维的世界，或者变成了一个模因也说不定。但我还是会回味那段往事，在二十几岁的年龄，我和一种高维的人生擦肩而过。

《科幻世界》2024年第2期

大理石瓷砖虫

钴铜鱼

时至今日，瓷砖虫产业已经成为一段流星般的历史。在它辉煌的时期，整片采石场地区都风光无限；而现在，残垣断壁中，无数遗址如喀斯特地貌的灰白石林，只剩下被称为“旧工业文化”的苔藓。作为材料研究所的相关课题研究者，我预见到了这个结局，早早从中逃脱，虽然搞砸了课题，开拓新领域的野心也彻底破产，但勉强保住了自己在研究所的岗位。不过，曾经结交的当地老友们则七零八落，有些甚至不知去向。

风口上的新行业，其发展总是让人难以预计。

电车狩猎

8年以前，我开始做长期研究项目时，瓷砖虫产业刚刚兴起，狩猎的方式比后来古朴很多。下面是我当时调研的一些经历，也许能帮各位领略一下曾几何时的景象。

这天，有轨电车上沉闷依旧，直到一只大理石瓷砖虫受不了颠簸，顶开厚重的保护盖，从车厢后面的窗口钻进来。雾花纹，40厘米，成色不错，就是个头小了点儿。猎人们大多有些失望：看他们脚边的特大方包，显然不是为了装小家伙的。

不过也有几个年轻人跃跃欲试，想用这只练练手。他们掏出鹅卵形状的诱捕磁石，攥在手里，耐心等待瓷砖虫靠近。瓷砖虫采取最常见的螺旋路线，先沿着座位缓步爬到车厢的金属左内壁，然后避开窗户，朝圆弧状的车顶前进。瓷砖虫是靠控制自身的磁场来移动的，尤其喜欢在铁钴镍金属的表面上滑行，速度很快，柳条一样的六只脚收拢，像冰刀贴在墙壁上，发出“哧哧”的声音。

按照路线，年轻猎人的先后顺位已经确定了。然而，并不是靠前的就一定能成功。根据现行的狩猎规范，猎人在工作中不得对周围其他人造成恶意干扰。而“恶意干扰”显然是个模糊的定义：当你身边全是疲惫的中年人时，动静多大无所谓，只要别让休克的瓷砖虫砸到他们的脚就可以；而当你身边有带小孩的麻烦家长时，用牙齿摘绝缘手套也可以成为恶意干扰。年轻猎人往往太关注技艺，而忽视了人情世故，总要吃几次亏才行。

第一个年轻猎人动手了。他有节奏地甩着手腕，模仿瓷砖虫寻找同伴的信号。瓷砖虫抖抖身体，路线发生了变化，逐渐落回到车厢地面，踏步加速接近。这时，年轻猎人把手收到了深厚的气囊里面。瓷砖虫的见面礼是冲撞，往往发出闷雷般的声响，如果不注意防护，手腕脱臼或者骨折是难免的。同时，为了保证虫砖的品质，需要削弱碰撞冲量，有经验的猎人会在碰撞瞬间就将手后移，最大程度地增加缓冲空间。

咚！厚重的震动在车厢内回荡。瓷砖虫被猎人捕获，掀起来翻了个面，仰躺在地上，六只细脚挣扎着，在空中胡乱划动，然后缩进了壳内。猎人掏出陶瓷刀和一块电磁铁，开始对瓷砖虫进行切削。首先将电磁铁调至高功率，把六只脚吸出来；接着在虫脚和大理石的固态连接处，用陶瓷刀利落地切断，不让磁流体泄漏；最后拿出除屑棒，贴住大理石中心的虫疤，擀大约五分钟，把疤痕清理干净，贴上封口贴避免虫脚吸附磁粉再生。这时，一块40厘米的正方形虫砖就完成了。按照规定，永磁体的虫脚被乘务员回收，集中送到自动生产线磨成粉，制作磁悬浮轴承等零件。

年轻猎人把瓷砖小心地收入囊中，把背包拉链锁好。周围传来稀稀拉拉的掌声。这些鼓掌的人是游客，专门乘电车参观瓷砖虫捕猎的。年轻猎人有些脸红，微笑着把帽檐压低了一些。其他猎人早就转移了注意，忙着把听诊器贴在车厢内壁，随时准备捕猎下一只瓷砖虫。

午后的阳光从车厢左侧斜照进来，电线杆和楼房的影子匀速闪过，割出暖色的亮斑，空气中能看到游丝和纤尘。西边的建材市场晚上才会开门，电车只是把游客送过去，参观石料厂的遗址。不管怎样，时候还早。赶时间的人不会来乘坐电车的。

电车上大约有五类人。猎人和游客刚才已经提到过，剩下的三类分别是乘务员、小偷和闲人。乘务员不必多说：黑色镶金边的制服，而且有异常多的大扣子，毫无用处的大扣子，简直和章鱼脚上的吸盘一样多，只是为了让人一眼认出身份，以免在补票或者别的事情上起争执。闲人也不必多说：懒散的眼神和动作，证明他们对一切都漫不经心，除了车厢里的乱子。没有人在意这些人，只有乘务员会关心他们买没买票。

小偷就比较复杂了。他们要从其他人身上偷盗，所以可以粗分为偷猎人的、偷游客的、偷乘务员的，以及衍生出的一些复合型。偷盗显然违法，所以小偷如果有特别的外表，就没法当小偷了。他们得伪装成其他类型的人，穿大扣子一堆的制服，或者装作漫不经心等。这样一来，大家就轻易认不出车厢里的小偷了，除了小偷本人及其同行。

刚才那位年轻猎人身边，就有这样一名小偷。他伪装成了猎人，带着全套的装备，但那些是装出来的——从他刚才业余的瓷砖虫引诱手法就能发现，那不是吸引瓷砖虫同伴的手势，是手摇爆米花机的手势。那阵子路边摆摊查得比较严，他可能想换个生计，但又缺少天赋。小偷见年轻猎人歪着头，背包上边翘起，正是下手的好时机。他假装整理自己的背包，用余光观察猎人的动作。但猎人紧抱住背包，像在冬天抱着一个热水袋，没有丝毫破绽。

“技术不错啊，哪个师傅教的？”小偷拍拍猎人的肩膀套起近乎。猎人警觉地抖抖肩膀，把小偷的手甩掉，然后瞪着他。

“丁师傅。听说过吗？”他冷笑着说。

“好家伙，你是丁师傅的徒弟？”小偷眼睛溜圆、张着大嘴，“怪不得呢。”他不知道丁师傅是个附近有名的焊工，专门拼接虫砖的，不当猎人。

接着他们聊起捉虫的手艺，如何一眼认出花纹的成色，诱捕磁石的配备云云。猎人越说越得意，没把小偷当回事儿，眼见着松开了怀抱，开始比画学艺时的经历。这时到站了，车门打开，小偷手疾眼快，胳膊往前一伸，把背带揽在手里，然后甩出一道弧线，大步流星地朝车门逃去。猎人也立刻反应过来，拽住了背带的松紧绳。两人一牵扯，背带圈迅速缩小，拉锁则崩开，里面的虫砖滑了出来，摔在地上，砸出重重的一响。

只见虫砖的棱角破了口，背上也有裂纹，内部的大量磁流体蒸发了，一些灰白的粉末碎屑撒在周围。小偷丢下包逃走了，猎人则愣在原处。他跪在地上，大手掌像抹布一样抹着粉末，堆成一道小长白山。然后他委屈得掉了眼泪，给小长白山加了一撮微缩的天池。出师不利，在猎人这个行当里是大忌。一旦坏名声传出去，不仅不让参加大潮日的狩猎，可能连靠前路段的电车也不让上了，怕他毛手毛脚的，暴殄天物。

到站后，乘客们也纷纷下车，其中有换班的乘务员、嫌车厢晦气的猎人，也有不想扫兴的游客，而小偷当然早跑光了。我坐在那里，看着年轻猎人为了不交环保罚款，一点点把碎渣打扫干净，刮进废料袋，最后端起破损的虫砖，不知如何是好。

我走过去，问他要不要便宜卖给我，又说自己是材料研究所的，一直很喜欢瓷砖虫，但平时见的都做实验用掉了，这次来生态调研，正好想要一块虫砖做纪念，这只花纹也好看。猎人皱着眉，问我真想要还是同情他。我说真想要，说了好几次，他才把虫砖递给我，还告诉我他姓沈。

下个站又有一些人上车，各类人都有，除了精明的猎人。通常半小时左右就会有新的大瓷砖虫出现，但我和小沈一直坐到终点站，没有等到第二只瓷砖虫。瓷砖虫是非常纤细敏感的生命，身体开裂时蒸发的磁流体带有气溶胶信号。所以一旦有同类传来的危险味道，哪怕一丁点气溶胶，它们都会警觉地躲避起来。那些对人类而言无色无味的微小颗粒，如樟脑一般驱赶着其他的瓷砖虫，根本打扫不干净，除非彻底洗一遍车厢。小沈刚才打扫碎屑，也只是消灭证据，因为车厢里时间久了总会遍布气溶胶信号。

终点站是石料厂遗址西边，建材市场附近。小沈就住在这一片，从小到大没搬过，现在旅游景点已经开发到他家边上。

“我们家不是钉子户。”小沈告诉我，“哪天政府划到我们家，我们就搬。但是没划到，都大半圈了，就躲着我们。不给钱怎么搬啊？我估计他们就是想留我们在那儿，当景点的一部分，当动物，以后看我们还得买门票。”

这样的气话小沈说了很多，直到在路口远远瞧见丁师傅（刚才提到的那位焊工，此人很有意思，稍后再讲），急忙和我道了别。我当时就知道他干不久。据我的了解，几乎没有猎人连着干三年以上，大多数都是赚快钱的，半年就换行当，但难免都有职业病，听诊器用多了，听力严重受损，还有腱鞘炎等等。

那天傍晚，夕阳照在石料厂遗址上，灰溜溜的水泥房被染得橙黄，像大块的橘皮糖。天蓝色的铁皮把工地围起来，黄帽迷彩衣的工人们踢开一道缝，郎当着去附近的中式快餐店买盒饭。路边有摆摊卖微型瓷砖虫的，论斤卖，都是打灰之前筛出来的小大个儿，最大的不到5厘米，也没法人工培育长大，一般是买回去铺鱼缸用的，不过也不从这里买——去建材市场能批发，至少便宜一半。后来都是机器诱捕，摊贩们也就不能再捡漏，改卖别的了。

我那次调研结束大约一年以后，有轨电车改制，瓷砖虫诱捕机就不再“破坏生态”“竭泽而渔”，而成了“产业规模化的必要工具”。以前的猎人们有好多去了建材市场的虫砖区，每天挑拣自动捕获的虫砖，当个安稳营生。至于小偷行业，因为建材市场的运输和仓储管理严格，已经销声匿迹了。

从那时起，有轨电车观光项目变成了流水线参观。游客们乘上电车，戴好解说机，从车尾走到车头，整个瓷砖虫捕捉过程就了然于心了。就算没有现场捕捉的机会，也有标本模型可以拍照留念，比以前人性化许多。至于乘务员，我听说有小部分留在电车公司，其他的大多去石料厂遗址当了导游，或者卖纪念品。

至于小沈——大约5年前，他家终于如愿成了拆迁户，我也见不到他了。小沈以前说自己想开小店，卖糕点，不知道现在如愿没有。他搓灰的手法不错，挺适合搓面粉。

遗址艺术

采石场地区在近些年以文旅特产著称。而说到文旅特产，就不得不提白义山。

我认识白义山是在遗址的小摊上。当时我刚下电车，和小沈分别，想顺便在遗址附近逛逛。时候不早了，很多小贩已经开始收摊回家，但有一个不光不收，还抱着吉他在唱歌。这人就是白义山。他的摊上摆着一堆白色的手工石雕，大部分是机械模样的恐龙骨骼，巴掌大小，脖子等部位安装了磁悬浮轴承关节，朝它吹口气就能微微扭动，底下的垫布上写着“正宗新白垩纪”六个大字。多年以后，这六个字成了旧工业文化的重要符号。

石料厂遗址在矿山西北部地区，是区域转型再开发的典范，旧工业美的代表。来这里观光的游客，基本都是没经历过工厂时期的年轻人，怀着“旧工业热”的时髦心态，想短暂逃离精细而定制化的高科技生活，走入厚重古朴的艺术殿堂。

白义山先生属于最早在采石场地区搞艺术的那批人。在微型可动石雕最流行的那几年，白义山工作室的招牌响彻全国，尤其活跃于义乌小商品市场和临沂批发市场，最近似乎归于平淡，但生意也不错。著名的新白垩纪系列石雕小摆件，就是白义山工作室设计的模具。现在还有不少人家的桌上摆着白色霸王龙呢。

不过那天他还没出名，只是个从电车乘务员辞职的小摊贩，穿着他那件漂亮的、卸了肩臂章的大扣子旧制服。我蹲下摆弄那些白色小恐龙，听白义山唱着一首街头摇滚，歌词是这样的：

熔岩贯穿悲伤矿脉
太阳蒸发枯井
运河明媚地奔涌
抛弃被港湾拴住的小艇

电车想唤回水鸟
焊枪来祈求放晴
滚石、顽石、癔病
人潮、虫潮、疾行

永远在铁道上游荡吧
不肯被埋没的生命

这时又走来一个人，文质彬彬，穿着长袖格子衫，戴一副金属框的眼镜，毛寸头发留得有点长。他默默听完了整首歌，拍掌叫好，脖子的青筋都暴了出来。等白义山一抬头，他抡起一脚，把边角上几只白色小恐龙踢向地平线，试图仿照始祖鸟的进化历程，教会它们滑翔。这个人就是之前提到的丁师傅，脾气总是阴晴不定。

被丁师傅这样羞辱，白义山倒也不生气。他侧过头，望向躺在水泥地上的小恐龙们。夕阳像陨石一样砸下来，仿佛要把它们点燃。

“老白，走！吃羊肉串去！”丁师傅吆喝着让白义山起来，又转头看向我，“你也来！正找你呢。小沈都告诉我了。他没钱请客，我请。”

我们三个踩着渐长的影子，走向东部低洼地带的露天烧烤摊，到地方找了马扎坐下，天就黑透了。烤串的老板以前是石料厂的工人，见到丁师傅，客气地多送了几串。钢钎串的羊肉外层焦香，里面油滑软嫩，撒着浓厚的椒盐，成捆丢在锡纸盘里。矮桌桌面是由劣质虫砖拼接制成的，没有磁性，塑料桌布上遍布油渍。一提啤酒放在脚边，酒起子用铁链拴在桌腿上，锈迹斑斑。

“明天拿着那块虫砖来找我。我帮你修。”丁师傅抄起一串，两口剔光了肉，一边嚼一边喝啤酒。

“你那手艺，修虫砖可惜了，陪我干石雕不好吗？”白义山也抄起一串开始吃。

丁师傅没有抬眼看他，继续吃肉：“那东西没用。”

“艺术可不就没用。有用的叫艺术吗？自从瓷砖虫被研究出生产应用成果，环保局不让石料厂干了，厂里剩的石头通通没了用处，正好可以拿去搞没用的文化艺术。旧工业嘛！”白义山笑着说。

“那不是艺术。”丁师傅猛灌了一口酒。

接着两人闷头喝酒吃肉，我也插不上话，直到酒过三巡，空钎子堆了起来。

白义山先忍不住了：“我起初也是怀着艺术理想的，可没一年，就发现自己不是搞艺术的料。”“我想赚钱。不赚钱的才叫艺术！”他接着说，自己讨厌那些来采石场地区旅游取材的艺术家，还骂他们两袖飘飘、故作忧郁，整天想着赖账耍滑，又排斥赚钱的营生，实在是娇生惯养的衣冠禽兽。

可骂到最后，他反倒羡慕起来。

“我这辈子怎么就钻钱眼儿里了呢……”说到这里，眼看着他就要开始慷慨悲歌，唱他最近听到的街头摇滚。

“艺术不是不赚钱，艺术是追求美。”丁师傅说完，看向我，“你觉得什么东西能算‘美’？ 随便说。”

“瓷砖虫吧。”我话音刚落，见丁师傅有些惊讶，接着他与我对视，又不好意思地闷了一口酒。

“喜欢赚钱，为什么不做瓷砖虫的生意？”我回头问白义山，没想到他立马朝我翻起白眼。后来我才知道，他辞职就是因为反感电车上的瓷砖虫业务。

“他不懂工业和科学。他觉得瓷砖虫这东西害人。”丁师傅冷笑。他已经醉了，脸上通红。

“为什么害人？”我扭头问丁师傅。

“新时代的东西，能不害人吗！”丁师傅仰头大笑，“旧工业好！旧工业是艺术！采石场是煎饼，那旧工业就是鸡蛋！你吃煎饼不加鸡蛋吗？”

“我还真不吃鸡蛋。”我小声说。

“别讽刺我了。”白义山气得也笑起来。

丁师傅接着说，旧工业看似是反对新时代的，但是，“旧工业”这个概念本身就是新时代的一部分，是定制化的产物。

他越喝得多，越是说话利索，用钢钎敲着盘子边：“什么叫‘旧工业’呢？缝纫机？蒸汽机？盾构机？双翼机？有人觉得液晶智能电视机都算旧工业。所以这个概念的核心是‘旧’，利用了人们的怀旧心理——一种以为生活可以安稳不变的贪婪期望。

“所谓怀旧，无非是认为旧的事物有潜在价值，潜台词是‘旧的总比新的好，不应该被淘汰’；再直白点，就是‘我所习惯的，在将来会越来越有价值，我会过得越来越好’。然而，如果都想得这么明白，可能就没有人怀旧了。怀旧多傻啊！

“可见怀旧经济本质上是智力经济，没法长久，除非在文化上有所突破。”丁师傅严肃地看着醉醺醺的白义山，“你那些东西，顶多自娱自乐，能变成文化吗？”

幸运或不幸地，它们的确演变成了旧工业文化，还让采石场地区成为附近的一个文化中心。柔和务虚的石雕、摇滚乐和石粉沙画等等，这些文化产业的基础，不仅有废弃石料厂留下的无用碎渣，还有瓷砖虫产业的遗产。

但在那天晚上，丁师傅和白义山争论了很久，没有争出个结果。结果总是要时代自己证明的。现在来看，是白义山赢了。他后来成立了工作室，成了正经艺术家——如果艺术家算得上正经的话。

根据我后来的几次回访，白义山工作室里有很多下岗的石料工人，不少在采石场得了尘肺病，没法去当瓷砖虫猎人，也干不了其他重体力活儿。如果没有白义山搞石雕批发，雇他们设计模具，他们可能就无处可去了。这些人也是街头摇滚的主要创作者。

“等着哪天赚够了，我给他们做唱片。去找个最好的录音室，听不见有轨电车的噪声。”这样的话，白义山多年来经常挂在嘴边。今年我听说有第一张唱片了，统共14首，14个业余乐队唱的，质量不错，卖得很差。

老白终于开始搞艺术了。可喜可贺。

半年前的小长假，我去采石场地区观光，顺路拜访了白义山的工作室。曾经的石料厂遗址被整合扩建，成了旧工业文化区，有轨电车的线路也接过来，作为此前生活状态的一座模型，向游客们讲述瓷砖虫时期的本地文化。白义山工作室现在是一栋四层的楼，有石雕培训班、产品设计团队、市场部门、客户服务部门等等，作为新的本地支柱行业之一，迅速走上了正轨。白义山还在地下室造了个小型音乐厅，供采石场地区的摇滚乐队表演使用。

“外地来的客人们都图个新鲜，门口听个响儿就走了，没多少人进来看演出，赚不着钱。”白义山跟我解释。他比原来胖了一些，脸上油水也多了，尤其是鼻头，像打过一层蜡。

白义山领着我到低洼地带的工坊街走了走。现在工坊街仍然有不少人，但不再是处理瓷砖虫，而是烧制瓷砖。他们谎称山里还有剩的瓷砖虫，然后把这些瓷砖高价卖出去，卖给那些虚荣的人。对方也知道这东西不真，但看着像真的，甚至比真的还好看，那就够了。

“说到底，瓷砖虫是种文化。文化都是虚的。”白义山评价。

“那可不一样。瓷砖虫有研究价值的，属于自然科学。”我反驳。

“但人就喜欢虚的。”白义山拍拍我的肩膀，“不然把瓷砖虫都给你们，当时早研究出人工养殖的方法来了。你们太实在，不愿写假成果骗经费。”

我知道和他没什么好说的了，就问起小沈和丁师傅的情况。白义山说，丁师傅还住在原来那里，而小沈一年多以前在这边待不住，拿着抓瓷砖虫挣的钱跑去大城市了，说要开店，生意忙，一直没有回信。“谁知道真忙假忙。过年也不回来。”他朝路边啐了一口痰。

之后白义山说要回去忙了，邀请我和丁师傅晚上吃烧烤，扭头就往回走。也不知道真忙假忙。我看着刚才那口痰若有所思。

因为我等了好几天才等到他请客，大概是真忙吧。

虫砖焊接

我在采石场地区交往最深的人应该就是丁师傅了。如前所述，我们两个缘分颇深，于是相识第二天早上，我应邀带着破损的虫砖去拜访丁师傅，请他把虫砖修好。

我们在约好的路口见面，中间顺道从一辆三轮车那里买了早餐。丁师傅平时待在低洼地带的老宿舍区，这里有一条工坊街，街上有不少丁师傅的徒弟。丁师傅的工坊里整齐地摆着稳压电源、焊枪、马弗炉、车床这些工业器械，生活用品只有两三个板凳和一张床垫。他中午会躺下歇歇。

离开工的时候还早，我们坐在板凳上，对着啃煎饼和油条。

“研究怎么样了？”丁师傅随口问道。

“之前那些还算顺利。不过关于生态的新领域验证不足，可能开题要被毙。”我埋头咬了一大口，煎饼和油条比想象中筋道，差点没扯断。丁师傅也没再多问，似懂非懂，闭上嘴用力嚼油条。

卖早餐的也认识丁师傅，刚才见我们走到地方，一句话也没说，摘下车把手上挂着的一份，递了过去。塑料袋里全是水雾，热腾腾的。

“给他也来一份吧。”丁师傅付了钱，两手接过塑料袋，指着我说，“不要鸡蛋。”我以为他昨晚喝多了没听见呢。

摊煎饼的时候，早班有轨电车从我们身后不远处驶过，车厢刚清洗好，车里只有换班的司机和乘务员，车皮外面贴着新景区的广告，车轮叮叮咣咣响个没完。

在当时，和这些石料行业的遗民不同，有轨电车旅游线的景象要积极很多。旅游公司看中了“旧工业”的噱头，并且比当地人更懂旧工业——不是原生态的当地环境，而是游客的需求。在旅游公司的积极改造下，石料厂遗址被重新打磨改造，变成了一座座巨大的混凝土机器塑像。有的是蒸汽火车头，有的是第二类永动机，还有扭秤、傅科摆，甚至苏联构成主义的先锋设计，借助磁悬浮轴承，还可以像风车一样，随风缓慢运动，和白义山的那些小恐龙异曲同工。它们与其说是工业，不如说是经典物理和结构力学的梦境展览。

然而，游客们并不在乎真假，就像绝大多数旅游景点的背景故事都是编的，却照样是一桩桩美谈。旅游的目的是享受“异界”的新奇感，而非历史考据研究，更不是什么科学调研。

有轨电车也是因此从无到有地发展起来。原本附近的铁轨上通的是高速列车，慢速的有轨电车已经被淘汰了，但因为大理石瓷砖虫的出现，高速列车因安全问题停运，而有轨电车作为其栖息环境，还利于旅游开发，于是被重新拿出来生产使用。

电车夜里停放在南边的矿洞，让瓷砖虫钻进去，白天再带着瓷砖虫开出来，先往东绕开发电厂，再扭头沿运河南岸逆着向西经过石料厂遗址，最后到建材市场旁边的维修厂进行整备。小的瓷砖虫在车底盘被自动回收，大的则经过保护盖筛选，钻进车厢里被猎人诱捕。到终点站以后，洗几个小时车厢，再开回矿洞去，等着过夜；要是最后一班，就等第二天一早开回去。

如此周而复始，仿佛生生不息的一条长蛇，搬运着财富与美的结晶，成为瓷砖虫生态的一部分。至于破碎的虫砖，只能算长蛇身上脱落的鳞片残屑罢了。

吃完早饭，我拿出昨天买的虫砖，交给丁师傅查看。丁师傅把虫砖端到工作台上，拿出手电和放大镜，眼睛盯着破口，不自觉地开始深呼吸。大约几分钟以后，他把手电和放大镜都收起来，微笑着看向我。

“好办。能给你修得一点都看不出来。”他抚摸着瓷砖虫光滑的釉质外壳，动作又轻又稳。

磨平、补磁粉泥子、塑形，再煅烧。丁师傅干起活儿来非常潇洒，时而吹起口哨，时而跟工具和虫砖窃窃私语，完全沉浸在自己的世界里。等待马弗炉冷却的时候，我们聊了聊天。

“平时看书吗？”丁师傅问我。

“我们做研究肯定得看书。”我回答，“平时也喜欢读小说，家里存了不少。”

“挺好。我也学理工的，小说读完就扔，家里就只存技术类的书，放了好几排。我基本都会了，就借给小沈他们学习。最近小沈几个人嫌我这边挣得少，去当猎人了，原来天天跑我家去看书。”

“看您在附近挺有名声的，到哪都有人认识。”

“都是原来厂里的，谁不认识谁啊。我以前负责管理生产安全，整天看图纸、巡逻，见过的人多一些。都是实诚人。”

马弗炉年久失修，门上有了缝隙，干燥的热风从中钻出，吹到我和丁师傅的袖口。丁师傅的手上都是烫出来、磨出来的茧。

“当初怎么想到要修虫砖的？”

“这东西美啊！ 不能让人随便糟蹋了！”他瞪大眼睛看着我，想从我这里寻找与他相似的兴奋。他找到了。然后他接着说：

“矿洞被限行以后，除了大潮日，只能从电车上抓瓷砖虫，有不少瓷砖虫在抓捕时受了伤，品相差了，想卖没人要，丢了又可惜，所以我就研究起修复的方法。一开始试着修复了几只，还不错，甚至更漂亮了，能按正常价卖出去。后来我又开发了拼接技术，也没人抢生意，还能收徒弟，让年轻人有正事做。这不就慢慢忙起来了。”

冷却结束，丁师傅用铁钳夹出盛放虫砖的白陶瓷托盘，看了看缺口和裂纹处的成色，说“可以了”，然后开始给虫砖打蜡。那粗糙的表面上，逐渐恢复了天然的釉面光泽。中间停手时，我发现这块虫砖在微微颤动，以为是小沈当时处理疏忽了，没有杀透，还保留了一点活性。

“正常现象。别担心，活不过来。就是普通的热胀冷缩。”丁师傅说。他怀着工匠的自信，并不像研究者一样深思这个情况。

在虫砖修复完成后，我见丁师傅没有赶我走，而且自己也有别的事想找他打听，就又留下看着他做了次虫砖拼接的活儿。拼接比修复工作复杂很多，需要先按照花纹走势、体形姿态，挑选合适的虫砖配对，再利用磁粉进行预贴合，摆弄几番，认为没问题了，才能上电焊枪，焊接完成后还得处理焊点，不能留下太明显的疤痕。

一套工序下来，要花去几个钟头，不知不觉过了中午的饭点。丁师傅的鬓角被汗浸透，弓起的后背也剧烈起伏，偶尔瞟我几眼，但又没有话头。终于修复完成，四块40厘米的虫砖被拼接成一块80厘米的大型砖，图案像一张毕加索画的人脸。因为是借助了磁力同化，基本没有异质材料掺入，焊点的强度上也没有大碍，除非有大秤砣一直坠在上面，十年内不会有裂痕。不过，焊接的虫砖都是磁流体泄漏、没有磁性的劣质品，失去了重要的优势，卖价也低不少 —— 虫砖的磁性原理和地磁场类似，即使在高温环境下也不会消磁，用途非常广泛。

“喜欢吗？”丁师傅指着拼好的虫砖问我。我说喜欢。他问为什么喜欢，我说这东西美、漂亮。瓷砖虫的美，即使变成虫砖也毫不褪色，那种花纹和结构，是一种自然的优雅之美。我总觉得，就算瓷砖虫一文不值，这种自然美也是能让人趋之若鹜的。只要还能申请到一丁点经费，只要能在研究所里混个岗位待着，我就想研究它一辈子。你哪怕只见过一次都知道，这东西真漂亮。

“对啊！这东西多漂亮啊！”丁师傅满意地看着拼好的砖，“靠这手艺，至少二十来年不用愁了。”这时我还没告诉他，瓷砖虫的出现可能只有11年左右的时间，距当时也就剩6年了。但他连6年后的情形也无法预见到，甚至没能目睹。由于长期受焊枪等强光刺激，个人保护不足，丁师傅此后没过3年就得了眼疾，从此看不清东西，只好退休了。

丁师傅正式退休那天，采石场地区天色阴沉。我当时在采石场地区做最后一次调研，顺便赶来，和小沈陪着他走到低洼地带的工坊街。

一路上，有轨电车已经很少见了，因为剩下的电车基本都是自动化高效诱捕的，班次减少，路线也改短了许多。远处的石料厂遗址那边，白义山的工作室已具雏形，有了一小批学徒做可动石雕，关节零件换成了滚珠轴承。但旧工业文化的概念，还没有像这两年那么热。

路边的小地摊已经消失了，路面则被整修过，干净整洁。卖小吃的三轮车还在吆喝，吆喝的人却有些年轻，样貌不熟悉了。

工坊街上有些冷清。人们光着膀子，在工坊里忙着焊虫砖，电火花从半开的卷帘门里面溅到路边，啪啪地响。

我们走到丁师傅的工坊门前，发现那里摆着一座石雕，是人像，文质彬彬，戴一副金属框的眼镜。

丁师傅走到自己的白色石雕像前，看不清，只是摸了摸。石雕很细腻，应该准备了很久。

“老白干的吧？”他问小沈。小沈说是，白义山没让提前说。

“他妈的，多管闲事。”

丁师傅大笑着举起导盲棍，朝雕像的腰间砸去，砸了好几下，但雕像不是当年的小恐龙，太过厚重结实，怎么也倒不下，只敲下来一点碎屑，把格子衫的边角打毛了，和丁师傅本人越来越像。

我们走进丁师傅的工坊。里面和以前一样，工具整整齐齐，床垫和板凳放在一旁。

“就这些东西。你看哪个能用就拿去。”丁师傅对小沈说。

“师傅，我家拆迁了。”小沈低声说。

“那 —— 回我家拿几本书吧。”

“我想以后应该不干这行了。去做食品。”

“食品。食品好啊，饿不死。吃饱了撑的，好去陪老白搞艺术。”丁师傅大笑。工坊外面下起了小雨。

我问丁师傅，退休以后有什么打算。他说暂时没有，可能找找资料，研究研究火山，因为我告诉过他，瓷砖虫可能蹲在火山里。听罢，我有些羞愧，觉得改研究方向的自己背叛了老朋友，也背叛了瓷砖虫。丁师傅还在做梦，我却独自醒了。或者说，很多人都醒了，我比别人醒得早一些，而丁师傅还没醒。他还在忍着剧痛做美梦呢。

我扪心自问，还能再做梦吗？关于瓷砖虫的梦？关于“美”的梦？

这时候白义山赶来了，看见门口的石雕被敲掉了一点残渣，哭笑不得地走进工坊。他带了几个唱街头摇滚的，一起过来给丁师傅送行：

雨点开凿旧的城市
雷声归于安定
云墨洒在外衣上
它们是不合时节的冰

金钱在伪造磁力
盲目会生产冷清
层楼、海楼、幻影
怒火、磷火、繁星

永远在铁道上游荡吧
不肯被埋没的生命

丁师傅笑着听完，没有说什么。在旧工业文化的浪尖面前，他大概服输了。而白义山也没有多说，就像河流改道前，只会让雨水稍作通知。工坊街逐渐安静下来，能听到雨的声音了。

丁师傅走出门，朝工坊街的尽头走去。见丁师傅要离开，他在街上的徒弟和朋友们纷纷打开焊枪送行，无数条金黄的火瀑布从浓黑的楼洞和窗口一齐流出，在灰色的小雨中闪烁。

半年前我回采石场地区的时候，为了自己的一些事情，又去拜访了丁师傅。瓷砖虫已经完全销声匿迹，如今那栋宿舍楼空了一大半，老旧的楼梯上沾着白灰和泥子的疤痕，墙皮半掉不掉的，扒在侧壁上耍赖。我敲敲丁师傅家的门，铁门掉了漆，碰两下就“咔吧咔吧”地响。

丁师傅隔着纱网，隐约看见人影，又听见我的声音，紧了两步走来开门。这会儿家里就他一个，妻子去照顾老人了，孩子在外地上大学，说以后想留在那边发展。他家里的几排工具书还整齐地摆在书架上，有轻轻一层灰，很久没人来借过了。

“年轻人嘛，想出去闯可以理解。”他语气很平和，“还不是家乡没出息。我们这代人没留下好东西啊。”

我问丁师傅最近在干什么，他说看地图，找火山。他一直记得我说过瓷砖虫与岩浆有关系。世界地图铺开在一张木制书桌上，边角发黄了，用几本书镇住四角。他像军事家一样，在世界地图上把火山的位置都扎了大头针，手指扫来扫去，思考山脉走势、地质活动，在头脑里模拟地底岩浆的流向，想预测出瓷砖虫下一个出现的位置。

“阿留申群岛、东非大裂谷……”丁师傅念叨着大头针底下的名字，让我想起当年摸索板块的魏格纳。

我于是很久没有再开口，在旁边看着他自由地摸索。他始终面色柔和。

空中云墨

采石场地区是个依山傍水的小地方，南边有一座小矿山，北边是一条小运河。这种地方偏僻复杂，蹦出个什么怪东西都不稀奇，瓷砖虫的昙花一现似乎也就理所应当了。不仅如此，在瓷砖虫兴盛的那几年里，矿山常有虫潮涌出，而运河附近则至今流传着不少与瓷砖虫相关的历史传说。

据我们所的研究报告，瓷砖虫首次被目击是在采石场的电动矿车轨道上。当时矿工们下了班，腿脚疲惫，就一起乘矿车出了矿洞。快出洞口的时候，矿车撞上了硬物，从轨道脱出去，车斗翻了几个滚，好几个矿工重伤骨折，甚至瘫痪，其中就包括小沈的父亲。

剩下几个轻伤的爬起来，想看看是不是矿洞有塌方迹象，会不会有大石头堵上轨道，结果发现了一块长着六条腿的方砖，和他们一样仰躺在地上，身体像琉璃一般通透。

这就是大理石瓷砖虫。根据同位素分析等结果，它们原本居住在莫霍面以下，随岩浆侵入来到了山体内部，在此冷却成型并休眠，恢复体内磁流体的运转，如今因为矿车等作业设备的电磁噪声而苏醒。虽然叫“大理石瓷砖虫”，但它们的身体是货真价实的变质岩，而非陶瓷烧制，只是因为沾着碎屑在岩浆里反复浸泡，表层有了光滑的釉面，像是大理石瓷砖。至于正方形身体的成因，猜测是为了便于调节磁场进行水平移动，另外还容易让不同大小的瓷砖虫实现密铺，节省休眠所需的空间。

当时矿工们捡起瓷砖虫，拿给工厂里见多识广的看，比如说丁师傅，但丁师傅他们也不认识，决定送到附近城市的材料研究所，也就是我们那里。后来更多的瓷砖虫从矿洞涌现，占领了轨道，沿废弃的有轨电车线进入市区，甚至有几次入侵发电厂，引发了大范围停电事故。再后来，政府终于找出了应对方式：把有轨电车线与城市主体分离，用电车线路吸引瓷砖虫，并呼吁开发瓷砖虫的使用价值。很快，节能环保、品质优秀的瓷砖虫产品被建材市场吸收：碎石大小的小型虫数量多，省了原来石料加工的打碎等步骤，方便做混凝土或者铺路；几十厘米的大型虫则能直接做地砖或贴墙装饰，进入高端市场。高端市场又引来成堆的猎人，其中就包括小沈。

而石料厂则在竞争和环保压力下逐渐停产。瓷砖虫相关的生产太简单，又主要靠机器自动完成，厂里的职工没有岗位，走向了各行各业，其中就包括白义山和丁师傅。

第一次来采石场地区调研的时候，我随丁师傅来到低洼地带的运河段，询问他关于运河的历史情况，作为对瓷砖虫生态行为的研究参考。这也是我此行的重要目的。能找一位可靠的本地人当向导，当然再好不过。

虽然叫"运河"，但毕竟在北方，所以只是从水库延伸下来的一条小河，水量仅够承载小型船。近年由于环保要求，更是很少有船通航了。

"最近有一些结合考古学的新发现。"我告诉丁师傅，"瓷砖虫可能曾经在历史上出现过，并且被人们用于建筑。比如古埃及的金字塔，还有阿兹特克的金字塔，他们当时很难加工大量的石料，用的一部分建筑材料很可能就是风化的瓷砖虫残骸。采石场地区也有类似的野史记录，古代交通不发达，运输石料都是靠河运，可能在河道附近有证据。还有人提出来，说巴比伦空中花园可能是用活瓷砖虫建成的，后来因为瓷砖虫迁徙，一夜之间就消失了。"

"可能、可能、可能。都是假设，没句准话。你们这帮人闲着没事，就知道读歪书骗经费。”丁师傅嘲笑道。不过他还是听进去了，那天在河岸边，一直低着头找瓷砖虫的足迹或碎屑。

“瓷砖虫怕水，容易受潮生苔藓，而且自己掉进河里就沉底了。得坐人造的船。”我提醒他。“是啊。当然了。等一会儿就有船了。”丁师傅倔强地挺起身，看向河水。这里的河水最终将汇入黄河，流向大海。据我的调查，采石场地区的这条运河在历史上改过几次道，最近的一次发生在19世纪中期。现在采石场地区的人肯定没见过以前的运河了。

我们在某个河流蜿蜒处停下暂歇。河道自西向东，沿顺时针扭动，浪花拍打着内侧的河岸，有两三只野鸭在水边漫步。

“现在环境好了，鸭子都回来喽。”丁师傅望着野鸭梳理羽毛，“前些年，河上只有运石料的汽船，厂里废水也都往河里排。我小时候水干净。当时都是划木船，运东西到下游去，要运个大半天，夜里回来。夜里没有灯，自己打灯费油，老爷子他们就挑农历的每月中旬，月亮最亮的时候运货，借着月光回来。后来我十几岁了，他们拉着我上船，到了夏天就讲鬼故事，提到过能走路的石头。有时候云把月亮遮住了……”

他站在高地上娓娓道来，眼睛盯着那几只游水的野鸭，直到野鸭突然往下一钻，潜下水去。“你刚才说‘迁徙’，瓷砖虫怎么迁徙的？”丁师傅目光迟疑。

“还没研究清楚，根据碳14分析结果，目前猜测和太阳黑子活动有关，大约十一年一次。从这里瓷砖虫首次被目击算起，还有六年。”

“具体是怎么迁徙的？和非洲草原那些野牛斑马那样，从地上跑吗？”

“不是，猜测应该是顺着岩浆回到莫霍面以下，可能从软流层移动。”

“迁徙多久？ 下一个目的地能确定吗？”

“这就不清楚了。只知道每十一年可能会随岩浆运动重返地表，但历史上目击证据太少，也不连续，有可能是去了无人区，有可能是在海底火山，也可能就一直在地层深处休眠。”

“别‘可能’了，说句准话。我们能让瓷砖虫留下吗？”

“基本不能。瓷砖虫的能量来源基本是地热能，人类目前的能源手段还不足以喂养它们。如果将来核能技术进步了，有可能 ……”

见丁师傅摇摇头，我没再说下去。瓷砖虫生态是11年的昙花一现，而我们研究了5年才发现，相关产业已经没有退路，只会在6年后随瓷砖虫迁徙而迅速消亡，就像曾经的石料厂那样。但由奢入俭难，石料厂还能否吸引人们回头呢？ 有轨电车等花销极大的旅游开发项目，又该如何是好呢?

我和丁师傅走到运河的中游，在石料厂遗址东北边停下，看着夕阳把整条河流染成金黄。不管河流怎么改道，在傍晚的阳光斜照下，总是如此金黄。一艘满载着瓷砖虫的小船趁没人监管，偷偷逆流而上，要把货运到建材市场，最后发往火车站。河运的瓷砖虫是在矿洞附近被捡漏生抓的，没处理干净，但在船上很老实，被浪花惊得缩起来，就像几千年前，它们在巴比伦被流水环绕的时候那样。

两年前的一天夜里，瓷砖虫从采石场地区消失了。据居民们回忆，当时听见矿洞方向传来持续的低鸣，像闷雷作响，或者笨重的机器在转动。第二天早上，早班的有轨电车从矿洞出发时，司机觉得油门轻了许多。车上空空的，没有任何瓷砖虫攀附在内。当天清扫电车的猎人们（他们是被建材市场和电车公司雇佣的）也全部无功而返。

瓷砖虫的“空中花园”从此遁入地下的岩浆中，开始11年一度的迁徙。采石场的山里只剩下错综复杂的空洞，过了几个月，一次严重的塌方事故把矿洞掩埋，山峰也塌陷成了平顶。附近的人们搬离了山脚，景区又无法居住，只好选择到低洼地带去。

仍想赚钱的年轻人不甘心留在破落的家乡，决定去大城市发展。离开了瓷砖虫经济，又失去了原来石料厂的产业，采石场地区很快只剩下留守的中老年人，还有搞文化产业的人们。昔日的虫潮只在此地落下巨大的阴影，迟迟挥散不去。那云墨般的阴影依然在聚集人们的怨气。

滚雷洪流

在8年前那次漫长调研旅途的最后，我参观了采石场地区的一月一度的瓷砖虫大潮。大潮日是农历每月初一，潮汐最弱的时候，而且只在晴天发生。为了保证大潮，只要不是夏季汛期的锋面强降水，采石场地区就会提前一两天在东南方打消云弹或增雨弹，把雨水拦截在外面。在大潮日的正午，矿洞里的各色瓷砖虫（附带休眠处附近的小块玄武岩）会倾巢而出，如黑白相间的浓厚雷云，沿着铁轨朝高处和亮处滑动，尽可能地晒太阳，去除身上的苔藓霉菌。而摸清规律的狡猾人类早就设下了天罗地网。

在大潮日之前，原先的矿洞会封闭洞口，只保留大潮用的那一条。铁轨出了矿洞，等玄武岩都掉队，就接到捕虫大桥上。大桥是镂空的钛合金架构，一路走高，网格随前进越来越粗，好让瓷砖虫由小到大地漏下去，沿桥下的分流管道，直接作为后续几天生产的原材料。网格的尺寸最大是20厘米，20厘米以上的大瓷砖虫，则会踏上下一段更凶险的旅途。

过了捕虫大桥的网格区，桥面不再有漏洞，而变成了狭窄的凹槽，凹槽两边站满了守株待兔的猎人，拿着缓冲气囊，像流觞一样，随时准备刹住一只瓷砖虫。有经验、技术好的猎人站在前段，专挑品相好、体形大的下手；技术差的猎人则站在后段，没机会细挑，只等着捡漏或者多抓几只小的。到了桥的末尾，已经没有瓷砖虫能抵达高台晒太阳了。

大潮日的捕猎活动倒是一直没有被自动机器取代，因为瓷砖虫数量太多，用大型机器设备捕捉容易造成磕碰损伤，反而增加了成本，所以最多只是利用大桥上的虫潮切割磁感线来发一些电，顺便让它们多做功，跑得慢一点，更好抓捕。而且，瓷砖虫迁徙的消息不胫而走，愿意继续投资改造大桥的人也早跑掉了。有轨电车的流水线改造因为成本较低，才赶在迁徙前有了一些获利。

小沈听说了瓷砖虫迁徙的事，每天更加勤勉地猎捕瓷砖虫，想尽快攒够自己需要的钱。丁师傅有次见到他，拎着胳膊凶了几句，小沈也没有反应，第二天照常早起赶电车，和诱捕机争抢瓷砖虫，有时候也撬开机器偷。

“都钻钱眼儿里去了。”丁师傅感叹，“越是知道金矿会挖空，越是拼命地挖。人啊，贪婪！”他嫌大潮太吵，从来不去凑热闹。

到了午后，大潮过去，又有一堆人冲向捕虫大桥的影子，捡桥上被挤下来的瓷砖虫。这些瓷砖虫体形不会太大，混在玄武岩里，而且基本上摔得很难看，只能论斤卖了做混凝土。添加微型瓷砖虫的混凝土具有弱磁性，和钢筋的融合程度更好，而且不易干燥开裂，价位比普通混凝土高一些。

午间天气晴朗无云，地面上明亮得让人晕眩，桥和人的影子格外黑，映得瓷砖虫和山石格外白。大潮开始时，戴着耳塞也能感受到剧烈的震动；到结束时，只剩下清脆而稀碎的脚步。人们踩着厚底靴，在山脚下满载而归。满身泥渍的运输车发动引擎，低沉地呢喃，准备从河底隧道前往运河对岸的火车站，再由列车把虫砖运到全国各地，或者出口海外。

只有石料厂遗址的零散闲人置身事外。大潮日的游客都去看大桥了，遗址里空荡荡的，像清幽的山谷。白义山和其他热衷旧工业文化的人聚在一起，设计石雕模具，或者唱街头摇滚自娱自乐。

下午我路过遗址时，正好听见白义山在吊高嗓：

永远在铁道上游荡吧
不肯被埋没的生命

他声嘶力竭的，又不够凶狠，仿佛一只找不到家的小狗。

那天晚上，我和小沈、丁师傅还有白义山又吃了一顿烧烤。小沈很高兴，他那天抓到9只瓷砖虫，其中最大的有80厘米。丁师傅则想着瓷砖虫迁徙的事情，神色凝重。白义山嗓子有点哑，不过还是和平时一样略显颓废。

“师傅，您下个月也来吧。抓一回少一回了。”小沈右手累得抬不起来，左手举着钢钎，眉飞色舞。丁师傅没有理他，灌了一口啤酒。

“你这叫小人得志！”白义山敲着桌面，“等着吧，六年以后，看你们干什么去。到时候怕不是过来求我，跟着我造石雕。”

“白叔，想什么呢？”小沈揶揄道，“我三年就攒够钱了。再说就你那两下子，我七岁就会了。也就是我爹当时管得严，不让我干。”

“闭嘴吧。小人得志！丁工，管管你徒弟！”白义山也开始灌酒。丁师傅没有理他，一个人不停地大口吃羊肉串。

我因为第二天一早要赶火车出差，没陪他们喝太久，自己先离场了。走的时候，小沈大声和我挥手道别，白义山草草点头摆手，丁师傅则挤出一点笑容，目送我起身，踏上掺了虫脚粉末的水泥路面。晦朔之夜没有月亮，路灯是冷白色的光，隔很远才有下一盏，在两盏中间的地方，影子杂乱不堪。

回到旅馆以后，我迟迟没能入睡。调研的结果并不理想（之后的几次更是越来越差），在自然环境发生变化前，已经开始冲刺的产业根本无法刹车，甚至会越来越狂热。一切都像大潮中的瓷砖虫，要等到撞了南墙才可能回头。

我从床上起来，打开灯，翻出那块被丁师傅修复的虫砖。虫砖很漂亮，釉面光滑通透，等瓷砖虫消失以后，会因为稀缺而越来越有价值，成为藏品、传家宝。但也不一定，如果瓷砖虫在下一个周期突然又出现，这个劣质品就又一文不值了。更有甚者，如果到时候核能技术有了突破，瓷砖虫可以人工养殖，那就只会显得现在的我无比愚蠢。未来的事，谁能料到呢？想到这里，我不禁感到害怕。于是，接下来的几年里，不得志的我逐渐改变了研究方向，试图摆脱对瓷砖虫的依赖，瓷砖虫生态领域的开拓之梦也丢下了，只偶尔回访几次，得到的结果却一次不如一次。虽然我仍觉得瓷砖虫很美，却因生活所迫，不得不放下它，也许是永久地放下它。我没掉钱眼儿里，但钱眼儿越张越大，把我给随口生吞了。

研究所对瓷砖虫的研究也慢慢停滞，因为随着产量下降，购入样品的成本太高，经费不够花了。至于产量下降的原因，主要是采石场地区有人开始提前囤货。一个人开始囤，带着大家都囤，原本要到6年后才结束的产业，被畸形的市场把期限缩短了将近一半。

瓷砖虫的价格一路走高，建材市场很快承受不起，换回了以前的材料。剩下的瓷砖虫则成为精品、收藏品，被继续炒上天价。与此同时，虫砖拼接成了以假乱真的技术。市场上很快出现了大量焊接而成的劣质虫砖，没有磁性，釉面也是重新打蜡的，但在不懂行的新收藏家眼里没有差别。

人类社会的大潮比虫潮更加汹涌而疯狂。在巨大的私利面前，无数个体的理智与疯狂达成了壮烈而可耻的统一，并必然在利益破碎的一刻共同坍缩为时代的伤疤。只可怜那些瓷砖虫了 —— 它们只是想晒晒太阳。

熔岩养晦

我爱瓷砖虫，爱它们的生命力与活力。突然这样说，不知各位是否会被我吓到，但我忍不住了。这份热爱像熔岩一样，从我的心中喷涌而出。

第一次在丁师傅那里观摩虫砖焊接的时候，曾有过目睹瓷砖虫假复活的情况，丁师傅还让我别担心它活过来跑掉。我当时没有说出来，其实自己正想要一只活的。作为无机自组织结构体（由于生物学界的争议，一般不把瓷砖虫称为“生命体”，也不提倡用生态理论研究），瓷砖虫的繁殖和生长方式一直成谜，猜测是在岩浆内完成的，但研究所也没有条件模拟岩浆环境，所以大家就一直只做材料学的分析，好出成果拿经费，多发几篇论文，方便在研究所评个好职称。而且，主流观点也是把瓷砖虫当成一种非可再生资源，只挖掘直接应用价值。

我个人倒是对瓷砖虫的完整生态很感兴趣，觉得很有研究潜力，甚至能成为一个新领域，也试着解剖过，只发现里面有充当电容的特殊晶体结构，而磁流体完全无法提取到虫体外。至于进一步的探索，因为几次生态调研的结果不理想，最后课题开题失败了，还耽误了评职称，年底差点因成果太少而被辞退 —— 瓷砖虫生态的现有知识还太少，而且由于人工养殖等等都看不到希望，生态的研究价值也不够形成领域。总之，拿不出靠谱的研究方案，撑不起一个长期研究的大项目，没法申请项目经费，没有钱，什么也干不成，只好作罢。

怎么就钻钱眼儿里去了呢？还是说瓷砖虫吧。半年前我重返采石场地区，也是出于对瓷砖虫的深切怀念。

瓷砖虫果然已经消失。几天里，我在采石场地区兜兜转转，找不到瓷砖虫的痕迹，终于悻悻然去见了丁师傅，想叙叙旧。如前所述，我去拜访的时候，他独自在家里看地图。后来他累了，抬起头揉着腰，问我以前那块虫砖怎么样了，有没有卖掉。他肯定希望没有。

“砸了。”我说。

丁师傅张开嘴，想说什么，又咽了回去，头低下来朝着世界地图。

我接着说下去：“碎成均匀的四块，然后加大量磁粉，放进马弗炉煅烧五天。四块都有了微弱的活性，体内再生了少量磁流体。应该是它们内部的电容晶体结构没有损坏，高温下自由电子增多，熔融的磁粉填入空腔移动，恢复了电磁场。”

“都活了？”他急忙问。

“没有。能量太少，磁流体不稳定，几分钟之后就不动了，只是应激反应；但如果烧五十天的话，能动两个多月。按模型估计，对于20厘米的瓷砖虫，至少得持续煅烧十年才能突破生命阈值，让它们完全活过来。不过这样就搞明白了繁殖的过程。”

“下一步是不是可以用马弗炉人工养殖，再应用到发电厂那些地方，像捕虫大桥那样？”

“马弗炉的耗能太高了，得不偿失，我这次实验事先未经报备还挨批评了。之前大桥用瓷砖虫发电，本质上是在提取瓷砖虫积攒转化的地热能。不过虫砖作为特种材料，还是有很大价值。”

“那么，找一片岩浆池就能人工养殖了？高效提取地热能？”

“可能性不大。从岩浆里怎么取出来也是个问题，而且养殖周期太长了，应用级里最小的20厘米都要十年，成本上不值得。另外它们如何生长也不清楚，如果丢进去十年没有长大，那不是白费了。”

“需要研究。这个可以继续研究。”

“没有材料了。现在一块40厘米的虫砖，比我们一个重点实验室都贵，谁有钱研究啊？”我说到这里，已经陷入了遗憾的情绪中。

“我有。”丁师傅突然说，“我有虫砖。”

他让我一起把书橱往外搬一点。在书橱后面是一块竖着的钢板，把钢板掀起一条缝，里面藏着一小面墙的虫砖。都是5厘米以下的小虫砖，被丁师傅早年捡来藏到这里。一小面墙的宝石。漂亮。美。我激动得说不出话。

“最开始只是觉得好看，像集邮一样捡一点放到家里。后来从你那听说了瓷砖虫迁徙，就有意识地攒了。不过那时候反而攒得少。这些够了吧？”

我看着那面墙，仿佛是一面活的壁画，逃过了掠夺者的魔爪，在等待被人们发掘真正的价值，让人不忍拒绝。我跟丁师傅说，我们去找个火山口，把它们倒进岩浆里，等十年看看——不对，这些个头小，应该不用十年。这又不用管大小，能长大更好。总比下一次发现迁徙地点要快……我还想说很多，但丁师傅没听完就同意了。

“别让我老婆知道。她老惦记着，想当传家宝，留给孩子结婚用。没出息。”丁师傅嘱咐我，说完，对着墙傻笑起来。

“我们还是得做点有意义的，”他摸摸后脑勺，顿了一下，“对全人类有意义的事情。”

晚上，我和丁师傅去找白义山吃烧烤。露天烧烤摊变成了封顶的大排档，虫砖桌子早被老板卖了，换成打蜡的胶合板，仿大理石花纹，偶尔被人当虫砖撬走，第二天被警察抓住，大骂着还回来。当地撬虫砖的人被抓了很多，仍然层出不穷。

席间，白义山喋喋不休，大口吃肉喝酒。丁师傅则只吃肉，不喝酒。他眼睛不好以后，妻子不让喝了。羊肉串的味道还是和以前一样。

“最近啊，有人说瓷砖虫从一开始就是谎言，是人造的机器，为了炒大理石瓷砖的。”白义山用食指敲着桌面，“之后还攻击到采石场地区的人，说咱们心眼儿坏，干啥啥不行。气不气人！”

“谁说的？”我问。

“都说。网上这也说，那也说。”

“说话的都是人吗？”

“谁知道。最好不是人。人哪能这么傻啊？三年还没过就开始胡编。”

“我觉得是那些大城市的人编的。”丁师傅说，“那些人不喜欢咱们这里。”

“大城市就是冷酷啊。小沈之前也这么说。”白义山搭腔。

丁师傅摆摆手：“大自然才冷酷，它对每个物种有自己制定的上限，越了线就要杀。见树多了就杀树，见虫多了就杀虫，见人多了就杀人。城市没有这种上限，人多了，就让自己发展、变大。城市不杀人，它只杀死每个人的一部分。”

后来白义山喝醉了，散伙以后，唱着歌独自踉跄走远。我把丁师傅送回家，又踏在水泥路面上。路面如今坑坑洼洼，因为有人觉得水泥里藏着微型的瓷砖虫，在半夜没人的时候，拿着磁铁跑过来，看哪里吸得特别牢，就用矿锄往下撬。当然，撬不出微型瓷砖虫，只有含虫脚磁粉的碎屑。他们以为里面裹着瓷砖虫，分不开了，像不透明的琥珀一样，被称作“虫水泥”，当特产卖给游客，屡禁不止。瓷砖虫时代的亡魂挥散不去，驱赶着年轻人背井离乡。

我仰起头，看见天边一块略显肥厚的弯月，还有星火无数。

第二天，我去丁师傅家讨论接下来的计划。在世界地图前，我把丁师傅的手指挪向日本南端的鹿儿岛。樱岛火山是目前离这边最近的活跃火山。

“我来联系当地的科研人员，等他们准备好以后，咱们就带着虫砖过去，用飞机从岩浆上空投放，我的无磁虫砖也丢进去作对照。大部分虫砖都先留下，给以后的其他实验做准备，拿一小部分就行。给这些虫砖加上同位素标记，等到下一个太阳黑子周期，如果在那附近有活动，就可以认出来。别的地方如果有了瓷砖虫目击记录，也可以去调查一下。现在还不知道它们迁徙的距离。”

丁师傅听得很激动，一个劲儿点头。后来，他拿起一块小虫砖，摆到阳台上，那光滑的釉质外壳反射着阳光。

“矿车翻了之前的几天，我一个人去爬山，爬到山顶，就看到那些瓷砖虫趴在上面晒太阳。遍地都是，亮晶晶的，黑白相间，像水墨画一样。当时还不知道大潮，只觉得这些家伙很懒，长得又漂亮，怕它们被人害了，就没告诉别人。结果是它们先害人。小沈他爹出事故，有一部分也得怪我没早提醒。我本来猜到了，它们就是奇怪雷鸣的源头。”他的墨镜对着小虫砖，不知在想些什么。

“其实也没有谁害谁，就是碰上了。大自然嘛。”他最后说。

回研究所以后，我把瓷砖虫生理行为的新进展如实报告，介绍了研究人工养殖的可能性，还找了其他交叉方向作陪衬，几经周折，终于打动了研究所领导，还邀请到一个日本当地的火山研究团队。

“瓷砖虫真的很美啊，像艺术品一样！”对方的邮件回复里最后写道。

三个月后，我去樱岛火山，把小瓷砖虫都丢进了岩浆。一点浪花都没看见，但大家都很高兴，互相祝贺，仿佛成功给火山送了一份礼物。火山向我们吐出硫黄的烟，不知心情是好是坏。我把录像发给了丁师傅。听说他看录像的时候，被妻子骂了一顿，面不改色。

直到现在，瓷砖虫始终没有在地表重现那美丽的身影。

可能未来有一天，在鹿儿岛，或者在阿留申群岛，或者在东非大裂谷，或者在长白山脉，又会有一座山峰开始低声轰鸣。

算了，这样说老是没个准话。把“可能”去掉吧。

“不存在科幻”公众号，2024年3月14日

绝 弈

吴清缘

“现在开始读秒。”

电子钟响起了字正腔圆的女声，周弦正襟危坐，心跳随着倒计时而加剧。他想立马冲到操作中心查看“坐隐”的运行参数，但目光却死死地盯着眼前的屏幕——

三次读秒，每次各三十秒，留给“坐隐”的时间，只剩下一分半。

对于围棋人工智能来说，一分半的时间原本足够漫长；然而，在读秒之前，“坐隐”已经在一手棋上花费了一个半小时的时间。

显而易见，“坐隐”发生了异常。

所以，对“坐隐”来说，眼下这一分半的时间，何其短暂。

第一次读秒的时间告罄，进入到第二次读秒。周弦按捺不住心中的焦虑，手伸进棋罐，搅动棋子，发出失礼的哗哗声响。此时此刻，他恨不得自己落子——

眼下，面对“坐隐”的必胜之局，连自己都能越俎代庖地为“坐隐”

赢得胜利。

但这并非周弦的对局，而是围棋人工智能之间的较量：第七届世界围棋人工智能大赛，中国智海公司旗下的围棋人工智能“坐隐”和美国微谷公司旗下的围棋人工智能 DigitGo 在决赛相逢，无论是周弦还是坐在他对面的美国人比尔·格林，都只是为围棋人工智能在真实棋盘上落子的工具而已。事实上，围棋人工智能之间的对弈并不需要真实的棋具，但出于仪式感，人们仍为围棋人工智能设置了宽敞的对局室——

一套古色古香的中式桌椅位于对局室正中，桌面上摆放着价值不菲的榧木棋盘和中国云子。周弦和格林相对而坐，两人身侧各摆着一台浅灰色方桌，方桌上各放置一台二十八寸的显示器，显示人工智能的落子位置。在两人的另一侧还摆着一张长条形的木桌，桌后坐着裁判长奎勒·琼森和记谱员莫尔森·卡宁，他们同样正襟危坐，凝视着前方在一个半小时内都未有动静的棋局。

自世界围棋人工智能大赛开办以来，微谷公司旗下的 DigitGo 已经拿下了六届冠军，无一败绩。而谁都没有料到，名不见经传的中国围棋人工智能“坐隐”会在第七届赛事中杀入决赛，并在决赛中将 DigitGo 逼入绝境——在“坐隐”出现故障之前，“坐隐”的黑棋已经将白棋一块三十七子的大棋牢牢围困，仅剩下只此一手的最后一击。

身为“坐隐”研发团队的领导者，周弦在开赛之前就预料到“坐隐”将会在决赛中奠定不可动摇的胜势。和基于人类设计的训练机制进行自我对弈的围棋人工智能有所不同的是，“坐隐”并不遵循人类给定的训练机制，因为从一开始，“坐隐”研发团队就没有为“坐隐”提供任何训练机制——

依托全新的深度学习算法，“坐隐”为自己设计了训练机制，并根据自行创造的训练机制进行自我对弈，在这一过程中不断地改进自己的训练机制；换言之，作为人工智能，“坐隐”不仅拥有了学习能力，还掌握了学习如何学习的本领。

最后一次读秒开始，“坐隐”必须要在三十秒内落子。

周弦的手自棋罐内拿出，紧紧拽住了西装下摆。

倒计时还剩十秒，电子女声开始倒数，周弦的额头渗出细密的汗珠。

女声计数到“六”，屏幕上，多了一颗黑子——

黑子落在了棋盘的横纵线条构成的方格之中。

陡然间，周弦眼前金星乱冒——

围棋棋子必须下在棋盘横纵线条构成的交叉点上；落于交叉点之外，属于无效落子，相当于投子认输。

“‘坐隐’中盘负。”裁判长琼森宣判了比赛结果。

“承让了。”格林用蹩脚的中文说。

周弦勉强挤出笑容，低头收拾棋子。两分钟后，周弦和格林走出对局室。过道两侧，闪光灯和快门声此起彼伏。周弦前往“坐隐”的控制室，工作人员为他驱赶簇拥上前的记者。走进控制室，五十平方米左右的房间内鸦雀无声，周弦顺着研发团队人员的目光看向控制室的大屏幕，瞬间怔住——

屏幕上显示着一个坐标，有着三个数值，且数值均为10。

这意味着，“坐隐”的最后一手棋，居然落在了一个三维坐标（10，10，10）上！

围棋棋盘纵横十九道，共形成19×19共361个交叉点。从数学的角度来看，围棋棋盘是一个二维直角坐标系，棋盘上的每一个交叉点都能被唯一的二维坐标所定义。因此，“坐隐”落子，相当于给出一个坐标，系统根据坐标将棋子显示在虚拟棋盘相应的位置上。而当“坐隐”给出一个三维坐标的时候，系统顿时陷入茫然无措的境地：一个二维直角坐标系，如何接纳一个三维坐标？面对三维坐标，系统出现了小幅度的崩溃，而“坐隐”这手棋，就此落到了毫无意义的交叉点之外。

“我需要调用‘坐隐’半小时前的行为日志。”周弦说。话音刚落，团队内的高级算法工程师赵若飞输入了一行命令，屏幕上的三维坐标淡出，取而代之的是一个缓慢转动着的立方体框架，框架内，横、纵、高三个方向的线条相互交错，彼此垂直，将立方体切割成一个又一个独立的小立方体区间。“这是三维直角坐标系……”周弦的声音微微颤抖，“或者说，是一个三维棋盘。”

“不仅如此。”赵若飞说道，按下回车。屏幕上，一颗黑子出现在了立方体正中，而在立方体最外围的一个面上出现了一百多颗棋子——倘若将这个面单独截出来，那便是“坐隐”下最后一手之前的决赛对局。

“‘坐隐’赢了，赢了一个维度。”周弦深吸一口气，转身走出控制室。

“在发布会上，您要怎么说？”赵若飞急切地问。

“如实说。”

“在决赛中，‘坐隐’下出了三维围棋。”

发布会上，周弦说出了他的第一句话。格林侧过身体，正对周弦，瞪大眼睛。台下的记者一片哗然，周弦不得不停顿片刻，等到台下略微消停后才继续说道：

“‘坐隐’没有接受任何人类设计的训练机制，而是在‘深度学习’之中自己生成训练机制。在日复一日的自我对弈之中，‘坐隐’的‘深度学习’发生了质的变化——

“它从根本上颠覆了之前的训练机制，为二维的围棋棋盘增加了一个维度。

“二维的围棋棋盘本质上是一个二维直角坐标系，若再为它加一根与之相垂直的坐标轴，我们就得到了一个三维直角坐标系，也就是一张三维棋盘。二维棋盘上，横19路，纵19路，共计361个交叉点；而在三维棋盘上，横19路，纵19路，高19路，19×19×19，一共有6859个交叉点。同时，二维围棋的所有规则，在三维围棋中依旧成立。

“从某种意义上来说，‘坐隐’之所以创造出了三维围棋，其实源于我们的疏漏。我们向‘坐隐’输入了围棋规则，对于棋盘边数、玩家数目、胜利条件、禁着点等各种情况都做出了严格的规定，但唯独对棋盘的维数没有作出严格的限制——具体到实际操作，便是在代码层面，我们对棋盘的维数给出了一个不严谨的描述。这是一个不应有的疏漏，它来自我们认为围棋棋盘只可能是二维平面这一惯常的认知；但正是这一疏漏，给‘坐隐’的深度学习打开了更广阔的空间，使它得以突破维数的制约，创造出了三维围棋。

“从二维围棋上升到三维围棋，这就是‘坐隐’长考的内容。在初步掌握了三维围棋后，‘坐隐’将正在进行中的决赛对局视作一场发生在三维棋盘上的棋局。在‘坐隐’看来，决赛对局中所有的棋子都落在了三维棋盘最外围的一个面上，而对于这盘下在三维棋盘上的对局而言，当前最佳的一着绝非局限于二维平面，而存在于广阔的三维立体空间之中——

“于是，他的下一手棋，就落在了一个数值为（10，10，10）的三维坐标上；或者说，落在了三维棋盘的正中央。

“二维棋盘显然无法接纳三维坐标，因此系统不可能将这一落子正常地显示在二维棋盘上。最终，这一无法在二维棋盘上呈现的落子就出现在了棋盘的方格内部。”

“周先生，您真的……不容易。”格林的脸上浮现出古怪的笑容。

“蒙您夸奖。”周弦微笑着点了点头。

“能把输棋说得如此清新脱俗，古今中外，恐怕也只有您一个人了。”

“您不相信？”

“我是学者，相信实证。”格林说，“我会等您的证明。”

“我现在就能证明。”周弦说，“如果主办方允许的话，‘坐隐’就在这里为各位下一盘三维围棋。”

经过五分钟的短暂讨论，主办方同意周弦在发布会现场进行三维围棋的演示。又过了十分钟，位于控制室的“坐隐”研发团队完成了演示所需的系统设置，同时，发布会的讲台上架起了一块八十七寸的大屏幕，通过无线网络与“坐隐”的控制室相连。一切就绪，位于控制室的赵若飞单击鼠标左键，“坐隐”开始按部就班地运行。

和周弦在控制室看到的画面基本一致，屏幕上出现了一个大型的立方体框架，框架内布满了纵横交错的线条；但有所不同的是，为了让观众看得更清楚，框架内的线条有加粗，线条交错所构成的交叉点即落子处用一个灰色小球标记。在完善了显示效果后，三维棋盘惊心动魄的复杂性得以呈现在全世界面前：一根又一根交错的线条排列成浩瀚的阵列，线条与线条之间的交叉点密密麻麻，由于透视关系的存在，明明彼此垂直或平行的线条大部分却相互倾斜或者重叠，数千个交叉点拥挤在屏幕上，以看上去极其无序的方式排列，就像有人在屏幕上撒了一把胡椒面，然后把这些胡椒面以直线相连，整个棋盘呈现出人类难以理解的庞杂与混乱。

一切就绪，对局开始。黑子落下，一个体积是顶点处灰色小球两倍大的黑色小球落在了棋盘偏左下角的一个交叉点上；半秒钟后，代表白子的白色小球出现，与黑子相距五个交叉点。黑白交替落子，棋盘上的棋子数目很快达到了二维棋盘所能容纳的最高数目，但在有着6859个交叉点的三维棋盘上，这些棋子在分布上仍旧相当稀疏。

“就到这里吧。”十五分钟后，周弦说道，“事实上，‘坐隐’在三秒钟内就已经下完了整盘棋，但为了能清晰地展现棋局进程，我们放慢了演示速度。”

“周先生，请容我提醒您：即使是三维的程序错误，那也是程序错误。”格林说道。

“就今天这盘棋来说，这就是程序错误，毫无疑问。”周弦对格林拱一拱手，“恭喜 DigitGo 又一次赢得了冠军。”

“请问二位，如果‘坐隐’在二维棋盘上再次与 DigitGo 相遇，你们认为结果会如何？”一名记者问道。

“在‘坐隐’学会三维围棋之前，它与 DigitGo 的对局就已经回答了您的问题。”周弦笑着说，“降维打击不仅适用于文明之间，在围棋的世界里也同样通行。”

“周先生，我本来不愿意在这个场合说出我的真实想法，但您的挑衅使我忍无可忍——恕我直言，三维围棋只是一个谎言，而‘坐隐’从头到尾都在所谓的三维棋盘上满盘乱下！”格林面色铁青地说，“事实就是，‘坐隐’被 DigitGo 逼出了一个复杂的程序错误；这并不耻辱，但也绝对不怎么高明。”

“格林先生，‘坐隐’究竟有没有乱下，我应该更有发言权吧。”一名坐在前排的青年说道，“我请求与‘坐隐’在三维棋盘上对局。”

青年名叫木可，来自中国，年仅二十岁，已斩获五个围棋世界冠军，在十七岁时击败韩国围棋第一人朴正梓，位居世界围棋职业棋手等级分排名第一位并保持至今，今年受邀成为第七届世界围棋人工智能大赛的解说嘉宾。两年前，作为当今世界围棋第一人的木可曾与当时的最强围棋人工智能 DigitGo 进行过一场人机大战，DigitGo 以3∶0的全胜战绩零封木可。这是人类职业棋手第三次以正式比赛的形式挑战围棋人工智能，而结果与前两次毫无差异——自从2016年AlphaGo 以4∶1战胜李世石以来，在三尺棋枰，面对人工智能，人类已经失去了任何胜算。

“您能和‘坐隐’对局，是我们的荣幸。‘坐隐’随时随地恭候您的挑战。”周弦平静地说道，但内心却雀跃不已。相对于请职业棋手来评判“坐隐”的棋局，由“坐隐”和职业棋手对弈显然更有说服力，并且在围棋的世界里，棋力的强弱本质上只能由胜负来证明。

“在下这盘棋之前，我有两件事要和您的团队确认一下。”木可说，“第一，能不能给我安排一款三维围棋对弈程序？三维棋盘几乎不可能在现实中被制造出来，所以要下三维围棋，恐怕只能靠电脑了。”

“您放心，绝对没问题。”

“第二，三维围棋显然要比二维围棋难得多，所以我需要一些时间来做研究。”木可挠了挠脑袋，“这段时间可能会比较长，希望您和您的团队能耐心等待。”

“我猜‘坐隐’也是这么想的。”周弦笑道。

“那就行咯。”木可走出发布会大厅，挥了挥手，“周先生，后会有期。”

木可之所以提出要和“坐隐”下三维围棋，来自职业棋手的本能冲动和对未知事物的强烈好奇。而当木可收到“坐隐”研发团队制作的三维围棋对弈程序，他就像是孩子收到新奇的玩具一般惊喜，在他眼前呈现的是一个前所未见的神奇棋盘，还有宛如电竞选手一般的下棋方式：

以 W、A、S、D 四键控制光标在三维棋盘中来回移动，从而控制棋盘在屏幕上的显示区域；通过按动鼠标右键并拖动鼠标，就能连续转换观察棋局的视角，而最常用的鼠标左键承担了落子的功能。整个操作复杂而又奇特，木可用了半个多小时才适应。

当木可试着在三维棋盘落子，他对于三维棋盘的复杂性才有了深刻的体会。要在三维棋盘上下一手棋，要穿越层层叠叠的平面，穿透纵横交错的线条，在星罗棋布的交叉点之间来回穿梭，最终才能找到心仪的选点；而视角一旦发生转变，棋盘在眼前的模样就会发生巨大的变化，不仅仅是屏幕所显示的棋盘范围发生改变，还有因透视关系的变动导致棋子之间的位置关系在二维屏幕上发生的变动，虽然实际上棋子之间的位置关系并未发生任何变化。

而当木可开始对三维围棋进行深入的研究，他才意识到自己完全低估了三维围棋的难度。三维围棋最艰深之处并非几何级上升的变化数量，而在于棋手永远无法全面地观察三维棋局。作为三维生物，人类能看到二维棋盘的全貌，包括任何一颗棋子与它周边所有棋子和空点的位置关系；而当人类观察三维物体的时候，人类所能看到的永远是三维物体的局部，就比如当一个人看到一张纸的正面时就不可能看到它的背面。因此，面对三维棋局，无论棋手的视角如何变化，他都永远不可能看到棋局的全貌，哪怕是一颗棋子的全貌——更严格地说，是不可能看到一颗棋子与其他棋子和空点的位置关系。于是，面对三维围棋，人类的视角始终受限，思考的困难程度就上升到了一个空前的层次。

面对巨幅增长的变化数量和永远受限的视角，木可心中产生了深刻的无力感和失控感。他感觉自己进入了一个极为浩瀚的迷宫，其中隐藏着近乎无穷无尽的未知领域；在第一周的研究之中，木可一无所获，绝大多数时间都在瞪着屏幕发呆，偶尔在棋盘上摆上几手，也完全没有章法可言。

转机出现在第十二天，那天下午，木可登录网络围棋平台“弈风”，以匿名对局的方式放松一下心情。棋局进展到第九十七手时，木可的白棋就已占据胜势，只消再花一手棋就能彻底完成对黑棋三十二子巨龙的封锁。木可正要点击鼠标落子，他忽然意识到这一幕似曾相识：

当初，“坐隐”就是在这样的必胜时刻陷入长考，在长考之中以三维围棋的视角去审视二维棋局。所以，倘若自己站在“坐隐”的角度，将眼下的局面视作发生在三维棋盘上的对局，那么自己又会怎么下呢？

木可打开三维围棋对弈程序，将当前的棋局落子一一摆在三维棋盘最外围的一个面上。摆上最后一子的时候，木可在“弈风”的必胜之局被判超时负。五小时后，木可落子，这是他在三维棋盘上正式下出的第一手棋，而这手棋成为三维围棋研究的突破口——

当他站在三维围棋的视角审视二维棋局，便是强行将自己的思路从二维围棋向三维围棋转换，于是，他就打破了三维围棋和二维围棋之间的思维壁垒，继而找到了三维围棋和二维围棋之间的隐秘关联，正是这些关联为木可带来了三维围棋的一部分基本攻防手段。

两周后，木可在网上公布了自己的研究成果，通过程序自带的动画截取功能将他下出的攻防手段以三维动画的形式予以呈现。“这是从零到一的突破。”对于木可的研究成果，周弦在社交网络发表了自己的评论，“在本质上，任何棋类都是一类自洽的数学体系；三维围棋和二维围棋有着完全相同的规则，意味着两者在数学上必然存在着某种隐秘的联系，这一联系尚未被数学家以数学语言来表达，但已能被职业棋手所感知——这或许就是我们所说的‘棋感’吧。”

在职业棋坛，对三维围棋感兴趣的不止木可，中日韩共有两百多名职业棋手同时在研究三维围棋。当包括木可在内的职业棋手对三维围棋的研究日趋深入，他们就有能力解读“坐隐”在发布会上下出的那盘未完成的三维对局。职业棋手一致认为，当时“坐隐”绝非满盘乱下，但所掌握的也不过是木可在研究初期所下出的基本攻防；从周弦每周公布的“坐隐”的棋谱来看，“坐隐”的棋力增长速度与人类相近，而与当年的AlphaGo相距甚远。因此，大部分职业棋手认为，木可和“坐隐”的棋力在伯仲之间。

随着时间的推移，越来越多的棋手加入到三维围棋的研究之中，但放眼棋坛，对三维围棋最用心的仍是木可。在研究三维围棋的这一年里，他平均每天花在三维围棋上的时间超过十二个小时，与此同时，在国内外棋战之中，木可的表现却一落千丈。在中国围甲联赛中，木可的年度胜率降至三成，而在世界围棋赛事“野狐杯”和“乌鹭杯”中，身为种子选手的木可两度脆败于朴正梓之手，当今世界围棋第一人的宝座已经岌岌可危。

“木先生，您如何评价您这一年来的战绩？”在木可与“坐隐”对局前的记者发布会上，有记者问道，“您即将与‘坐隐’的对决是否影响到了您这一年来的发挥？”

“这一年里最重要的棋还没下，你叫我怎么评价呢？”木可笑道。

“对您来说，和‘坐隐’对局比拿世界冠军还要重要吗？”

“棋手要下出自己的围棋。”木可说，“这就是我现在正在做的事情。”

“但您有没有想过，您的围棋，会不会下错了地方？”

“下错就下错吧！”木可笑容灿烂，“就算下错了，我也下出了自己的围棋。”

第二天，木可与“坐隐”的对局如期展开。双方用时各四十小时，时间耗尽后，进入一分钟共五次的读秒阶段。每天对局时长为八小时，上午和下午各四小时，分别于上午八点和下午两点开始，中间有两小时午休时间。对局室是一间六十多平方米的房间，居中是一桌、一椅、一台计算机，计算机内安装有三维围棋程序；在距离这副桌椅约一米远的地方是裁判席，也是一桌、一椅、一台计算机。由于对局只能通过计算机程序这一虚拟媒介进行，因此对局室的装陈设计不再遵循典雅的中式风格，而采用了简约的北欧设计：黑白色调，线条利落，带有隐隐的科幻感。

上午八点，对局开始，双方猜先。猜先的流程效仿了人类围棋规则，由“坐隐”随机生成一个介于1—3430的自然数——3430是三维棋盘交叉点数目除以二后再四舍五入取整得到的数字，然后让木可猜测这一自然数是单数还是双数，若猜对，木可执黑；反之，木可执白。木可单击左键，在棋盘上摆上两颗黑子，代表双数；半分钟后，屏幕上显示数字42——

猜先结果：木可执黑，“坐隐”执白。

木可整理了一下西装衣襟，挺直背脊，左手置于键盘W、A、S、D四键上方，右手轻轻握住鼠标。“对局开始。”电子女声响起，紧接着电子钟开始计时。木可操纵键盘鼠标，调整视角和光标位置，一分钟后，双击鼠标左键，落下一子。

全天八小时的对局，木可目光平静，面无表情；除了双手因操纵键盘鼠标而略有移动之外，木可的身体几乎纹丝不动。在与“坐隐”的对局过程中，木可感到自己置身于棋盘内部，在纵横交错的线条之中来回穿行；但同时，他又感到自己的身体处于静止状态，以他的身体为基准，棋盘的纵横网格和落在交叉点上的棋子在他的眼前旋转、平移；两种认知并不冲突，各自独立却又相互兼容，以各自的参考系向木可展现完全相同的棋局进程，并且屏蔽了棋盘之外的世界——

当木可的感官身处三维围棋内部，主观意识就停止接受来自棋盘外部的信息；三维棋盘的无形边界变成了一堵看不见的墙，将木可困在了这处体积未知但显然十分有限的空间。但木可并不觉得逼仄，相反，眼前的空间比他去过的任何地方都来得广阔。这一错误的空间感并不仅仅源于三维棋盘的错综复杂，更是因为三维棋盘内部蕴藏着6859！[①]之巨的变化——它们赋予空间以更为宏伟的意义，并被木可

① 6859的阶乘，即6859 × 6858 × 6857 × 6856 × 6855…… 以此类推，直至乘以1。

清晰地感知。

当天对局中止的瞬间，木可的腰部一下子塌了下去。赛后木可接受了记者的短暂采访，憔悴的他露出了调皮的微笑：

“‘坐隐’很强，但我觉得自己还有机会。请大家放心，本人还可以一战。”

当天晚上，困极了的木可却彻夜失眠。闭上双眼，身体再度置身三维棋盘之中，与“坐隐”的对局按照落子的顺序逐渐浮现，并且在未经主观意识的指引下自行演绎出后续进程。意识仿佛融化进了棋局之中，在似睡非睡之间变得逐渐模糊，天亮的时候，木可睁开眼，脸上露出了酸涩的苦笑——

这一夜过得如此疲惫，仿佛下了一整夜的棋。

从卧室到对局室，木可感觉自己的身体正在以加速度不断下坠，但是他脚下的地面仍旧坚实地支撑着他的身体，于是下坠的感觉和真实的物理空间产生了无法调和的矛盾，坐立行走无不艰难；而在旁人看来，木可憔悴到了极点，看上去根本不足以坚持一整个白天的对局。然而，当裁判长琼森宣布续战的时候，木可突然挺直了背脊，无神的目光陡然间变得平静而专注——

木可感觉自己的下坠戛然而止，身体坠落在了三维棋盘之中。

下午六点，当天对局结束，木可原本挺直的身体整个蜷缩起来，过了五分钟才踉跄着走出对局室。当晚，木可沉沉睡去，无梦地睡了一夜。然而到了第三天晚上，木可再度失眠，棋局又一次在似睡非睡之际于头脑中展开，翌日，他重复了对局第二日的精神状态：

下棋时全神贯注，但在棋局之外，身心接近崩溃的边缘。

当天晚上，木可无梦地睡了整宿；翌日晚上，再度失眠。熟睡与失眠交替，而木可与“坐隐”的对局逐渐进行到尾声。中午午休之际，观赛的职业棋手们一致判定，木可已经确立胜势。下午两点三十二分，木可落下第3671手后，无论是当局的木可还是观赛的职业棋手都得出了一个共同的判断：

有此一手，黑棋的胜利已经不可动摇。

“回顾整盘棋，从头到尾，木可都压着‘坐隐’一头。”韩国围棋第一人朴正梓在网络解说时说道，“在二维围棋棋盘上，人工智能早已碾压人类，但木可以一场胜利证明，在更广阔的棋盘上，人类的智力仍旧凌驾于人工智能之上。”

话音刚落，“坐隐”落子，落于（12，13，17）。“这手棋倒是出人意料。”朴正梓笑道，“不过，这只是‘坐隐’最后的负隅顽抗了。”说着，朴正梓移动鼠标，缓慢地切换视角，不知不觉之间，他的笑容逐渐凝固，不自觉地发出了哑声的惊呼。与此同时，在中国棋院的研究室内，原本愉快的氛围迅速消失，在令人压抑的沉默中，众人惊恐地凝视着屏幕上的棋局：

此刻，一条282子的黑色巨龙突然岌岌可危，原本死透的317颗白子借尸还魂，黑棋右下围出的五百目大空[①]变得支离破碎，而白棋右上单薄的势力得到掩护，一块千目大空隐约围成——

这一切的发生，都源于落在（12，13，17）的这颗白子。

古往今来，围棋中最玄妙深奥的思想之一，是来自围棋大师吴清源先生所提出的“六合之棋”：

> 阴阳思想的最高境界是阴和阳的中和，所以围棋的目标也应该是中和。只有发挥出棋盘上所有棋子的效率那一手才是最佳的一手，那就是中和的意思。每一手必须是考虑全盘整体的平衡去下。[②]

---

① 空：围棋术语。指棋子围成的地域。

② 摘自吴清源：《中的精神——吴清源自传》，王亦青译，中信出版社2003年版。

而现在，“坐隐”在三维棋盘上将这一思想演绎到了已臻化境的地步：

一颗白子辐射整个棋盘，一共6859个方位，全都在这颗白子的影响之下！

木可仍旧保持端坐，面无表情。在长达数十个小时的对局之中，他将自己的全部心智都投入到了棋局之内，因而他的意识并没有为情绪留下任何空间，从而保持着绝对的平静。当“坐隐”仅以一手棋就逆转全局的时候，木可清楚地意识到失败已经无可挽回，然而他不明白的是自己为何失败，而且失败得如此突然。

在木可看来，这逆转胜负的妙手可能是“坐隐”所罗织的陷阱的最终环节，是图穷匕见的最后一击。倘若真是如此，那么自己究竟是在什么时候掉进陷阱里的？是在五十手前，一百手前，还是在更早的时候？

一小时后，木可认输。在单击屏幕上“认输”按钮的瞬间，木可头歪向一边，沉沉睡去。“让他睡吧。”裁判长琼森对工作人员说，“发布会在半小时后开始，到时候再叫醒他。”

发布会开始，木可缺席。被叫醒后的他仍旧疲惫得几乎无法行走，很快又在对局室睡去。在发布会上，周弦一个人坐在台上，向媒体公布了“坐隐”在棋局的不同阶段所预测的胜率数据：

前五手过后，木可所执黑棋的胜率从开局时的52.12%跌至37.00%；三十手后，黑棋的胜率始终低于0.20%，最低时降至0.08%；当木可下出第3671手——这手棋被包括木可在内的众多职业棋手视为奠定胜局的一手，黑棋的胜率降至全盘最低，仅为0.01%。

换言之，根据“坐隐”的评估，序盘不久，木可的黑棋就已经陷入了巨大的劣势，而木可的优势不过是人类因棋力远逊于“坐隐”而产生的虚假错觉。在发布会的大屏幕上，“坐隐”向观众演示了棋局接近尾声时未被下出的几种情况，无论木可抢先占据（12，13，17），还是下在棋盘的其他位置，木可都将迎来惨败的结局。

在发布会大厅的最后一排传来了零星的掌声，众人回头，居然是木可在鼓掌，他不知何时出现在了发布会大厅。“能输给‘坐隐’，这辈子都值了。”木可说，笑容真诚。

“木先生，‘坐隐’之所以能赢您，是因为它站在了四维的视角来看待棋局。”周弦说，“对您而言，这是另一种形式的‘降维打击’。”

木可愣住，呆若木鸡。同时愣住的，是位于发布会现场和收看发布会直播的千万名观众。周弦放慢语速，提高音量，尽可能让现场每一名观众都能听清楚：

“身为三维生命体，我们永远只能看到三维物体的局部，就比如我们最多只能同时看到一个立方体的三个面；因此，当我们面对三维棋局，我们永远只能看到三维棋局的局部，永远无法把握棋局的全貌。倘若要看到三维棋局的全貌，我们就必须从三维空间上升到四维空间，像二维生物要进入三维空间才能看到二维图形的全貌一样。

“对于三维生命体而言，我们永远不可能进入四维空间，但是对于人工智能来说，情况却有着微妙的不同。人工智能的本质是一系列算法，而算法的本质是一系列由0和1组成的二进制信息；对于二进制信息来说，它并不会受到空间和维度的限制——

“所以，人工智能就有可能摆脱三维现实空间的束缚，通过纯信息的方式创造出四维的视角。

“第一个发现‘坐隐’以四维视角看待三维围棋的人，是我们团队的高级算法工程师赵若飞。早在‘坐隐’下出三维围棋的第一天，赵若飞就通过‘坐隐’的行为日志发现了它正在学习四维视角的蛛丝马迹，然而包括本人在内的其他团队成员都没有把他的结论当一回事。而随着‘坐隐’深度学习的持续进行，越来越多的证据表明赵若飞是对的：

从‘坐隐’下出第一手三维围棋开始，它就开始试着掌握在四维视角下观察三维围棋的能力，在学习过程中，‘坐隐’处于一种既非三维视角又非四维视角的尴尬状态，因此它的棋力始终徘徊在较低水平，并且进步缓慢；而当‘坐隐’完全掌握了四维视角，它就彻底看到了三维围棋的全貌，于是棋力就有了质的飞跃 —— 而这一根本性的变化，发生在与木可对局的前一天。

“以上所有内容都能通过‘坐隐’的行为日志予以证明，今晚八点，我们团队将公开‘坐隐’的行为日志。在三维视角下，木可已经做到了人类棋手的极致 —— 只是这一次，他的对手站在了更高的维度。”

周弦说完后，现场陷入了短暂的沉默。木可伸了一个懒腰，脸上浮现出卸下所有疲惫的轻松：“我啊，还是去下三维生物搞得懂的围棋吧。”在记者长枪短炮的注视之下，木可转身出门，留下了一个瘦削的背影，直到这时周弦才发现，这十天里，木可瘦了整整一圈。木可出门后，记者的提问纷至沓来，原本安静的会场一下子热闹起来：

“在以‘降维打击’战胜木可后，智海公司的市值会不会大幅度提升？”

“经此一战，智海公司是否已对微谷公司造成‘降维打击’？”

“贵公司 CEO 赵子华先生曾声称要打造全世界最强的 AI 企业，那么‘坐隐’的成功，是否是实现这一宏大愿景的坚实一步？”

……

面对这些问题，周弦苦笑着摇了摇头。眼前的这些记者有着敏锐的新闻嗅觉，但他们的问题全都集中于商业领域，而无关围棋与科学。“感谢各位对智海公司的关心。”周弦露出了礼节性的微笑：

“我相信，智海公司会越办越好。”

十年后。

周弦坐在“坐隐”的控制室内，脑袋萎靡地歪向一侧。时过境迁，当年那个英俊的青年如今已变为颓唐的中年人，此刻正疲惫地注视着屏幕。自从“坐隐”以最低水平运行以来，每个工作日，周弦都会一连好几个小时地陪伴“坐隐”。坐在这间逼仄的房间里，他常常会回想起十年前“坐隐”下出第3672手的瞬间，那是周弦职业生涯最高光的时刻，也是智海公司蓬勃发展的序曲——“坐隐”战胜木可后，智海公司得到的融资金额是预期的将近五倍。彼时，周弦踌躇满志，将“坐隐”的成就视作自己职业生涯全新的起点，并相信他的事业将从此迈向更高的台阶。

然而当时的周弦还不知道，他和智海公司都已到达了各自的巅峰，等待他们的是急遽的滑落。“坐隐”战胜木可之后，周弦领导的“坐隐”研发团队得到了近乎予取予求的资金供给，而他们的主要研发目标是将“坐隐”变现。谷歌公司旗下的 DeepMind 公司研发 AlphaGo 的根本目的并非围棋本身，而是要将 AlphaGo 的深度学习技术用于医疗领域；同样地，周弦和他的团队要将“坐隐”应用到能够带来实际收益的商业领域，才能真正让“坐隐”为公司创造价值，而这也正是“坐隐”能为智海公司带来巨额融资的根本原因。

当周弦和他的团队雄心勃勃地踏上“坐隐”的变现之路，他们很快就遇到了瓶颈。要实现“坐隐”在商业上的应用，周弦和他的团队首先要理解“坐隐”的算法和数据。然而自从“坐隐”掌握了三维围棋，它的算法就变得极其庞大复杂而难以理解；在自我对局所生成的棋谱和行为日志之下，其蕴藏着的海量数据绝大部分都如同天书。

但是包括“坐隐”研发团队在内的公司上下并没有因此而气馁，相反，眼前的阻碍使得整个公司都陷入到了狂热的期待之中：正因为“坐隐”已经变得神秘莫测，所以一旦能够解码“坐隐”，那么智海公司的收获将会超乎想象。

三年时间倏忽而过，对于“坐隐”的解读工作完全没有任何进展，巨额的投入没有换来任何学术成果，更遑论实际的商业收益。由于公司将大量资源投进了“坐隐”，公司的其他业务部门备受冷落，公司业绩因此大幅下滑，从小有赢利走向日益亏损。“坐隐”战胜木可的第四年，智海公司的管理层开了一个将决定公司命运的会议，会上有半数高管认为应暂时停止对“坐隐”的投入，壮士断腕，谋取新生；但还有半数高管认为应继续向“坐隐”投资，理由不仅仅是因为已经投入进去的沉没成本。

智海公司的大部分市值和它所吸纳的大部分融资都是靠“坐隐”的赢利潜力带来的，倘若此时放弃“坐隐”，意味着投资撤离、市值暴跌，公司前景一落千丈；因此眼下公司要做的，就是加大对“坐隐”的投入，并向投资人隐瞒现状，捏造虚假的研究成果。这是一场没有退路的豪赌，赌的就是在泡沫戳破之前能否破解“坐隐”并实现“坐隐”在商业上的应用，倘若赌赢了，智海公司将前途无量；倘若赌输了，智海公司就将无可挽回地走向深渊。

这场会议开了一天，最终，CEO 赵子华拍板决定赌下去。赌局在四年后有了结果：

他们输了，而且输得极为惨烈。

“坐隐”战胜木可的第八年，媒体曝光了智海公司的真相：智海公司不仅连年亏损，并且在“坐隐”的商业应用研发领域毫无进展。对于投资人来说，他们完全无法接受智海公司七年来在“坐隐”的变现方面毫无建树，并且以商业欺诈的方式辜负了投资人的信任。投资人不仅纷纷撤资，还要求追偿已经被智海公司“烧掉”的投资，在经历漫长的诉讼之后，智海公司被迫兜售大量核心部门以赔付投资人，市值跌幅超过九成。

“坐隐”并没有被卖出，因为无人愿意接盘；但无论如何，“坐隐”

仍旧是智海公司最高的技术标杆，因此不能被完全放弃。“坐隐”的控制室从三百平方米的大厅转移到了仅二丈见方的杂物室，服务器数量从鼎盛时期的二十一台减少至仅剩一台，在这个无人问津的幽暗角落，“坐隐”能使用的算力只够让它维持在最低水平运行。“坐隐”研发团队被彻底解散，团队中的大部分成员被辞退，而对于使智海公司登上顶峰又坠入深渊的主要肇始者周弦，智海公司的管理层给出了特别的辞退方式：

人力资源部给了他一份接近全市最低工资标准的薪水，以一种羞辱性的方式逼迫他自己辞职。

但是周弦接受了这份薪水，这出乎智海公司高管们的预料。智海公司 CEO 赵子华为此烦恼了五分钟，然后决定在彻底架空周弦的情况下聘用他 —— 公司的境况虽然很糟，但也不至于计较每月这么一笔微薄的支出。在智海公司，周弦无事可做，连像样的工位都没有，每天就坐在杂物室，一个人孤独地面对着屏幕。

这是一个寻常的午后，周弦在漫长的回忆之中昏昏欲睡，就在他的双眼几乎完全合上之前，他看到屏幕上跳出了一个坐标，坐标有着四个数值：

（8，15，5，12）

这是一个四维坐标。

周弦愣了半晌，一瞬间睡意全无。他检索了“坐隐”的行为日志，发现了令他极为惊骇的事实：

即使以最低水平运行，“坐隐”也从未停止过深度学习，在漫长的学习过程中，“坐隐”下出了第一手四维围棋。

与二维棋盘和三维棋盘类似，四维棋盘是一个四维直角坐标系，要描述一个交叉点的方位需要四个坐标。

四维棋盘上，横19路，纵19路，高19路，加上第四个方向上的

19路，19×19×19×19，一共有130321个交叉点。

周弦飞快地输入了一行命令，调出了一张四维棋盘，更确切地说，是四维棋盘在三维空间的全部截面。三维棋盘在二维空间的全部截面是19张二维棋盘，19张二维棋盘在一个更高的维度——也就是第三维上彼此相连。同理，四维棋盘在三维空间的全部截面是19张三维棋盘，19张三维棋盘在一个更高的维度——也就是第四维上彼此相连。于是，19张三维棋盘排列在一起，这便是四维棋盘在三维空间中的模样，只是人类永远无法观察到它们是如何通过第四个维度相互连接的。

一分钟后，周弦得到了一张四维围棋棋谱，接着，他写了一份情况简报，并将简报附上四维棋谱和“坐隐”的行为日志，发送给了智海公司的技术部门和公司高管。一周过后，周弦发送的文件如泥牛入海，没有得到任何回应。“今后请不要骚扰我们的技术部门。”第十天的时候，周弦收到了CEO赵子华的邮件，“周先生，拜托了。”

“坐隐”下出四维围棋的第十二天，它已通过自我对弈的方式生成了一万七千多张四维棋谱。周弦将这一万七千多张四维棋谱和“坐隐”在这十二天里的行为日志向全世界公开，不仅在学术界引起了轩然大波，也因四维围棋所具有的新奇属性而吸引了大量媒体的关注。但“坐隐”的热度并没有超过普通的新闻热点，只过了不到一周，“坐隐”再一次淡出了人们的视线——

学术界没有能力解读下出三维围棋的“坐隐”，更遑论下出四维围棋的“坐隐”和它的四维围棋。面对注定无法理解的事物，学术界对它的关注和兴趣终究有限。而在围棋界，四维围棋也曾一度引发了强烈关注，但和学术界一样，面对无法理解的事物，大家对其的态度也就仅仅停留于惊奇而已。放眼职业棋坛，对“坐隐”和它的四维围棋保持着浓厚兴趣的只有木可一人——十年的时间里，木可恢复了正常的训练，牢牢锁定着世界围棋第一人的位置，但在比赛和训练之余，他仍旧会翻阅当年的三维围棋棋谱，并不时地搜索“坐隐”的动态；在得知“坐隐”下出了四维围棋之后，他立刻联系周弦，拜托他每个月给自己发送一张“坐隐”的四维围棋棋谱。在各个场合，木可不时会提及四维围棋的复杂与神秘，甚至在领取世界冠军奖杯的颁奖典礼上公开表示，相对于“坐隐”的四维围棋，自己所拿到的奖杯不过是小儿科罢了。

全世界对“坐隐”的忽视令周弦沮丧，但周弦仍旧坚持陪伴“坐隐”。有时候，连周弦自己都感慨，自己居然真的坚持了那么久。当周弦接受了智海公司所开出的羞辱性的工资之后，他收到了二十多份来自各大 IT 公司的聘用邀请；在这些年里，他完全可以在任意一个时间点上离职，在比智海公司更有前途的企业担任技术骨干。周弦曾一度认为，自己的坚持源于对自己所创造的事物产生的难以割舍的情感，但这似乎还不足以让他忍受着奚落和孤独，苦苦支撑到现在；日复一日，当周弦在孤独和寂寥之中频繁地反刍着回忆，他终于为自己的坚持找到了原因，这一原因始于他在少年时做出的选择，而这一选择最终改变了他一生。

十二岁那年，周弦在全国少儿围棋公开赛中拿到第一名，俨然将成为未来棋坛一颗耀眼的新星。彼时，有七名资深的围棋教练在公开赛当天亲自找周弦面谈，而在这七名教练中，有两人是名震四方的前国手。在外人看来，周弦的人生轨迹是确凿无疑的：进入围棋道场集训，参加职业围棋定段赛，成为职业棋手，将围棋视为自己一生的事业。

但只有周弦和他的父母知道，此刻的周弦正面临着痛苦的选择。幼儿时就开始学棋的周弦从小就展现出了强大的围棋天赋，但他同时又对数学和计算机产生了浓厚的兴趣。入学后，周弦的文化课一直名列前茅，数学成绩长期保持年级第一，并在各地的少儿编程大赛中屡屡获奖，在他的数学老师看来，周弦未来将成为优秀的理工科人才。在小学二年级的时候，年幼的周弦有了一个缥缈但又确定的梦想：以自己的智慧，创造出一台属于自己的人工智能。

但这只是周弦的梦想之一，他的另一个梦想与围棋有关。自从五岁时第一次接触围棋，他就爱上了这一简洁而又复杂的游戏；第二年，周弦考上业余五段，领取证书的那天他握紧双拳，郑重地对父母说，自己有朝一日一定会拿到围棋世界冠军。现在，当他拿到了全国少儿围棋公开赛第一名，向围棋世界冠军的梦想迈进了一大步，却开始纠结到底要不要继续往前走——

再往前走，就意味着他要放弃绝大部分学业，彻底与创造人工智能的梦想无缘；而倘若他不进入道场学棋，那么他的棋力将被那些在道场全天学棋的孩子快速甩开，彻底断绝职业围棋的道路。从小怀揣的两个梦想发生了尖锐的冲突，而周弦必须在二者中择一。他向父母求助，希望父母为他定夺，但他的父亲只是微笑地告诉他：

儿子，这是你的人生。

你要自己选。

周弦最终放弃了职业围棋的道路，将自己的梦想彻底锁定于人工智能。这并不是一个多么坚定的选择，只是在最终做出决定的刹那，他的情绪微微摇摆向了人工智能这一侧；倘若在做决定的时刻，有人跟他多说了一句无关紧要的话，或者是天气比当时更加晴朗，他就完全有可能做出另一种选择。初中毕业，周弦毫无悬念地考入全省最好的高中，三年后考取了清华大学计算机系，毕业后就职于智海公司，带领团队创造了围棋人工智能“坐隐”。直到现在，当坐在这间无人问津的杂物室里，他才意识到，“坐隐”不仅仅是他的一项发明创造，还有着深远得多的意义：

他创造的人工智能下出了人类永远无法下出的围棋，这意味着他童年的两个梦想以一种合二为一的方式被完美地达成。

这便是自己无法割舍“坐隐”的原因，在潜意识里，他早就将“坐隐”视作自己的梦想本身。“坐隐”是他前半生所有努力和执念的成果，镌刻着他自童年伊始就坚守的初心；他之所以陪伴“坐隐”，只是在守护着那虽已实现却变得千疮百孔的梦想罢了。

就在“坐隐”下出四维围棋的那一年，危机四伏的智海公司最终还是到了倒闭的边缘，山穷水尽的赵子华决定永久关闭“坐隐”，并驱逐整天窝在杂物室里陪伴“坐隐”的周弦。“拜托你，再让它下完最后一盘棋。”面对前来关闭“坐隐”的技术员，周弦央求道。“周老师，没想到你也有这一天。”那名技术员冷笑道。直到这时，周弦才认出对方是十年前申请加入“坐隐”研发团队，但被周弦拒之门外的技术员刘磊，没想到十年来他一直对此耿耿于怀。“十年河东，十年河西哪。”刘磊说着，一把推开周弦，探过身子就要关闭“坐隐”服务器的电源，却被周弦一把拉住：

“求你了，就半分钟。”

刘磊眯起了眼睛，上下打量着周弦，他的嘴角越咧越开，仿佛是在沉默地大笑：“行，成全你，就半分钟。”

周弦紧紧盯着屏幕，像是要把屏幕上的数字和曲线铭记于心，此刻他正在与“坐隐”作最后的告别。半分钟即将过去，“坐隐”的对局行将结束，就在这时，周弦突然发现自己忽略了一个极为重大的事实：

这盘棋，并不是“坐隐”自己和自己下的。

开局伊始，“坐隐”的自我对弈功能根本就没有启动。

换言之，“坐隐”有了一个对手——

一个会下四维围棋的对手。

“喂，时间到了。”刘磊说，接着麻利地按下服务器的电源开关。在关闭开关按钮的咔嗒声响起的时候，周弦看到了对局的最终结果：

“坐隐”惨败，输了整整两万目。

然而屏幕并没有暗下去，“坐隐”仍旧在流畅地运行着。刘磊又重复按动了几次按钮，服务器上的 LED 灯仍旧闪烁着幽幽的红光。“真是见鬼了。”刘磊嘟哝着，伸手拔掉了服务器的插头，但是情况仍旧没有发生丝毫的变化——

“坐隐”仍在运行，屏幕上不断变动着的数字和曲线仿佛是冷峻而又沉默的嘲笑。

就当刘磊在恐惧与震怒之中呆若木鸡的时候，智海公司所处的整栋办公大楼突然响起了巨大的喧哗。刘磊冲向门外，周弦站到了门槛的位置，透过走廊的窗户，两人看到了匪夷所思的景象：

天空中陡然出现了一个硕大无朋的黑色立方体，它的一小部分隐于地平线下，另一部分遮蔽了小半个天空，此时的太阳就仿佛镶嵌在这个立方体上的一个小小光斑。在这令人窒息的立方体面前，人类的城市显得如此渺小而脆弱，像是随时会被这个立方体所压垮。就在这时，立方体的六个面上出现了两行白色的汉字，几乎撑满了整个平面：

我们来自四维空间

我们要求再下一局

在巨型立方体出现的头一个小时内，人类社会陷入巨大的混乱之中。不计其数的人们出现了包括尖叫、晕厥、精神失常等轻重不一的应激反应，从而导致社会运转骤然停顿，引发的灾难遍及全球。公路车祸不断，列车频繁出轨，飞机接连失事，成千上万的基础设施供应突然中断……在立方体出现的头一小时，因突如其来的混乱造成的死伤数以百万。

在经历了最初的惊惶之后，各国的天文台迅速对立方体进行了观测。共有两个立方体降临人类世界，各自出现在南北半球两侧，它们与地球的距离达三万多公里，基本与地月距离相当；边长为十四万公里左右，与木星的直径相近。两个立方体的上下表面分别与地球纬线平行，中心正对地球的南北两极，以和地球自转相同的方向和速度自转，因此与地球表面达成了相对静止。无法检测到来自这两个立方体的引力效应，由此推断它们质量极小或者根本就没有质量，因此它们就像是悬浮于天地间的一个巨大幻影，但纯黑的表面又使得它们显得稳固而坚实。

在立方体出现的十五分钟后，各国政要与相关专家在联合国统筹下召开线上紧急会议，共同商讨如何与立方体进行接触。对于立方体表面呈现出的两行文字，与会人员认为，倘若这两个立方体确实来自四维空间，那么它们就是四维超立方体在三维空间的正截面——

当一个正放的三维立方体穿过二维平面，二维平面上就会突然冒出来一个正方形；同理，当四维超立方体自四维空间“降落”到三维空间，就会有一个立方体凭空出现在了三维空间之中。

但令与会人员难以理解的却是立方体表面所显示的后半句话：我们要求再下一局。从字面意思来看，控制立方体的四维生物要求和人类下一盘棋，并且在此之前，他们已经与人类进行过对局；然而人们并不知道对方究竟要下的是哪种棋类，也不知道之前发生过的对局是怎么回事。为了理解这后半句话，各国迅速派出人员进行调查，二十多分钟后，来自中国的调查人员找到了“坐隐”的主要创始人周弦。周弦被接入联合国的线上会议，向各国政要报告了自己所目击的两桩异象：

1.“坐隐”在四维围棋的对局中遇到了对手。
2.“坐隐”在断电后仍旧正常运行。

异象之一的证据是“坐隐”的行为日志，这一证据很快就得到了与会专家的验证。异象之二的证据是现场所拍摄的照片，在检测后被证明并无图像处理的痕迹；以及，刘磊作为人证也被接入了会议，战战兢兢地承认自己就是关闭“坐隐”电源的那个人。

周弦的报告结束后，他受邀成为会议的正式参与者。在会上，周弦屡被提问，然而对于诸如“‘坐隐’如何下出四维围棋”“超维人以怎样的方式与‘坐隐’建立联系”等之类的核心问题，周弦和所有人一样一无所知。对立方体来到地球的动机，与会人员展开了激烈的讨论，最终达成了大致统一的猜测：

“坐隐”掌握四维围棋的事实，经过某种未知的渠道被某一个存在于四维空间中的高级文明所知晓。由于这一文明凌驾于人类置身的三维空间，因此与会人员将这一文明命名为“超维人”。超维人通过人类未知的方式与“坐隐”对弈，并以人类所无法理解的力量阻止“坐隐”被关闭。而为了能与“坐隐”无障碍地对局，他们降临到了人类世界。这一立方体可能是他们的飞船，或者是与人类接触的工具。

各国首脑同意起草一份代表全人类的声明，声明将表达人类社会对超维人的善意，并确认超维人的动机。倘若超维人的动机与人类的猜测相符，那么人类将无条件地使“坐隐”保持运行状态。约半小时后，声明的正文完成，在文中，超维人被称为“来访者”。声明被翻译为联合国六大工作语言，并将通过无线电波向立方体持续播报。就当联合国工作人员即将按下播报按钮的时候，立方体表面的汉字发生了变化：

不用
能看的

从立方体的回应来看，超维人措辞生硬，表意模糊，对于汉语的掌握十分生疏。在经过了与会专家的讨论后，这句话的含义得到了如下解读：正如三维人类能够看清二维图形的全部细节，三维物体对于四维生物来说同样一览无余。四维生物不仅能看到三维物体的全部表面，还能看到三维物体内部的所有细节。正因为如此，在声明播报之前，超维人就已经看到了声明的全部内容。基于此，与会的专家猜测，其实人类并不需要通过无线电波向立方体“嚷嚷”，只需要正常说话，就能与立方体进行交流。

“来访者，对于我们的声明，您怎么看？”联合国秘书长戴维·特纳向立方体发问。

半分钟后，立方体回复道：

我要他最大运行

“我申请与超维人对话。”周弦向与会的政要们发出请求，三分钟后，他的请求得到了许可。眼下，相较于全球政要，创造“坐隐”并且目睹两桩异象的周弦更有资格与立方体对话。

“来访者您好，我是‘坐隐’的创始人之一。”周弦说道，“您的意思是，您需要‘坐隐’以最高水平运行？”

过了片刻，立方体予以回应：

是

“要‘坐隐’以最高水平运行，所需要的算力极其庞大，初步估算，需要动用人类世界百分之七十的超级计算机。”

立方体沉默了半晌，回复道：

计算机
我要全部

“您的意思是，要动用全世界所有的计算机来为‘坐隐’提供算力？不，这没必要，全世界百分之七十的超级计算机就已经达到了‘坐隐’对于算力的需求上限。”

立方体开始无规则地旋转，看上去像是在进行着某种愉快的舞蹈；约两分钟后，立方体恢复原位，六个面上呈现出新的回复：

我相信你和你们
最大运行

“他的意思已经很清楚了。”周弦对与会人员说。

“这意味着对方征用了全世界大部分的超级计算机？”联合国秘书长戴维·特纳问道。

“是的，并且他表达了对我们的信任。”周弦说，“如果他不信任我们，恐怕他会要求征用包括手机和计算器在内的所有算力设备。”

“我们暂时无法接受这样的要求。”美国总统霍姆·奥登说，“我需要和国会讨论，确认我国的超级计算机能不能为中国的人工智能服务。”

奥登话音未落，六个边长为三千米的黑色立方体出现在了美国首都华盛顿的上空。它们呈一字形排列，相互间距约五百米，距离地面约一万米的高度。除了体积远远小于中心正对南北两极的立方体之外，两者在形状和颜色上并无不同，但是后者却对人类造成了直接的威胁——

它们正在以地球的重力加速度向下坠落。

显而易见，这六个相对较小的立方体不再是虚幻的存在，而有了实际的质量；它们掀起的乱流摧毁房屋，拔起树木，仿佛超强台风过境。约四十五秒后，这六个体积为二十七立方千米的立方体将会以每小时四百四十千米左右的速度砸向华盛顿。就在六个立方体向下坠落期间，美国总统在警卫的护送下撤往白宫地堡，与此同时，包括美国在内的各国政府都批准了对本国超级计算机的征用权限。

六个立方体停止坠落，悬停在距离地面约两百米的上方。在如此近的距离，幸存的华盛顿市民只能看到六个立方体的底面，触目所及，是一片黑色的向四周不断延伸的平面。接着，两大六小共八个立方体的表面同时出现了两行字迹：

质量任意
不止六也可以无穷

超维人的话迅速得到了与会专家的解读，他们认为这是一则意味深长的警告。“质量任意”四个字是在告诫人类，四维超立方体在三维空间中的截面可以被赋予任意质量，这就是为什么六个较小的立方体拥有质量的原因。但更令人胆寒的是后一句话，它暗示了能毁灭整个宇宙的致命打击：

用一个二维平面切割一个三维立方体，会截出无穷多个形状为正方形的截面，这些数量无穷多的正方形将铺满任何一个哪怕是无限长无限宽的二维空间；同理，用三维空间去切四维超立方体，能截出无穷多个形状为三维立方体的截面，这些三维立方体将充斥任何一个哪怕是无穷大的三维空间——换言之，倘若一个四维超立方体要完整地在三维空间里展开，就意味着整个三维空间都会被这个四维超立方体所吞噬。

“来访者，我们将接受您提出的所有要求。”在经过了短暂的讨论后，联合国秘书长戴维·特纳向立方体说道，“由于超级计算机之间的远程连接需要时间，请给我们足够的时间作准备。”

六个较小的立方体骤然消失，两个大立方体作出回应：

我等

立方体出现的当天，对局的筹备工作紧锣密鼓地展开。经过详细计算，要使“坐隐”以最高水平运行，所需要的超级计算机数量和之前所预估的数量相比要少二十七台；但是为了保险起见，各国还是决定贡献出本国的所有超级计算机，多出的部分作为备用，以应对故障和意外状况。全世界的超级计算机专家开始设计超级计算机之间的远程匹配协议，借助这一协议，全世界的超级计算机就能通过无线网络将各自的算力相互连接。“坐隐”从智海公司的杂物室迁往国家超级计算无锡中心，与中国性能第一的超级计算机“神威·太湖之光”以实体线缆相连，而“神威·太湖之光”将成为衔接来自世界各地超级计算机算力的中央枢纽。在国家超级计算无锡中心，全世界最顶尖的IT工程师、计算机专家和人工智能学者在此会聚，他们组成了一个庞大的专家组，共同为“坐隐”的软硬件结合层进行优化，并实时监控“坐隐”与超维人的对局。身为“坐隐”之父，周弦当选整个专家组的组长，即便此时他已成为成千上万人类公民的公敌——在他们看来，立方体降临初期造成的巨大灾难，追根溯源都来自“坐隐”，所以“坐隐”的主要发明者周弦是这场灾难的罪魁祸首。而在人类筹备“坐隐”与超维人对局的过程中，人类仍旧持续地与超维人进行交流。在超维人生涩的表达中，事件的完整脉络逐渐浮出水面，它基本符合人们先前的猜测，却多了许多令人震撼的信息：

和人类的猜测相同，超维人身处四维空间。并且，超维人表示，有明确的证据表明存在着凌驾于四维空间的五维空间、六维空间、七维空间 …… 直至无穷维的空间。在四维空间之中存在着难以计数的文明，虽然都以截然不同的形式存在，但却都共享着同一个古老的竞技活动，这一竞技活动在人类世界被称为“围棋”。

但是和人类的认识不同的是，对于四维文明来说，“围棋”绝不是单纯的竞技活动，而有着更为深远的意义。正如人类所认识到的，任何棋类本质上都是一类自洽的数学体系。对于包括围棋在内的双方都拥有完全资讯且不包含运气因素的棋类而言，其终极目标是一个寻找“最优解”的数学问题：当双方下出的每一手棋都是当前最佳的一手，最终完成的棋局就是这一棋类的最优解，或者说是这一数学体系的最优解，这一最优解可能只有一个，也可能不止一个；因此，当对局双方为了赢得胜利，下出各自所能下出的最好的棋，便是在尽可能地向着这一最优解逼近。人类世界的围棋、象棋、跳棋等棋类均是如此，四维文明所开发的各种全资讯且无运气因素的棋类亦不例外，但只有围棋蕴藏着最纯粹也最复杂的数学 ——

围棋的棋盘是纯粹的直角坐标系，没有任何刻意斧凿和设计的痕迹；围棋的每一颗棋子一律平等，没有为任何一颗棋子设计特别的含义、品阶或走法；围棋可以在规则完全不变的情况下从一维向无穷维延伸，只有极少数棋类能有这样的维度延展度；最关键的是，同一维度的全资讯且无运气因素的棋类中，围棋有着最多的变化，或言之，有着最高的复杂度，这一结论已被四维文明通过数学严格证明。

在无穷无尽的全资讯且无运气因素的棋类中，或者说在这类庞大的数学体系之中，围棋有着极致的特殊性，因此四维文明猜测，在围棋中是否蕴藏着某种未知的意义？接着，他们进一步追问：倘若有朝一日发现了围棋的最优解，这个最优解对于文明或者宇宙而言又究竟意味着什么?

在四维宇宙的上一个纪元，四维文明中的智者得出了一个惊人的结论：围棋的最优解是文明晋升下一个维度的密码。例如，倘若人类得到了三维围棋的最优解，那么人类就获得了晋升四维空间的能力；同理，对于四维文明来说，如果他们得出了四维围棋的最优解，那么他们就能突破当前维度的束缚，上升到五维空间。

在四维文明的远古时期，他们所下的围棋只有三个维度，正如三维的人类自古以来都在下二维围棋。和三维人类一样，当四维文明面对着比他们低一维度的三维棋局，他们就能看到棋局的全貌。随着文明的发展，一部分四维文明发明出了四维围棋，这是一个重大的飞跃，但也极大地提高了围棋的难度 —— 正如三维围棋之于三维的人类，四维围棋最困难的地方在于，四维生物永远不可能看到四维棋局的全貌。当越来越多的四维文明掌握了四维围棋，文明与文明之间展开了四维围棋的交流和竞赛；这既是为了竞技和娱乐，也是为了能尽快地找到四维围棋的最优解，从而打通前往五维空间的道路。

在四维文明看来，一个无可辩驳的事实是，四维围棋不可能被维度低于四维的文明所掌握。然而令超维人诧异的是，他们居然在三维空间中检测到了四维围棋的存在，而下出四维围棋的便是当初被封存于智海公司杂物室内的“坐隐”。于是，超维人通过控制电场与这一匪夷所思的棋手进行对弈；当对局以“坐隐”惨败告终，超维人认为“坐隐”的棋力处于四维文明的末流水平。

但即便如此，在三维空间中下出四维围棋的“坐隐”仍旧令超维人感到好奇，他们试着与“坐隐”交流，但“坐隐”毫无反应，仿佛是一个只会下棋的智能。直到这时，超维人才开始对“坐隐”周遭的外部世界进行观察，然后发现了令他们震惊的真相：

“坐隐”并不是自然形成的智能，而是被一种碳基生物所创造并控制的智能，它的诞生来自某种能够实现高频运动的物理实体，而制造这种物理实体则是包括超维人在内的四维文明所无法逾越的技术天堑。这并不是因为这一碳基生物的智慧要比四维文明高级，而是四维文明所身处的四维空间所决定的——

在四维空间之中，支配万物运行的是一套与三维空间截然不同的物理定律，它们孕育了在思维速度和记忆容量上远远超过这一碳基生物的四维文明，但也将物理实体的运动频率禁锢在了很低的水平。从古至今，四维文明一直试图突破这一禁锢，但从未取得成功；因此，四维文明始终无法发展出类似于集成电路那样的能够实现高频运动的物理元件，自然也无法创造出任何形式的人工智能。即使他们身处三维空间，他们也无法创造出能够实现高频运动的物理实体，因为被四维空间的物理定律所塑造的四维文明无法在一个物理定律迥异的空间中从事精密的制造与加工。

当超维人知晓了“坐隐”的运行原理之后，他们困惑地发现，这一碳基生物的其中一个个体居然要主动关闭这个在思想上已经超越了自身所处维度空间的强大智能。当该个体要关闭开关的时候，超维人通过在三维空间展开四维物体截面的方式破坏了开关系统；而当他直接拔插头的时候，超维人通过在四维空间扭曲并折叠局部三维空间的方式使得插头仍旧与插座保持连接，就好像人类将一张纸上的某一个点折叠到另一个点上。

而在超维人干预人类世界的过程中，他们发现“坐隐”似乎并没有发挥出它的全部实力——“坐隐”使用的算力少得可怜，使得它始终处于极低水平的运行状态。超维人认为，这样的对局并不能体现出“坐隐”的真正棋力，因此需要“坐隐”以最高水平运行。然而受制于物理定律，超维人无法直接对“坐隐”所使用的算力进行调整，于是他们决定全面介入这一碳基生物的世界，迫使“坐隐”以最高水平运转，这就是超维人降临人类世界的原因——

但严格地说，降临的并不是超维人，而是超维人的围棋棋盘在三维空间中的若干截面。

对局约定在北京时间上午九点开始，在八点半的时候，悬于半空的巨型立方体发生了惊心动魄的变化：它们先是急遽地闪烁，在闪烁之中，一个又一个同等大小的巨型立方体从它们的底面分身而出；半分钟后，两个立方体变成了十九个完全相同的立方体，它们等距地环绕地球，几乎将地球“裹”在其中；其中一个立方体位于地球和太阳之间，它完全挡住了阳光，于是整个地球的昼半球就没入了黑夜之中。

但源于立方体的“日食”只持续了很短的时间，当十九个立方体全部就位，它们的六个面逐渐消失，立方体的内部结构也逐渐展示在人们眼前：在横、纵、高三个方向上，各有361根线段相互平行，并与另外两个方向的线段相互交叉，它们将整个立方体划分成了一个又一个独立的区域，和立方体的顶点一起形成6859个交叉点。纵横交错的线条无法遮挡阳光，于是阳光便能够毫无阻碍地穿透这十九个内部纵横交错的立方体，重新照耀在地球的昼半球上。

每一个立方体都是一个巨型的三维棋盘，是四维棋盘的一个截面，它们是四维棋盘在三维空间的具象表现，但并不是四维棋盘本身，因为将它们衔接在一起的第四个维度永远超然于三维空间之外——通过将四维棋盘的截面呈现在三维空间的方式，超维人向全人类直播对局的进程。

上午九点，对局开始，根据超维人在四维空间的猜先结果，由“坐隐”执黑先行。人们原本以为对局会像之前那样在一分钟内结束，但令人意外的是，“坐隐”直到十二点十五分才下出第一手棋。在位于北半球上空的一张三维棋盘上，其中的一个交叉点被一个黑色的小立方体所占据。由此人们推断，在超维人的围棋之中，棋子不是圆的，而是方的——

更确切地说，可能是立方体或者是四维超立方体。

四小时后，超维人落子，在横跨南北半球上空的一张三维棋盘的交叉点上出现了一个白色的小立方体。棋局以三到五小时一手棋的速度极其缓慢地推进，二十四小时后，双方只下了六手棋。在周弦看来，棋局进展速度缓慢是“坐隐”以最高水平运行的结果，它激发了“坐隐”的全部潜力，使得对局双方的计算量产生了指数级别的增长，从而极大地延长了双方思考的时间。一个月后，157颗棋子出现在了十九张三维棋盘上，但是相对于四维棋盘上的130321个交叉点而言，已经下出的157手棋不过是序盘中的序盘罢了。

在“坐隐”与超维人对局的第一百天，世界围棋第一人木可宣布退役。自从“坐隐”与超维人对弈以来，木可就缺席了国内外的所有赛事，其中包括两场世界棋战的决赛。“谷歌的AlphaGo击败李世石的时候，我还是什么都不懂的小孩儿，但当时我就隐约觉得，人类围棋从此失去了意义。从小到大，我一直努力说服自己，人类围棋仍旧是一件充满意义的事业，于是才一路走到了现在。但现在，当我看到了头顶上空的棋盘——”在宣布退役的新闻发布会上，木可黯然泪下，“对不起，我的围棋，已经死了。”

随着时间的推移，人们逐渐习惯了头顶上方硕大无朋的三维棋盘，曾经令人惊心动魄的奇观成为再也普通不过的背景。每天，空中的棋局都会发生些许变化，但由于对局速度缓慢，而外部棋子对内部棋子又造成了不同程度的遮挡，因此就算仔细观察，也很难看出今天的棋局和昨天的棋局相比有什么变化。但就在不知不觉之间，棋盘上的棋子变得愈发密集，在漫长的岁月里给人们带来不经意的惊奇——

天哪，这棋什么时候已经下了这么多了？

自棋局开始的三十年后，这盘四维围棋终于接近尾声，根据“坐隐”的预测数据，对局在10手内结束的概率高达99.56%，而自己的胜率仅为1.32%。对于这盘无人能够读懂的棋局，人类普遍不在乎胜负，但是当它结束的时候，所有人都明白，一个活在四维棋盘阴影下的时代将会落幕。在各国的现代史中，这盘延续了三十年的棋局和超维人降临事件被统称为“绝弈”，它以一种间接的方式极为深刻地改写了人类的历史：

在“绝弈”的影响下，各国之间的矛盾日渐缓和，地区热战逐渐平息，偶有零星的军事冲突，在大国的调停之下都很快得到了解决。对于世界各国而言，凌驾于三维空间之上的力量仿佛一柄达摩克利斯之剑，以一种超然的方式对人类的武力形成了终极威慑。

整整一代人出生在了“绝弈”的年代，从小到大，当他们抬头仰望，看到的是被若干个巨型立方体内的纵横线条切割得支离破碎的天空；而当他们从过往的影像中看到空空荡荡的天空，他们反而觉得不太习惯，那种巨大的空旷感令他们无所适从。这一景观深刻塑造了他们的心理状态，相比他们上一代人在同龄时的性格表现，他们更为封闭、含蓄、内敛，因此被称为“沉郁的一代”。

在思想和文化领域，“绝弈”带来的影响波及全球。和“绝弈”有关的文艺作品纷纷涌现，从微观视角到宏大叙事，各种视角无所不包，从不同的角度表达“绝弈”给人类带来的伤痛、惊惶与恐惧；在思想界，“人类卑微论”的思潮甚嚣尘上，随着时间的推移，其观点的核心从“人类文明在高等文明面前因力量悬殊而卑微”转化成了“人类文明因劣根性而天生卑微”，继而引发出对人性和人类文明本身的各种批判；在社会各界掀起了对超维人的崇拜，他们将超维人和悬于空中的四维棋盘奉若神明，而与此互成镜像的是，有越来越多的人开始崇拜正在四维棋盘上与超维人对决的“坐隐”，将它视作以一己之力对抗四维文明的英雄。

无论“绝弈”如何深刻地改变了人类社会，这些改变都与棋局的进程无关。而在对局开始后的三十年里，超维人对于人类社会并没有做出任何干预——他们只是单纯地下棋，十九张三维棋盘上逐渐变化的棋局是他们唯一的活动痕迹。人类无法理解四维棋局，超维人并不关心人类社会，两者在物理空间中存在着微妙的交集，但又平行地存在于各自的世界之中。同样超然于人类世界的是超维人的对手“坐隐”：自始至终，它都不知道外界发生了什么，只是一如既往地默默下棋。

在“绝弈”的年代里，周弦并非无所作为。基于“围棋的最优解是晋升下一个维度的密码”这一结论，他领衔专家组开启了一项名为“升维计划”的科研项目：通过寻求三维围棋的最优解，从而获取通往四维空间的钥匙。从二维围棋到四维围棋，“坐隐”的算法在深度学习之中不断更新，而周弦所领衔的专家组则要对“坐隐”的算法变化进行追溯，锁定并拷贝“坐隐”在下出四维围棋前的算法，并将“坐隐”的这一拷贝版本命名为“坐隐0.5”。接着，专家组对这一拷贝版本的算法加以干预，使其在深度学习的过程中始终将棋盘的维数定格在三维，于是“坐隐0.5”将永远致力于三维围棋的研究——在不间断的自我对局之中不断地向三维围棋的最优解逼近，直至找到最优解，为人类带来通往四维空间的阶梯。

对于“升维计划”，人们最关心的问题是“坐隐0.5”何时能找到三维围棋的最优解；对此，专家组并不能给出一个明确的论断。虽然“升维计划”所需时间未知，但毋庸置疑的是，给予“升维计划”以更多的算力显然有助于更早地找到三维围棋的最优解。然而，在各国政府和商业人士看来，“升维计划”太过虚无缥缈，也几乎不可能带来利润，因此“升维计划”并没有得到多少资金和算力的支持，“坐隐0.5”也只能以较低的算力水平勉强运行着。

在“升维计划”和“绝弈”同时进行期间，周弦所领衔的专家组更关心的仍是“绝弈”。三十年来，“坐隐”对自己胜率的预测并没有出现太大的波动，从开局略高于50％开始，持续以极其平缓的曲线走低。三十年后，当超维人下出第67390手的时候，“坐隐”的预测胜率降至0.12％——

只要给予足够的时间，微小的差距最终会累积成巨大的落差。

然而，当“坐隐”下出第67391手之时，“坐隐”的预测胜率突然发生了巨幅的变动，从0.12％猛增至98.3％。专家组迅速调出了“坐隐”的行为日志，赫然发现，在前半小时，“坐隐”生成出了极其复杂的行为日志，而专家组难以从中获悉“坐隐”的具体行为。为了弄清“坐隐”究竟在做什么，专家组成员倾尽全力，然而他们自始至终没有得到任何发现。

与此同时，在四维棋盘上，超维人和“坐隐”下出了震撼世界的两手棋。在“坐隐”下出第67391手的两小时后，超维人执白下出第67392手，这手棋位于棋盘深处，几乎不可能通过观察空中的棋局来获知，但是它所产生的效应却被全世界大多数人所看到：

十七个三维棋盘上的12800颗黑子瞬间消失，它们被周遭的白棋彻底杀死，再无复活可能。

三小时后，同样的事件发生在了白棋身上：

一颗黑子挟成千上万颗黑子之力，将31351颗白子彻底歼灭。

超维人迟迟没有落子，二十七小时后，一颗白子出现在了交错的线条所围成的立方体区域之中。在围棋中，这属于无效落子，相当于投子认输。当这颗代表认输的白子出现后，全世界的信息终端开始反复播报一条只有五个字的讯息：

“坐隐”中盘胜

两分钟后，悬于空中的十九张三维棋盘的表面逐渐被黑色所封闭，最终再次成为十九个黑色的立方体。其中十七个立方体“撞入”了中心正对南北两极的两个立方体，十九个立方体最终融合成了最初的两个，整个过程是十九张三维棋盘在空中生成的那一幕的精准倒放。时隔三十年，超维人再次通过立方体的黑色表面与人类对话，而从超维人的遣词造句来看，他们已经完全掌握了汉语：

谨代表四维空间全体文明向“坐隐”致以敬意

在世界各地，到处响起了热烈的欢呼，超维人的话让人类清晰地意识到“坐隐”的胜利具有非同凡响的意义，而当曾经的悲伤和仇恨在岁月里逐渐消解，人们由衷地为“坐隐”和创造它的人类感到骄傲。然而人类的喜悦很快被新的震撼所取代，此刻，全世界都注视着立方体表面新出现的文字：

自始至终，他都试着以五维视角看待四维围棋
但直到第67391手，他才真正掌握了五维视角
这就是他最终逆转的原因

对于周弦和整个专家组来说，超维人想表达的意思是显而易见的。和“坐隐”在下三维围棋时始终试着掌握四维视角一样，当“坐隐”在下四维围棋的时候，它自始至终试着掌握五维视角，然而由于它一度不得不以最低水平运行，因此它的进步极其缓慢；当“坐隐”在全世界超级计算机的支持下以最高水平运行，它的进步速度大大超过以往，最终在三十年后完全掌握了五维视角，于是就得以站在一个更高的维度观察四维棋局的全貌，最终以第67391手实现了惊天逆转。

所以，“坐隐”的未来会怎样呢？如今已白发苍苍的周弦注视着眼前这个跨越了地平线和天际线的立方体，浑浊的眼睛里迸射出明亮而炽热的光——有朝一日，它或许会下出五维围棋，然后是六维、七维……一直通往无穷无尽的更高维度。在他目光的尽头，立方体表面出现了新的字迹，而周弦眼神里的光芒陡然间黯淡下去——

很抱歉

“坐隐”将为我们所用

我们要靠他通往五维空间

“这是超维人的‘升维计划’！”控制室内，有人发出了惊呼。而和以往不同的是，这三行字并没有在短时间内消失，而是定格在了立方体的表面。就当人类世界为超维人的声明错愕不已的时候，“坐隐”自动开始了下一盘棋——

而它所下出的第一手棋有五个坐标。

悬于空中的立方体就在这时突然消失，消失得如此彻底而又如此匆忙。人们不确定超维人究竟有没有伴随着立方体的消失而离开，因为人们自始至终就没有见过超维人的模样。与此同时，在“坐隐”新开的棋局上，浮现出了第二手棋——

但这手棋，并不是“坐隐”下的。

《西湖》2024年第4期

关于人类不得不去寻找龙这回事

宝 树

尊敬的联合国秘书长阁下，尊敬的各国元首和代表，各位科学家和宗教领袖，女士们，先生们，大家晚上好！

当然，以目前的局势而论，虽然人类文明已经到了夜晚，但说“好”实在勉强。对此我本人自然难辞其咎，更大的“罪魁祸首”，却是不在这里的丁一博士。某种意义上，是我们导致了地球的空前危机，不过事情走到这一步，也是我们万万无法预计的。五年前，三年前，哪怕是一年前，都不会有人能想到事情会发展到如此地步。然而，此时此刻，这种荒谬绝伦的处境，竟变成了冷冰冰的事实。最荒诞的可能性一旦成为现实，就是100％的真实存在 —— 这看似是废话，却是整件事的关键所在。

我将代表联合国时间线协调委员会，阐述我们采取的紧急应对方案。但在此之前，我想先回顾一下这次危机的起源和发展，你们中的很多人对此还不了然。首先介绍一下我自己。我叫林一民，今年三十六岁，是国家时间线研究院院长、历史考古学会理事长、联合国时间线协调委员会副秘书长…… 还有十来个重要头衔。但仅仅八年前，我还只是中国河南省考古研究所的一个小助理。这个升迁速度史无前例。可能有人知道，这是因为我在考古学界的一系列显赫成就：我发现了夏王的陵墓，首次确凿地证明了夏代的存在，又找到了涿鹿古战场的位置以及正本《永乐大典》等。我还一度被誉为历史上最伟大的考古学家…… 但没有几个人知道，这一切都是因为我和丁一博士在八年前的相遇。

那年夏天，我博士毕业刚找到工作，就传来消息：在南阳盆地西部的一个小村庄里，发现了战国时期的墓穴，其中出土了青铜器、漆器和竹简等，从以往的案例来看这可能意味着将会有重大发现。省考古所十分重视，派出十多人的团队去现场。

考古队大腕云集，我刚入行，在里面就是个打杂的，那些比较重要的文物根本轮不到我去研究。我的工作只是一寸寸地筛现场的土壤，记录琐碎信息，以及把几千片青铜器和陶器的碎片整理编号。在烈日炎炎的夏天，在没有空调的帐篷里干这些烦琐工作，真是受罪极了。不过在这个过程中，我逐渐了解到古墓发现的经过：那是一个私立工程物理研究所制造的新型盾构机①在一次地下试验中偶然探测到的。

目前盾构机仍然在地下十多米进行拆卸回收，研究团队的很多人也还留在现场。我对盾构机的探测能力有一点儿兴趣，想能不能用于考古发掘，于是找到了它的发明者丁一博士。丁博士告诉我，这种机器叫作量子盾构机，通过量子力学的原理来改进挖掘效率。如果是理科出身，应该会感到这个发明不可思议，近乎骗局，但我当时全无相关知识，他稍微解释了几句，我也听不懂，就算了；不过丁一对墓葬

① 盾构机是一种使用盾构法的隧道掘进机。盾构的施工法是掘进机在掘进的同时构建（铺设）隧道之“盾”（指支撑性管片），区别于敞开式施工法。

的情况也有些感兴趣，反来找我打听进展。一来二去，我们逐渐熟悉起来，乡下无聊，偶尔也一起喝酒撸串。

然而，我们最后发现这个墓穴属于一个中低级贵族，里面没什么高级文物；被寄予厚望的竹简也腐坏严重，解读不出什么信息。我感到有些失望，前辈们对我说，这是考古发掘的普遍情况，真正的大发现多少年才有一两个，更不用说能落到自己头上的了。

不久后我回了省城，过了一年，早已把这次发掘的事忘得差不多了。我在其他一些项目里当苦力，干来干去觉得毫无出头之日，甚至萌生了辞职的想法。这时候忽然接到了丁一的电话，他约我见面。

我好奇这人找我能有什么事，和他约了喝咖啡。丁一说他的盾构机在最近的地下试验中又有新发现，然后拐弯抹角地问我，有没有“门路”能够把一些珍稀文物卖个好价钱。我知道考古界有些人的确在暗中干这种勾当，但我还是有操守的，当场斥责了他的贪婪和下作。丁一解释说，他的研究意义重大，需要大量经费，但研究所的经费已经不足了。我说，那也不能靠出卖国家文物来换取经费！我威胁要报警，丁一有些慌张，终于告诉了我真相：那些文物，是他“定制”出来的。

当年丁一搞理论物理学，研究方向是物质波或者称为德布罗意波的特性。宏观物质本质上也是量子态的波，通过观察而坍缩为固定形态。但丁一发现，量子态中也有深层结构，亦即它既是量子叠加态，但已经有许多近乎坍缩态的“先兆图式”出现，如果能够以某种方式找到这些图式，就能让特定的先兆坍缩为现实……

这么说，诸位能否听明白？我可能和丁一在一起的时间太长，习惯了他那套拗口的术语。简单地讲，就是可能存在某种巧妙机制，可以在对量子态进行观测的同时进行某种主动的选择，令某种坍缩态出现或不出现，以把握物质坍缩的方向。丁一的这些理论离经叛道，让他被科学界扫地出门，好在有个师兄欣赏他，招他进了一个私立的研究所，给了些经费支持他研究。

丁一意识到，未被观测到的物质虽然很多，但最方便人类去检测的范围是在地下深处。也就是说，无人得见的地下世界是什么样子，本质上是“量子不确定”的。几年前，丁一依据这一理论，制造出一种特殊的地下盾构机，它能将地下深处未被观测到的部分当成一团变幻莫测的物质波。每次挖掘的时候，同时“选择”令其坍缩到特定形态。丁一的盾构机前方刀盘上装有一种特殊的量子探测装置，在挖掘的同时，探测其中叠加的先兆图式，根据电脑中预先存入的图式结构进行匹配，同时通过观测让它变成现实。

丁一制造这种盾构机，一方面是验证自己的理论，另一方面他认为这种技术能够改进地下挖掘的效率。一般来讲，在地下挖掘时，无论如何都要和坚硬的岩石以及复杂的土壤淀积层、母质层、地下水等环境硬碰硬，碰到难以掘进的障碍只能怪运气不好。这种方式，能够按自己的心意让地下的泥土岩石“坍缩”到理想的状态，甚至找到金矿或者钻石矿等高价值矿脉。

但他一开始屡屡碰壁。不同土石形态的数据差异细微，很容易误判，再者这些图式的概率也不是随机的，而受到地质学基本原理的束缚，比如地球上绝不会出现月球类型的岩石，发现钻石、黄金或者某种稀有金属矿藏虽然是可能的，但概率也很低。且他的机器还比较初级，难以识别，实验了很多次只取得了一丁点儿的成果，无法验证丁一的理论。而经费日益捉襟见肘，就快见底了……

不过就像很多发明一样，虽然在本来的方向上不尽如人意，却带来了意外的效果。在一次实验时，一闪而过的某种特殊图式引起了丁一的注意，丁一不知道这意味着什么，但出于科学家的好奇心，选择了让它坍缩为现实。

他马上就知道了结果：盾构机在前方钻到一个古代墓穴，其中好像有很多文物遗存，研究所不敢怠慢，立刻上报，省考古所就派人来了，也就是我们这些人。

这件事让丁一明白量子盾构机真正有价值的作用是什么，它能够“选择”某处地层中出现墓葬或窖藏等构造的图式，让它们成为现实。这些有规则的地下空洞与一般土石的图式差别十分显著，很容易被发现和固定。

在那次发现后，丁一又做了几次试验，发现成功率很高，而且地层越深，发现越古老，并先后找到了好几个春秋、西周乃至殷商的墓穴。他渐渐心思活络，想用这些地方发现的古物换取好处。在他看来，这些文物本来就是他用物质波制造出来的，自然也就归他支配。

我想了好几天，才明白这里面的逻辑。使用量子盾构机“发现”一处古迹，就相当于选择了一条可能发生的历史时间线。以第一次的战国贵族墓为例，在两千四百年前，这个贵族或其子孙在许多个可能下葬的地点中选择了这个。但他们另外还有很多种选择，每一种选择都创造了不同的时间线。在一些时间线上，这个墓穴早已被盗，或者在洪水、地震等灾难中毁灭了，在另一些时间线里，这个墓穴迄今仍然沉睡在几千米外某一个隐蔽的角落。但的确在某一条时间线中，此人死后被葬在了这里，形成了特殊的地下构造。当量子盾构机选择了这一状态后，就让这条时间线并入了我们的世界。

诸位可能还不太熟悉“时间线”的概念，简单讲，相当于可能的因果之链。有几位或许看过一些科幻小说和影视作品，但这里的概念不太一样。在一般的科幻作品中，时间线意味着历史的某一分叉，会导致完全不同的未来，比如秦没有吞并六国的世界，或者希特勒打赢了二战的世界，都是与现实完全不同的时间线，它们和我们的时间线分离后就不可能再重新会合。

但这只是其中一种情况，还有另一种与之对称的情况，之前却无人考虑过。这里我想请问大家一个问题：刚才，我是先迈左脚上台的，还是先迈右脚？大家沉默了，显然，没有人记得和在意，包括我自己。但我要说的是，我先迈哪只脚上台这件事，虽然琐碎不值一提，但也是不同的时间线，承载着不同的历史。只不过，它们不会影响我现在在这里讲话的结果。虽然两条路径不同，但终点是一样的。因此，可以说在同一个现实存在的背后，隐藏着不同的因果链条。以往这些隐匿的时间线只是在观测中随机坍缩显现，但丁一的发明，让人类有了“定制”特定时间线的可能。

不过在我想明白这个问题后，我便提出反对意见。我告诉他，按照他的理论，我们只是正好进入某些古人的墓穴在那里的时间线，而不是真正创造出这些文物，也就没有资格去倒卖它们。丁一不得不同意我的逻辑，但我告诉丁一，他也不必沮丧，他的技术有大得多的用处，大到超乎他的想象——当然，后来也超过了我的想象——我打算辞职，和他一起创业，去缔造一项不朽的事业：定制时间线。

我本人对夏朝很感兴趣，但现代以来还没有完全能够证明它存在的发现。尽管我深深相信，证明夏朝存在的文物和遗址就在广袤的中原大地之下，却无法找到它们。丁一的发现可以提供一种方式，让我们以极为快捷方便的方式找到这些文明的宝藏，或者说，“定制”它们存在于我们指定地点的时间线。比起这样令人激动的前景，倒卖文物的利益不值一提。丁一同意了我的计划。他对考古学毫无了解，而我也不知道夏朝的遗存文物会以怎样的先兆图式出现，和其他朝代有何区别，我们必须结合双方的知识。首先，我们确定了夏代的遗址一定会在比商朝更古老的地层出现；其次，如果说是一个发达的文明遗址，其范围也一定比较广大；另外，有一些高等级的器物，比如青铜器、玉器等，会有明显的特征……这些理论问题，我们花了一年时间逐一攻克，重新制造了新一代的量子盾构机，也就是所谓的“时间线定制机”—— 后来人们都这么叫。

先兆图式并不是完全随机发生的，而仍然需要考虑现实概率。我结合传世文献和近期的考古发现，认为夏代早期都城可能在新密市新砦村附近，这里发现过一些遗址。虽然还没有太重磅的文物出土，但有可能夏代君主的宫殿就在附近。经过一段时间的考察，我们选择了一块几平方千米的范围，将盾构机运来，送到地下，让它寻找。这个工作比我们想的要艰难，我们换了好几个具体的探测点，但整整三个月都一无所获。当然，也不是什么都没有，我们看到一些可疑的图式在屏幕上闪过。但一旦误判，也许只是挖掘出商周时代的文物或者新石器时代的原始器皿，那就差得太远了。

终于，电脑匹配成功了一个比之前一切波形都更符合预测的图式，盾构机选择了这个图式，让这条时间线与我们的世界对接成功。我们进行了初步发掘后上报国家并联系了媒体，很快，一座气势宏伟的上古宫殿遗址被挖了出来。里面不仅有大量珍贵的玉器、青铜器、贝币、象牙等，还找到了大约公元前1900年的玉器铭文。其文字比甲骨文更古老原始，但依稀可以辨认出“天邑夏”“后开”等字，显然就是夏代和开国君主启（开）的名号。夏朝的存在因此获得了完全的证实！

这个发现轰动中外，我也一举成名。我们当然对时间线定制机的基本原理保密，对外界只说是丁一发明的一种新的地下遗址探测设备，但不提供任何技术细节。此后两年，我们又“发现”了涿鹿古战场以及失传的《永乐大典》等，证明了中国五千年文明的源远流长，也获得了数不胜数的奖励和荣誉。丁一的研究所被国家收编为历史考古研究院，也就是后来时间线研究院的前身，得到了上不封顶的资金支持。有人怀疑我们在造假，但各种文物古迹全都货真价实，最苛刻的专家也无话可说。

但正当我们摩拳擦掌准备继续大干一番的时候，出事了。

一天，丁一的电脑被黑客入侵，资料被清洗一空，与此同时，一部正在运行的时间线定制机也遭到了严重的物理破坏，价值几十亿元的量子探测器不翼而飞。我们报警之后，发现是一个来路不明的人在夜晚潜入工地干的。此人身手不凡，竟能绕过严密的监控和安保系统，此后迅速用假身份连夜出境到了南美，再之后就下落不明了。

我们受到沉重的打击，好几个月都无法恢复工作。我们也不知道幕后黑手是何许人也，直到半年后，日本考古学家宣布在九州岛上发现了一座公元前七世纪的大型王陵，我们才明白对手是谁。按照日本人的发现，在那座陵墓里出土了刻有长篇铭文的青铜鼎簋，上面有“神武王”字样的籀文，证明墓主是一个自称“神武王”的部落联盟领袖，也就是后来日本所追尊的“神武天皇”。他在公元前660年左右建立了大和国家，这完全证明了日本古书中的神话史观！

日本部分人为此欢欣鼓舞，不过他们很快就笑不出来了。我需要再次提醒诸位，所发生的一切不是伪造，而是使用者让我们的现实对接到神武天皇存在的时间线中，让它变成现实。一旦它成了现实，就必须符合逻辑法则和已知的自然与历史规律。公元前七世纪，在日本列岛上产生一定发达水平的文明，在哪一条因果链中可能出现这样的历史？

只有一种可能，这个文明来自西面的邻居。后续的发掘证明了这一点，青铜鼎铭文的全文在保密了一段时间后，还是被媒体披露出来。这里隐藏着一段春秋秘史：公元前686—前685年，齐国内乱，齐襄公的儿子，也就是齐桓公的侄儿姜武，在夺位失败后带着几百个追随者逃到东海，又漂流到九州岛，把来自大陆的先进农耕文明带到了那里。他模仿“天子”的称号，自称“天孙”，和当地土著的信仰结合起来，成了“天孙降临”的日本神话。

“神国”的理想破灭了，那些人愤恨不已，历史学家则十分振奋，认为找到了日本文明真正的起源，但这只不过是人类文明时间线真正大混战的序幕！

时间线定制机的基本原理无法再完全保密了，韩国人很快也加入历史竞争的行列之中。一年后，他们宣布在首尔附近发现远古的祭坛，规模宏大，还发掘出土了许多精美考究的石器和玉器！碳14历史定年在公元前2300年左右，如你们所能想到的，这正是传说中檀君朝鲜的时代。

然而，现实世界的规律仍然在起作用。当历史选择了檀君朝鲜存在的时间线后，也必然选择可能让这个文明合理出现的途径。檀君遗址中有大量的石器和玉器，其式样和花纹，非常接近在浙江出土的良渚古国文化。考虑到良渚古国的延续时间大约是从公元前3300年到公元前2300年，以及良渚人发达的航海能力，这条时间线上的隐藏历史就很清楚了：良渚文明衰亡后，一支良渚人远航到朝鲜半岛，把早期文明也带到那里。虽然没有文字，但在祭坛下挖出的一件精美玉璧上雕刻着良渚特有的神人兽面像，堪称铁证。

就这样，在一次次重新发现的历史里，三星堆、石家河、石峁、陶寺、大汶口、台北圆山、越南红河、琉球贝丘……整个东亚历史被对接到各种匪夷所思的时间线上，编织成魔幻的时间之网。在这些重写的历史中，北京猿人的后代进化成了智人，回到非洲又回到东亚；丹尼索瓦人建立的国度历史长达三万年之久；黄帝和炎帝用战车在涿鹿大战过手持铁兵器的蚩尤；周穆王远行到天山，和当地的吐火罗女王“西王母”会晤；日本武将源义经是成吉思汗麾下的哲别，郭靖本名郭宝玉……本来任何一个发现都可以震惊世界几十年，但现在，第二天就会被新的、更大的发现补充和修正。

在那几年里，类似的过程在印度、埃及以及欧美各国同步发生着。技术也在不断进步，能够越来越精确地定制所需要的时间线。所以，大西洋里真的有过亚特兰蒂斯古国（英国的巨石阵就是亚特兰蒂斯人建造的），希腊英雄们也的确远征过特洛伊人（他们甚至在地下挖出了那座巨大木马的残片）；亚瑟王与圆桌骑士的传说世界也被发现，人们甚至找到了埋葬亚瑟王的阿瓦隆岛（奇怪的是，那地方竟然在冰岛）……

所有这些，到目前为止还是在“正常”范围之内的世俗历史，无论看起来多么令人意想不到，还是在一般的历史认知框架之内。但这道门槛并不是绝对的，随着越来越离奇怪诞的时间线并入现实历史，超现实的时间线也若隐若现，人类已经越来越接近那个让一切已知历史崩溃的临界点。

不是没有人对此感到不安。许多人开始质疑：“招来这些本不应该存在的时间线有什么意义？”“历史事实应该自然地被发现，而不是去定制出来！”终于，在三年前，联合国召开了紧急会议，通过决议禁止任何国家再使用时间线定制机擅自改变历史。美国对此议案的推动最为积极，因为再怎么“定制”也轮不到它。有一次，在美国西南部掘出了一座公元700年左右规模宏大的印第安古城，反而让印第安人的民族意识日益觉醒……

决议通过后，世界太平了一小阵子，之前的历史已经过于混乱，让所有人精疲力竭，有待时间去消化。不过相关技术已经逐渐普及到民间，有一些狂人甚至在偷偷制造时间线机器，小的时间线变动还是屡禁不止。

联合国决议通过后不久，有一群人暗中找到我，我才知道出现了一个狂热的新兴宗教，包括东方人和西方人。他们是“龙”的崇拜者，想要找到一条有真正的龙存在的时间线！这里说的“龙”，自然不是比喻用法，而是那种身体修长、长着鳞片、犄角和尾巴的巨大生物。当然，对于龙具体的外观，东方人和西方人的看法颇有差异。

要定位一条有龙这样超现实生物存在的时间线，其难度远远超过找到任何上古文明。这些现代的“叶公”希望我和丁一能帮助他们改进算法，模拟出相应的时间线模型进行匹配，让有龙存在的时间线并入现实历史。我拒绝了这样荒诞的要求，而且觉得这些狂人也不可能成功，所以没太当回事。彼时，我们还没有意识到，只要一条时间线具备最低限度的可能性，哪怕是超现实的，它也有可能被定制出来。

一年多后，世界刚刚恢复平静，就又被一则爆炸性的新闻撼动：在南印度，出土了一些奇特的化石，它们可以拼成一个带犄角的脑袋、二十多米长的身躯以及几条相对短的腿。任谁看了，都会认为这就是印度传说中的“那迦”—— 龙神。几个违规使用时间线定制机的家伙很快被逮捕，但已经来不及了 —— 我们进入了龙族存在的时间线。继印度的大发现后，很快又在东亚和欧美各地挖出了各有特色的龙化石，有的身躯较为粗壮，有的长有羽毛，有的长着有翼膜的翅膀 …… 但彼此之间又有很多共同点。它们组成了进化史上一个独特的谱系。

这些巨龙从何而来？在现实化后的时间线里，它只能是从一种本来就有的生物进化而来。最为原始的龙族化石，来自古新世时期，有明显的鳄类生物特征，但比一般鳄鱼身体长得多。专家推测，白垩纪末期的大灭绝造成了一千万年间生态位的真空。此时，古鳄中的一支走上了陆地，成了顶级狩猎者，并发生了身体拉长等变异，开始了辐射到多个生态位上的演化。一些鳄龙的肋骨延长，变成双翼，逐渐拥有了飞行能力；另一些则在山林中如虎豹般觅食；还有一些回归江海，身体变得更为巨大，吞噬鲸鲵 ……

这些不过是古生物学范畴的发现，但龙族的崇拜者还不满意。他们坚信，龙不只是一种上古爬虫，还应当具有超人的智慧。没过多久，他们在太平洋边缘的海底又定制出了一座并非属于人类的城市遗址，其中有一些奇特的龙族骨骼看起来像是直立行走的鳄鱼，站起来足有三四米高，极为恐怖。至此，《山海经》中的“龙伯大人国”成了真实的记载。这座城市遗址中有大量的象形文字铭文，从中人类得知了这一种族的历史：

龙族比人类更早就进化出智慧生命——龙人。早在数十万年前，它们就创造过辉煌的古文明，在那个时代，人类只不过是龙人用生物科技改造类人猿而创造出来的宠物和仆从。但因为不明原因，龙人之间发生战争，使用了核武器。结果龙人毁灭了，人类也被消灭大半。这件事发生在七万年前，那时候人类的基因库进入了一个神秘的瓶颈期，原因就在这里——人类在地球上被消灭了99%。《摩诃婆罗多》中那些毁灭世界的战争的记载，就来自人类这种远古的回忆。后来人类走向复兴，少部分低等龙族还和人类一起生活了很久，直到历史时期。人类技术逐渐发达后，龙族缺乏栖身之地和繁殖的条件，也走向灭绝……

这是一个离奇的故事。当然，如果只是故事还好，但问题是，它已经成了现实，虽然是已经逝去的现实，但仍然会有后果。比如，被编织到其他的时间线里。

与发现龙族大概同一时间段，另一群基数更大、信仰更坚定的信徒也开始了一项野心和难度都更大的事业。他们想要让世界并入一条至为伟大的时间线——“上帝”现身的时间线。

宗教经典中记载的诸事物或遗迹被发现了，从巴别塔到索多玛，从所罗门的宝藏到消失的以色列支派。不过这一切还都可以用一般历史原理来解释。但最终，一群狂热的信徒将盾构机运到埃塞俄比亚的深山中，去寻找《旧约》中最伟大的神器——约柜。根据一些记载，它很有可能在公元前五百年的“巴比伦之囚”时期被偷偷藏在这里……

CIA、军情六处和摩萨德一起杀到这里，但为时已晚。教徒的环绕跪拜之中，他们看到一个光彩夺目的合金柜子正在出土，上面立着两尊长翅膀的怪龙雕像。

约柜被发现了。但它和人们想象中的圣物完全不同。这个箱子的本体竟然是一部计算机，两个怪物的眼睛就是投影装置，启动后，它们就在人类面前投射出地球历史最古老最深邃的奥秘：

在远古时代，在地球上还只有简单的单细胞生命的时候，来自宇宙深处的一个文明造物降临在地球上。他可以说是一种生命，亦可以看成一种机械，他是阿尔法，也是奥米茄。他改造了单细胞生物，让多细胞的生命体出现，并在数亿年中主导地球历史的历次变迁。最后，他创造出了智慧生物。

但他创造的第一批智慧生物并非人类，而是之前我们发现的龙人（在宗教中称为天使）。他们在漫长的发展之后实现了技术飞跃，也拒绝再被上帝掌控。“堕落天使”与上帝之间展开了一场大战（所以传说中天使长路西法是一条巨龙），这场大战毁灭了龙人文明。但上帝也受到重创，蛰伏在被称为约柜的装置中，直到一个叫摩西的埃及王子发现了他。他告诉摩西这段历史，而摩西也因此缔造了一个伟大的宗教传统……

然后就是众所周知的事件了。约柜被带回美国，放置在绝密地点，总统、议长和数十名政要慕名前往参观，但它发出了一条古希伯来语的消息后，开始闪烁和变色。很快，周围所有人都被一种奇怪的力量腐蚀，坍塌为一堆漆黑的粉尘，这些粉尘宛如活的蚂蚁向外扩散，又侵染了周围所有的建筑、车辆、机器和人类，让它们也成为灰烬……在地球表面，一小块黑色迅速蔓延，宛如覆盖苹果的霉变。

这是一种侵蚀一切的纳米机器，但它经过严格的甄选，只会消灭人类和人造物。在海水里，它的进展比在陆地上要慢得多，所以它也花了一段时间才能从一个大陆跨越到另一个大陆。但无论如何，上帝的旨意十分明确，他要再次毁灭这个世界。

所以一个月后的今天，剩下的人类代表聚集在这里，在马里亚纳海沟，在七万年前龙人的海底城市遗存附近，在一艘潜艇上召开这次会议。在地表，人类被黑色的尘埃围攻，只剩下五分之一的人口和地盘，人类最多还有一两周时间，也许更短。

回顾过去八年的历史后，现在我要告诉大家我们制订的方案。

这和约柜留下的信息有关。约柜最后用古希伯来文投射出一行字，古文字学家告诉我们，这句话是："除我之外，你不可有别的神。"众所周知，这是"十诫"中的第一诫，过去认为，这不过是反对偶像崇拜的宗教戒律。但上帝为什么要重申这句话，又为什么因此而要毁灭世界？

在时间线定制机问世后，这句话才显露出真意。上帝，或者说是这一来自宇宙深处的神秘智慧体，害怕其他生命通过对时间线的定制，找到另一条能够克制自己的时间线，召唤出更为强大的存在！他把自己的分身传播到整个宇宙中，在数十亿年的时光中，在每一个星球上掌控生命和智慧的发展，本质上是出于这一目的：预防时间线定制机的发明。

七万年前，他灭绝龙人文明，应该也是出于同样的理由。但龙人显然找到了一种方法，与之同归于尽，反而给人类以发展的机会。不过真的是同归于尽吗？既然古老的神祇仍然以某种方式存在于世界上，龙族或许也有可能在什么地方蛰伏着……至少存在着这样的时间线的可能。

它们可能在浓雾覆盖的金星，可能在黄沙滚滚的土星，也可能在美丽壮阔的土星环里……可惜在约柜的干扰下，人类已经不可能进入广袤的太空探索，但仍应该有更加切近的时间线。

在马里亚纳海沟的最深处，在亚欧板块和太平洋板块的交界点，丁一博士已经用定制机打开了一条缝隙，能够容纳一个深潜器进入。

他希望能够找到一条时间线，龙人仍然栖息在地球深处的某些空洞里，在那里隐居生活。对地球的最新探测显示，在地壳下面，存在着十几个这样的空洞构造。它们幅员达到数百万平方千米，高度也有数千米，彼此连通，足够海量的生物在那里栖息。

可以告诉大家，一天前，丁一博士已经携带时间线定制机，乘坐深潜器前往地球深处的空洞。我相信他必能找到一种方式，让龙族带着它们的科技力量回到地表，与上帝的力量抗衡，以拯救人类。

他能够成功吗？坦白地说，我也不知道，但我坚信，即便人类最终失败和灭绝，也只是不幸进入了一条失败的时间线。而在遥远的未来，新的地球生命也许会重新发现人类，重新用定制时间线的方式找到我们，找到人类仍然生存的时间线，正如我们找到龙族一样。

现在，让我们为人类祈祷。

《科幻世界》2024年4月上

啊，火星

潘海天

当我们没有开始一件事时，它看起来都是不可能的。

——曼德拉

一

没错，那时候每一个夜晚都是粉红色的。我们就在这红色的天幕下奔跑，接吻，相爱。

有时我们听到猴面包树下的狐狸哀怨地叫着，鬼火在田野里飞舞，粪肥味像清新的苹果香凝聚在夜空中，而火星是那么大、那么漂亮，它亮在我们每一个人的心头。不论正在做什么，我们都会放下手来，盯着它看。

那时候我们对火星真是百看不厌。它是那么近，沟壑、山谷、裂缝、台地、人像石，就像手掌上的纹路一样清晰。我们的目光顺着它的大峡谷流淌，想象着我们的夸哈拉提村，就在它的某一处地方，变成了一处环形山，变成了一处泉水，或者是一处瘢疤。除了它，天上也没别的什么好看。月亮的光辉暗淡如晦，星星压根儿就看不到影子。只有我们的火星，颤颤巍巍，带着呼啸的哨音，旋转着划开天幕。它每行过一片土地，带来的是雨水、阳光、欢呼和亩产上升。它是红色旗帜，它是红色翅膀，它是红色光明，它是红色希望。

有那么一些更虔诚的人会把手里的烟头扔了。他们跪伏在地，不敢面对它的威严 —— 直到火星过去后才抬头看烟头掉在哪了 —— 于是夜里发生的火灾会比白天多一些。但是年轻人都更大胆，他们目光中的火辣不比火星的炽热差。那是我们的火星啊，一块簇新的希望之地，一个可以让我们昂首挺胸站立起来的新天地。

因为它是如此庞大，所以它的运行轨迹还是令人担忧，听说有些外国人抱怨它剥夺了他们的宁静月夜。说实在的，我们未必不比他们焦急，当它压在眉梢上的时候，每一个人都忍不住伸手想托它一把，可谁敢把自己的手印留在那颗纯净的、不着一尘的红色处女行星上呢？

在我和伊拉萨的男朋友头次碰面的那天夜里，火星仿佛离我们特别近。它低低地压在我们的眉毛上，好像一列火车呼啸着掠过小站。

我们勒着裤子，把扁担捏得铁紧，抬着脖子仰望。

大角牛停止了反刍，挣断牛绳，在栏里头就抵起架来，弯角把石头水槽撞击得火星四冒；鬣狗夹紧了尾巴，躲藏在树下呜呜地呻吟；所有的火鸡都疯了般飞来飞去，用头撞着山坡。它们不能理解这种新的天文现象。火星对这些愚蠢的反应视若无睹，它雍容地，不慌不忙地飞行着，仿佛在城楼上挥手的巨人。

那一天晚上，它的引力真是大极了。我们的头发往上飘，树叶嗖嗖嗖地往上飞，河里的水向上拱起来，像一座碧绿的透明的桥。它飞得太低了，压到了村头的树梢，折断了两根最粗的树枝，这回连年轻人也开始担起心来。但火星丝毫没有显露出慌张的神色，它按照自己预定的轨迹飞行着，掠过肯尼亚山，横过刚果河，跨过干旱的东非大草原，挤裂德拉肯斯山，从德拉肯斯山直到我们脚下，犁出一条五千公里长、上百公里宽、两公里深的壕沟，后来人们把它称为东非大裂谷。在撞到非洲最高的乞力马扎罗山上之前，它终于又飞起来了一点，只擦着一点儿乞力马扎罗山顶。一小块山崖崩塌下来，而火星终于飞上了天。

火星的这一动作赢来一片叫好声，仿佛是我们的乞力马扎罗山托了它一下，让它终于轻盈地弹跳上了黑色的天幕。我发现自己依然和伊拉萨的男朋友孤独地站在河边的小道上，我们对望了一下，发现彼此的眼睛里燃烧着战友般的战斗情谊，于是我们放下锄头和甘蔗砍刀，握了一下手，把那个有着温软胸脯和紫黑色眼睛的姑娘丢在了脑后。

二

等火星温度稍稍冷却了一些的时候，宣传海报就开始张贴得到处都是。

所有的海报上面都可以看到一位美丽健壮的姑娘，打了卷的短发像钢丝球，她一只手搂着一捆禾谷，另一只手握成拳头放在胸前，胳膊架得很高，像是做了一个漂亮的前冲肘击动作，她眉毛上和眼睛里都带着笑意，大概是成功地把目标撞得粉碎了。作为一名女性，她的胸口就像村前的公路那样平坦，而且这种平坦一直顺延到小腹，总之，她有着漂亮、红扑扑的脸蛋，脸庞好像花一样盛开着。画上还有一位男性青年工人，他裸露着上身，胳膊伸出去仿佛铁铸，一根根手指就像黄铜焊就，胸膛像是坦克，屁股好似堡垒，身子像箭头一样探向前方，他戴着象征反殖民的卡拉库尔帽，手里拿着的书上用金色刷着“五个绝不”。在这张画下面，是几个白色的印刷体大字：“到火星上去，建设新家园。”海报上的年轻人们看上去喜笑颜开，而他们的背景是一层层火红色的山坡地，花团锦簇，满是棕榈和猴面包树，银白色的小溪从红色的矿山上流下，草地上挤满了长颈鹿和大象，许多穿着民族服装的人在那儿跳舞。

看到这张图你才知道，非洲有这么多的民族。我们要能住在这样的地方，也会开心到疯狂的。火星成了在每一个年轻人心头打滚的烫铁球。我们是多么多么希望，能够进入到那美丽的新世界里去啊！

很快，所有的部落就下发了征召令。十万名优中选优的青年被动员起来了。

我居然在排队体检的队伍里又遇到了伊拉萨的前男友莫普提·巴布鲁。莫普提带着他的投枪和盾牌，此外还带着一双愤怒的眼睛，他的上半张脸看上去像个倒霉的猎人，但是他的嘴很大，下巴活动得太过灵敏，看上去仿佛随时会掉下来一般，破坏了这种又愤怒又颓废的表情。他是辛巴族人，全身涂满了红色黏土，脸上用白黏土画了一条杠，从左耳横越到右耳，胸口则满是豹子斑纹般的白点。既然紧挨着蹲在一起，我就顺手递给了他一支自己卷的纸烟。他一声不吭地接过去猛抽了起来，还习惯性地从地上撮了一把土，在拳心里搓来搓去。

这儿土质不好，播种和收获不成正比。可哪怕是这样的土地也很稀缺，因为肥沃的土地基本被挖走制造火星去了。没有好土地，任凭我们喀麦隆的农民是全天下最优秀的农民，也无法种出养活如此庞大人口的粮食来。要不是当年有个托钵僧人从印度带来了辟谷的绝技，我们会在火星造出来之前全都饿死，静坐参禅不但可以节约粮食，还能让身心进入一种纯净的莲花状态。

莫普提撮着脚下干瘪的红土，说：“到了火星上，我们就可以随便种，想种一百亩就种一百亩。土地有的是……”他那双大眼睛上浮起一片朦胧的雾气。

报名的人很多，但和我一同被选上的人里，我只认识两位：莫普提，还有刀疤卡默。没被选上的农人和猎人都很沮丧。选上我们的原因是年轻，身体轻。此外，我们都是莲花状态的熟练使用者。

刀疤卡默不是本地人，他来自奥罗莫部族，瘦削的下巴上是密密匝匝的胡子，额头上仿佛有块刀疤，实际上那是小时候磕在大炼钢铁的部落巫师炉子沿上造成的。在这个大建设的时代，巫师不再煎煮草药和毒药，而是改行炼钢，我们太缺钢铁了。总之，这道伤疤让少年卡默领悟了世事难料，于是他从此凝固了一副惊异的表情，眼珠子仿佛随时随地要夺眶而出。在征召之前，他是一名小学数学教师，在泥巴和黏土建造的圆形茅屋里教小孩子们数数。他业余喜欢抓虫子，按照腿脚的数量给它们分类。奥罗莫人不需要日历，他看月亮和草叶的颜色判断节气，好比月亮戴上头巾，就是最冷的日子要来了，但是今年的天时不正，为此他差点错过发射日。

我们被组织起来，向东进发。登火星的队伍越来越壮大，最后变成一条不见头尾的长龙。我们一路上看到了许多眼花缭乱的景物，但又和我们来的那个小村子没有什么不同。许多呆呆的村民站在路边，头上落满了火星撒落的红色粉尘。他们满脸惊愕地看着眼前经过的这条壮观的队伍。家乡的气息越来越远，取而代之的是一种陌生的道路气息，先是泥泞的土路，随后换成了沙土路、石子路，然后是柏油公路，最后变成了两根笔直向前伸展的铁轨，这就是著名的中国援建的坦赞铁路，不过很多年没有那种喷吐浓烟的火车从上面走过了，因为所有的煤都被送去发射火星了。铁路上空荡荡的，只余下许多年来无数旅客留下的白色泡沫盒子。

顺着铁路走了三十天，我们到了达累斯萨拉姆港的登火星发射场。

现在正是旱季，天气状况十分适合发射。一百多年前，桑给巴尔的马吉德苏丹曾在此海角上修建宫殿。据说它还接待过来自遥远东方的大明王朝的宝船。

我们的火星轨道虽低，但也有好处，把人往上送的时候技术要求就低得多。这是那些意图封锁我们的帝国主义者决计没有想到的。

发射场建立在距离港口三十公里的恩戈罗恩戈罗火山口。它满山都是盘陀的怪岩，周围是从火山底部向上延伸的、高达六百多米的绝壁，中心有一个庞大的火山湖，栖息着几万头野生动物。其中半数为斑马和牛羚，再有就是野牛、大羚羊、非洲大羚羊、疣猪等等，不计其数的火烈鸟用它们的粉色覆盖了整个碳酸盐湖面。

站在山脚下的时候，我们看到它明晃晃地插在天空里，几乎要把天戳出一个窟窿来了。刀疤向后仰起脖子时，只听到令人心碎的咔吧一声响。他们奥罗莫部族生活的区域只有大草原和沼泽，他从来没见过山。

我们带着干粮，一直向上爬到天黑，看不见路了才就地休息。四面一片漆黑，从山脚下死一般枯寂的草原里传来动物腐尸的气息，身边则是被晒热的岩石和枯草的气息，这些气味里偶尔间杂两声胆怯的鸟鸣。

一位参加过莫诺莫塔帕独立战争的退伍军人排在我的前面。他眼睛向前瞪着，耳朵也竖着，仿佛时刻准备听军号发起冲锋，但其实他的耳朵已经被大炮震聋了。他有一把梳子，是用防空部队打下来的隐形飞机的钢做成的。隐形飞机是我们那个时代最可怕的武器之一，肉眼完全看不见，雷达上也不见行踪，你只听到嗖的一声，空气被割裂了，眼前的火炮阵地爆炸了，这才知道飞机已经到了头顶，退伍军人这样告诉我们。我们本来不相信唯物世界里存在这样的事物，但确实只看见退伍军人空着的手在动，然后一根根头发就像魔术一样自动分门别类，左边的归左边，右边的归右边，整整齐齐。

我们坐在那里一边抽烟一边等待。要是有人从山下往上看，大概能看到一片浮动的红色亮点，组成一条隐约的长龙。鼓声传递着信息。

“我们在等待窗口时间。”刀疤说。如前所述，他是数学老师，知道将人或物体送上太空轨道需要等待最佳时间。如果错过了发射窗口，那我们又要等整整一个月。他建议我们在准备时间里多抽点烟，因为烟叶可以让我们的身体更轻，人会变得轻飘飘的，这样发射就更容易成功。

火星没让人等待太久，半夜里，它如同风火轮般旋转着呼啸而至，推开田野里的雾气，把硕大溜圆的肚子低低地抵在我们的额头上。它离得那么近，让所有的人都不由自主地弯下腰去，害怕眉头会被撞破。就在那一瞬间，仿佛被一股重重的反作用力所撼动，世界摇晃了一下。

山顶上的发射开始了。

三

山顶上那一排排弹射器早就架设好了，它的主要原理是利用动物肌腱的蓄力功能。底部横装了一股扭绞得很紧的牛皮筋束，每具弹射器上的皮筋都是用最好的瓦图西长角牛皮制成，需要专门的皮带师反复咀嚼，直到嚼得又绷又韧，才堪使用。接下来要将抛射杆竖插入筋束中间，前端则安设了一把凳子，使用时要用五到七头牛合力将抛射杆拉平，把凳子后面一个梢眼扣在机牙上，专管发射的发射手都穿着上等布料做的筒裙，戴着插鸵鸟羽毛的头饰，身上涂着赭石和乳木果油，看着十分威严。他们高举一柄大锤，时机一到就猛力砸下。

借由火星足够大的引力，弹射器的发射速度足以把一个背负行李的成年人送上天，这比火箭节约能源，而且操作简洁，射击精准。

山顶上簇拥着如此多人，显得整座山都更高了，却依旧弥漫着可怕的沉默。没有人想说话，拓荒者们半是胆怯半是期盼，发射手们则因为长期的单调工作而心生厌倦，他们总离火星那么近，却始终无望触摸到那颗行星的红色沟壑，这让他们对新火星人充满难以形容的厌恶和妒忌，于是他们态度粗暴，核对完号码，劈手抢过发射单，再一左一右将拓荒者们架上木凳子，这一过程尤显严厉。准备登陆的新火星人以胎儿的姿势坐在小木凳子上，两手紧抓凳面，两脚踩在简易镫子上，双膝屈起，头埋在其间，看上去有点像上刑。

火星的圆肚腩在风中颤抖，将它的怀抱完全地开放了出来。它在夜风里忽悠悠地翻滚，仿佛在悠长地呼吸着。

其他的工作人员就开始用鞭子赶牛，牛不情愿地把尾巴夹紧在屁股沟里，痛苦地翻着白眼，脖子深深地探向前面，把扭绞着的牛皮筋拉到了极限。那些皮筋绷得透明锐利，甚至看得清皮膜里细小的筋脉走向。

弹射器数量极多，但发射非常有序。发射手抡着大锤，按照两拍子的节拍，半秒一个地砸开机牙上的卡子。空气里传来鞭子甩动般啪啪啪的脆响，皮筋扭动的轨迹快得看不见影子，坐着的人仿佛抖动的雨滴，又如同机枪的子弹，一个接一个地飞上天空。在空中，他们原先紧缩的身体倏地展开，好似只有四条腕足的章鱼，无序地摇摆，飞快地在红色天幕上缩小成一个个小小的黑色符号。因为数量众多，所以他们显得面目模糊，我们在地面上看不清任何一张脸。这些符号以每秒三十米的速度飞入天空，如同一张网点密集的大网，罩向粉红色的天空。

这只是头两秒的情况。随后人形黑点像是被一只魔术手聚合成一个旋涡，由于受到地球自转的科里奥利力的影响，这个旋涡是逆时针旋转的，同时组成了旋涡的每一个人也在自转。心脏偏左的人会向左旋转，心脏偏右的人并非不存在，但他们都被剔除了，所以站在桑给巴尔山顶向上看，眼前是一种极有秩序、极有组织的和谐旋转。这情形就如同一个由万千沙砾形成的黑色完美漏斗，在天幕上旋转、旋转、旋转，并且把长长的漏斗嘴伸向粉红色的美丽火星。

有百分之十二的人会坠落下来。

虽然经过了突击训练，但不是所有的人都能掌握飞向火星的要领。如果没及时学会在地球和火星的双重引力下保持方向的技巧，就会在天上重新往下掉落。他们张开双臂，挥舞手脚，就像冬天临近时树上的甲虫，噼里啪啦地往下掉。

这也是为什么我们要在恩戈罗恩戈罗火山上发射拓荒者的缘故。发射场像下巴一样向前突起于火山湖中央，而且这片湖域很干净，没有鲨鱼也没有鳄鱼，所以这座发射场可以拯救我们的大部分坠落者。他们掉落回水里，成群的船就把他们捞上来，然后送回通往发射场的队伍链条末尾。

发射是昼夜不息的，只要火星还在射程之内，因此我们看到的这道由人组成的地球和火星之间的链条始终没有断裂。

这很像是一首天堂上的音乐，由地球、火星、恩戈罗恩戈罗火山、灰色的湖面以及上万沉默的人共同演绎的协奏曲，人们屏住呼吸向上望，仿佛看到宇宙本身成了一个井然有序的大机器，空中演奏一首不可磨灭的旋律，引领着人心进入大旋涡的中心，跟随着它们做圆周运动，直至天人合一，达到无限的大和谐。

我的发射被耽搁了一个多小时，因为碰上了一起突发事件：一位高级祭司插了队。说来也是，火星上怎么能缺了神灵的领导呢？毕竟尼亚美是万物的创造者，虽然它的外形像只大蜘蛛，但它织就了一个大世界，包括天国、人间和下界，自己居其中心，是宇宙的创造者和主宰者，无所不在，无时不在。祭司的级别不低，因而所有的发射都暂停了十五秒，等候这位大人物的升空。

起先飞上去的并不是他本人，而是一名开路警察。

那名穿着短裤短袖，头戴红色贝雷帽，手持短棍的部落警察首先被弹了上去，他一手提着喇叭，用粗鲁的嗓门喊：“靠边靠边。”正在天空中挣扎游泳的无数小人儿本能地向两边散去。旋涡中心处的人十分密集，他们要是挥动手臂，就有可能抓到边上人的胸口或大腿，他们要是打个喷嚏，后脑就会撞上别人的脚底——这让他们向两边散开遇到了很大的阻碍，于是这些人头脚相接，努力扭动腰身，在旋涡的中心处让开了一个环形的笔直隧洞。这个隧道的洞壁正是由成千上万重叠的胳膊腿和后臀腰身构成的。

毕竟依赖自觉的力量形成的隧洞是个不稳定结构，它甚至可能被海风扰动而形成拥堵。但发射手们极有经验，他们几乎不做瞄准，就砸开了发射祭司的梢子，祭司利箭一般飞了上去。为了使祭司的旅途不受干扰，他的弹射器上特意加大了弹力，于是祭司飞出的轨迹笔直，如同一束激光，唰的一声穿越了隧洞，直扑火星的正中，在靶心上腾起了一小股烟尘。

终于轮到我被架上凳子了。虽然在下面观摩了很长时间，心中也预演了多遍，但轮到自己时，还是突然害怕了。木凳子又小又窄，坐在上面甚至很难保持平衡，我并着脚尖，睾丸缩到小腹里，仿佛感受到无尽的寒冷。牛皮筋拉长的时候，凳子开始后退，大地母亲突然变得如此小，而且在我的脚下摇晃，我的手打着滑，感觉怎么也抓不牢小小的凳子边。“我要掉下来了！”我控制不住地喊了出来。可就在那一瞬间，他们砸开了梢子。

时间停顿了，我凝固在了凳子上。弹射器坏了这个念头在我脑中一闪而过，仿佛维持了数月之久，但实际上只过了零点几秒，屁股上猛烈的推动一直传到了发梢，我被弹到了空中。

地球引力紧紧地抓着我，就像一根又厚又老的皮条，我飞行在空中的速度犹如出膛的炮弹，皮条却在把我往下拽，后来到达了引力平衡点，心脏突然一空，忽悠悠地飘荡起来，就像没有根的羽毛，那一阵子，失落、害怕、痛苦、没有方向……所有的难受全都从胃里涌上来，幸好我没有什么可吐的。我看见无数的小船在海面上漂荡，黑暗笼罩了天空，星星在我的脚下摇晃，然后一头栽到乌云里。我的身边是一大片同样挣扎浮动着的手和脚，等我可以重新控制身体时，就像训练时学到的那样，开始努力划动双手，向着天空中那一大团温暖的红色游过去。然而，火星却仿佛越来越远，我的大头直往下栽，就在我充满绝望，几乎又要重新落回地球的时候，火星那温暖的引力抓住了我，一点一点地，把我向它拉了过去。

奇妙极了，起初，天空在上面，地球在下面，可现在突然之间，变成了天空在下面，地球在上面。

我头下脚上地飞着，速度越来越快，越来越快，红色的火星铺满了视野，它控制了所有的光亮，我的眼睛再也离不开它。现在，这种红色带有某种压迫性，直直地冲入每一个人的瞳孔中，火焰喷射，热血沸腾。速度已经快到无法估计与火星的距离。着陆的奥妙就是不能彻底地放开地球引力，你得在拉扯你的无数宇宙力量中，找到微弱的那根皮带，拽住它不放。当然这还不够，每个人都还有一个最后手段，那就是插在腰带上的一根拳头粗的二踢脚。我们必须用双腿夹紧它，调整好姿态，在关键时刻划燃一根火柴，凑到导火索上，等待亮黄色的火焰喷射而出，与动量相抗衡。这一切需要经过大脑极其复杂的计算，然而时机只有几点几毫秒。

在最后的撞击到来之前，红色的浮土笼罩住了一切，它湮没了我的视野，堵住了我的呼吸。

随后，就是沉重的砰的一声巨响！

我登上了火星。

四

全非洲绿色联盟是全球第五名能自己制造并且发射行星的国家或组织。其他几名强国已经率先发射了水星、金星、土星和木星，而非洲大部分国家刚刚摆脱了殖民统治，经济凋敝，百废待兴。但我们绝对不能落后。一个国家的力量不行，就集合整个洲的资源。

我们挖走了整个埃塞俄比亚高原和南方的丘陵，用雪山、沙漠、高原和大量的南方红壤，建造了这颗行星。因为富含红壤，它呈现出漂亮的红色，足以成为全人类的骄傲。在所有现存和即将完工的行星当中，它个头最大，肚腩最圆，颜色最漂亮。

当时石油危机爆发，能源紧缺，如何把火星发射上天，成了一个难题。

火星的发射手续十分复杂，由非洲科学院院长亲自组建了一个庞大的行星研究所做统筹计算。当时我们还在使用中国产的数字电子计算机103机，每秒能计算2500次。攻关研究所恳求中国援助了六百台103机进行并联运算，每次运行起来时，整个东部非洲的电灯都会变暗，铺满墙面的电子管散发红光，打卡程序带咔咔作响，磁带机转动记录数据，电火花在三千万个焊接点上幽灵般跳跃。打卡带不够时，还有大量的算盘在后方支援。在庞大昏暗的行星研究所里，数学系出身的学生们一整夜一整夜地排演算盘。而稍低等级的研究员们光是唱念那些发射程序的步骤目录，就要延续数日数夜，常有人念到嗓音嘶哑，晕厥在地。科学家们计算了又计算，沉吟了又沉吟，直到乞力马扎罗山顶的飞雪悄悄地爬上两鬓，才排列出所有要计算的式子的数目。

这个数目极其庞大，如果光凭科学家们自己的力量，那会一直计算到宇宙寂灭。政府不得不号召每个有能力的人都加入这场计算中去。

他们可以在干活的间隙里计算某个二次方程或者线性代数。那个年代里，非洲行星委提出的口号是：每个人计算十五分钟。

于是人们不管是在猎狮子、放牛、修建房屋、采摘木薯和香蕉，还是在煮饭、洗衣、哺乳，甚至儿童在玩耍的时候，都会突然停顿下来，口中念念有词，叨咕上一阵后将一个数字用粉笔、树枝、墨鱼汁、人奶……一切能找到的书写工具写在身边的纸张、泥地、船帮、衣襟上。这些被计算出来的答案会被汇总起来，每月一次送交到当地官员手里，最后通过邮政系统转运到北京。为了防止计算误差，每道式子都会分交给远在千里之外的另几个人计算，最后由初筛研究员选取最多数一致的答案。一个总是递交正确答案的人会被分派更多的计算和补贴，他的日常工作也会被其他人渐渐分担。这样的方式成就了许多民间数学家。我们完全可以自豪地宣布，在全世界，非洲民间数学家的分布密度是最高的。

这些数学能力并没有浪费，民间数学家们在日后与农业生产相结合，总结出了麦场设置的数学模型、水利渠道优化配置、施肥指导数学模型、大田小麦产量估算等等问题，都很实用。这是后话不表。

集如此多人的智慧，行星研究所终于算出了发射公式，计算结果让人充满希望：挖光威特班克、海维尔德、莫鲁卜勒和迈加拉的煤，抽干尼日尔三角洲、罗安达、扎伊尔三角洲、埃杰莱和哈西·梅萨乌德的石油，然后再砍伐尽刚果盆地和几内亚湾的森林把它们烧成木炭，如此积攒出来的能源，就足够将火星送上一个离地球极近的轨道。

这么低的轨道很难让人承认它是一颗自由天体，但最后火星会靠着离心力和潮汐的力量，越来越远离地球，直到进入正确的轨道。这就如同捆在一根链子上的流星锤，当它们旋转起来的时候，就会相互越离越远。

当然了，先前那一段日子也真够吓人的。火星摇摇晃晃地升上天空，低低地擦着地球飞行，有时候刮坏这里的山脉，有时候撞塌那里的高塔。它惊飞了水潭上的夜鸟，将成群的兔子从草穴里赶出；它如同一匹刚出栏的儿马，既怀着朝外奔跑践踏的好奇心，又想念母亲腹部那颀长的乳头，这从火星奔行轨迹里带着的犹豫和不甘可以看出。但科学终究会战胜一切愚昧。看不见的万有引力就是那条链子，就是儿马的笼头，牵束着它缓慢而坚定地向前滑行，虽然时有跳荡和摇摆，无论如何，它是飞起来了。

十年不能算是无限的永恒。从制订计划到火星上天，我们只花了如此短的时间，它快如飞鸟划过湖面的影子。从来没有人想到过能在如此短的时间里成就如此伟大的事情，报纸上这样说道。

报纸上还说，傲慢的西方人先是不信，然后是害怕、鄙夷、不忿、嫉妒得发狂、夜里睡不着觉，觉得自己正在变异成一张张纸叠的老虎。而火星不为所动，越走越稳当，轨迹如同用界尺画出的线。红色光芒正照耀在他们的土地上，照耀在他们永恒的灵魂之上。这是无偿的、温暖的、红融融的、充满奉献的光线。

那儿是一个新的希望。那儿是一个新世界。

五

发射手的态度十分恶劣，技术却极精湛，我们整个小队的落点都很接近。

伴随着一片呻吟和轻轻的叹息，火星表面被抛上数千米的红色尘土云慢慢落下时，我们蟒神生产小队的开拓者们就相互认识了。小队里的新伙伴都陆续爬起了身，大约有十二人受伤，都是轻微伤，不过人数不齐，后来我才听说，卡默的数学虽好，却是个方向盲，而且左右不分。他三次倒栽葱到了火山湖那咸苦的黑水里，耗完了自己的发射次数指标。现在他要等下一轮发射窗口了。

我摔得有一点迷糊，但是头顶上有人喊我，还摇晃我的肩膀。摇晃我的人结实粗壮，脖子上挂着一个胡狼爪，他的脸就像个电灯泡，从里到外放射着光芒，始终保持战斗状态，而且有些面熟，但我怎么也想不起是在哪里见过了。

“别松劲啊，伙计们！”他气概非凡地喊道，“太空航行不能歇气，脚步不能停留！快起来，我们还要和其他小队竞赛呢！”

因为来自五湖四海，我们的握手礼各不相同，贝都因人用额头和鼻子相碰，尼日利亚人握手前先用大拇指轻弹数下对方的手掌，班图人要弯身吹气，而对面这人伸手之前先用手拍了拍肚子，很好，是豪爽的坦噶尼喀部族人。

我打起精神，一骨碌爬起来，发现我们按计划落在一洼浅浅的盆地里，地球温柔的光芒正照耀着我们。这里三面都是红色的沙丘，几处陨石坑显露出参差不齐的边缘。东面有一些陡峭的山壁，在地色下投出暗黑的阴影，这就是殿堂岭。西边则有一处看上去非常高的山岭，尖端锋利，宛如刺刀，我知道它被称为长矛岭。它的高度又轻松地超过了乞力马扎罗山，火星上的一切都是神奇的。

从火星上望地球是一种非常奇妙的感觉。例如，我们看到地球上的一切都是颠倒过来的。房子倒吸在天顶，成熟的果实往上落，地球人都大头朝下地站着，如果他们垂下眼睛，我们就能看到他们翻起的白眼，如果他们高傲地抬起下巴，我们就能看到他们虔诚地向我们张望。

现在火星已经离开了非洲上空，我们看到的大部分都是有着苍白皮肤的小人儿，他们穿着厚厚的皮毛外套，正在向着天空 —— 也就是我们 —— 指指点点呢。此刻我们经过的是人口稀疏的地区，每平方公里只能看到七十人左右。他们居住在自己小小的家里，忙活着自己农场上的事情，也不怎么串门儿，社交活动匮乏，这不禁令我们发愁，即便要向他们输出集体主义精神，也会是件困难的事吧。

再后来，我们经过阿拉伯海蓝黄相交的大片色彩，看到了居住在沙漠腹地的“圣战者们”。好战的闪米特人，手举弯刀和步枪，骑在骆驼背上，追逐着火星的影子，口里发出疯狂的恐吓，因为他们讨厌火星，有时候火星会遭遇他们的集体轰击，但最终他们都带着孩子移民到欧洲去了。

风带来了更多的沙子，不断地落到我们的头上和肩上。从这个高度看下去，地球并不那么圆，它更像一颗梨，在靠近北大西洋的某个地方，地壳就像女人的胸口高高翘起，这一切令人想起母亲宽容的怀抱，而环绕的云雾正像乳汁一样，发出淡淡的白光。乡愁汹涌而来，但同时又欲望炎炎，一心想早点投入改造火星的征程当中。

我们出发去寻找工具。

在飞上天之前，我们都像游击战士那样打了背包，三横两竖，铺盖系在背上，每个人肚子上还斜挎个绿色的军用包，装着私人用品和杂物，还有人根据村里流传的经验，用背篓装着木薯、面包果、水盆等物。但是村里的经验靠不住，着陆的时候，背篓根本扛不住，不是断了背带就是脱手飞出，背篓里的物品也散落到范围很广的一大片地上，幸好工具和大件物资是另用结实的木头箱子装运，以专门的大号回回炮抛射上来。

等我们翻上丘陵，就看到一批批巨大的木头箱子半埋在松软的红色沙土中，露出地面的部分还有半人多高，深入地面的部分，则像炮弹头一样，将沙丘砸出一个个小小的环形坑，飞溅而出的沙土堆成了一圈圈涟漪状的同心圆。

“这么深，没有工具怎么挖出来啊？”队员们发了愁。

摇撼过我的中年汉子第一个大步跨上前去，双手攀住箱角，低下头，两腿后撤，身体绷成一根直线，像一头牛那样使起劲来。就在这一刻，我突然想起为何觉得此人面熟，他就是报纸上曾长篇报道，改造过撒哈拉大沙漠的英雄人物恩佐库勒。幼年他在殖民地沿街乞讨、放牛，在油矿当童工，挨工头的打骂，现在却是把万里沙漠建设成绿洲的标杆人物！

早就听说他要到火星上担任突击小队队长，没想到竟然是分配到我们小队！

此时，他仍然像报纸上记者拍摄的照片一样，穿着磨得发白的帆布工作服，露出黑乎乎的胸膛，肩膀部分绷得紧紧的，头一低，粗厚的胸抵上了箱子边沿，双手合抱住箱子角，左右扭动了一下，成群的肌肉像是小动物般在他身上蹿起，箱子随即像瓶塞一样晃动着从土中浮出。

看着他近似毫不费力地从土中举起了一人多高的木箱子，我们全都吃惊地瞪大了眼。

“同志们，只要拥有钢铁的意志，就可以克服一切困难！”恩佐库勒挥舞着拳头说。他撬开一侧箱子板，从开口处哗啦啦地倒出成捆的铁镐、铁锹和扁担。

他的话让人斗志激昂，我们相互对视，仿佛可以从胸膛中的火焰里抽取无穷无尽的力量，我们一个个跳入沙坑，果然轻松地扛出了所有的箱子。

有的箱子里装着劳动工具，有的装着独轮车，有的箱子里则滚出了一顶顶的头盔，上面还带有电石灯，这表明我们要彻夜工作。太好了！我们年轻的心脏正急促而轻快地跳动，谁会在这样的长夜里睡大觉呢？

最后一个箱子也被打开，倒出来的是一排排钢枪和刺刀，这当然也是必不可少的，世界上总有一些坏人，要小心来自旧世界渣滓的破坏，为此，得建立民兵，武装保护自己的劳动成果。

“队长，工作安排是什么样的？”小伙子们急不可耐地把工具和枪支抢到手里，“下任务吧！”

恩佐库勒看着大家热切的眼睛，满意地点点头说：“同志们，我们要先建立屏蔽所，然后，开始建水库！”

从极地地区吹来的一股寒流已经扬起了第一波沙尘斗篷，让人感到深深的凉意，屏蔽所肯定是需要的，但是水库……所有人的心里都打起了嘀咕。莫普提又蹲下抓了把泥土，让它们从指缝里一点点漏下，沙土是肥沃的——含有丰富的磷质和钾质，但非常干燥，而且泥土还是温度很高的状态。

听说第二批人上来的时候，地面还是滚烫滚烫的，他们穿的胶鞋鞋底烧成了煳块，粘在脚板上脱不下来，但钢铁般的意志让他们坚持了下来，建成了模范般的“阳光灼热第一新村”。至于第一批人，我们后来去参观过他们的登陆地，那里有上百个人形坑，密密麻麻，重重叠叠，现在已经变成了教育基地。那是最早往火星上射人时，还没掌握软着陆技术导致的结果。

此刻放眼望去，四周没有一滴水的痕迹，天空中也没有一丝云。莫普提抓着这些发烫的泥土，舔了舔干裂的嘴唇：“干多重的活儿我们都不怕，可这么干燥的行星，水坝建来干什么？”

队长横了他一眼，胸有成竹地说：“你懂什么！没有水我们怎么能把火星改造成大粮仓？不仅仅是修水库，以后还要修铁路，起初是单轨，然后很快就要变成双轨。我们还要修建工厂和矿区。最大的湖泊，煤矿，铜、锌、铁、锡、石油和天然气，黄金矿，全都要有。”

说到最后，他喊了起来：“大家不要担心，委员会早就安排好了，只要听指挥，服从命令，一切都会有的！”

他铿锵有力的话立刻把大家的议论压了下去，末了恩佐库勒又使劲招了招手,“这是队里的技术员范有福，是中国支援非洲建设的专家，由他来解释建坝计划和安排。”

一名陌生人穿过人群走了上来，他看上去瘦弱、苍白、年轻。只见范有福穿着一件蓝灰色的中山装，衣袋里插了三支画图用的针管笔，腋下夹着一个厚厚的牛皮文件包。

他戴着一副用胶布裹着断腿的宽边眼镜，发型是三七分，梳得高高的，很显精神，但里面都是沙子，简直成了稻草色。

他的脸上晒脱了皮，对火星上无遮无挡的太阳显露出一种萎靡不振的臣服感，一看就已经在这上面待了不少时日。

范有福开始用一口不太标准的斯瓦希里语介绍大坝的设计情况，他说起话来带着很多文绉绉的书面语，估计是根据某本文学书学习的语言。他之前一直在盆地周遭的殿堂岭勘探地形，并在已经确定好的水库地段做上了标记。范有福说着展开了一张图，上面是一幅墨线手绘的水库俯瞰图。我粗粗学过一些测绘学，看了一眼比例尺，估算了一下，我们要修建的殿堂岭水库，占地总面积将达三百平方公里。我不由得暗暗震惊。而这座水库，不过是火星全球规划中微不足道的一处工程。由此可见，建设火星是一幅多么庞大的蓝图，每一个劳动者在其间的位置多么渺小，每次想到自己能置身于这项伟大奇迹之中，我就会喘不过气来。

范有福又在地上摊开几大张图纸，包括勘探图、测绘图和施工图。非洲不是所有的国家都有水库，可是在埃及修建水坝的传统由来已久，人人都富有经验。但据队里的埃及人说，这套图纸还是让他开了眼，全是墨线手绘的，包括所有的平面图、构造图、剖面图、配筋图、岸边防渗设计、溢洪道、管理房，甚至细到踏步缘石大样图都画了出来，最令人称妙的还是在核心位置的双曲线大坝主体，看上去就像薄薄的鸡蛋壳。我们谁都没有看见过如此曲线优美的水坝。

看得出队长恩佐库勒不太满意这个方案，因为他想要那种粗粗壮壮，特别显示集体力量和工作强度的又厚又重的坝体。他直言不讳地提出了自己的想法。

范技术员据理力争，此处河谷形状十分有利，以一块已经被命名为“谁能敌”的巨大岩礁为依托，外围土石坝和中心的双曲拱坝可以同时开工，互不影响，而岩礁构成的坝肩部位结构稳定，地质条件良好，中下部基岩平顺而无突变，极适合采用这种新型方案。

队员们立刻计算起来。因为人人都是数学家，所以支持范技术员方案的人就多一些，因为他的方案确实更节约人力和土方量，而指挥部交给我们的工期，实在是非常紧张。

范有福还说，我们能挖出工具箱不是意志的胜利，而是引力的原因：“火星新社员同志们，在这里，引力只有地球的八分之三，人人都是超人，而这些都已经被计算在工期里了。”

大家惊疑不定，只有恩佐库勒的眼睛里闪起了光。他说如果否定了人定胜天的精神作用，那就是一种傲慢，知识的傲慢。范有福对意志的力量一无所知，正是因为物理受意志的影响，所以我们才能从沙漠里发现石油，我们才能把火星发射上天，我们的钢铁产量才能翻两番，只要有了人，什么样的奇迹都能创造出来。

两种力量的交锋，这不是第一次。可是范有福接下来谈到了低重力的好处，夺取了所有人的支持。他说火星上的轻重力不仅是劳动者最强大的朋友，还对农业作物有特殊的意义，小麦会长到一人高，南瓜大似碾盘，红薯像群小猪，花生粒粒皆如葡萄，而每一粒葡萄，都会有乒乓球那么大。同样的努力，却有三倍的收成，再也不会有人饿肚子了，美梦一样的丰收图景就在眼前，怎么不让人心情激荡？我们空空的肚子里，愈发冒出呼啦呼啦的共鸣曲。

并且，另一个登陆场的巫毒小队，将以长矛岭为起点修建大坝，一路向我们靠拢，最终与我们的大坝在中央合龙。时间不允许我们再做另一套方案了。

恩佐库勒挺起胸膛，干燥的风掠过强劲有力的肌肉，他克制着自己的意志力，滚烫的目光扫过我们每一张脸。

“我服从集体决定，”他慢吞吞地说，“因为，集体是另一种强大的力量。”

六

那时候火星上的景象是多么壮观！我有时仍然能听到那些歌唱，还有响彻谷地的号子声、隆隆的钻机声、爆破声、发动机的突突声，这一切都混杂在红火星温暖的风里。

一座座白色帐篷般的屏蔽所环绕着殿堂岭工地建立了起来，每二十五人睡在一起，木床板直接铺在地上，有点简陋。

当然存在许多困难，例如辛巴人要每天二十四小时燃烧圣火以纪念他们的祖先，布须曼人要对着月亮跳驱魔神舞，以对抗邪神格阿瓦马，蒙达里人早上要用牛尿洗头，以消灾和保持健康。协调大家的生活很不容易，但对我们来说，首要的不是生活，而是劳动。

我们小队的第一项任务是开挖沟渠，这条沟渠不算很深，十公尺宽，十二公尺深，将作为大坝的地基使用。虽然身为火星人还不习惯，但我们对挖沟渠都极有经验：两脚叉开，像折尺那样弓下腰，手持铁锹，深深地插入土中，躯体折叠成拱桥形，胳膊仿佛超度伸展着，这时候借着腰劲一起身，铁锹划出一道弧线，将泥土呈扇形甩到背后。在火星上，这些泥土会被扬到十几米高，如同红色飞毯，久久不散。

单独地看一个人，这样的动作显得蠢笨而可笑，但是当数量巨大的人集合在一起，以共同而整齐的动作起伏，蠢笨的印象就消失了，显露出让人印象深刻的战斗力 …… 这就是集体的力量。

当火星转到地球的后面，进入黑夜时，除了殿堂岭工地，整座平原都能看见密布的灯火。十万青年分布在广大的平原上，以前所未有的勇气对整座星球开工，大地沸腾不息 —— 火星的新时代开始了。

劳动虽然紧张，但井然有序。恩佐库勒还分派出二十人，向地球发送信息。距离近的时候，我们用鼓声传递信息，在清晨、傍晚比较安静的时刻，我们带上来的鼓敲击出的声音可以传到十五公里以外。过去，当奴隶贩子捕捉黑人时，非洲人就通过鼓语通知人们迅速逃离，使奴隶贩子一无所获。鼓语还常常用来号召人民参加公益劳动、抵御敌人来犯、报告火警等，甚至还可用来宣布一个人的出生、婚姻和死亡。但是如果我们的火星走到距离地球太远的轨道，就要让信号队组成背景板，专职躺在地面传递信息。主要是物资需求。我们总是不停地提要求，需要大量的水泥、钢筋、石灰，还有生活物资。

考虑到地球上的不同阵营都能看见我们的信息，使用密码暗语是再自然不过了。例如“394”代表“水泥”，“42”代表“石灰”，“585”代表“缺水”，“4783”代表“干劲正足”，“88”代表“吨”，“21”代表“包”或者“筐”，如此等等。此外，我们早就学会用缩略语来表达一长串复杂深刻的意义，以“五个绝不”为例，是指：

绝不怀疑
绝不妥协
绝不退缩
绝不放弃
绝不改变

这是全非洲绿色联盟的口号，概括了从思想到行动到意志的指导方针，最终只通过四个字就表达了出来。在使用密码系统时，甚至还可以进一步缩略为“五绝”两个字。这种公共行政的语言体系大大提高了思维速度，在进行保密通信时也有得天独厚的优势。

地面接收组打出绿色标牌板，就表示收到信息。等到合适的发射窗口时间，物资就会由建立在全非洲各地的发射场依次投送，依然是用大号回回炮抛射上来的。

一道道拖着白雾的投递包穿过火星大气，流星雨一样坠落而下，腾起一朵朵蘑菇云。因为用了高反射的外包装，这些快递包的星等至少有 -3那么亮，拖着长长的尾巴，以极慢的速度划过天际，一波退去一波又重来，不停不歇，蔚为壮观。

水是用密封的油桶装着的，每次发射上来都要用棉絮和麦秸包上一层又一层，制造油桶的黑铁皮是战略物资，在被西方封锁的非洲也是稀缺资源，用它来装同样稀缺的水资源，属于不惜血本了。

食物也是由地方支援，按战时标准，每个壮劳力每天口粮折合木薯一斤，还有一匙盐，一碟油，但实际上，各地有什么主副食产品就发射什么，导致我们吃的东西千奇百怪。

如果我们飞过西南非渔场，晚上就会吃到鲱鱼、鳀鱼、旗鱼、鲣鱼、鱿鱼和金枪鱼；如果我们飞过传统农业区，就会吃到木薯、大蕉、椰枣、薯芋、食用芭蕉还有脱水米饭；飞过桑给巴尔以及马达加斯加岛区我们就吃非洲大蜗牛；飞过火山区我们就喝当地著名的泥土汤；飞过突尼斯我们会被辣得满头冒汗、大便干燥。有一次，地面甚至发射上来一笼活鳄鱼，我打眼一看，果不其然，火星正飞过图尔卡纳青黛色的湖面，生活在这里的埃尔莫洛人很彪悍，男性成婚前要单挑河马，鳄鱼也是他们的日常食物。

问题是，装鳄鱼的笼子落地时摔裂了，活鳄鱼满地乱爬，队长恩佐库勒只能分出几个劳力满世界抓鳄鱼。尼罗鳄可不是良善之辈，它们体形庞大，在险峻的红色沙壤间爬得飞快，两名小伙子跑断了腿也没能抓住一只，还差点被咬断胳膊。

我前面提到的退伍军人迪扎德申请用枪去猎杀鳄鱼，他在部队里磨炼出的枪法不是吹的，只见他脸色潮红，下巴刮得铁青，稳稳当当地趴在石头上，一出手就打中了一只五米多长的巨鳄。但迪扎德是个聋子，我们拼命喊注意脚下，他也没听见。他丢下枪去拖死鳄鱼时一脚踩到沟里，扭伤了肩膀，再也举不起枪了。那几天我们队两千多号人，每顿饭只能吃上二两肉，虽然开了荤，但还是填不饱肚子。

过去有时候到了补给日，地面天气状况恶劣，即便强行发射，也常有损失，这种时候我们也要饿肚子。幸亏青年突击队员们都很习惯了，纷纷调整自身进入莲花状态，副作用是一旦进入这种状态，整个人就会浑身轻飘飘的，如果不是用绳子系在石头或者工具上，就有可能飞上天空。

我们饿了好几天，最后还是当过捕鱼工的莫普提用铁丝弯成几个套子，才抓住了所有逃狱的鳄鱼。

没有食物的日子可以坚持，但是在工地上干重体力活儿，少了盐就浑身无力。莫普提有点鬼脑筋，起了从火星岩层中找盐矿的念头，经过几次实验，莫普提成功地用卤水提取法获得了无穷无尽的岩盐，火星基地再也不需要地球发射食盐了。

恩佐库勒表扬了莫普提自力更生、艰苦奋斗的精神，号召全体队员向他学习。老朋友立了功，我也很替他高兴。

莫普提过去在夸哈拉提村的时候，就喜欢捣鼓一些机械玩意儿，现在他受了鼓励，回到屏蔽所又开始折腾，没多久就拿出了一台自动捶腰机，突击队员们在工地上劳累一天后，可以用这台机器猛捶酸痛的腰，第二天就能腰杆挺直、精神百倍地去上工。

他又在小便池的下方装了叶轮，利用大家尿尿的能量发电。工地上都是些小伙子，龙精虎猛，尿尿的力道十足，于是在水库建好发电之前，缓解了紧缺的能源问题。

火星从墨西哥上空经过时，卷上来几棵风滚草，莫普提又得了灵感，设计了风滚式火星车。用简单的藤条和绷布编成一人多高的圆球，就可以利用火星的大风在沙丘上翻滚前进，遇到巨石可以弹起，碰到斜坡可以加速，还能轻松地越过小陨石坑。除了驾驶员头晕得厉害，以及无法控制方向外，也没有太多其他毛病。

大家对他的发明都大为赞赏，恩佐库勒代表集体奖励了他一个搪瓷杯子，上面画了一个红色五角星，还有一个大大的“奖”字。正好部落需要建立电话通信网，通信兵也算是技术工种，莫普提受到推荐，调到通信班，提着放线轮，如同一只大蜘蛛，不断吐出丝线，满山跑着放线去了。

另一件值得记录的事情，是卡默跟随物资包从天而降。他也终于成功登陆了火星。队长恩佐库勒很高兴，此时多一个人手都能抵上大用场。

作为一个新人，他瞪着天空中的地球时样子蠢得要命，张大的嘴让脸上的黑洞更明显了。这让我们哈哈大笑，我们才不承认自己刚上来时也这样呢。

每到夜里，躺在屏蔽所的大通铺上时，卡默总要和我们分享今日见闻。

“你看到了吗？他们穿着那些喇叭裤和花衬衫，多颓废的人才会打扮成那样啊，他们一定丢失了理想和荣誉。

“你看到了吗？商店里倒是什么都有，猪肉一排排的，香肠堆成山，不过，我感觉他们也不一定幸福。

“你看到了吗？那里还有推销员和银行大盗，我看到了歹徒当街和警察对射，一个自由世界，人民的生命却无法得到保障。

“你看到了吗？他们选股票总是选错，却相信自己所选的政治家肯定没问题。”

他花了太多的时间注视天空了，不过考虑到他刚上来，总得有段大惊小怪的日子。

范有福每天都要夹着他那厚厚的公文包跑上跑下，放线测量、立塔尺、校验材料、抽检水泥标号，然后把什么都记到本本上。

我们这些工地上的年轻人，最怕他拿着塔尺和线锤过来。范有福很有礼貌，嘴里老说着请、谢谢，但这礼貌的背后是认死理和斤斤计较，他动不动就在工地上贴各种颜色的签纸，绿签纸代表通过，黄签纸表示需要修补，红签纸说明要复工重做。收到红签纸的小组可就炸翻天了，不是大家对工作敷衍塞责，我们当然是热情地投入任务中，就像给爱人打造梳妆台那么用心，我们也对自己的活儿要求严苛，但吹毛求疵就是另一回事了。

大家边给他塞烟边说：“进度催得这么急，差小数点后几个数算不了什么，别再贴红签纸啦！”

他不接我们自己卷的土烟，摆着手，用吟哦般的声调说：“建筑是百年大计、千年大计，一点也马虎不得。同志们，现在是几个小数点，延伸到未来就是几千里的谬误，使不得啊。”

收买不了，我们就给他捣乱，偷偷地转几圈水准仪的脚螺旋，让他怎么都测不准。范有福气得青筋像蚯蚓一样在额头上乱爬，但又不发火，只是苦笑着说：“亲爱的工友，对我开玩笑没有什么，但科学是不能开玩笑的。”

范有福瘦得像个纸片，步子迈得又高又夸张，仿佛轻飘飘的，会飞起来，胆子又小，放炮的声音也能吓得他膝盖抖一抖。我们就专挑他过来的时候放炮，或者干脆空喊一声：“要放炮啦！”范有福听见，就躲得远远的，畏怯地绕着边缘逡巡，露出哀怜的目光，既想靠近又不敢走过来。

我们哈哈大笑，恩佐库勒就过来对我们破口大骂。队长是个非常严厉的人，说一句话就如同吐出一颗钉子。我们要是耽搁了进度，或是在重活面前展示出软弱的样子，他要么直接给我们一拳，要么扯起粗嗓骂得全队都听见：

“兄弟们，活儿没干好，浪费了一克水也是浪费，浪费了一勺水泥也是浪费。你们和破坏生产的富农崽子有什么区别？

“老百姓节衣缩食，想一想他们在地面上吃的是什么？他们勒紧裤腰带给我们建设火星提供最好的物资，国家把你们射到天上，就是让你们这样来糟蹋东西吗？你们不是工人，是破坏分子！”

把我们比成破坏分子，这简直是最大的侮辱。谁也接受不了这样的定义。但谁能和一位劳动英雄犟嘴呢？被他这样骂过以后，我们就放过范有福，臊眉耷眼地回头干活儿去了。

恩佐库勒是个铁骨铮铮的硬汉，用铁锹刮胡子，用铁镐抠牙齿，睡觉磨牙打呼噜，因为不洗澡，身上的味道能熏翻一头公野猪，说话又难听，但我们就觉得他更知心、更像是位老大哥，他的拳头和怒骂也比范有福的数学和公式更清晰、更有道理。我是说，我们厌倦混乱，喜欢一切都清晰明确。人们都只喜欢这样的生活。

如果有一天，所有的人都改造成队长这样，该有多好！

七

晚上天气好的时候，我宁愿睡在屏蔽所外面的空地上，枕着胳膊看地球上的万家灯火。有许多狭窄阴暗的角落看不清楚，但我的想象力如同插上了翅膀飞翔。看，现在飞过的是加尔各答上空，那里受苦的人们不得不在污水横流的贫民窟生活；现在飞过的是里约热内卢，矿工们赤裸身体在泥泞中挖着粉尘一样的金子，他们几乎还是儿童；现在是伦敦，妓女们在暗淡的路灯下，出卖自己的肉体；现在是尼亚美，患了软骨病的孩子们从潮湿的地窖里出来晒太阳；在布基纳法索，妇女们背着沉重的棉花包，她们的脊椎骨都被压弯了……这些人都是我们的阶级兄弟，火星的光芒照耀着他们，暖融融的。他们是否知道生活可以如此不同，可以是全新的，可以像熔炉里的火焰那么红呢？

我看了看伙计们，他们在大通铺上横七竖八地熟睡着，胳膊叠着大腿，打着轻轻的呼噜，显得无忧无虑。

我不禁对他们有点生气，这种姿态好像对旧世界漠不关心似的。那确实是一个不应该存在的旧世界，像颗无限生长的扭曲肿瘤，它吮吸人的血肉，贪得无厌，直到有一天爆裂炸开，把坏死的组织四下喷溅。可我却焦虑得睡不着，阳光下还存在着如此多的罪恶，肿瘤需要被刺破，被切除，但什么时候才能解放这些受苦的人呢？

我想写一首诗，去告诉他们如何打碎看不见的枷锁，想描写劳动者改造火星面貌的壮举。我们多么缺乏人手啊。如果让他们在伟大的历史和平庸的生活中做选择，他们会奋不顾身地加入进来吧？这些吃苦耐劳的劳动者，会是多好的建设者啊。可我还没有来得及想好诗的开头，白天干活的疲惫就冲垮了防线，我呼呼地睡着了。

一天天过去了，大坝像一条长龙般向前推进，火星穿梭飞奔，大地如同一幅画卷不断掠过，我们每天能看见十六次日出，十六次日落。每一眼都是不同的绝佳景色，但我们现在忙得顾不上抬头看它一眼。

莫普提终于拉通了电话线，电话也装好了，队长拍了几下卡簧，对面喂了几声，立即传来了新的命令：为了向五月二十五日的“非洲解放日”献礼，火星将提前变轨，也就是说，雨季即将来临！而我们必须在雨季到来之前就修好大坝。命令是由火星开拓总祭司直接传达的，我还记得那位大人物插队飞上火星时的英姿。

这可不是开玩笑的问题，如果洪水到来的时候，大坝还没有合龙，就有可能引发溃堤，前功尽弃不说，还会冲毁下游数万平方公里内的一切。

恩佐库勒接到命令一言不发，只把腮帮子咬成一团疙瘩。他慢腾腾地走到工地，敲响挂在电线杆上的一块锻钢。大家集合起来，发出一片嗡嗡的怨言。献礼是好事，可是时间就那么一点，而非洲解放日是地球节日，所以也不能通过放慢火星自转来增加富余。对火星建设者来说，劳动时间的绝对延长受到生理限制，我们总要吃饭吧，我们总要睡觉吧，休息时间早已穷竭，再也榨不出一丝一毫，生产限额不可能再增加了。

恩佐库勒的眼睛瞪得大大的，像玻璃一样透亮。他只是这么转转头，我们都觉得他的目光扫过了每一个具体的人。

"小伙子们，你们怎么了，开始抱怨了？碰到点事情就唉声叹气的干什么？"

他的嘲笑声让我们全都低下头去。

他点了一个瓦工的名字："阿普！"

"到！"

"你有什么个人财产吗？"

阿普一愣："没有。和大家一样，都是公家发的那点东西。"

"安索莫！"

"到！"

"你有什么个人财产吗？"

"只有铁镐两把，铁锹一只，都是劳动工具。"

"没错，"恩佐库勒满意地点点头，"全都一样，我们都是无产阶级，没有可以失去的，我们全都像钢铁那样硬朗，无论碰到什么样的困难，都要撞得它当当响，让它直冒火星。我们是守纪律的队伍，接到了命令，就一定要完成。我们就是为了完成任务才到火星上来的，无产阶级面前没有任何困难，为了建设火星新世界，我们压不扁，折不弯，顶得住，吓不倒！”

他的话就像滚烫的煤炭被铲入锅炉，我们一个个脸色发红，额头出汗，脑门子上腾起一股蒸汽，恩佐库勒像是一名烧火工，将每一个人都变成了生火待发、能量充足的机器，等待他踩下开关，打开阀门，松开脚刹。

节约时间、提高效率的群众智慧，如同风暴一样卷过工地。虽然火星上无孔不入的粉尘让人浑身发痒，我们不再洗澡，只是酌情擦擦脸，像猫一样；我们睡前不再喝水，这样可以有效避免起夜，多睡上几分钟；食堂不再提供午饭，而是用挂绳穿好蒸饼，上工时就挂到工人脖子上，省下了排队打饭的时间；一些积极分子主动修建了一道道迷宫般的矮墙，这样如果有人想要去吸烟区聊上两句，抽个烟，都会迷失方向，重新回到工作岗位上。

莫普提试图着手解决上厕所问题，他尝试建造一个人体水循环系统，将排出的尿液和汗液重新过滤洁净后，变成再生饮用水，最终因为系统太过复杂而失败了。卡默是唯一的实验对象。莫普提忘了告诉他实验失败的事情，倒不是故意的，因为莫普提沉浸在理性思考中，实验对象的心路历程不在其考虑范围之内。

发往地球的邮包减少了，最后干脆停顿了。我们下了工，再榨出最后一丝力气扒两口饭，拖着沉重的脚步，钻入低矮的屏蔽所，连打开捶腰机的力气都没有了，大多数人立刻倒头睡去，哪有时间写信呢？

那几天，我甚至同情起范有福，这个中国人从这天起没有睡过一个囫囵觉。他彻夜拿着尺子在图纸上描来画去，第二天再瞪着红火炭一样的眼睛，在工地上告诉我们哪里可以减去几尺厚的填土，哪里可以少绑扎几根钢筋，工期就这么一分一分、一秒一秒地被抠了出来。

我们总挤对范有福:“说说看，原来你的科学还可以挤出水分？”

范有福满心痛苦，但还是在疯狂地修改图纸，每过一个夜晚，图纸就雪片般落下桌面，堆积起厚厚一摞。监督他的两位青年工人都熬不住了，总是在打瞌睡。

范有福的状态让人担心，仿佛随时都会倒下，不过拿出的图纸看上去依然漂亮得惊人。他改变了水泥结构现场浇筑的模式，改用预制件。这是一项创新技术，可以同步多处开工，还省去模板安拆和混凝土养护时间，为了吊装这些重量惊人的混凝土板，我们还改装了吊机，加粗了悬臂和缆绳。

火星终于冲入了太平洋上空，仿佛脱缰的野马奔驰，这比我们预计得还要早。我们看到了一望无际的蔚蓝色中，一团团热带高压气旋像蒸开了锅的水汽扑哧哧地乱跑，我们看到了环形风暴眼中困兽犹斗的闪电。

火星的大气原本被太阳烤得又干又瘪，可如今，干燥得常让我们流鼻血的空气里，也弥漫开了一丝丝湿润气息。等火星大气在太平洋上吸饱水分，火星上的第一个雨季就要到来了！

现在我们已经能看见从长矛岭一路延伸过来的另一段大坝工地，它从火星的红色尘土云中浮现，好像雾中突然探头的大船，晚上也能看见那一边永不熄灭的灯火，这说明长矛岭的青年突击队也在拼命往前赶工。

我们还是照常分三班在工地干活，不过总是抬头向天上看。

直到有一天，我们在焊接大坝上的钢架结构时，莫普提停下来，抬起手指头，指了指。“看，看哪！”他大喊，“它在那儿！”我们听见他的喊声，停下手里的活，一起朝天空望去。负责举指示牌的人们也从板下探出头来了，他们默默地躺在那里凝望着。大家都看见了，在西边一层层叠嶂之上，在天际线处，有一抹白色的痕迹，很模糊，就像是沾了粉笔灰的手指在天空边缘擦了一下，但确然无误，那就是一朵云。

恩佐库勒立即冲着莫普提吼，莫普提朝卡默吼，卡默跑过去敲起那段挂在电线杆上的废锻钢，当当当的警报声响彻工地。

正在休班的人也从屏蔽所里拥出来，自觉地朝工地上跑去，而工地上的青年突击队员们开始飞奔，他们推着小车，扛着水泥，但是脑袋全都侧着头看天空，所有人都在对其他人无声地催促：快，快，快！

这是最后的决战时刻，再没有休息了，所有的人都以疯狂的劲头干着。

现在可以看到从长矛岭延伸过来的另一半大坝，上面有一点点的藤编安全帽正在晃动。他们也正以同样疯狂的劲头干着活，驱赶着脚下的大坝像燃烧的导火索那样前进。

南侧的地平线上也出现了一片淡红色的云块。云块加厚，然后散开，它们有没有就此消散呢？没有。更多的云从山顶后冒出了，它们在天际线后方富集，现在已经清晰可见，龙一样翻滚，颜色在变深。大概是心理作用，仿佛我们眼前的空气也跟着变黑了。

太阳刚刚还很大，曾火辣辣地照在我们身上，现在它变得模糊不清，只是在云后展开一面赤红色的旗帜，看起来就像有人在远处点燃了一场大火。

沙尘太大了，现在整个工地的光线已经变暗。恩佐库勒脱下衣服，光着脊背，露出黑黝黝的胸膛。我仍旧穿着衣服，尽管衣服已完全被汗湿透，就像一层皮肤那样紧紧地裹着我的身子。

我们俩是电焊工，此刻骑在高高的钢架上干活儿，用尽的焊条如同死虫子那样不断落下。厉害的焊工都是焊条喂出来的，就像神枪手是子弹喂出来的，我在这方面对任何人也不服输，哪怕是老家伙恩佐库勒。另外六名电焊工被我们远远地甩在了后面。

来自指挥部大祭司的电话响个不停，但恩佐库勒顾不上去接听。他用牙齿叼着备用电焊条，左手拿着防护镜，右手稳持电焊钳，燃完一根焊条又接上一根，动作行云流水，焊道很漂亮，如同一场黑色的草原大火向前燃烧。他一小时能焊十米长，我也不遑多让，我们两人在钢架上并行前进，谁也甩不掉谁。

用来合龙的混凝土构件早已经准备好了，大坝之下莫普提他们焦急地团团围着吊车等待，像是一群围绕着甲虫的蚂蚁。一切就看我们的了。

不用任何的言语交流，我们一小时接着一小时默契地比着赛，感觉不到外界的环境，似乎也失去了连贯的思维，这里只有重复的劳动韵律，我们一遍又一遍地换焊条、拖电焊机、移接地夹、划擦点火、挪动屁股前进。

吧嗒一声，长矛岭小队的一根钢梁伸过来了，正好落在我们留出的空槽里，毫厘不差。电焊的浓烟把空气弄得很厚重，是一种炽热的灰黄色，我看不清对面的人。正在这时，最初的几颗雨点作为尖兵从浓黑的云层里落了下来，砸得工具棚的铁皮屋顶乱响，就像冰雹一样，怎么会有这么大滴的雨呢？

一颗雨滴砸在我的电焊手套背部，因为富含沙尘，它是酡红色的，又圆又亮，好像一只眼珠在瞪着我。天空现在被厚厚乌云彻底占据了，移动的阴影使光线暗淡下来，地面上的光忽而是一种淡淡的浅橘色，忽而是一种海棠红色。

雨天电焊易引发触电事故，为安全守则所严厉禁止。眼看着还剩最后十几个焊点，支撑钢架就能完工，可天气击垮了我们，现在没有办法了吧。我颓然垂下双手，心里想，唉，要完，就完吧。我看了一眼队长，他的前胸被电火花烫满了黑色的焦痕，和豹子一样，脸上的粉尘则被汗水浸湿，从鼻子到嘴唇都留下了深深的沟纹，这又让他像只老虎。他的眼睛瞪得圆圆的，在眉毛下闪着危险而充满威胁的光，“停下来干什么，想当孬蛋？你看那边！”队长指了指对面。靠长矛岭那一侧的钢架上，依旧有一闪一闪的火花。我愣住了，这就是说，面对死亡的威胁，对面的战友们也没有放弃，我不禁为自己的退缩而羞耻。

随着一声雷响，雨点大如野兔，东一头西一头地冲撞起地面。

我看见对面的钢架上，飞快地爬上来一名穿着黛青色帆布服的瘦小青工，灵巧地顶着一块雨布，动作优雅自如，火花从他的电焊钳处喷泉般绽放，宛如万点金星，宛如密雨落下。

“拿雨布来！我们也继续干！”恩佐库勒吼道。大幅的雨布都被集中过来了，罩在我们头顶上，我们的电焊钳也不甘示弱地爆发出一蓬蓬火花，好似云层里的闪电。

滚雷正在我们头顶上飞奔，如同大炮轰鸣，因为空气稀薄，雨云奔突的速度也比地球上快得多，暴雨主力到达了，巨大的雨幕终于落了下来，遮天盖地，就像巨大的瀑布，从天际的平原横扫到山区，雨水像天上开了口那样倾泻到火星那干燥的红沙漠里。

地层一旦被水浸湿，立刻呈现出深浅不一的红色，有的如同雨后破碎的春联，有的如同看门人打哈欠露出的牙床，有的如同布告栏上钢铁产量又破新高的红色喜报，有的则如同广场上的旗帜海洋，总体而言，呈现出一种喜洋洋的调子。

有一瞬间，你以为大地会赢下这场战争——大地会像海绵那样，把再多的水也全部吸走——但转眼间，地上就到处汪起一摊摊水坑，水坑汇聚成浅潭，浅潭汇成深池，到处都是哗啦啦的小瀑布。更可怕的是，远处峡谷中传来洪水初成的轰隆隆回响。

不仅仅是地面上，地底深处也同样奔涌着水流，唰唰的响声颇似成千上万的海狸同时咬啮一座大森林。库区四周那些山地本就布满裂隙，如同掌纹般细密，此刻更是将方圆数百米地的降水，都通过毛细血管般的沟壑聚拢，朝着大坝所在的盆地倾倒而来。

地面很快就看不到了，水，到处都是水！我们曾经如此渴盼的资源，既是改造新世界的强大臂助，也是难以驯服的恶魔。我们曾渴盼的水，此刻却成为我们的敌人，洪水肆无忌惮，任意冲撞，汹涌波涛以令人震慑的力量席卷一切，速度快得惊人。即便是战天斗地、无所畏惧的恩佐库勒，在这一刻，也显露出对大自然的畏葸。

空气湿得可以攥出水来，如此潮湿的空气极有可能造成短路，但这时候已经没有选择了。耳边听到断断续续的喊声，一切都被大雨隔开了，好像隔着一层厚玻璃。转眼之间，盆地里的水已经有半人深了，在大坝缺口处形成一道湍急的水流。双曲拱大坝如今显得更加单薄了，在洪水的压力下如同劳累过度的手般抖动不已。大水把还站在坝底下的人赶过来赶过去，好像鸭群一样，他们蹚水时脚底搅起许多红泥沙，好像踏在一团团棕色的云朵上。工人们开始往架子上爬。

钢架焊完了。早就等在侧畔的范有福弯着腰顺着钢架跑，胳膊甩在身后，在我们的叫骂声中依次检查了焊点。

“检查吧，检查吧，一直查到洪水淹没世界！”我喊道。

“全部合格！”范有福说，“已记录在案，考虑到天气原因，就不给你们绿签纸了……”

“吊车！上板子！”恩佐库勒用压倒风雨的力量喊叫着。

吊车的摇臂转了过来，钢丝缆嗡嗡地响着，让最后一块水泥预制件摇摇晃晃地上升。我们都在等待这一神圣时刻，可是太突然了，只见吊车突然往后一倒，像是喝醉的钓鱼佬突然提竿，一声喊叫，吊臂整个歪了，钢丝缆发出大树劈裂的响声，几十吨的楔形预制板歪歪坠落，原来是吊臂上一侧的钢丝缆断了。

“快换备用钢绳！”莫普提从吊车驾驶舱里探出头来怪叫，吊车在陡峭的大坝顶部打着滑，发动机发出牛吼般的叫声。换钢丝缆可不是件小事，等洪水把整座水坝的碎片冲到下游三四十里的地方，我们或许能把绳子换好。

范有福用笔记本捂住脸，跪了下去，他的喊声像垂死小猫的哀号，立刻被洪水发出的巨响吞没。火红色的洪水携带死亡气息，像岩浆喷出火山口一样冲出大坝缺口。

恩佐库勒猛地从铁架子上站了起来，脸上放出灯泡一样的光芒，他扔掉手里的焊机，凝视着歪倒的吊车，咬紧腮帮子，脸上的肌肉鼓了起来。那一瞬间，我切切实实地看到了意志的力量，如同苹果会落地、水在零度时会结冰一样真实，它从恩佐库勒的身体里迸发而出，像鸟擦过我的肩膀。

工地上一群渺小的人朝着巨大的预制件扑去，好像蚂蚁扑向蜜糖饼干。

我看见附近的小队成员都冲了过去，我看见对面那些不认识的青年队员也冲了上去，围在前面的人凭借几十双手，抓住了水泥预制件。挨不上边的更多人，也在后面伸着手，推着前面人的肩膀，做出向上托举的动作，他们瞪着的眼白，他们咬紧的牙关，他们努力的腮帮子，都迸发出了相同的力量。我感觉空气热得发烫。数吨重的巨型水泥预制件被托了起来。这简直是不可能的，虽然在火星上，人人都可以举起三百公斤的重物，虽然在火星上，人人都是超人，但这就是意志力的胜利。这种伟大的光荣，只属于钢铁一样的人。

吊臂继续移动，吊车靠着单边绳子，就这么把构件稳稳当当地吊了起来，继续升高，直到高过吊装线的时候，下面还挂着一群人，就像被蚂蚁群体举高到草叶上的饼干，角上往往也会挂着一串蚂蚁。

“快闪开。”恩佐库勒大吼一声。人群放手四散。预制件还是摇摇晃晃地吊了一瞬，然后咔嚓一声落到了大坝留出的卡口上，严丝合缝。

大坝合龙，那一场微型的洪水被阻断了！

预制件上还有最后几处预埋的焊接点要焊上，让它和整座大坝浑然一体。恩佐库勒转身去拿电焊机，大概是刚才的胜利让他太放松了，指尖和电焊机间爆出一大股电火花，恩佐库勒被击倒在地，就像一只烧焦的蝙蝠从架子上掉落。

没有时间去查看他的状况了，我吼道："把我吊下去！"现在我是小队里最好的电焊工，应该当仁不让去完成最后的任务。

他们用绳子绑住我的腰，把我顺着大坝外侧放了下去。我看见对面也吊下去了一个青年突击队员，就是那名穿着黛青色帆布服的青工。他消失在坝顶下之前，朝我看了一眼，好像是在向我发起挑战。够勇敢的，但我们蟒神小队可决不会认输。我抬头，看见绳子上一串脑袋从坝顶探出来看我。

"快放！"我嘴上催促着，可老实说，此刻我吓得心胆俱裂。暴雨好像小了一些，但脚下的水流翻腾涌动，仍然在快速上涨，狂风则把吊着的我们甩来甩去。我认为，此刻的情形只比攀爬大渡河铁索的十八勇士好一点点，因为这里没有敌人的机枪，而我们面临的任务不仅仅需要胆大，还要心细，几个焊接点是在预计水位线之下的，随时会被淹没，如果水涨到焊接点，还没有完事大吉的话，要么大坝被冲垮，要么我们被漏电的机器电死在工位上。

我们在和时间争夺未来。

吊挂着我的绳子太细了，而手里的电焊钳更像随时会引燃的炸弹，但我别无选择，只能闭上眼睛，去感受心中涌动的意志力量，让它来主宰。事情往往如此，越着急干得越慢，空气里的水分太多了，被电解的水产生的氢气破坏了焊道。我不得不总是停下来用尖锤把发脆的地方清除掉，再继续工作，此时不能强求优秀，只要没有脱焊、虚焊就可以了吧。说起来，我从来没有像那一天发挥得那么好过，以魔鬼一样的速度掠过焊道，拍开焊灰，检查无误，立刻挥手让上面的人拉我，此时浪花的牙齿冲上来啃咬住我的小腿，但我马上抽了出来。

等我爬上坝顶，松了一口气，往下一看，对面的那名青工却还在专心致志地焊接着。他的整张脸藏在紫色电光之后，干得不慌不忙，有条不紊，仿佛迷醉在工作里，完全忘了危险。洪水飞速上涨，电光石火间已经淹到他的腰际。

“快把人拉上来！”我喊道，“他在干吗，在绣花吗？”

“不，再等一等。”他的队友同样围在坝顶探头观察，仿佛对那人抱有很大的信心。

水涌上来了，扑上了工作面，只见那人把防护镜往胳膊底下一夹，一手拉着绳子，双脚一蹬，头下脚上地倒悬着，用手里的焊枪最后点了一下焊件，那一下仿佛是用电焊条轻吻水面，水下电光如一窝蛇般乱钻，数百米水面被照得通亮。我把电焊机的插头一拔，那人已经拉着绳子，宛如轻燕般飞了上来。他放下手里的工具，悠然自得地说道：“水位下去后可以检查一下，肯定全优！”

此时大雨初歇，灰色的雨幕留下分量惊人的水珠后，朝着北方去了。拦水坝将这座史无前例的超大人工湖泊死死围在里面，这幅景象简直难以置信，肆虐的猛兽被约束得规规矩矩的，最终老老实实、低眉顺眼地从泄洪道里冲出，朝着盆地外面的低洼平原一泻千里，在火星广袤荒凉的大地上，冲刷出一条深深的河沟，此地将以非凡的气势，在火星上诞生一条新的河流。

我们制订了一个计划，我们完成了它！真是完美！我们要建设的主义就是各种计划，最后再实现。恩佐库勒队长也已经醒了，但还有些迟钝，竭力想弄清自己在哪里。说起来有点不够意思，大家都顾不上他，因为我们正在欢庆胜利。

此时我们每一个人都在使劲儿地蹦着跳着，把藤编的安全帽扔上天空，然后飞快地加速跑着，去和胜利会师的长矛岭战友们热烈握手。我想要和那名了不起的对手拥抱，他却闪了开来。我又抓住了另一名工人使劲抱住，以表达我们的喜悦和同志友情。大家也都如此，但是我们越拥抱，心里就越起疑问，他们的身体有某种超出常态的圆和软。起先，泥污把他们的脸都糊住了，但现在雨水已经冲刷掉他们脸上的泥，他们的帽子也扔掉了，露出了下面乌黑发亮的长发，我们震惊又尴尬地发现，这些和我们同甘共苦一起奋战的阶级兄弟，不不，阶级姐妹，全都是女人。我们早听说在火星上组建了不少铁娘子突击队，没想到对面这支队伍就是。

我想向之表达钦佩之情的对手，此时已隐入欢乐的人群中，难以分辨，但我依然不由自主地去人群中寻找她，幸亏她那身黛青色的工装让我印象深刻，帮助我找到了她。她在人群中走动，我一会儿看见她的脸，一会儿看见她的后脑，太阳穿过雨云照射下来，我看得分明，那位姑娘有一对明亮的眸子，在火星的映衬下仿佛微微带着点酒红色，她的表情既严肃又纯洁，是那种严肃得让人可望而不可即的形象。不知怎的，我觉得她有几分面熟。

“伊拉萨？”我听到了另一个声音，仿佛喊出了我心里的疑问。

不，虽然很像，但她不是伊拉萨，不是那种羞涩的部落女人。她是一名掌握熟习技艺的老练工人，她是一名意气飞扬的战士，她是一名光荣的火星新世界建设者。像她这么出色的姑娘，我前所未见。

我看了一眼莫普提，发现他的眼睛里也燃烧起青春的炽热光芒。我们的爱情同时复活了。我看到了一幕崭新的生活，也就要在火红的大地上铺陈开了。

《银河边缘018：啊，火星》，新星出版社，2024年5月

雪夜在低空飞行

晓光枕河川

01

“义体化只有零次和无数次。”

梁冬生站到飞机舱门前的那一刻，这句话不知为何在他脑中响起，弄得他脚步一停。高空凉爽的空气猛地冲进他的鼻腔，冰凉浸透肺腑。他撇开脑海里的声音，从飞机上一跃而下。

前天他刚过了三十五岁的生日，除了户头的数字多了几位，他感觉自己与十年前刚来珲春的时候并没有什么分别。但生日那天早晨，新一岁的健康报告数据不再展现生命的活力。遭了这样的暗示，他福至心灵，立即预约了今天的翼装飞行。

这是他今天的最后一跳。他张开双臂，飞入千尺高空。

空气迅速充盈了他的翼装，他感觉自己从云端坠落，身外的万事万物瞬间变得缓慢，时间亦然。这是梁冬生唯一觉得能完全控制自己的时刻，所以他上瘾似的飞了一次又一次，试图从流逝的分秒中汲取生命力。空气浮起小小的人形，宛如飞鸟，在空中划出一道优美的弧线。

而他眼前，是初雪后的珲春。

珲春的每个人都在议论这场雪。气候变暖的影响越来越广，三年前起，这个远东城市的冬季最低气温再没下过零度。今年的这场雪让这个城市又恢复了活力，就像十几年前珲春宣布成立国际合作区的消息那样管用。

在当地人眼里，这场雪仿佛一种瑞兆，气温或许会就这样逐渐稳定，不再伴随着物价继续上涨。但依然在不断涌进这片土地的外乡人又提醒着他们，这场雪更像寿命将尽前的回光返照。一切都不会好起来了，还能离开的人都已经动身。向北，向北前进，去新的世界，或许还有机会。

雪下了一夜，灰白相间的城市坐落在山川和丘陵之间，珲春河奔流不息 —— 积雪今夜就会化尽。公路和铁路绕开群山向海边绵延，山的那边是周边最大的不冻港扎鲁比诺港，如今也是合作区的一部分。梁冬生从高空起跳的时候，经常能看见海上的巨型船舶，有些船的目的地是西伯利亚开发区，当今人们心目中的黄金乡。不知道那艘船有没有带她抵达想去的地方。

“义体化只有零次和无数次。”那个声音又响起。

梁冬生恍惚中好像看到了曾经的明盛南街，一大片火柴盒似的厂房，间或有几个巨大的霓虹灯招牌。但他肯定看错了，这样的城市景观曾经出现在东北的每一个城镇里，却与现在的明盛南街毫无瓜葛。合作区成立的时候，那条街的南端兴建了综合交通枢纽，后来很快沦为北上旅客的聚集地。伴随着他们的到来，隔壁的洗浴一条街迅速滋生出灰色产业。

空中除了猎猎风声什么也没有，梁冬生陷入只属于他的片刻平静。

然而喷气装置发出的巨响将他惊醒。

“呜呼——！”三五个飞行者突然从梁冬生上方擦肩而过。他们距离太近了，惊到了梁冬生，他下意识要避让，失衡的风却让他轻微自旋。这是翼装飞行中的危险信号，他不得不立即集中精神，重新感受着风的流向和速度，娴熟地调整身体的每一块骨骼和肌肉，每一块。收缩，舒张，身体的每一个零件在他的意志下融为一体，仿佛他只是风的一束，融入无形之中。

这时上空的翼装飞行者却又陡然下降，向他冲来。梁冬生登时紧张起来。

那是燕隼小队的飞行员在做有动力飞行，他们都加装了适配飞行的义体，能随意改变速度和方向。但梁冬生不一样，他正在进行无动力飞行，只能一直滑翔，匀速下落。如果他们发生冲撞，气流扰动，受伤的只会有他自己。

燕隼的人也知道这一点，他们既不飞走，也不干扰他，只是绕着梁冬生上上下下盘旋，像是猫咪逗弄小鼠。其中一人甚至对着梁冬生比了一个手势。他大拇指向下，双臂后的金属翼折射着明媚的阳光，闪盲了梁冬生的眼睛。

失去视觉的时刻，听觉被无限放大。

“义体化只有零次和无数次。”是那个他几乎忘记的声音，她问过：“这就是你没有改造自己的原因？”

梁冬生拼命地眨眼，视觉逐渐恢复，幸而身体依然在本能地飞行，于是他再次找到平衡。前方已经能看到落点，他估计了一下高度，拉开降落伞。

他的助手小刀已经在那里等着，见他安全落地，小刀匆匆跑过来。

“梁哥你没事吧？”他又气又急，“我老远就看到燕隼那帮人了，他们故意的。”

“我没事。”梁冬生看向远去的燕隼小队。“别管他们。”梁冬生说，“我跳完了，回去吧。”

“真没事？脸色这么难看……”

“是我自己跑神了。”梁冬生摆摆手，招呼小刀一起收拾装备。

回店里的路上，小刀开着吉普车，絮絮叨叨。

“今天早上有个客人来店里，问我们这是不是有办法上船。有人介绍她来找我们。”

“上船？要去西伯利亚？”梁冬生皱起眉，“你没告诉她？我们早就不做这个了。”

“但是梁哥，我一直想跟你聊来着。那个多挣钱啊……”小刀说，“来的是个女的，很年轻，但是很有钱，我留了她的号码。”

“有钱？你怎么知道？”

“年轻女人，二十多岁，拉着一个皮行李箱，穿得很低调，但是每件东西看着都不便宜，南方口音。”小刀咧了下嘴角，“重点是……她身上没有动过刀。”

“你又知道了？”

“我问了。只换过眼睛，还是老款的‘晶视’。”

梁冬生面露诧异。这年头完全没接受过身体改造的人还有几个？即使没有钱，也有很便宜的产品可以选择，甚至有公益组织资助大家进行改造，帮助“融入社会”。完全的肉身意味着低效——就算不追求效率，身体上多少要有几个部件可以联网才对，至少是眼睛。

在这样的环境里，坚持拒绝义体的，除了那些宁可忍受低效也反对改造身体的守旧派，还有就是拿着老钱“上等人”。在沿海人口大撤退之前，他们觉得自己一辈子不改造也能过得很好，“钱能买来效率”，事实也的确如此。他们中有些人甚至自豪地声称这是在维护人类的“纯正”。

“她知不知道我们之前是怎么送人去西伯利亚的？”梁冬生又问。

“她知道！她说只要能上船什么都可以。而且她自己已经买到了名额，据说义体率八十多。这不是送上门来的冤大头吗？”小刀瞄了一眼梁冬生，“梁哥，开一单吃三年啊。”

梁冬生没有说话。小刀又讲：“我看她是铁了心。梁哥，这种单子你不做，也会有别人要做，肥水不流外人田。而且八十几的名额也买，她是不是被坑了？”

“大概吧。”“真黑。我看这小姑娘对自己够狠心。欸别说，她身上那股劲，给人的感觉还有点熟悉。”小刀灵光一闪，猛地一拍方向盘，“嘶，我说呢，这姑娘有点像琪……”他的声音突然刹了车。

总有人能对自己下狠手，接受70％比率以上的义体改造，只是为了去西伯利亚。

西伯利亚，好像只要能去那里，什么人生问题都会瞬间解决。为了希望二字，不少人愿意一掷千金，将自己的肉体压上牌桌。

即使小刀及时把那个名字吞了回去，梁冬生也已经想起她来，乔琪。

02

乔琪来珲春的那一年，梁冬生刚在明盛南街买了一家新店面。店不大，但他和小刀都能住下。门脸的招牌上写着“冬升美体”，它跟这条街上其他夹杂在洗浴中心之间的美体店一样，主营美容美体、电子产品维修，实际上就是义体生意。

他把店开在这里，就是为了服务北上的移民。越来越多的人抵达珲春，想要非法走线进入俄罗斯，然后辗转前往西伯利亚开发区。合法途径当然也有，但名额稀少：每月会颁布一张名单，写着获得西伯利亚通行证的幸运儿们。他们可以从珲春国际合作区过海关，直接前往扎鲁比诺港，乘坐前往西伯利亚开发区的专线轮船。

乔琪也是梁冬生的目标客户之一。她走进店里那天，十二月的通行证名单刚公布，明盛南街一时暗流涌动。有门路的人都想趁这一波抓到机会上船走，因为春节后政策会变化的消息早已传开。

“只会越来越难。”梁冬生把一杯水放到乔琪面前，“你之前申请过通行证吗？拿了多少分？”

“82分。”乔琪握住杯子，没有喝。她很年轻，估摸着二三十岁，身材纤瘦。“我六月申请的时候差4分，七月差7分。我怕后面会越来越高。”

“那肯定会越来越高的。”

“家里亲戚说在珲春认识个管审批的，让他帮我办手续，但是我来了一个多月那个人才告诉我，现在查得严，他也没有办法了。”

“你不会给钱了吧？花了多少？”

“不多。”她抿了一下唇，“三十来万吧。”梁冬生心里飞速地算了笔账，如果这不算多，他能从她身上套出多少。

女孩继续说：“有人介绍我到你这里来。政策会怎么变，你有消息吗？”

“好像会调整加分的重点发展领域学科。”梁冬生问，“你是学什么的？”

“音乐。”学音乐的，哦，零分。政策改不改都一样。

这问题似乎击溃了乔琪一直维持的体面，忍耐多日的焦躁和委屈在这个时候突然决堤，她抱怨起来：“去年我年龄还能加30分，今年春天我就算30周岁了，还得倒扣5分。去年我考下来了俄语证，能多个5分吧。但是专业技能这块基本上没有分。如果我能找到雇主担保还好说，但是现在西伯利亚的公司根本不缺人……在东三省工作一年可以加3分，但现在人全在往北挤，哪有那么容易找工作。我怕再拖下去只会更够不到分数线，我不能再耗下去了。”

“我知道…… 通行证的申请人数每个月翻着花儿地涨。介绍你来的人至少没坑你，我确实有办法。”梁冬生面露为难，“但你来得不是时候，我大部分名额都已经出掉了。大家都怕明年有什么变化……”

“欸，等会儿。”梁冬生瞥了一眼乔琪，将她眼中熄灭又燃起的光亮尽收眼底，“好像还剩一个，但是这个名额在我这里压很久，没人想要。因为…… 难度有点大，价格有点贵。”

“多少钱？”乔琪问，“价钱都好说。”

“你现在手上有多少现钱？”

“大概七百来万。”她想了想，“实在不行我名下在上海还有一套房子……”梁冬生笑了：“小姑娘，你拎拎清哦，上海的房子现在哪里还值钱。”

“嗯。”乔琪一阵窘迫，“那这个名额多少钱？”

“全包至少八百个。”梁冬生说，“需要大概两个月，你要留在珲春。我没报高价，名额本身不贵，但要做的手术太多了，我还要花老多钱买产品。”

“手术？”梁冬生挑眉，“介绍你来的人，没告诉过你我这里是做什么的？”

“没细讲。”乔琪说，“他跟我说，实在没有办法再来问你。现在真的没别的办法了。是哪种手术？”“义体手术……”梁冬生站起身，走到柜台后面摸出一个旧平板，点点按按，“我卖的名额，是获得了通行证的个人 ID。但你光拿 ID 也过不了边防。现在安全核验很细致，义体率和改造部位都记录在 ID 上，哪一项对不上都白瞎。”乔琪瞪大了眼睛：“那你这个手术是要……”

“对。等于就是你买 ID，但为了过边防，得把你自己改成卖主那样，就这个意思。”梁冬生把平板递给乔琪，屏幕上是他手中剩下的最后一个女性ID档案。姓名、性别、出生年月日、血型、义体率、已同步部件列表，所有信息都一览无余，甚至是生物信息……然后是一张正面大头照，一张全身照。

“这个ID一直卖不掉是因为，你自己也看吧，她义体率太高了。”乔琪看到那个条目后面的数字：72%。

“除了脑子和心肺基本什么都换掉了……”梁冬生挠挠头，“就算再想去西伯利亚，也没人受得了这个吧？整个身体都得换一遍，很遭罪的。又贵得要死。这些情况我都要先告诉你，你能接受，我们再谈怎么操作。”

乔琪看着平板上的那张照片。这个名叫袁姝丽的女人，外形上的性别特征已经被抹消殆尽，衣服包裹之外的肢体毫不掩饰其义体的特征，些许部位泛着金属的光泽。

“全部……换掉？”乔琪不禁自言自语。

“对。我看你，身上一个义体都没有？”梁冬生上下打量着她。看她外表，多半出生不错，家境富庶，不然不会一个人身携巨款跑来边境，想折腾去西伯利亚。他们握手时，她暖和又柔软的手让梁冬生一愣——手没有改过，甚至眼睛都是原装的，只有视觉上做了增强。“你好好想想。我店就在这里，你要是觉得可以，再凑够现钱过来，我给你出方案。”

乔琪的表情变得有些呆滞，好像梁冬生一次给了太多信息，让她一下天上，一下地下。过了好半天，她才回过神，“我不知道。你让我想想。”

那几分钟里，十数种情绪从她脸上依次闪过。她那时还不知道，几个月后，这些东西就再不会有了——为了通过人脸识别修改过的脸，做不出那么细微的表情。

03

梁冬生不是珲春人，他老家在福建。海水上涨，沿海人口大撤离开始后，他跟着一群老乡直接北上到珲春，加入已经红火起来的义体生意。他的店手续齐全，业务广泛，技术精良。出售 ID 只占他业务的一小部分，却贡献了绝大多数收入。袁姝丽的 ID 登记在他的库存一年多了，这基本上是个残次品，他自己都觉得不可能卖出去。十年前，申请通行证去西伯利亚打工的人，大多在内陆收入不高，就是为了多挣钱。那时候西伯利亚冻土刚化，大开发伊始，哪里都要人。但形势变得很快，申请人越来越多，西伯利亚开发区却开始限制每年通行证的发放数量。

大家都觉得，远东遍地是机会，只要能在开发区留下来，以后生活绝对能好起来。

为此他们不惜花费大代价走各种灰色渠道获取通行证。

乔琪显然也这么想。所以梁冬生报了个过高的价格试探她的心理价位。他以为乔琪会犹豫，不料一周后乔琪又来到店里，说钱凑齐了。那一刻，梁冬生的好奇压过了赚钱的渴望，他问出了一个不该问的问题：

“你为什么那么想去西伯利亚啊？”

出乎意料的是，乔琪没有什么具体的理由。“去找工作啊。是个人去开发区就能找到工作，比留在内陆强多了 …… 内陆现在哪还有工作。”梁冬生愕然：“只是因为这个吗？”

西伯利亚开发区早已成了人们心目中的黄金乡。广袤土地因为气温上升变得宜居，融化的冻土层下是丰富的资源矿产。早年投身大开发的人，大都掘到了第一桶金，过上了富足的生活。混得差点，也比留在南方好。开发区轰轰烈烈建设时，南方是暴雨、洪水、干旱。海水吞掉村镇、城市，沿海居民不得不向内陆撤离。过去几十年、上百年里，大家挣得的家业一夜之间化为乌有。他们不得不抛弃曾经有过的一切，抛弃故乡，到北方去。如果还有不甘心的人要坚守阵地，他们只会发现，这种抵抗如蚍蜉撼大树，晚一步撤离不仅会错过政府补贴和安置，更大的问题是内陆城市也逐渐人满为患，物资供应不足，货币飞速贬值。

他们在新的城市找不到归属，却也回不去旧的故乡。于是有些人选择继续北上，去得早的人，赶上了开发区发布第一期建设规划纲要。梁冬生差不多是那会儿来到珲春的。

乔琪沉默很久，似乎被梁冬生这个问题问住了。“家早就没有了，过不了多久，老房子都会被淹掉。”她轻声说，“家里就剩母亲和舅舅。我们撤离得晚，他们在合肥的一个安置点，几乎没有收入。我妈一辈子没有吃过苦，每天都是一肚子牢骚。我也没有什么本事生活。想来想去，只有去开发区还有前途。可我两年半申请了七次，希望越来越小。”这回轮到梁冬生沉默了。

“你想好了？义体不能复原，一旦做了手术，没有回头路的。”他问了乔琪好几遍，“其实如果是我，我不建议用这个 ID。你可以在珲春等一等，说不定之后能收到条件好一点的 ID。”

“要等多久？”

“这个不好说。”

“那就用这个。”

“这个 ID 的手术实在太复杂……”乔琪又说了一个数字，“那给你再加一点钱，再等下去我不知道会是什么情况。”

梁冬生愣住了，他其实不是这个意思，但有钱不赚王八蛋。于是他说：“好的，我要一次性付款。你放心，我做口碑的，给钱包过，不过退款。这两个月你有什么事也尽管来找我。”

最后，梁冬生订下的全套义体化方案预计需要花费两个月，分四个阶段进行。改造量实在太大，他怕乔琪身体吃不消。她要先换两个上肢，然后是两个下肢，然后是半个躯干，最后是面部整形。

光是采购设备都是项大工程。梁冬生扫了一眼袁姝丽的同步部件列表，总共竟然要进十几件产品，城硕TR系列腿部套件、灵百义肢R5经典、戎升发2025增强型电池组、安普特进口仿生电子眼……他拉开交易所的面板，摩拳擦掌，希望能尽量找到同年同批次的产品，只要改序列号就行。二手最好，省了做旧的时间。

“冬升美体”窄小的前厅后面是梁冬生和小刀的房间，窗户封闭的二楼别有洞天。

仪器和设备挤满了两间“美容室”，还有两间“休息室”。

乔琪的第一次手术就在这里进行。梁冬生按例先向乔琪展示了两条仿生机械臂，核对无误之后给她上了麻醉。乔琪躺在手术台上，静静等待麻醉发作。她忽然小声问：“这手真的能像人手一样灵活吗？”梁冬生还在调设备，头也没抬：“其实机械手比大多数人自己的手要更灵活。”

“那你为什么不换一对？”梁冬生没有回答。过了一会儿，他看向手术台上的乔琪。她已经睡了过去。

上肢是最容易的手术，也是梁冬生最熟练的业务，开发区里头的人十个有九个至少拥有一条机械臂。那年冬月，乔琪头一次拥有了两条全新的手臂。

刚做完义体手术的人都像买了新玩具一样高兴，这毕竟是一笔消费，对自己进行了升级改造。但是乔琪有种说不上来的感觉。梁冬生的手艺没有问题，虽然他只有小刀一个助手，但两人的活很利索。那两条机械臂就像乔琪自己的手臂一样，接口处理得严丝合缝，宛如天成，神经完美连通，一点儿没有幻肢感。有些人在更换义肢之后，即使行动如常，依然会感觉手不是自己的手，要花好长一段时间去习惯；有些人甚至一直无法习惯，落下幻肢障碍的毛病。

要说唯一别扭的，是这两条胳膊太长了。袁姝丽比乔琪高不少，她用的产品比乔琪原本的手臂长。乔琪感觉自己像某种没进化完全的猿人，直立着手也能碰到膝盖，对于距离的感知也发生了变化。她不再需要蹲下穿鞋。吃饭的时候则要小心握住勺子，不把食物送到肩头去。

好在这样的变化一个星期过后她就适应了。去店里复查的时候，梁冬生让乔琪做了运动协调性测试，一切正常。

测试结束后，乔琪还一直摆弄着测试环。她用力把测试环拉得很长，又按扁，举过头顶，绕圈。机械臂毫不犹豫地做出了人类手臂完全无法转动的角度。梁冬生看得眼皮直跳，问乔琪这几天有没有什么不舒服。

乔琪摇摇头："没有，已经很习惯了。"

"那就好。"梁冬生拍了拍立在墙边的一个纸箱，"腿部套件今天刚到货，袁姝丽更新过腿部，这个产品型号非常新。你要是适应得好，我觉得我们可以抓紧时间，下周就把腿做了。"

"下周……"乔琪重复着这个词语。她举起自己的胳膊，向后转动肩关节。她面无表情，仿佛那不是自己的手，也没有痛觉。不合身的衣袖在过度转曲下紧紧绷在强壮的小臂上。

梁冬生突然问："你之前说是学音乐的？是学什么的，唱歌？"

"不是，学长笛的。"

"难怪，那么有气质。是横着吹还是竖着吹的那种？"

乔琪转过头，似笑非笑地看了梁冬生一眼，抬起胳膊比画了一下："是这么吹的，但现在吹不好了。"

梁冬生劝慰她："有得必有失嘛。"又立刻察觉说错了话，找补道，"其实机械臂控制起来更精确。之前我有学乐器的客人，往电子脑里灌了个什么软件，和手臂同步了一下，拉得跟什么什么大师一样好，他还挺满意的。"

然而这一番话对乔琪算不上什么安慰。她摇头："照葫芦画瓢而已。演奏需要很精确的控制，调动所有肌肉，投入情感，每个细节都不一样，每个人的演奏都不一样，每次演奏都不一样的。"

梁冬生立即又想到了新点子："或者你像网上的那些发视频的人一样，吹那种特别高难度的，人类演奏不了的那种曲子。我看他们人气还挺高的。"

乔琪看了他半天，仿佛在对牛弹琴，最后说："算了，我跟你讲这个干什么。"一周后，乔琪完成了下肢的手术。她在床上足足躺了一个星期。第一次用机械腿下地的时候，梁冬生就站在她面前，握着她的双手，想扶她。这个身板瘦小的女人把两只大脚放到地上，缓缓站了起来。梁冬生注视她的目光自下而上，从低垂逐渐平行，最终不得不抬起。

他需要仰视现在的乔琪了。袁姝丽本来就比她高8公分，这又是一款力量增强型的机械腿，乔琪现在比梁冬生还要高半个头。

梁冬生看着她，忽然觉得这个人很陌生，他缓缓松开了她的手。

"你站稳咯。"他说。而乔琪忽然举起手，摸了摸他的脑袋。

"你知不知道，你有两个发旋。"乔琪咯咯笑起来。

"琪姐，手轻一点。"梁冬生也笑，"你这钢铁大掌我承受不来。"

乔琪试着走动，她在房间里四处跑跳。这双腿比原来的腿更有力，更灵活，让她心里生出一种冲动，想要出去跑上几圈。

梁冬生看她四处蹦跶，问："现在有没有感觉到义体的好处？"

"好处说不上来。"乔琪说，"但是感觉……跟以前不一样了。"

“那肯定得不一样啊，不然手术白做了。”梁冬生随手收拾了一下房间，又不知道为什么想起一茬，鬼使神差地发出了邀请，“过几天就是元旦了，小刀想一起打火锅跨年，你要不要来？”

“好啊。”乔琪正伸长手去够门框，毫不费力地摸到上面的烟雾报警器，“反正我也没哪里能去。”乔琪答应得爽快，但元旦前一天晚上她却姗姗来迟。

小刀弄完所有菜，等到锅底都煮沸了，问梁冬生为什么乔琪还没到。梁冬生说不管她，咱们先吃。但他一边吃着，又三番五次看向店门口。可能她只是变卦了，但梁冬生又隐隐有些担心。会不会出了什么事？好在乔琪还是出现了，只不过拉着两个大行李箱。

去开门的小刀见了这阵仗有点摸不着头脑：“这是什么？给我带的新年礼物？”

“什么礼物？你让一下。”乔琪两手一手一个，拎起两个箱子侧身挤进店里。

她扔下箱子，拍拍手，问梁冬生：“梁哥，我没钱住旅馆了，能不能在你这里住一段时间？”见梁冬生不吱声，乔琪说：“你说过有什么事情都能来找你的。”她满脸委屈，“我签注到期了，旅馆先是翻倍收房钱，然后干脆不给住了。”

珲春国际合作区为了管理偷渡问题，几年前开始实行地区签注规定。乔琪拿的医疗签注，现在已经超期逗留。

“你怎么不早说。”梁冬生皱眉，一旦被发现超期，乔琪会被遣返离开，后续的计划就泡了汤。他仔细问：“到期之后你一直在旅馆，哪都没去吧？”

“是，旅馆给我包饭，付的全是现金。怎么了？”乔琪小声道，“我很安静的，吃得也很少……”

她那神态还是个可怜的小姑娘，但梁冬生想到她一人毫不费力地提着两个大箱子走了几条街……他仰头看着她，心里有种说不上来的感觉。

“先进来吃饭吧。”他最后说，“小刀把门关上！冷死了。”

乔琪一点都不安静，她搬进来第二天一早，梁冬生就被笛声吵醒了。他原以为是小刀开了音响外放，还想这小子怎么突然阳春白雪。但笛声磕磕绊绊，他从梦中醒来，意识到这是乔琪在练习。他也不知道为什么，突然有点可怜这个女人。

房子隔音不好，有时梁冬生会听见乔琪跟家里人通话，方言他能听懂个六七成。乔琪没有告诉家里她在做什么，只是反复保证一个月后她就能搞到通行证。她家里人好像问她到时候有没有办法办家属随迁，她只好讲：“现在哪知道哦，到时候我想想办法。”梁冬生在床上翻了个身，心想：你有个屁办法。自己能安全进去就了不起了。

他那时手上已经有过十几个成功案例。按计划，一个月后，他会亲自送乔琪到码头。她会从那里过海关，登上去西伯利亚的船。然后他们钱货两清，再无瓜葛。至于客户之后的命运，他很少关心，除非是客人给他介绍了新客来。

跨年火锅那天晚上，乔琪像是饿了一整天，坐在桌旁吃下了整盘涮肉。锅子里汤底咕噜噜冒着泡。小刀在她来之前就吃完了，一直亲热地给乔琪夹菜，左一句妹子右一句妹子，说：“冬天冷，多吃点。”梁冬生看不顺眼，用筷子敲了小刀脑袋一下：“人比你大，叫姐姐。”小刀说：“吓？琪琪姐你哪年的？”心算过后又咋咋呼呼起来，“哎哟，你比梁哥还大呢。”说完又挨了一筷子。

锅里汤渐渐少了下去，墙上的屏幕里在放不知道哪个城市倒数的新闻。过了几秒，明盛南街上传来了全息烟花的声音。

“新年快乐！”乔琪埋头苦干了半天，这会终于吃饱了，主动举起杯子，“谢谢梁哥请吃火锅。”小刀诧异道：“谢谢啥？不是，为啥不谢我？我买的菜。”梁冬生碰了一下乔琪的杯子：“你住小刀的房间吧。小刀跟我挤挤。”乔琪高兴地笑了：“谢谢冬生，就知道你说话算话。”

他们各自仰头，喝完了杯子里的酒，没理会小刀的抗议：“为什么是我腾房？”接着他又问，“欸，怎么就从梁哥变成冬生了，琪琪姐，你这是不是偏心？”

汤底飘起的热气中，乔琪因为小刀的话笑个不停。她像是喝多了，笑得懒懒散散，眉眼也氤氲在雾气里。

“梁哥，梁哥？”小刀从方向盘上分出一只手，在梁冬生眼前挥了挥，将他从记忆中唤醒，“发啥呆呢，你再考虑一下呢？我让那个女的晚上再来店里谈，不管咋说，你先跟她聊下嘛。”

梁冬生回过神来，发现记忆中那张脸全是雾气，他已经完全忘了乔琪的模样。他甚至没有留下一张她的照片。他本来有的，但是在乔琪离开的那天，他要抹去所有她在珲春的痕迹，所以也把那张照片扔进了回收站。

如果不是这个找上门来的客人，他好像已经将这整件事遗忘。这几年前往西伯利亚的人源源不断，但他已经多年不再涉及相关生意。

乔琪这几年里没有联系过梁冬生，好似人间蒸发。或许她再也没有回过珲春，或许她内陆都没回过，或许她压根就没有抵达西伯利亚，甚至她连那艘船都没有上。梁冬生一无所知，他也不想知道。他和小刀心照不宣，再也没有提起过这个名字，直到今天。

那个女客人依小刀的话，晚上又到了冬升美体。梁冬生抬头看见她走进来，立即明白为什么小刀会从她身上看到乔琪。

她走到他面前，伸出右手。

梁冬生与她握了握手，还在恍惚。

客人说：“您好，我想咨询一下船票的事情。”

梁冬生示意她等等，转头大声地喊：“小刀，小刀！我说了我们不做了，你怎么不告诉她！”小刀急急忙忙跑下楼：“哎！我这一忙就忘了！”也不知道是真忘了还是假忘了。

客人不明就里：“ID 的原主人推荐我来这里。她说报她的名字能打折。”

“打折？”梁冬生冷笑，“他叫什么名字？”

“乔琪。”

梁冬生和小刀都愣在了原地。

梁冬生的神色顿时变了：“这个 ID 是从哪里来的？她卖给你的？不可能……”不等客人回答，他又急迫地问，“她现在在哪里？你们怎么认识的？”

“我不知道，我们在网上认识的。”

“这不可能！”梁冬生好大的声音，吓了客人一跳，她用求助的目光望向小刀。

“你 ID 带了没，我看看。”梁冬生问。他几乎是从客人手中抢过了 ID。读卡器很快读出身份信息，她的义体率已经升至 89%。

“为什么？”梁冬生喃喃自语，“她卖掉 ID，想要回内陆？”

“对，她要回来。她还说她会再来一趟珲春，她有几个部件需要修。”

“为什么？她后悔了？”

“那她没有这么说过。”

“那为什么……”

客人看着抓狂的梁冬生，不明白他为什么反应这么大。她有些害怕了，怯声问：“所以你们这边还做不做配合 ID 的改造……”

“不做。”梁冬生斩钉截铁地说，“万一你跟她一样后悔了怎么办？”

“我才不会跟她一样。”她反驳道，“她想法很多的，这几年赚到的钱都拿去改造了，还说什么要回来挣钱……”

梁冬生打开同步部件列表，他目光一扫就知道她说得没错。到西伯利亚开发区之后，乔琪多次进行了义体改造，更换了大部分部件。

“所以你是不接单咯？”客人不耐烦了，“那我去别的店问问。”她从梁冬生手中抽走 ID，就转身走了。

小刀想拦，但看梁冬生的眼神，没有动。

梁冬生望向她的背影，心乱如麻。小刀说得没错，她这股轴劲简直与当年的乔琪一模一样。

04

不同于四肢的更替，第三阶段的手术涉及躯干和内脏，而那时候的小刀还是个新手，无法胜任，梁冬生不得不花大价钱请了个外援来。

外援老蒋也是明盛南街的老人了，以前是医科大学的老师，手艺没的说，唯一的毛病就是好色和嘴碎。他们进手术室的时候，老蒋看见已经深度麻醉的乔琪，超大声地吹了一声口哨。

“金屋藏娇啊，小梁。”他握着手术刀，在乔琪的胸脯上轻点几下，又从胸腹一路向下划去，“多大了？这么嫩？二十岁？太可惜了吧。”梁冬生在心里翻了个白眼：“您少说两句吧，麻醉时间有限。”

“哟嚯。我什么时候误过事。”老蒋目不转睛地盯着乔琪，东看看西看看，又捏了捏她的机械腿，“太可惜了。小梁，你怎么狠得下心，你这不是造孽吗？”

“别这么说，蒋老师。”梁冬生说，“做生意，一个愿打一个愿挨的事。”

老蒋嘴上说些不着四六的话，手上已经调起了设备，“你这生意挺好啊，机器是越来越高档了。欸，等下，先开循环。这小姑娘你坑了人多少钱？”

“怎么能叫坑呢？”

“哦，就为了去开发区，搞这些？她疯了？还不是你撺掇的。”

“这我真没有。”

老梁嗤笑一声，“现在的小姑娘都在想什么，有这必要吗？拿掉消化系统还能是为了方便，电池组也一样好用嘛。但生殖系统都没了的 ID 也敢买？”

“您关心这干吗呢。”

“我就是觉得可惜。”老梁说，“开发区现在也不好混，去那干吗。”梁冬生心虚起来。他看了看乔琪的睡脸，确认乔琪没有听到这段对话。

袁姝丽更换了一半的躯干，准确地说是移除了消化系统和生殖系统，把这一部分空腔腾给更大的能源系统。早在他跟乔琪确认方案的时候，他们讨论过袁姝丽做这些改装的原因。如果说换掉手臂和腿脚是为了更高更大更强，那这些是为了什么？

“她是一点点换掉自己的。”乔琪冰雪聪明，只是读了一遍部件列表就发觉到这一点，“她只换了手的第二年就拿到了通行证。如果换机械臂是为了找工作，那为什么后面还在一直做义体手术？还更新过型号。这些应该都很贵吧？她后来在开发区做什么？挣来的钱是不是都搭这上面了？”

梁冬生当然知道原因，袁姝丽跟大部分移民一样，九成是为了找更好的工作，赚更多的钱，才一点点提高了自己的义体率。头几次做义体改造的人，轻易能体会到机械的强大力量。那是源源不断的生产力。只要提高生产力，就会有更多机会。更多新移民不断涌进去，像袁姝丽这种没有什么专业技术的人，只是过去打普工，不继续改自己，怎么跟人竞争。

所以她的逻辑很好推测：如果力量不足，那就换手换脚；如果精力不足，就割胃断肠。那么，如果怀孕会变得碍事，那就干脆断绝怀孕的可能。她想要往上爬，想要得到更多，她就得舍弃掉自己，成为更好的人。

等等，什么是更好的人？

“开发区现在竞争很激烈。”梁冬生最后只回复乔琪这句，“而且，义体化会上瘾的。我们行业有句话不知道你有没有听过。义体化只有零次和无数次。”

“什么意思？”

“你做过第一次，知道了义体的好，接下来就会不停地更换部件。”直到再也没钱换为止，这就是过去那些年义体产业兴起的奥秘。

“啊？”乔琪皱起眉，“真的假的，我才不会。”

“话不要说得太早。”梁冬生眨眨眼，“到时候你回来找我做，我给你打折。”乔琪狐疑地瞅着他，“那她为什么现在又要把 ID 卖掉？”

“我不知道。卖 ID 的人都有自己的原因，可能她想回家了吧。”梁冬生敷衍道，“总之方案我介绍完了，你还有啥问题不？”

“她还有家能回哦……”乔琪又看了看手里的方案，“就这样吧，你的收款账号告诉我。”她甚至都没有多思考一会儿，仿佛对自己的肉身毫不在意。

梁冬生见过形形色色的客人。卖 ID 的人大多已经失望了，觉得继续留在西伯利亚也没什么盼头。只有这些在开发区待过的人才知道，留在那并不意味着成功或者终点。他们已经错过了大开发最好的时候，现在进场的新移民需要一大笔钱或者一个高收入的工作才勉强能在开发区过上体面日子。无数个袁姝丽都在几年的努力奋斗后突然发现，开发区榨干了他们的汗与血，他们的生活却未必好了多少。这时不如卖掉 ID 换一笔钱，这能卖很多钱，然后回家乡，随便哪个家乡。

反正西伯利亚开发区不是他们的家乡。

05

第三次手术之后，乔琪在病房躺了两个星期。小刀人高马大，但要不是他有条机械臂，把乔琪搬到病床上也够费劲的。

小刀跟乔琪要钱："跟上次手术一样，我再去请个阿姨照顾你恢复。"

"我没钱了，不然不会来你们这借住。"乔琪回绝了，"有什么好照顾的，我现在又不用吃又不怎么要睡的。"小刀挠挠头："那你休养这段时间还要有人给你穿穿衣服啥的嘛。"

"这不还有你吗？"

"我不是个男的吗？"乔琪笑了："怎么，你觉得我现在算是个女的吗？"小刀一愣："啊？怎么就不是了……"乔琪不耐烦地摆手："你要是觉得不合适，我就喊梁冬生。"

小刀把这话原样告诉了梁冬生。梁冬生觉得乔琪可能是术后心情不好，没当回事。结果半夜乔琪一个电话打到他手机上的时候，被吵醒的梁冬生发现这姑娘不是在开玩笑。

"我睡不着。"乔琪对他说，"你帮我去小刀房间拿个行李上来。"

"你不会要这个点吹笛子吧我的祖宗？"梁冬生迷迷糊糊地问。

"啊？你收了我几百万这点忙都帮不了吗？当初说有什么问题都能找你的。"她一提起这句话，梁冬生就头大："好了好了，我去还不行吗。"

于是半夜笛声又从梁冬生的天花板上徐徐响起，梁冬生睁眼瞪着顶灯，感觉脑子里绞起一团电线。他预感这支小曲将会陪着他度过整个腊月。

乔琪住在冬升美体的那段时间里，几乎每天都在练长笛。她没什么事情可做，她自己这么说。梁冬生逐渐习惯了在这样时而流畅时而磕磕绊绊的笛声中干活。后来他看乔琪实在无聊，给她讲起生意经。

他最喜欢的客人是那种喜欢赶时髦的，每次出什么新产品，只要有钱，他们就一定会立刻来换新。前几年这样的客人非常多，那时候各个厂商都在不断出各种功能、各种特性、各种外观的新部件。义体改造成了一种时尚，满大街都是更新更好更漂亮的身体。“我是那个时候开始学翼装飞行的。”梁冬生说，“当时珲春有个翼装飞行俱乐部的老板第一个在机械臂和合金脊椎那位置加装了有动力飞行的装置。他第一天去试飞的时候，还有人从吉林跑过来看。”

乔琪的身体恢复得差不多了，在等整容的定制产品。或许是太无聊了，她甚至开始帮梁冬生干起了活儿。一个学乐器的客户有些特殊需求，乔琪帮着五音不全的梁冬生调试。她摆弄着桌上的机械手，头也不抬地问：“为什么？吉林应该早就有人做了类似的改装吧？”

“是啊，但这不是我做得更好吗？我做了很多优化，重量轻，续航长，又能载灯载烟雾，重要的是外形酷啊。一耸肩，咔，机械翼就自动展开。”梁冬生喋喋不休地说起技术细节，“你不知道，我在翼装改造的圈子很有名的。”

但乔琪似乎不太感兴趣，她“噢”了一声，继续捣鼓那个机械手，“那你为什么没给自己换个很酷的、能飞的胳膊呢？”

“我不喜欢有动力飞行。”梁冬生说，“只靠风和肉体的飞行才是真正的翼装飞行。你需要完全控制自己的身体。每一块肌肉，每一块骨骼，每一次呼吸都会影响飞行的状态。”

“这跟吹笛子倒很像。”乔琪比画起来，“我需要完全地控制自己，每一块肌肉，气息……”

“哦，是吗！”梁冬生一拍手，“确实有点像。只有在那个时候，我才觉得自己活着。”

“搞极限运动的人好像都喜欢这么说。”乔琪顿了顿，问道，“那么，这就是你不改造自己的原因？”梁冬生挑了下眉，算是默认。

“欸，你最近笛子越吹越好了好像？”他换了个话题，“那首曲子叫什么，还挺好听的。”

“我老师写的曲子。”乔琪说，“有什么好的呀。也就是能吹了，跟以前根本不是一回事。”

“我觉得没什么不好啊。”

乔琪的表情像是在说他压根没有听过好东西。她唤醒墙上的大屏幕，搜索了一会儿：“给你看一个我当时在学校比赛的视频。”

视频似乎是在音乐学院的演奏厅录的。乔琪精心盘了头发，化了淡妆，穿着一件墨绿色的长裙。她细长的手指横持着一根银色的长笛，头微微偏向一侧。长笛的声音在店里回旋起来，跟着她的呼吸起起落落，好似午夜溪水静流，月光照到水波绕过石块，清澈见底。

梁冬生看了好一会儿，问：“这跟你吹的是同一支曲子？”

乔琪脸色一变。她打了个响指，关闭了屏幕。转为漆黑的屏幕上，她看见倒影中自己古怪的身形：脸还是那张脸，但是人已经完全不是同一个人了。

她没理梁冬生，抓起桌上的机械手回房间去了，留下他一个人思索又是哪句话招惹了她。他想了一会儿觉得没劲，扔下手里的活去敲乔琪的房门。“我晚上要去夜市给人维修，你要不要一起去逛逛啊。”乔琪从房里吼了一声：“大晚上出去干吗，冷死了。”

“去逛逛啊，你天天待在店里我看要给憋坏了。”

房里好一会儿不见有动静。梁冬生只好悻悻走开。但他丁零当啷收拾工具箱的时候，房门开了，乔琪已经穿好了厚外套，戴上了帽子：“你要去哪？”

梁冬生口中的夜市其实是珲春的一个黑市，就在市郊的老发电厂。

厂子十几年前就关停了，只是不知道什么时候附近的厂房里又住满了人。

“你跟紧一点，别丢了。”梁冬生带着路，时不时回头确认乔琪还在。

乔琪一路观察着四周，心里渐渐有种不舒服的感觉。她来珲春以后一直住在国际合作区里面，不知道珲春竟然还有这样破落的地方。早已废弃的厂房被鸠占鹊巢的住户占领。墙上画着乱七八糟的涂鸦，人很多，又都闲站在路边，显得街道很拥挤。楼间的空地上，人们自发组织起了夜市。乔琪一路上听到全国各地的口音，有华东那边的，中部省市来的，也听到好多熟悉的南方话。但是他们在这里干吗？

请梁冬生上门的客户就是这里的住户。他前几天在车祸里弄坏了腿，一见梁冬生就嗷嗷抱怨，说车子也坏了，他这几天动不了，可能主板还是什么地方出了问题，只能麻烦梁冬生过来一趟。

梁冬生让乔琪先在附近的集市转转，他修好就去找她。

这个夜市摊位上卖的大都是日常用品，有不少二手货。乔琪很快转完了一圈，百无聊赖地靠在墙边发呆。这里的人大多也做了义体改造，不过很多设备看上去都款式老旧，甚至有些像是自己用零件拼凑出来的部件，外观马虎得不行。

乔琪穿着一条短裙，两条簇新的长腿吸引了不少路人的视线。她并未察觉，漫不经心地看着远处的一个和摊主讨价还价的客人。

“小姐姐。”一个带着飞行眼镜的人忽然凑过来搭话，“你的腿是什么型号的，有兴趣出手吗？”乔琪被吓了一跳，她向后退了一步，打量这个突然冒出来的陌生人。他的胳膊就是 DIY 的，用夸张的亮色涂装掩盖了不统一的外壳。乔琪飞速摇摇头，拔腿就走。

梁冬生没多会就修完了。他看时间还早，想带乔琪再逛逛。但他走出楼门，发现摊主们都在匆匆忙忙收摊，远处隐约能看见警车车灯的红光。

“怎么了？”他拉住一个摊主问。

“又找到一具无名尸体咯！胳膊被拆下来偷走了，没有芯片不晓得身份，又在盘查了，烦死了！”

梁冬生心里一跳，急忙去找乔琪。她的医疗签注早就过期了，又一身未上报改装，要被警察问起来就麻烦了。但现在街上乱糟糟的，收摊的收摊，跑路的跑路，趁机偷东西的一个劲在往人堆里挤，梁冬生连乔琪的影子都没看见。

他一个摊子一个摊子问过去，问有没有见到过一个女的，比他高一个头，义手义脚。乔琪的打扮还是给路人留下了深刻印象。“好像往那边去了。”一个人好心告诉他。梁冬生朝所指方向一看，那不正是警车过来的方向？

他只好逆着人流往那边走，心中盘算着如果警察真的盘问到乔琪，他要怎么解释。她马上就要离开珲春了，不能在这时候翻车吧？梁冬生没走多远就看见了警察，两个警察正拦着路人，手持机器挨个儿读取每个人的ID。梁冬生头皮一阵发麻。

“你去哪了？”熟悉的声音突然从他背后响起，是乔琪，“我刚去买了个东西，回楼门就找不到你了。客户说你早走了，你都不等我的吗？”

“我还没说你呢？你跑去哪了？”梁冬生几乎是吼了出来。

“你这么凶干吗？”乔琪被吼蒙了，“我刚在摊子上看到有人卖皮手套，是牌子货呢，特别便宜，说是走私来的。但我用不上，我就想给你买一个好了，你的手套那么旧了，正好送你一个新年礼物。”

梁冬生看着乔琪递来的手套，怔住了。他一把抓住乔琪的胳膊，压低声音：“我们先走，赶紧走，前面有警察。”

“你怕警察干吗？”

“我怕什么！笨蛋，是怕你被抓！”

乔琪一听也慌了神，两人低下头，默默挤进朝外走的人流。一路上乔琪紧紧攥着梁冬生的手，生怕被挤散。等找到梁冬生的车，梁冬生才涨红着脸说：“你手别那么使劲啊，我骨头都要被捏断了。”

“对不起！一慌就忘了。”乔琪松开他的手，“怎么突然有警察盘查？”“又死人了呗。”梁冬生揉揉手示意不打紧，“这几年珲春也不太平，外地人太多了。”

“对啊。我想问你来着，为什么有这么多人住在这里，我是说，没水也没电的……”

梁冬生唤醒智能驾驶助手，瞧了乔琪一眼：“在这里的人，都是想去西伯利亚又搞不到通行证，没钱没门路，但又不死心。他们就一直在珲春想办法混着。”

“这么混着就能有办法？”

“反正也无家可回了不是？有些人最后会偷渡。”梁冬生说，“那个路子更难，就算进了俄罗斯，也不一定能到开发区。现在通行证全都入了网，没有身份啥也做不了。”

大约是深有所感，乔琪长长叹了一口气：“都不容易。这段时间还得谢谢你。等我到那边安顿好，一定回来找你们玩。”梁冬生不说话了。

“怎么了？”她问。

“你就那么想去开发区吗？”梁冬生问，“其实留在珲春也很好，如果你只是想去赚钱的话……”

他不该多嘴，但一种冲动让他说了下去：“如果你只是想赚钱的话，不如留下来。我和小刀两个人忙不过来，你学东西这么快，你会比小刀还能干。你能在珲春赚到很多很多钱，比去开发区还要多。”

乔琪蒙蒙地看着梁冬生，“什么？”过了好一会儿，她问，“你这是希望我留下来？”

“我……我就是觉得珲春挺有潜力的。”

“冬生。”乔琪忽然唤他名字。

梁冬生没来由地一阵面热：“怎么了？”

“你不会是喜欢上我了吧？”梁冬生推了一下汽车控制屏上的滑块，笑道：“琪姐说什么呢。”

“感觉你舍不得我？”乔琪也笑。

玩笑话冲淡了严肃的气氛，让此前的一切变得像是说笑了。梁冬生还要说什么，被乔琪打断了，她飞快地说：“好啦，我肯定会回来看你们的，到时候维修不还得找你打折吗？说起来，第四台的手术安排到了什么时候？”

“元宵节前。怎么了？之前跟你说过的。”乔琪“喊”了一声，“等我变成袁姝丽那个样子，看你还会不会说要我留下来。”梁冬生故作惊讶道：“你竟然说她丑？我要告诉她，看她还卖不卖ID给你。”

“我开玩笑的！”

“我知道。”梁冬生说，“我给你定的整形套餐是这样，他们会在你脸上先敷上一层膜，然后你就变成袁姝丽了。等你过去改完身份，再揭下那张覆膜，你还能变回你。”

“居然有这么高级的东西，你之前怎么没提过？”

“新技术。我找人定做的，让利大酬宾。”

“对我这么好？”乔琪开心起来，“那等第四阶段结束，什么时候我能走呢？”

“很快……”等脸恢复好，随时都能走。梁冬生发现乔琪没说错，他是有点舍不得，“你真的不考虑留下来吗？”

“你在开玩笑？”乔琪摇头，“冬生，你自己之前还说过呢，开弓没有回头箭。”

结果，第四阶段的整形做完之后，乔琪一度做不出任何正常人类的表情。他们都没想到，到这个年代了，整容居然还会有这么低级的副作用。

之前乔琪一直不把整形当回事，等她发现脸真的僵了，笑都会咧出口水，她气得捶了梁冬生好几拳，好在是收着力气的。

梁冬生只能不停保证：“过段时间一定会好，一定会好的。”乔琪重重地叹了几口气：“现在还差什么程序？”

“得理个发。然后我把袁姝丽的ID给你换上，你的ID要留下来给她。”

“她以后就是乔琪了？”

“总不能让人家黑户吧。”现在没了ID在城里寸步难行，哪里都得识别认证。

“她以后就是乔琪了？”乔琪又重复了一遍这句话，“×。”这是梁冬生第一次听见她说脏话，“我连名字都没了，那我彻底不是乔琪了。不知道我妈现在见到我还能认出来吗？我怕她看到我这样骂我。”“以后你还能改名字的，一个名字而已。”梁冬生安慰道，“我知道你是乔琪啊，小刀也知道。我们还会叫你琪琪，琪姐，高兴点，胜利就在眼前了。”

“你们知道有什么用？”乔琪突然低下头，小声说了句，“我想一个人待一会。”

袁姝丽留的短发，梁冬生叫了个理发师上门给乔琪理发，免得他自个儿给弄坏了。这事儿之前发生过，他那会儿就学到了，别小看女人的长头发，看上去很好剪，就咔嚓剪短就行，其实根本不是那么回事。

乔琪的头发很长，说是为了表演留的，几乎到腰，护理得也相当不错。理发师一边梳通一边赞不绝口，说这头头发齐头皮剪下来至少能卖个几万块。乔琪听了立刻一记眼刀上去，让理发师噤了声。

剪刀被提到她肩线上，前后比画了一下，一刀下去。梁冬生看着乔琪……还是袁姝丽呢？不对，是乔琪，他也要恍惚了。他忽然感觉人在真空里，肺里没了氧气。他转身走出房间。

梁冬生站在门外抽了支烟。他很久不抽烟了，他可不想换电子肺。回到房间的时候，乔琪的头发已经剪好了。她看上去更像袁姝丽了，应该说，她已经跟袁姝丽一模一样了。即使这一切都是梁冬生一手操办的，他现在也有些不适应。但他不曾对其他客户有过这种感觉。为什么呢？一定是因为乔琪的手术太多了，她在这里待的时间太长了，长到有些多余的感情在他心里生根发芽。

“我感觉我都没个人样了。这发型太丑了吧。”乔琪看着镜子里的自己说，“但好像还挺适合这张脸。”

“×。”她又骂了一句，“这下我都认不出我了，我妈绝对也认不出。”

06

梁冬生带着乔琪的 ID 在一家麦当劳和袁姝丽接上了头。

他出发的时候乔琪一直吵着要来，但他拒绝了。他一直避免让买家和卖家见面，他直觉这只会节外生枝，绝没好事。看到一个和自己长一样的人，他们心中难免会生出杂念。

买家会想，哦，我为了去西伯利亚开发区，我得变成这个人。

卖家会想，我真就要把这个宝贵的身份卖给别人吗？

梁冬生自己见完卖主往往心情都要复杂一阵子。每个人都有自己的故事，而他是在交易他们的人生。卖主之中有的浑浑噩噩，在开发区混得不好，ID 是全身上下最值钱的东西，只想拿钱赶紧走；有的对生活极度失望，临到关口坐地抬价；有的是刚去开发区没多久的人，发现卖命打工也很难翻身，于是心生退意只想回家，这时惊喜地发现ID 还能换一笔钱；还有在西伯利亚犯了错的人，想换个身份的人，想回到内陆的人……

袁姝丽也不例外。她拉着行李箱，风尘仆仆地出现在快餐厅里。她的头发剪得更短了，满脸都是疲惫，除了疲惫还是疲惫，隐约夹杂着一丝麻木。

“那个人的 ID 带来了？叫什么来着，乔琪？”袁姝丽问，“没有违法和不良行为记录吧？我房子都退掉了，东西也都寄回老家了，我换完 ID 就回去。”

“你票买了？人脸识别怎么办？”

“找了个老乡的顺风车，走公路，不查这个。”

她打开左臂内侧的凹槽，从里面取出 ID 卡，放到餐盘上，又拿起梁冬生放在旁边的另一枚 ID 卡，插进凹槽。

“这就算完事了？”

梁冬生把卡片收好：“是。尾款已经打进你账户，你记得把所有账户重新关联一下。”

袁姝丽查了一下账户余额变动，点点头，就准备离开。但离开之前，她似乎想起什么，又回头问梁冬生：“买家是个什么样的人？”

“嗯？一个小女孩，没什么特别的。”

“她为什么想去开发区？”

“不知道，可能想过去找工作吧。”

“内陆是找不到工作了吗？”梁冬生警惕地看了她一眼：“怎么了？”袁姝丽摇摇头：“没什么。那我先走了。”

这是个还没有死心的卖家。梁冬生看着她离去的背影，心里有些不安，但没有时间给他细想下去，乔琪还在店里等他。她打算乘今天下午的船走，一分钟都不耽搁。

梁冬生明白她的心情，早一天过关口，早一天她就能安下心来，开启新的人生。何况她还是不适应袁姝丽的躯壳，过去之后，她要换回自己的名字，换回自己的脸，她还能做回乔琪。她跟梁冬生说过好几遍这个事：“我也不能一直做别人吧？我做不来。”

梁冬生问她：“你到开发区之后打算做点什么？”

“当然是找工作啊，矿业公司不是一直在招人吗？我从头做起总没问题吧。”

“那肯定的，反正都自动化了，新进的员工也都有培训嘛，听说。”

“是咯，比在内陆跟人争那点工资不好多了。”

“听说干到某个级别就有分红，拿到分红，就轻松多了。”乔琪对新生活充满了憧憬，“等我稳定下来，我就想办法把妈妈和舅舅都接过去。然后就会好起来的。不过妈妈看到我这样，一定会吓死。”说到这里，乔琪笑起来。

“你打算什么时候告诉她，这些事？”

“没有，我一直不接她的视频电话，她气得要死，一个月没跟我讲话了。”

“为什么不告诉她呢？”

“她知道我把胳膊都换了会气死的。她花了那么多钱把我培养成一个长笛演奏家，要知道我吹不好了，她要疯掉的。”乔琪又说，“我其实也没那么喜欢长笛。头十年是我妈盯着我学，后十年是因为要跟同学比。要吹得够好才能拿奖，然后才会被签约，出专辑，才能有演出。只能不停地练，不停地比，没完没了……但又有什么用呢？现在她不还是埋怨我不中用，本来想指望我，现在谁都指望不上。”

“时代不一样了吧，如果世界和平，环境没有恶化，那吹笛子也很好啊，可以去当老师，教教小朋友什么的。”乔琪看着梁冬生不说话了，梁冬生知道她这个眼神，意思是你懂什么。

“我不想当老师。”

“那如果让你随便选，你想干什么？”

“我不知道。”乔琪说，“好可怕，我竟然不知道我想干什么。冬生，我跟你讲，特别奇怪，其实有时候我觉得不当乔琪挺好的。我现在谁也不是，没有人对我还有什么期待吧？虽然好像变丑了，但是浑身上下都是力气，永远不会累一样。等我到了开发区，挣上钱，我就算做回乔琪，我也跟原来那个乔琪不一样了。”

乔琪的眼睛亮晶晶的：“到那个时候，再也不会有人对我失望了，再也不会抱怨我不够努力了，不是吗？”

梁冬生这才明白乔琪的勇气从何而来，是什么支撑着她挺过了这一切疼痛，是自由的希望。她抛掉肉身以后，连带着把肉身的脆弱和桎梏一并抛却了。

但这自由真的不是幻觉吗？尽管梁冬生心中暗暗有这样的质疑，但他又不得不承认，乔琪比他勇敢得多，至少她知道自己想去开发区，并且面对各种阻碍，一点儿没退缩。

梁冬生带着袁姝丽的 ID 卡回到店里时，乔琪正站在店门口等他。她伸手望着天，似乎想接住落下的雪片，但是温度太高了，雪落到她手中立刻化成水。

“下雪了，冬生。”她看见梁冬生回来，兴奋地说，“我多少年没见过雪了。这是不是一个好兆头？”梁冬生望向天空，北风吹着雪向街那头飘去，美极了。

他拍拍衣服上的水珠，从口袋里拿出装着 ID 卡的塑封袋。

“就是这个？”乔琪接过去，倒出 ID 卡，打开左臂内侧的凹槽，插进去。“这样就行了？”

简单到没有实感。梁冬生点点头：“这样就行了。你东西收拾没有？还有五个小时就开船了。”

“我都收拾完了，小刀说你会开车送我去。”

“我会送到码头附近。”

“那是不是可以准备出发了？”乔琪激动地抱住了梁冬生，“要去西伯利亚了，我终于要去西伯利亚了！”她看上去很高兴，又很不安，“会顺利的吧？你说过会顺利的。”

“从来没有出过错。”梁冬生接下这个突如其来的拥抱。他试图回抱这个高大的女人，有一个魔鬼在他心里叫嚣：是你让她变得这样强壮漂亮。你为什么留不下她？梁冬生无视了那个声音。“所有的客人都过去了。”他对乔琪说。

但偏偏是这次出错。

梁冬生记得那是个周末，码头的人尤其多。乔琪只收拾出了一个箱子，她把旧衣服都扔了，反正再也穿不上。梁冬生只送她到码头附近，简单说再见以后，乔琪自己拖着箱子进了码头。

一切都很顺利，一切都出奇的平常。梁冬生已经给“袁姝丽”买好了票，她只要伸出胳膊识别一下就能进站，安检也一切正常。

梁冬生伸长了脖子，看着乔琪消失在他的视线中。他只看得到这里，但他对后面的程序也烂熟于心。他仿佛能看到乔琪穿过码头大厅，走向最远处前往西伯利亚开发区的登船口。在那个登船口，还有边防检查和安全核验。会有几个边防警察站在那边。梁冬生记得，那几个警察经常是荷枪实弹，威风凛凛。

乔琪在安全核验会核验ID，核验她的义体部件。一切都完美无缺。然后她会通过闸口，屏幕上，袁姝丽的名字和照片一闪而过，乔琪要在闸门之间，再次接受人脸识别。这也不会有任何问题，然后她就可以拎着行李登船。MISSION COMPLETED。

按计划一切会这样发生，梁冬生根本没想到自己会收到紧急求助。

他给所有客户都设置过这个快捷信息，一旦在通关过程中出现什么问题，客户轻按掌心他就会收到警报。这个警报此前从未被触发过，但现在 SOS 在他的手机上亮起。

梁冬生匆忙下车，往码头跑去。

他用一张去海参崴的船票刷进安检，拨开人群，朝西伯利亚开发区的登船口跑去。他看见袁姝丽……不对，这是乔琪，乔琪正慌慌张张地朝他的方向走来，一个边防警察跟在她后面。

乔琪也看见了梁冬生，她表情很怪。

“怎么了？”警察见她停下来，问道，“是认识的人吗？”乔琪拔腿朝梁冬生跑过去，抓住了他的衣领。

“这是怎么回事？”她厉声质问梁冬生，“我的 ID 为什么挂失了？是你去警察局挂失的吗？你疯了吗？”

梁冬生只愣神了零点零一秒，接着立即紧紧抱住了乔琪：“是我。是我，怎么了！我不想让你走！谁知道你去了还会不会回来？我再也不准你走了。”

乔琪借势回抱住梁冬生，肩膀抽动着呜咽起来。她抱得很用力，梁冬生感觉头被按在她胸口，快要按碎了，脸涨得通红。

警察有点明白过来，无奈地摇摇头：“是你男朋友去报挂失的吗？小伙子，没事别开这种玩笑。有什么事情要好好商量。”乔琪一个劲地假哭着，头再也没抬起。

梁冬生从她怀里钻出来，对警察又是鞠躬又是道歉：“对不起，是不是给你们添麻烦了？我们前几天吵架了，她非要走……不用这种办法，我也不知道要怎么拦住她。”他拽了拽乔琪的手，“跟我回家。”乔琪点点头，低着头跟梁冬生往大门走。他们走得飞快，不像是要回家，而是逃跑，但是这时候谁也顾不上了。乔琪浑身紧绷，不敢回头看一眼。她还不能精确控制表情，怕他们拙劣的演技下一秒就被警察看穿。

五分钟前，她离那个魂牵梦萦的登船口只有一步之遥，但在她过安全核验的时候，闸门亮起了红灯。警察立刻就过来查看情况，乔琪慌得要死，她一边装傻，一边悄悄在掌心按下了紧急求助。

袁姝丽的 ID 被挂失了。

他们沉默地坐上车。梁冬生唤醒智能驾驶助手，有气无力地说：“回家。”但车子开出码头没多远，乔琪从慌张中回过味来，她忽然推开车门。

“你干什么？！”梁冬生连忙伸手去抓她胳膊，但连根指头都没摸到。

乔琪跳了下去。

梁冬生吓了一跳，急刹靠边，下车朝乔琪跑过去。

乔琪正在从地上爬起来，她摔出去十几米远，幸好毫发无伤。梁冬生弯腰去扶她，被她一把推开。

“梁冬生，你是不是骗我？”

她的嘴一张一合，乔琪的声音和袁姝丽的脸混为一谈，好似一场噩梦，往后无数次侵入梁冬生的梦境。

“我没有。”梁冬生说。

风雪中，乔琪脸部抽动着。她是在哭，梁冬生能从她的表情中看出来。但是她的电子眼再也流不出眼泪了。她推搡着梁冬生，不小心拉脱臼了梁冬生的肩膀，痛得梁冬生惊叫出声。

乔琪看他痛得脸色惨白，立刻松开了手。她看着梁冬生，不住摇头：“冬生，你不能骗我的。”

她扔下这句话，沿着海边的马路大步离去。她背影在夜色中异常高大，但是身躯看上去又如此孱弱。梁冬生想追上去，但他根本追不上她。那双他亲手安上的机械腿，助她跑得飞快，他肉胎凡身，无论如何也跟不上。

07

“梁哥！”小刀看见梁冬生捂着胳膊走进店门，大吃一惊，“你这是怎么了？”

“乔琪回来没有？”

“没有。”小刀一听急了，“你不是送琪姐去坐船吗，她怎么会回来？出什么问题了？”

“出了点岔子。”梁冬生的胳膊疼得他龇牙咧嘴，说不出话。小刀追问了几遍，梁冬生才脑子清醒一点，“你先帮我找个医生，然后查一下袁姝丽是不是挂失了 ID。”

一定是袁姝丽本人挂失了 ID，除了她用生物信息认证，其他人没法这么操作。在梁冬生治疗脱臼的一声惨叫中，小刀大喊：“找到了，真他妈的挂失了。”小刀骂骂咧咧地站起来，发现梁冬生正吊着胳膊要出门，“梁哥，你去哪里？你老实待着休息吧。要找琪姐我去。”梁冬生摆手，“我们分头找，我怕她乱跑出事。”

冬天的太阳落得早，今天又下雪，天光已经暗了。梁冬生坐到车里，发现他根本不知道去哪里找乔琪。

梁冬生漫无目的地把车开上明盛南街，现在各处纯白点点，熟悉的招牌门脸忽然变得陌生。乔琪到底去哪了？她人生地不熟，来珲春之后应该是在国际合作区的某个酒店住了一段时间，只在那附近活动，购物、吃饭。但是梁冬生不知道那是哪里。

他以为自己已经跟这个女人很熟了，但这才发现他压根不了解她的任何事情。

梁冬生开着车在街上转了几圈，知道这么找也不是办法，只能先回到店里。小刀一直在等他，看到他进门就跳了起来，然后暗暗指了一下卧室的方向，小声说:“人已经回来了。”梁冬生一言不发地往乔琪房门口走，想要跟她谈谈。小刀又说:“睡着呢。”

门虚掩着，梁冬生站在门口良久，发现自己也不知道从何说起。是想道歉吗？他没有做错什么。是想解决问题吗？他还不知道要怎么办。

这时门突然开了，梁冬生抬起头，乔琪就站在他面前，面色沉静。

“我是不是去不了西伯利亚了？”她问。

“我在查是什么问题。”

“你是不是骗我？为了钱，骗我做了一堆乱七八糟的手术。”

“我没有骗你，这是第一次出这种问题。卖家出尔反尔，挂失了她的 ID。”

“为什么？”

“我不知道。”梁冬生摇摇头，“我真的不知道，对不起。”

“冬生。”乔琪僵硬的脸上流露出一丝哀愁，“我已经变成这样，如果去不了西伯利亚，一句对不起有什么用。”她信他。梁冬生因此肝肠寸断。

幸好明盛南街卧虎藏龙，梁冬生托了两位朋友，很快就打听到了袁姝丽的事情。她离开珲春的时候，搭了两个老乡的顺风车，准备先回老家。车开到半途，她不知道为什么后悔了，跑到附近的派出所谎称 ID 丢了，报了个挂失。梁冬生完全联系不上她，十有八九是挂失完袁姝丽就意识到，她不还钱他们也拿她没办法。

只要派出所给她发临时 ID，她再次进入新西之后，在当地警察局申领新 ID，他们手中的旧 ID 会彻底失效。

但是，西伯利亚开发区的系统和大陆的系统没有联通，只要乔琪先袁姝丽一步进入西伯利亚，她就能先一步拿到新ID。

“你说这些有什么用？”乔琪听了摇摇头，“我现在上不了船，她肯定比我先一步到。”她蜷在门厅的沙发里，打量着自己修长的手臂，像是自言自语：“所以这一切都是白费。冬生，你知道装义体有多疼吗？两个月里我动了三台手术，三台……”

“我知道……”

“止痛药一旦过去，就像整个人被碾碎了一遍，落在地上，然后药效上来，再把这些碎片捡起来粘到一起。但是有些东西再也捡不起来了。”乔琪的瞳孔逐渐失焦，就像相机镜头光圈缩小，“每次碾碎再粘起来，我就少掉一点……我是谁呢？是乔琪吗？好像也不是。那时候我脑子里只有一个念头。我要坚持下去，我要去西伯利亚了，到时候一切重新开始，过去所有事都不重要了。所有受过的苦都会值得。”

不是所有受过的苦都会值得。梁冬生一阵揪心地闭上眼，他从未如此后悔接下乔琪这个单子。“你还记得我说过的话吗？”他睁开眼，眼中尽是血丝，“给钱包过，不过退款。我想办法。”乔琪有气无力地摇头，“事到如今，你还能有什么办法？”梁冬生却不知何时已经有了主意，他说：“我们飞过去。”

寒冷让冬夜更混沌了。直升机飞过山丘的时候，山影重重藏在夜色中，只有扎鲁比诺港口灯火通明，从这个高度甚至还能看清船只进出。梁冬生在做起飞前的最后确认。他背着一个沉重的飞行器，金属部件层层叠叠从他的脚踝一直缠绕到脖颈。

“我们真的要飞过去吗？真的没问题吗？”一旁的乔琪也穿戴着全套翼装飞行的装备，她紧张得要死，光是往下看一眼似乎就要了她半条命，“你之前不是说，你很少搞有动力飞行吗？”

“不喜欢不等于不会。”梁冬生确认完最后一个安全事项，按下动力开关，“你等会儿飞下去的时候，千万要听我指挥。”

乔琪没有飞行经验，梁冬生不得不翻箱倒柜找出一个程序灌到她的飞行装备里。那个装备还是他以前为俱乐部定制的，专门给没有经验或者没有能力飞行的客人体验，梁冬生也伴飞过几次。他苦笑，那时怎么会想到有一天这套装备还能派上这个用场。

九点，每天从扎鲁比诺港开往西伯利亚的最后一班船会在晚上九点离港。而梁冬生的计划正如他所说，他要带着乔琪飞过去。

从直升机起跳之后，他们会逐渐降低高度，与那艘船的航线靠拢，最后低空平飞。在飞行路线与航线交会前，梁冬生会放开乔琪，让她降落在那艘船上。她的义肢足够灵活可靠，可以保证她安全落地，然后她可以找到她的座位——她买了票。接着她会像其他普通旅客一般抵达西伯利亚开发区的码头。从珲春去的旅客可以走快速通道直接进关。

“你一过关，就立刻去警察局办理新 ID，然后你按你的计划，该改照片改照片，该改名字改名字。懂吗？其他事情我会帮你处理好。”乔琪脸色发白，却低声又不失坚定地说：“嗯。你确定这样没问题？”

“有风险，但行得通。”梁冬生推开舱门前，心中涌起一股冲动，最后一次，再问最后一次。于是他说：“或者，你可以留下来，留在珲春……之后我们可以再想别的办法。”

乔琪这回没有反驳什么，只是弯弯嘴角笑了一下：“冬生，别说这些没用的了。我遭这些罪，不是为了留在珲春。”梁冬生点点头，用力推开舱门。

风雪仿佛听到他的祈愿，在起飞前逐渐变小。

他前胸和腰上的锁扣与乔琪背后的锁扣紧扣在一起。乔琪豁出去了，就算程序再精准，他们也不知道她能不能悄无声息地落在船上，不知道她能不能安全进去船舱，谁也不知道她能不能赶在袁姝丽入关之前通过边防，谁也不知道这会不会成功。

但他们就这样相拥着跳下千尺高空。那天晚上，他们一定都疯了。乔琪疯在她无法面对功亏一篑，无法接受生活的唯一希望就此破灭，所以她一定要去，不惜任何代价。梁冬生也疯了，为一单非法生意做出这样危险的行径。他大可以撒手不管，乔琪没法找袁姝丽算账，也没法让他偿还损失。但梁冬生心甘情愿这样做，乔琪的愿望就是他的愿望，她想要去西伯利亚，那么他就送她去。

老蒋给乔琪动手术的时候，突然问梁冬生："你怎么还在干这种犯法的勾当？很快这边的身份认证和信用系统就要跟开发区那边数据联通了，迟早有一天警察要找上门。"老蒋戏谑道："你不会把自己当菩萨了吧？想要普度众生？"

梁冬生那时断然否认，但跳下飞机的那一刻，蒙蔽在他眼前的雾障层层散开。他望向下方漆黑的大海，好像一面镜子照出他心中黑色的孔洞。老蒋说得没错，梁冬生买卖 ID，多少也是有私心。

飞行是梁冬生除了义体改装以外最擅长的事情。他们一丝不苟地按计划飞行路线向目标航船飞去。轮船的灯在一望无际的海面上迟缓前进，好似流星在天上划过。但这一切无波无澜不过表象，轮船开足了马力，正破风而行。

"冬生，原来海上也会下雪？"乔琪的声音忽然从耳麦里传来，梁冬生愣了一下："又下起来了吗？"雪又变大了。

恶劣的天气对飞行影响极大，好在他们已经接近了目标。两人以一种古怪的姿势飞速靠近着轮船。梁冬生必须在船的上方准确地放下乔琪，她会自己再飞一小段，然后落在船体上。但谁也不知道她会落到哪里，剩下的只能靠她自己。

"你准备打开动力。"梁冬生对乔琪说，"三秒倒数，我解开锁扣。"

解开锁扣的瞬间，一个念头从他脑中闪过：他会不会就这样害死乔琪？但耳麦里电子提示音嘀嘀作响，他们已经到达预计位置。倒计时三、二、一。

锁扣开启。

梁冬生在乱流中瞬间向上抬升，如受惊的鸟儿一样晃动了片刻，然后他调整飞行角度，调转方向。他瞥见一个人影在风雪中直直坠向大海，顷刻间消失不见。他负重减轻大半，胸口却感到愈发沉重，像是胸膛里的某个部分被掏了出去，把那个孔洞扒拉得更大、更深。

他无法悬停，无法看到乔琪下落的状况，甚至无法确认乔琪的安全。出发前他告诉乔琪她这样做会很危险，要她考虑清楚。乔琪一个劲摇头，说没关系："如果去不了，所有的苦都白吃了，我已经在那些手术里死过几回，难道还会在最后临阵脱逃？"但她还是害怕，梁冬生看得出来，她在尽力让自己不要逃跑。她讲："我一点都不害怕出意外，但我好害怕留在珲春，更害怕回合肥。冬生，我想不出还能去哪里。"

梁冬生朝下方看了一眼，但他什么也看不见，只能往珲春方向返航。在离开通信距离之前，他还能从耳麦里听到乔琪那边的动静。他听见她跳下去之后紧张地背诵要诀，进行降落滑翔，他听见尖锐的金属撞到金属上巨大的冲击声，不知道是乔琪的手还是脚在船体上划过，刺耳的摩擦声几乎划伤他耳膜。然后是乔琪的一声惊呼，他听见她落水的声音。但他无法回头，动力很快就会用尽。他继续向珲春飞去。他已经看见海岸、山丘和城市。

万家灯火。

耳麦里传来滋滋啦啦的噪声。梁冬生仿佛听见乔琪把头仰出水面的呼吸声，仿佛听见她脱下沉重的飞行装备，把它踹到一边，装备沉入水底，而她变得轻盈。一声拉长的金属啸声后，梁冬生什么也听不见了。不知道是耳麦入水，还是他已经离开信号范围。

他感觉呼吸困难。

他朝着一片空旷的草地飞去，那是他计划的降落点，但那里已经看不清草地了，夜色里雪地映照出冷冽的白光。梁冬生飞速朝积雪栽去。他有些分不清，是他在向前俯冲而去，还是地球转动，雪地在倒退着拥向他？他怀疑自己是不是失速了，但是也可能只是头晕目眩。

他不记得自己是如何回到店里的。好像他一头栽进雪地里，在地里犁出一条长沟。是小刀把他从沉重的装备里扒拉出来，把他拖上车后座，载着他回去。小刀没有问任何问题，他知道梁冬生回答不上来。

梁冬生最初来到珲春的时候跟其他人一样，他也是冲着西伯利亚来的，已经有老乡在那边安顿下来了，喊他们过去一起发财。但他刚到不久，申请通行证的政策就下来了，他再也不能像前面去的人那样，落地就拿到身份。

他比乔琪的情况更糟糕，他看了一眼积分规则，发现自己压根不够格申请。一路坐火车北上的同行人立即开始找其他途径，八仙过海般接连离开了珲春。而梁冬生发现自己没有钱，也没有门路办到证之后，他一气之下干脆不去了，就这么在珲春扎下了根。

如果说进入义体生意是随了大流，那么倒卖身份完全是因为他想做这件事。

到珲春两年后，他已经有了自己的店，挣得不比在西伯利亚浮沉的旧友少。那时一个客人从西伯利亚回来探亲，来他店里维护义体。闲聊起，梁冬生问起客人在西伯利亚的生活，话语中全是羡慕之意。那个客人却无奈笑笑，问如果他愿意卖掉自己的 ID，梁冬生要不要买。“你可以假扮成我过去，在那里定下来，很多人这么做。”梁冬生动心了，但是他最后没有去，去的是他的另一个客人。客人出了一大笔钱从梁冬生那儿买走了 ID，又出了一大笔钱让梁冬生帮忙改造。太多钱了，足够梁冬生买下新店面。

钱只是一方面。梁冬生深深记得，他送那位客人，也是他第一位客人登船的时候，客人在码头感激地握住他的双手，又春风满面地冲他挥手告别，仿佛他要去的是天堂。那个笑梁冬生一辈子不会忘记。而被握住双手的瞬间，他感觉自己就是圣人，打破了上天荒谬的规则要帮助凡人们改变命运。

他的口碑一传十十传百，生意一单又一单接连不断送上门。一开始没有什么货源，他就发动人脉去找，他不想在来求助的人们脸上看到他当年一样的失望。西伯利亚开发区是什么了不起的地方吗？以前无人问津的荒原，谁想去就应该能去。不管是什么年代，不管是歌舞升平海晏河清，还是全球变暖人类危在旦夕，人应该有自由迁徙的权利。

但那个雪夜，乔琪从他怀里离去的时候，他醒悟过来，他还真以为自己是什么菩萨吗？要度众生去新世界？他不过是个机械工，不过是个倒买倒卖的黑市贩子。去西伯利亚开发区真的能帮到大家吗？真的会让他们过上更好的生活吗？

如果家乡已经没有希望，远东就是最后的出路。为了达成目的，用金属替换肢体，把自己变成别人也值得吗？

送走乔琪的那个夜晚，梁冬生躺在床上，之前脱臼的胳膊又开始隐隐作痛。自从他在珲春发财，他就对西伯利亚不屑一顾了。当年是他去不了，后来不过是他不想去罢了，他在珲春过得不是更自在吗？

何况他还要飞行。当翼装飞行俱乐部的成员一个接一个开始给自己的义体加装飞行装置，加装动力装置，梁冬生也动心过，但在俱乐部老板出意外之后，他反倒彻底放弃了。

有一次，老板去飞一条新路线，结果撞到山体。他捡回来一条命，但是脊椎受伤，严重瘫了。康复后，他带着一条合金脊椎回到珲春，大家都以为他不会再飞了。但是他却找到梁冬生，请他再设计一个飞行改装方案，他还要飞。

那就是让梁冬生名声大噪的那次翼装改造。

飞行员对飞行的瘾头一点不亚于义体改造。脱离地心引力，在高空自由高飞，这对人类仿佛有某种致命诱惑。从只有无动力飞行的时代开始，大部分飞行员飞了一次就会一直飞下去，直到发生致命意外。飞行上瘾的特性在义体改造的时代依然延续。

脱离了肉体的限制，老板为了飞行对自己一次次进行越来越复杂的改装，他的义肢功能越来越花哨，义体率越来越高。他挑战的飞行线路也越来越危险。梁冬生问他，不害怕有一天会出事真的飞不了了吗？老板想了好一会儿，说:“当初我健健康康，浑身一个铁钉没有的时候，每次飞行都能找到忘我的一刻。但有了这些铁家伙之后，飞行本身变得太容易了。这些装置能自动完成一切。那只有越来越难才能让我重新找到飞行的快乐。”他长叹一口气，“你懂的吧。那种在空中才能找到的活着的感觉，没了。”梁冬生点点头，他不知道该怎么用语言来回应这种心情，于是他只能又点点头。

梁冬生暗自庆幸他还没有对自己下刀，他还能继续保留无动力飞行中那一份珍贵鲜活的生命体验。他还活着，作为一个人类活着，摸索属于人类的极限。他才不要为了去西伯利亚搞什么大开发这种对他已经没有意义的事情剪裁自己。

那他对乔琪都做了些什么？

今夜十分安静，无人吹笛扰民，但他彻夜未眠。直到此刻他才不得不承认，当年面对通行证束手无策的他，心中的怒火和不甘从未真正消失。所以他帮客人渡海，他不希望他们也像他一样无助。

他不要见到乔琪失望。只要她觉得这么做能救她，他就助她一臂之力，她还年轻，还有很多选择，也有足够的勇气。

但他也不知道这样做究竟是对是错，只是求她千万不要后悔。

第二日，小刀帮梁冬生一起，连夜找人清除掉了所有乔琪逗留在珲春的痕迹，让她近日来的行踪都无法追溯，以免袁姝丽又引得警察追查。

乔琪的签注到期后，她没再进入过公共场合，避免留下任何行踪记录。但是在这个万物连接的时代，数据会留下太多痕迹。哪怕是她在店里用小刀的名字买东西，小刀采购的东西种类和数量发生的变化，都在无形中泄露了太多信息。

人们很难擦掉自己在网络上的所有痕迹，任何操作都有记录，只要有心挖掘，所有的记录、海量的数据足以侧写出独一无二的那个人。

曾经有个客人告诉梁冬生，所以真正掩盖行踪的更好方式，是制造更多的痕迹，多到无法分辨什么是这个人真实的意图。

“要擦掉雪地上的脚印，要么叫天落下更大的雪，要么要更多的脚印。”他这么说。

离岸前的傍晚，梁冬生去俱乐部找那套旧的飞行装备。而乔琪带着袁姝丽的 ID 穿行在珲春的大街小巷。

她走过大街小巷，不经意地路过每一个摄像头，走进每一家有摄像头的商店。她在商店里与店员攀谈，在超市里买食物，哪怕她现在根本不能吃了。她在每个地方都面带微笑，留下到访记录，留下消费记录，在布满城市的每个摄像头里留下袁姝丽的脸。

是袁姝丽本人在珲春逗留过，然后乘船返回西伯利亚。她只是工作压力太大所以想回家，但在珲春吃喝玩乐了一天，工作压力仿佛排解痛快了，于是转念一想，她是还要回去继续打工。而乔琪从签注到期的那一刻开始，就从珲春消失了，这样的人太多了，不会引起任何注意。之后在城里四处游荡的那个人叫袁姝丽。现在她只是乘船回到西伯利亚开发区，回到自己的家。

08

乔琪离开一个月后，梁冬生找到了袁姝丽，得知了她出尔反尔的真正原因。

她在回家的途中给留守在家乡的家人打电话，这时家人才知道她用 ID 换了一笔钱要回家，气得大骂了她一顿。她去西伯利亚去得早，一直是全家人的希望，大家还指望她能把家里人都带过去呢。

袁姝丽只好去挂失，但过了几天，她下定决心再也不要返回西伯利亚。她也没有回家，而是在东北找了个小城市生活，彻底不理睬家里人的抗议了。

“各有各的难处。”袁姝丽跟梁冬生说，“那小姑娘的事我听说了，她是个狠人，能在开发区闯出来。”梁冬生没再跟她追究，回店里以后跟小刀宣布从此金盆洗手，不再掺和此类生意。

都好几年过去了，要不是那个女客人带着乔琪的 ID 出现在冬升美体，梁冬生很久没去想这些事了。

这位不速之客走后，梁冬生把店门一关，躺在门厅的沙发里看了一晚上天花板，眼神直得小刀发怵。小刀在楼上躲了一整晚，到了半夜他才轻手轻脚溜下去，准备去厨房搞点夜宵吃。结果他楼梯走到半截，看见漆黑的门厅里沙发上还有一点火光忽明忽暗。

他打开灯，梁冬生还躺在那里，已经不知道第几根烟。

“梁哥，我要煮夜宵，你吃吗？”他小心翼翼发问。

梁冬生摇摇头，他不饿，他只觉得脑仁疼。

小刀蹑手蹑脚准备走了，梁冬生突然开腔：“小刀，你觉得她是后悔了吗？”

“什么？”

“乔琪，我说乔琪。她卖 ID，是为什么，后悔了？”

“梁哥 …… 别想了。”梁冬生狠狠吸了一口烟，“我没法不想。”小刀正琢磨怎么开解大哥时，门口忽然有人敲门。

他很不耐烦地冲门口喊道:“已经关店了，有什么事明早再来吧！”但门口的人仿佛听不见一样，坚持不懈地敲着。

小刀只好开门，他正要骂，看清来人后却僵住了。

“我他妈的没嗑药啊 ……”他找回自己舌头，喊出眼前人的姓名，“琪姐 …… 真的是你吗？”乔琪伸出手在小刀眼前挥挥:“怎么，不欢迎我吗？”

梁冬生不知道什么时候已经走到了小刀身后，他看着活生生的乔琪，如堕梦里，烟灰掉在裤子上也未察觉。

她与离开的时候大不一样了。她揭去了袁姝丽的脸部覆膜，恢复了原来的样貌。但她不再像最开始走进冬升美体时那样瘦，那样不安焦灼，也不像离开冬升美体时那样有着与肢体比例不协调的长手长腿。梁冬生眼尖，立刻看出她脖子上崭新的接驳痕迹。她按自己原来的身形重新更换了部件，现在除了脑子，她浑身上下恐怕没有一处还是肉体。

她还是乔琪，却焕然一新。

“乔琪 ……”梁冬生迟疑地喊出这个名字，觉得眼前这人既熟悉又陌生。

“是我。”乔琪露齿一笑，“冬生，我回来了。”

“你怎么回来了？ 你怎么回来了 ……”梁冬生只晓得重复着这句话。

“那个妹妹没来找你们吗？”乔琪疑惑道，“她应该已经到珲春了吧？ 我让她拿着 ID 来找你，她没来吗？”

“你真的把自己的 ID 卖掉了？”梁冬生问。

“嗯。”乔琪的语气很轻松，仿佛只是转让掉某件闲置二手物品。

“但是为什么？你当初费了那么大劲，难道你后悔了……”

“我可没说过后悔吧？”乔琪说，“那时候我费半天劲要去西伯利亚，是因为我想去，现在我回来，也是因为我想回来。如果不是去了西伯利亚，我也不会变成现在的我。所以现在只是我不想留在那里了。”她两手一摊，“而且，冬生，西伯利亚现在也没有希望了。”梁冬生茫然地看着她：“什么意思？”

“气候还在恶化，西伯利亚也盛不下所有人。”乔琪奇怪道，“你该不会真的什么都不知道吧？你没有听说地外移民的那个项目吗？现在整个开发区的人都在想要怎么改造才能延长寿命到项目启动，怎么凑够足够的钱搞到航天飞机的票。那可不是开玩笑的……”

“是吗……我好像听说了一点。”

“你现在把自己改了，或许还能赶上。”梁冬生有些惊愕，“我没有这个打算……”

“那你一辈子待在珲春吗？这里迟早也要过不下去的。”乔琪顿了顿，“总之，这是一个新的机会，但比当初去西伯利亚更难。我就想问问，当初你说过的话还管用吗？我现在回珲春跟你一起做生意，是不是比在西伯利亚更挣钱？现在上飞机的名额炒得非常贵，但是鬼知道第一批过去的会不会是炮灰，而且还得等好多年……”乔琪喋喋不休地说起项目进展，执拗的劲头不输她当年踏进冬升美体的时候。

看着乔琪眼中的狂热，梁冬生哑然，这下他完全认不出面前的人了。即便她恢复了原来的身材和相貌，换回了原来的名字，过往的嗓音在耳畔再次响起，他也无法确认这个乔琪还是不是当年他认识的那个乔琪。

有什么东西不一样了，是全身的义体改造终究改变了她吗？还是在西伯利亚开发区的生活对她产生了什么影响？或许是的，但又或许她从未变过，只不过他不曾真的了解她。

的确，她从一开始就是这样。与其他在义体改造中面目逐渐模糊的人没有多大区别。是谁不重要，做什么不重要，成为谁也不那么重要。重要的是活下去，不管世界变成什么样，是洪水滔天，还是地球毁灭，他们都要活下去，要活得更久、更好。

他们愿意拿出所有他们能够交换的东西，不管是时间、金钱、肉体，还是身份，只为了交换一个机会，一张门票，让他们能继续向金字塔尖的那道金光攀爬，许可他们不知疲倦地向前面挤去，挤开身边争夺道路的其他人，踩在他们的肩头，就为了向上爬。

哪怕他们一开始意不在此，哪怕这条路实际上永无尽头，他们都被裹挟其中。面对死亡的威胁和新生活的幻梦，向上仿佛成了唯一的选择。一开始是北方，是西伯利亚，现在是太空，是别的星球。梁冬生看着乔琪的嘴唇一开一合，却如看无声电影一般听不到她讲出的话。

然后他摇摇头："这些我还不知道。你先进来吧，我和小刀正要吃夜宵。小刀，把门关上，冷死了。"

第十一届"未来科幻大师奖"一等奖

风切变

陈 茜

风切变 —— 一种大气现象，风矢量在空中水平和（或）垂直距离上的变化。垂直风切变的存在会对桥梁、高层建筑、航空飞行等造成破坏。

1

五月初，万婷第一次走进岷山公司的数据处理中心，等待面试。

和她一起坐在等候室里的，男女老少皆有，大都穿着领口松垮的T恤和沙滩拖鞋，衬得万婷的一身衬衫西裤有些可笑，虽然已是特意买的平价货。房间里安静得有几分压抑，所有人都低头滑着手机，无人交谈。

从落地窗往外望去，可以看到蓝灰色海岸线和沙滩上寥寥的游人。后来在北城岛待得久了，刘 —— 不，现在是万婷，万婷才发现，哪怕在夏季阳光最灿烂的日子里，这里的海也显不出清透深邃的蓝色来 —— 难怪只能当个十八线度假备选地。

面试官是个灰发瘦削的中年女人，戴一副细细的黑框眼镜。她盯着万婷的简历看了好一会儿。

希望那六千块物有所值，万婷暗自祷告。证件贩子保证过，他的作品足够应付市面上所有普通面试的背景筛查。但你很难真的相信一个在“暗网”上做生意的人。

“你的条件不错的，对这份工作肯定是绰绰有余了。”面试官说。

她摘下眼镜，随意往 POLO 衫的胸口擦了擦，语气中疲倦多于探究:“你对我们工作的具体内容有了解吗？”

“为训练人工智能神经网络做前置素材处理。给图片打标注。”万婷回答得中规中矩，她补充道，“我有过相关的工作经历。”

“很好，只是我们项目处理的素材对象，是比较特殊的。”面试官说，略带玩味地盯着她。

“嗯。”万婷应了一声。

她当然知道，他们要打标的是 —— 人类尸体图片。风切变，一个岷山公司和安全部门合作的公益项目，训练人工智能通过獬豸监控系统自动搜寻失踪亡者。在北城岛的短工招聘帖吧里，这早已是一个公开的秘密。钱多，活儿少，不加班，只是需要通过涉密项目的背景调查和心理测试。原则上，这些本身也是保密信息，在入职之前需要装出一副全然无知的天真样子。

“很多年轻人出于某种猎奇心态来做，一般没能坚持几天就走了。”面试官说，“我们这个活儿，在技术上没什么门槛，但也有培训成本的。希望人员能稳定一些。”

“我在北城至少会待到今年年底的。”万婷说，刻意微微偏转目光，露出羞涩的神态，说出早已准备好的故事，“有一些私人原因——我的男朋友在G市工作。”

G市是北城岛邻近的一个军工业重镇。万婷为她的虚拟未婚夫精心编制了同样涉密的工作背景，这样入职后便能解释，他为何从来不来看她。

“明白了。”面试官露出了然的神色。她低头再次审视简历，指节轻轻敲着桌面。

万婷将双手平放在膝盖，保持呼吸平稳，避免透出过度的紧张。

“行吧。”面试官捏捏眉心，似乎有些欲言又止，又忍住了，“明天带身份证和学位证原件过来。能通过心理测试就签保密协议，参加入职培训。”

“谢谢。”万婷说，展露笑容。

她能看出来，面试官对她抱着某种将信将疑的疑虑。这位灰发女士肯定已面试过数百人，她很清楚什么样的人会想要这份工作。万婷不认为自己能将此类角色扮演到满分。但管他的，走一步算一步。

她离开时，下一个进去的是个裸露着花臂文身的年轻男人，还染着一头黄毛。

可能就是面试官所说的猎奇者吧，万婷想。

2

入职后，万婷坐在岷山公司的大厅里，和另外八百个数据民工一起，给一张又一张人类尸体图片打标注。车祸而亡的，医院白色床单下的，闭目如恬静睡眠的，火灾现场面目全非的。

刚开始，她也会做噩梦。梦里充满了死者。他们站在外面的寒风中，用冰凉黏腻的手指在玻璃落地窗上留下道道划痕，她隔着玻璃与他们对视，奇异地并没多少恐惧感。有时她会在梦里看到小姨的身影。小姨总是站得很遥远，双手插在外套的口袋里，面目模糊。

但她还是能清楚地感知到，她已经死了。

从这样的梦中醒来时，万婷会在黑暗中坐起身，摸到床头柜上的烟盒，然后去青年公寓狭窄的阳台上抽一支烟。

她的小姨消失在风切变里。风切变，真是个语义双关的名字。

小姨对她解释过，为什么一个寻找意外死亡者尸体的 AI 程序最后定名为“风切变”。

“隐喻人生中不幸的风云突变。”她说，翻了个白眼，“文绉绉的，但在投票里赢了。他们觉得比叫秃鹫之眼吉利多了。”

“秃鹫听上去确实不怎么样。”万婷笑，秃鹫之眼是小姨提出的名字。

当时，小姨刚刚接受岷山的邀约，成为风切变项目组研发组的头儿。业界都很意外，王培合的行事风格不像会乐于参与政府保密项目的。万婷也很意外，她不了解什么人工智能或深度学习，但她了解小姨：这个女人喜欢在全世界飞来飞去，为如雷贯耳的大公司训练比人还聪明的专家系统。收入可观，一大堆有趣的朋友，拿不完的奖，在行业年会上发表演说，男朋友换得比风车还快。

让小姨憋在一个荒僻小岛上待三五年，就为了一个项目。不可思议。

“他们提出的目标很有意思。要是风切变真能搞出来，甚至可能对现在流行的机器学习思路有突破。”小姨说，眼神闪闪发亮，她提起自己的工作时总是这样子，“跟那帮人合作肯定不爽利，但我不介意试试。他们手里的很多资源，民用企业是接触不到的。”

后来，万婷也不知道她有没有后悔过。

她们最后一次联络，是在今年的三月末。

事后回忆，那天确是有些异常。小姨很少直接给她打电话，她天生讨厌突如其来的电话。她们会在约好的时间挂着网络语音彻夜聊天，但电话，从来没有。

看到手机上跳出的号码，万婷有那么一瞬的惊恐，还以为是妈妈出事了。

结果接起来，小姨只是和往常一样向她抱怨×蛋的工作。万婷在哭笑不得的同时，也松了口气。

“他们又把我手里的人抽走了。往我们组硬塞了一个项目监管——那人可真是个婊子。”

这词儿要让妈妈听到，绝对会发出尖叫。万婷暗笑。

小时候，万婷总觉得小姨是一个活生生的传奇。天才女性王培合的故事出现在整版的科技新闻报道和采访里。她带着令人惊艳的美貌，语速如机关枪嗒嗒，机车皮衣，发色和唇彩永不重复，每次向极致难题挑战总有完美结局。难怪每当有人知道她们有血缘关系，都会下意识冒出一句你们不像。

直到多年后万婷自己踏入成人世界，小姨也开始把她当闺密吐槽职场琐碎，神话才开始破碎。哪怕你在做世界上最神奇的事业，仍不得不忍受鞋里的沙砾。小姨最近几年在岷山待得并不开心，虽然风切变是她自己一手带起的项目。岷山拉小姨入伙时答应的条件，后面的兑现大打折扣。

更别提指导内行的外行，互相牵扯的拖沓进度，各部门间的暗流涌动。

还有风切变本身，目前版本表现如同“一坨屎”—— 小姨毫不留情地描述道，永远将睡在草地上的露营爱好者报错为死人。

在抱怨完一支烟的时间后，小姨打住话头，问万婷新的城市和工作怎么样。

“还好。”万婷说，“饶阳也很合我胃口。你啥时能过来，我带你吃夜市的烤面皮，好吃到不行。我都胖了。”

“天啊，我简直想现在就飞过来。”小姨长叹一声，“北城那个破岛都快把我屁股冻掉了。”

“说真的，你过来度个假吧。”万婷说，“我现在租了个很大的一居室公寓，床有两米宽。我们还可以在顶楼的露台上烤东西吃。但别带你的男朋友们来，他们太可怕了。”

小姨咯咯笑出声来：“等风切变上线后，我一定过来找你。另外闭嘴，我现在的男人很不错的。”

“我不信。要多久？”

“顺利的话，两个月吧。”

“行。”

随后，万婷便失去了小姨的消息。

电话，短信，微信，电子邮箱，各种社交平台账号，未读未回。一开始，万婷并没有感到异样，小姨是个工作狂，她的闲聊话头经常隔了二十四小时才会得到答复。

但二十四小时变成了四十八小时，然后是一周，半个月，一个月。

一个人怎么可能彻底消失呢。万婷企图给小姨社交平台上的朋友们留言，问他们最近有无联络。

“哦，她在××公司呢。和我们也很久没出来聚了，听说快结项了，太忙。”

××公司是小姨在承接风切变时建的套皮空壳名目，除了一个公司网页外，它根本就不存在。万婷在笔记本电脑前撑住下巴。她要是小姨的那些朋友，在面对陌生人询问时，也会做出这样的官方答复。

她考虑过报警。但想到风切变项目的合作方身份，万婷忍住了这种冲动。她不想过早暴露身份，断掉自己后续行动的机会。

妈妈说，也许她只是想自己安静待一阵子。天才嘛，总有些怪癖的。再说你小姨现在为保密项目工作，也许暂时有些事情不方便与外界联系。

不，这完全不正常。以前只要我想找她，她从来都在的。万婷拿着电话，最终说出口的是：“就是想去看看，图个放心嘛。”

然后她辞去原来的工作，收拾行李来了北城岛。

3

时间步入盛夏，万婷和数据组的同事们也日渐熟稔，甚至交到了几个可以周末一起逛街的女性朋友。男人们想搭讪她的也不少，此时入职时编的故事便又发挥了作用，万婷有意无意向他们展示手机屏保上的与“未婚夫”合影照片，成功避免了大部分此类麻烦。

但终究也只是大部分而已。

“你的男朋友是张 AI 合成照片。”

他经过她的工位时，用比耳语还低的声音轻轻说。

万婷瞬间起了一身鸡皮疙瘩。她挺直腰板，装作什么也没听到。

那男人走开了，拖鞋踢踏声渐行渐远。过了几分钟，万婷的手机传来提醒音，工作微信上有人加她。

她直觉就是他。

果然，来人传给她一张照片："用这张吧，手指和光影等细节都修过了。不会再露馅。"

万婷扬眉，点开大图，果然，比她在免费网站上跑出的合成图精细得多。

"谢谢。"她考虑再三，回复道。

对方正在输入，又停下。顿了几秒后，跳出一行字："下班后一起喝一杯？"

万婷暗暗叹了口气，盘算如何客气地使对方死心。

结果对话框里接连蹦出的消息使她慢慢扬起眉毛。

"放心，我对你没那方面的企图 —— 倒没说你不够漂亮的意思。

"你应该也不是个普通打短工的。

"我也不是，咱们商量商量，也许可以合作一把。

"要是没兴趣，你可以直接删了我。

"我很大度的，不会坏你的事，你也别去保密科举报我就行。"

万婷思考良久，最终回复道："下班后在千海客等我。"

千海客是岷山沿海商业街上最大的烧烤店。刚刚入夏，游客高峰期尚未到来，大部分桌椅都空着。老板瘫坐在柜台后滑手机，见有人来，指指墙角冷饮柜："自己扫码自己拿。烤串也扫码点。"

万婷抬眼四望，角落的火车卡座里有个年轻男人冲她招了招手。他的左臂布满了青灰色的文身，她眯起眼睛，这个特征似乎有些熟悉。

"我叫任杰。"落座后，男人说，将一瓶带着冰凉水珠的可乐推到她面前，"熟人都叫我阿杰。我是×大计算机系的，上一份工作在'黑箭’。或者说，我现在还在为他们干活儿。”

万婷直直打量他，没急着说话。

他肤色黝黑，刻意咧嘴而笑时露出一排白得耀眼的牙。长相倒生得不丑，但打扮实在令人难以恭维：头发也许曾经有过造型，但现在已经变成了直接拨拉向后脑的黄色乱毛，发根露出一截黑色。藏银耳钉。套一件洗得印花斑驳的短袖汗衫，可以想象，桌面下是同样随意的沙滩短裤。

简短的自我介绍后，他似乎在等待万婷将嘴唇拢成一个惊讶的O字形。×大的高才生，最顶尖的同行公司履历，确实值得骄傲。

见对方没捧场，自称任杰的男人面孔皱起：“得了，咱都亮底牌了。再装下去也没啥意思，你是哪个公司的？”

万婷摇头：“我不明白。你在说什么？”

任杰轻笑一声，报出了万婷的真名，真实学历，甚至她父母的名字：“我黑进岷山的人事数据库看过，你的入职简历是假的，但做得很不错。没人会白白花这样的成本来骗一个数据民工的岗位。”

万婷一瞬间头皮发麻。

“但你没有人工智能方面的工作背景。他们居然会找这样的人。”任杰饶有兴致地盯着她，“不过你是外语学院的学生，可能有别的接触渠道。麦文斯？卡得？”

他接连报出一串国际科技公司的名字。小姨倒是为其中一些工作过。万婷已然镇定下来。对方显然是个商业间谍，将她误认作同行。

别害怕，别露怯，万婷告诫自己。哪怕将一切摆上台面，她的行为也没什么可供追责的。用一份假简历混个基层工作算不得什么。而对方做研发出身，八成签过有法律效力的竞业协议，他比她的顾忌大得多。

但——也许他们确实可以聊聊。

万婷承认自己至今为止毫无进展。做图片打标的数据民工们，对于公司的消息都漠不关心。大家做一天和尚撞一天钟，标一张图片拿一份报酬。万婷混迹其中，一无所获。她也尝试过和管理层或研发部的人套辞，但入职时的假背景反而成了她的障碍。作为一个只求闲职等待婚期的傻姑娘，她怎么和这些小姨的前同事打开话题呢？

绝望中，她甚至找过暗网上的黑客打探风切变项目组的内部消息。但当他们听说她的目标后，都连连摆手：谁敢去偷窥安全部门做的活儿啊。至于北城岛的当地人，岷山公司产业园算是他们的衣食父母之一，面对万婷的打听，全都神色微妙地顾左右而言他。

她已经走进了死胡同。

“任先生，我不是什么外国公司派来的探子。”万婷开口说，语调恳切，“我是来找人的。”

对方一怔。

“找谁？”

“王培合。”万婷听到小姨的名字从自己口中念出，居然有几分陌生。

4

女伴们有时会问她，怎么会看上了阿杰那个黑小子，是不是打算甩了原本的未婚夫。

万婷笑笑，算作默认。要解释他们俩并非在交往状态，要花费更多口舌，招来更多闲话。旁人能看到他们俩经常同进同出。任杰会在下班后开着他那辆二手本田，接上她去沿着北城岛长长的海岸线散步。

那天在千海客，他们并未深谈。万婷描述自从三月底，她和小姨失去联系后，她做出过的努力与尝试。

“我可以和你交换一些岷山项目内部的消息，要是你手里有关于王培合的。”最终，万婷提出条件。她的手心里已满是汗水。

“你所说的东西，我得回去用我的方式验证一下。”任杰说。

万婷表示同意。她能看出他有兴趣。

当夜凌晨两点，她被任杰的电话惊醒。

“你说的都是真的。”电话对面的年轻男人嚷道，“见鬼，王培合居然失踪了。我就说她最近连视频会都没露脸。研发那边气氛也怪怪的，你还知道些什么——”

万婷在老旧空调制冷的嗡嗡声中坐起，用力捏着鼻根，驱散脑中迷雾。

“我们谈的是交易。”她说，提醒对方，“你也得告诉我一些有价值的东西。约个时间碰面吧。”

后来每次见面时，任杰都会给她带饮料。有时是玻璃瓶装的可乐——他似乎对之有执念，有时是中学生才爱喝的花花绿绿糖精味儿果茶。

“道具。”任杰看出她脸上一闪而过的嫌弃，说。

于是万婷只能接过纸杯，他们和北城岛沙滩上的其他一百对年轻情侣一样，缓缓并肩前行。

“其实我是你小姨的粉丝。”任杰说道，干笑一声，带着尴尬。

万婷脚步一顿。

“你应该也知道，她是本世纪最厉害的深度学习算法领域的专家。”任杰说，夸张地吸了口气，“或者说，之一吧。前年的图灵奖没颁给她，简直是图灵奖的耻辱。我从中学起就知道她，我读过她所有的论文，高中时参加过她的网络开源项目。我很想为她工作。去年，我甚至一直在刷她所在公司的面试测试题。”

“她是个很了不起的人。”万婷应道，忍不住一笑。她想起小姨叼着牙刷在客厅里团团转找手机的样子——其实手机就在她左手上。果然距离产生美。

“其实我当时进‘黑箭’，就是冲着传闻她会和‘黑箭’合作开发一个新的计算机视觉系统。”任杰踢开一小块半埋在沙砾里的浮木，“结果岷山突然冒出来拿到了招标，嗨，他们后头肯定有关系。这种事也没办法。对了，我先得向你澄清一件事。你是王培合的亲属，我不希望你误会。”

“嗯？”

“我没打算偷岷山或风切变的任何技术。”他说，“我们公司也没那个胆子，想去动老大哥项目成果的歪脑筋。但到等风切变上线，岷山肯定吃不下整个蛋糕的。风切变的视觉模型可以扩展出很多商业应用，比如无人驾驶，私人健康管理产品之类的。‘黑箭’一直有这方面的想法，他们只是想盯着岷山的进度，打个提前量。”

万婷默然点头。她很想说，她才不在乎这见鬼的项目是否泄露，或最终哪个公司能从风切变身上挣到百亿。

“目前风切变是遇到了一点儿麻烦。”任杰继续说，“研发组那边在同时跑几个测试版本，但每个的表现都不尽如人意。按常理，王培合应该负责解决这档子事，但她被调走盯獬豸安全系统那边后台对接的进度——至少公司官方通告是这么说的。”

“我听她提过。”万婷说，想起三月末的那通电话。小姨确实向她抱怨过技术细节，但她只能模糊记得一些碎片，“她说目前版本模型的辨识准确度始终上不去。她想试验一些新的训练方法或改进学习算法，但管理层有异议。她想说服他们。”

任杰“哼”了声：“王培合和洪雁一直不对付。”

看到万婷茫然的神色，他解释：“就是面试过我们的那个灰头发老太婆。她是管预算和风险管控的。风切变的第一个测试版本按计划得在今年九月上线。她逼得很紧，什么都卡，研发那边没人喜欢她。”

就是那位——了。

要是洪雁知道小姨在背后对她的称呼，一定相当可怕。万婷吐舌头。

“把王培合调离那事儿整个就很荒唐，但我当时认为她是被洪雁撬出了研发部发配边疆而已。她的下属也都在抱怨，但后台那块工作涉密等级非常高，没人会去主动打听。”

“你是怎么知道这些的？”万婷问。

“我在他们的内部论坛里有账号。”任杰的语气里透出一丝骄傲。

目前为止，听上去仍是普通的职场矛盾。但关于小姨在四月与外界断联，至少风切变的管理层肯定知道一些事情。那个洪雁。

万婷停下脚步：“我想去她的办公室看看——听上去问题还是出在她手头的工作。”

任杰咧嘴：“偷偷进去？风切变可是安全部门的项目，你知道研发实验室那边安保等级有多高吗？没有权限，连个蚊子都飞不进去。”

万婷侧头看他：“要是我有王培合自己的门禁密码呢。你能不能负责搞定监控警报系统？只要一小时。”

她将语气着重落在“自己的”上面。

任杰神色阴晴不定。

万婷说：“要是这事过去后，我小姨还活着，保证你可以参与她的下一份工作，当她下篇论文的第一作者。”

“你们到底什么关系？”年轻男人直发愣。

“放心，我差不多算是王培合带大的，我要什么她都会给我的。”万婷竖起一根手指保证道。

5

“我要是真留下什么案底，我爹妈会把我从家谱中除名的。”任杰说。他站在万婷身后，不住地将身体重心在左右脚之间挪动，腋下汗湿了一大片。

“你要是真的害怕，可以回去。”万婷说。

他们站在研发部管理部楼层的门禁前。时值午夜，只有寥寥几个窗口仍亮着灯。他俩的日常权限可以进入供测试组使用的楼层，任杰声称他已经中断了监控传送，并用静止历史画面暂时糊弄过安保系统，但也仅此而已。

接下来得指望万婷。

“她一直会给自己留个后门，她能进的地方，我都能进去。”万婷说，凑近门禁，让它扫描自己的虹膜。

“王培合为什么要这么做？”

“方便我给她偷偷带外卖。”万婷说，不由得嘴角卷起。小姨还会在自己的办公室里给她开一台电脑和游戏账号，直到妈妈催她回家的电话接二连三打来。

任杰撇撇嘴。

玻璃门悄无声息地滑开。他俩站在昏暗幽长的走廊前，当惯了守法良民，一时间又有些踌躇。

“她的办公室在七〇九。”任杰悄声说。他昨夜总结了内部论坛透露的信息，将研发部办公室的建筑布局连蒙带猜摸清楚了，“走不走？”

“走。”

万婷跟着任杰穿过走廊，从消防步梯爬上七楼。

七〇九门口标志牌上居然还写着王培合的名字和职位。以及一张字迹张扬的手写纸条：“敲门不在直接发邮件。不要打电话，不要打电话。”

万婷一眼认出小姨的字迹：“对，应该就是这里。”

她再次凑近检验虹膜，门应声而开。里面扑出一股子闲置已久的干涩尘土气息。

任杰一把按住了她的胳膊：“先把窗帘放下。”

万婷才发现自己下意识想要直接开灯，不由得升起一丝惭愧。两人放下遮光帘，打开手机电筒，开始巡视。

办公室收拾得相当整洁。三台计算机都盖着防尘罩，甚至连马克杯都洗干净了倒扣在茶盘上。没有用过的纸张，碎纸机槽里干干净净。一间办公样板房。万婷缓缓摇头，此处早已被彻底清理过。看来今夜，除了知道小姨早已不再使用她的办公室外，他们无法得到更多信息。

任杰不死心，有条不紊地挨个打开抽屉和柜子的门，一面喃喃自语：“都是空的啊。”

“肯定被人清过了。”万婷苦笑，“我小姨可不是个处女座。她常用的办公室，会和龙卷风袭击过的垃圾堆一样。”

“别这么说我的偶像。”任杰开玩笑地抗议道。

万婷抱起胳膊靠在墙边，目光落到书柜下脚边缘。那里露出一对小小的彩色半圆形事物的边缘，一只粉色，一只荧光绿。在室内整体的黑白灰色调中显出几分突兀。

她心念一动，弯腰勾手，将之取了出来。

“什么东西？”任杰回头，“呃——扫地机器人？”

“扫地机器人。”万婷耸肩，又塞了回去，顺手在裤子上蹭掉指尖的灰。

此时，随着门锁一声轻响，有人直接推门而入。

万婷和任杰顿时像高速公路车灯下的鹿一般僵立当场。

“见鬼，你们是谁？”一个半秃的中年男人皱着脸，嚷嚷道。他右手提着一支细细的羽毛球拍，但看那架势，他一定自以为手持着狼牙刺铁棍。

万婷死盯着他的面孔，她记得他。

“蒋叔。是我。”她轻声叫道，“我是来找小姨的。”

男人缓缓眨眼，随后低声骂了句，问：“婷婷？”

万婷坦然接受他满是疑虑的审视。他侧过头，又吐出一句脏话。

“什么也别问。我送你们出去。”他说，脸色益发阴沉，收起球拍，“你们没拿什么东西吧？”

“没有。”万婷摇头，“我小姨去哪里了？为什么我们联系不到她？”

蒋叔是小姨的老朋友了，一个性格温暾内向的“死宅”。他们合作过很多项目。万婷小时候很爱和他下棋，他和别的大人不一样，从来不故意让她。当时他的前额还有很多头发。

“别问了。保密工作，以后你们会知道的。”他闷声说，“今晚的监控你们两个小鬼头是不是动手脚了？赶紧回去，要真给保安撞见了谁也保不住你们。”

“你在说谎。蒋叔，你一说谎就耳朵发红。小姨说的。”万婷说，站定在走廊里。

蒋叔摊开手，欲言又止，随即用球拍丧气地薅了薅地毯，“婷婷，听话。我是你小姨的朋友，我不会害你的。你们别自己招麻烦。”

“她还活着吗？”万婷问。

这句话落在空气中，像一块石头。

蒋叔转开眼睛:“你瞎说什么。”

万婷哭起来。

6

最终，蒋叔也没说出什么有用的东西来。万婷认为自己那天夜里掉的眼泪并没值回票价。

蒋叔像送瘟神一样将两人赶出了研发中心，说要在一周内看到他们自动离职，否则他会通知公司保安部。

万婷决定赖着。她有把握，果然，随着日子一天天过去，他们并没被无故辞退。那天晚上，蒋叔发现小姨的办公室的异样动静，没直接通知保安，而是亲自提着羽毛球拍来探路，已经说明了很多事。

他们都内心有愧。

然而知道了这些，也并无用处。时间继续一天天过去，万婷下班后窝在廉价青年公寓的小化妆桌前，已经啃完了人工智能原理网络入门课的三分之二。缺少数学和计算机基础，她学得云里雾里。只赔上了酸疼的颈椎，但她不想正儿八经去添置一张好椅子，因为那似乎暗示着她要更长久在北城岛待下去。

她不想带着谜团走，又不知道自己还有什么可做的。

小姨很可能已经死了。从蒋叔的反应中她能清晰地看到这点。那天夜里，她把任杰带回了自己的公寓。他被举报和拘留的可能性吓坏了，而她需要暂时忘掉刚刚知道的消息。其后的几天里，这个毛头小子似乎自认为是她的男朋友。发现万婷没这个意思后，他尴尬地消失了几天，随后继续试图约她出去。

万婷有时会答应。

九月，风切变第一版如期上线。

万婷和任杰同时进入测试组，他们的办公区域离研发中心更近了，进进出出不时会遇到蒋叔，互相目不斜视装成不认识的样子。万婷也偶尔会看到洪雁，她满头灰发中银丝似乎更多了，端着咖啡纸杯步履匆匆，来找测试组的组长。

他们争论的声音会从办公室隔间传到走廊上。

而无论项目内部的齿轮转动得多么艰涩，风切变上线后战绩不俗。它找到了那些荒山里失踪多年的登山客，飞机失事后散落在森林里的残骸，被遗弃在无人小巷里的凶案受害者。它飞速检查像素低得可怜的监探镜头，所吐出的“有嫌疑”图片，万婷经常都辨识不出画面中是否有人类尸体。但它能认得。神奇的人工智能。

一时间，在新闻报纸上，岷山团队成了真正的英雄。但同时麻烦也接踵而至，除了收到死者家属送来的感谢信和锦旗外，一些行踪奇怪的人开始在附近徘徊。岷山随之加强了安保等级，并对所有员工再次进行安全培训。

万婷被任杰的一个电话叫醒时，她正梦到自己三四岁时，小姨带着一堆扫地机器人来她家。

那些圆盘状的、被涂成彩虹色系的小东西嘟嘟叫着满客厅转悠。

这都是什么鬼玩意儿，妈妈抱怨道。

你不是抱怨婷婷话太多狗都嫌么，小姨笑，让它们陪她聊。万婷在梦中听到了她们的对话，同时，她看到幼年时的自己抓住了一个粉色的圆盘机器人，毫不客气地咬了它一口。

“不是让你吃的。”小姨用袖子擦掉机器人外壳上的口水，示范道，

“让婷婷给你讲个关于大卡车的故事。”

“大卡车，一辆大卡车来了。”万婷叫道，“数一数有几辆大卡车！”

妈妈大笑着抬手捂住脸：“她要再给我数一遍卡车我要疯了。”

“让婷婷数给小贝塔听。”小姨得意扬扬，“绿色的叫贝塔。粉色的叫阿尔法。随便你们叫它们什么，反正招招手都会过来的。”

后来那些扫地机器人都去哪里了？电池耗尽后在家具底下落灰？妈妈和小姨是什么时候开始疏远的？它们为什么突然发出和手机来电一样的铃声？

“明天老地方见。”任杰说，难掩语调中的兴奋感。“我突然有个想法，关于风切变和你小姨的。你一定得听听。”

7

夏日将逝，海边游人渐稀。他们坐在码头边上的长椅上，用一袋面包条喂海鸥。

“我能说得直白些吗？”任杰说，“这会构成我们接下去讨论问题的基础。”

“说吧。”万婷说，拂掉膝头的面包屑。

“要是我们假设王培合已经死了。抱歉。”任杰干咳一声，“就是个假设。她三月底还和你联系过，其后失联。那么她遇害的时间很可能就在那几天。”

“我也是这么认为的。”万婷说。

任杰侧头看她，似乎惊异于她的冷静。他又顿了几秒：“风切变现在除了联进实时安全系统监控的数据库，还在跑历年的影像资料库。然后，岷山附近的监控布控等级——”

他加重了语气:“非常、非常高，一个蚊子也跑不出去。”

万婷瞬间理解了他的意思。恍然间，她反而惊异于他们居然现在才想到这点。

“理论上，风切变看到过我小姨的尸体。甚至是遇害现场。”万婷慢慢说，“哪怕他们在监控死角干的，运送尸体的过程也不可能全程躲过任何摄像头。”

“风切变现在的测试范围只限于北城岛。初步效果很厉害，岷山拿到了特批算力。上周，它已经跑完了今年的所有监控录像，没报告王培合的案例。肯定有人筛了风切变的输出结果，把这条删掉了。”任杰说，用力一挥手，几只靠得太近的白色海鸟被他的动作惊飞，“这是真正的证据。可以说是铁证。我们只要弄到——”

此时，一阵嗡嗡声从任杰的口袋里传出，他掏出手机一看，眉毛差点儿蹿入发际线。

“怎么了？”万婷问。

“是洪雁。”任杰用气声说，似乎电话那头的灰发主管现在就能听到他的声音，“我知道她的手机号。见鬼，但她怎么会有我的电话，哦人事那边有，她打电话给我干吗？”

“我来接？”万婷提议。

“不用。”任杰吸了口气，接电话。他用了免提。

“任杰？你叫任杰对吧。”洪雁的声音从话筒中炸出，又急又尖，“你是不是在渔人码头？”

“呃，对。”

“你他妈的会游泳吗，去找烧烤店，叫什么来着，千海客，对面那段海滩，跑起来！现在就跑！”洪雁已然在嘶声尖叫，“有个小孩要溺水了，红色泳裤的，快去！”

任杰傻愣愣地直眨眼，万婷猛地推搡他的肩膀：“先听她的。”

“哦。”

两人撒腿就跑。任杰跳下沙滩，直接甩掉了拖鞋，光脚朝千海客那边狂奔而去。万婷勉力跟着跑了一段，已经喘到脱力胸口火烧火燎。她只得扶着膝盖停下，先等眼前的金星散去。

待她继续走一段跑一段赶到，发现事情已经结束。

一小堆游人正扎堆挤成一团，围观一个穿红色泳裤的七八岁白胖男孩被父亲教训。男孩嘴角向两边撇开，哭得声嘶力竭。他的父亲脸色惨白，举手给儿子的屁股留下两道红印后，转而向任杰连连道谢。

任杰干笑着挠头。

万婷凑近，从围观者的议论中弄明白了刚才的场景。红泳裤男孩趁父亲走开买饮料，偷偷抱着浮板一直划到了防鲨网处，然后无意中放手松开了浮板。孩子拉着网绳尖叫起来，但眼下已是傍晚时分，附近并无其他游客。若不是任杰及时游过去将他拎回来，估计今天就交代在这块了。

“你手机没事吧？衣服？还有什么损失，我们要赔给你。”男孩的父亲说，嘴唇仍在发颤。

“不用不用，三防的。”任杰说，还掏出手机滑亮了给对方展示。

围观者们起哄吹口哨：“问问单位，给这小伙子送个表扬信！”“还是来点实惠的吧，发个红包。”

任杰显然对一下子成为人群瞩目的焦点感到有些尴尬，他边摇头边往后撤：“哥们，也别再打他了，跟小孩儿好好说，注意安全。”

然后转头加速小跑，一溜烟儿消失了。

二十分钟后，万婷重新找到他时，任杰已经用一套在路边摊现买的鹦鹉椰树图案短衫短裤换掉了湿衣服。他坐在马路牙子上，开一瓶碘酒往脚底的伤口上倒，嘴里嘶嘶作声。

“洪雁刚才又打电话来了。”他说，“我告诉她，孩子救下来了。我问她怎么知道的，她承认和风切变有关系。电话里不好说，不过她答应咱们，可以一起坐下来谈谈。”

“谢谢。”万婷说。

“谢什么。又不是你的小孩。”任杰哼了声。

万婷忍不住笑着抬手盖住眼睛。她也不知道自己笑什么。

“约在明天晚上，我们可以直接去她的办公室找她。对，是我们。她知道你，面试时她就认出你来了。王培合的办公桌上以前有你们的合影照片。”任杰将空了的碘酒瓶子掷进绿化带里，“她说她知道你是王培合的女儿。”

他顿了顿，用难以置信的口吻重复道：“女儿？”

8

很普通的故事。

二十多年前，有一对年轻富有的医生夫妇，想要个孩子却一直无法如愿。要是在福利院的收养名单上排队，他们起码得等上十年才有机会收养一个孩子。

正巧，有一个才华横溢的计算机系女研究生，在一次不算太严肃的约会后意外怀孕了。但她的人生规划中不包括抚育一个孩子，从来没有——不如这个孩子生下来，送给她最好的朋友？两全其美。

孩子会有一对靠谱的爸爸妈妈，外加一个很厉害的小姨。比普通家庭多一份的爱，和童话一样美好。至少当初所有人都是这样想的。

“这个孩子就是我。很普通的故事。”万婷说。

“得了吧。要是真没什么了不起的，你会一开始就告诉我。”任杰说，“我觉得你不信任我。一开始也就算了。后来 ——”

他摇头。

万婷无言以对。他们站在她的公寓楼下。

“我明天还是会陪你去见洪雁，我对王培合身上发生了什么事还挺好奇的。”他说，抬手揉揉鼻子，“明天下班我会来找你。”

他拖着步子一瘸一拐走开了，可笑的鹦鹉衬衫。万婷明白有什么东西在他们之间消失了。她确实从来没喜欢过他，还是深长地叹了口气。

次日，万婷在工位上心神不宁。终于熬到下班，同事们陆续离开，她看到任杰在楼下等她。

“话说，你和王培合倒是一点儿都不像。”他像是已经从昨夜调整好了心情，笑道。

“是啊。”万婷也笑，“我没遗传到她的天才或个性。我是个普通人。”

“我不是那个意思。”任杰说，“她真的和那些媒体报道里写的那样 ——”

他做了个手势。

“基本属实。直白点儿说，她是个风风火火的浑蛋。”万婷说，“要是你真在她手下工作，不会多喜欢她的。”

“呃，果然还是得和偶像保持点距离。”任杰笑，他走起路来仍有轻微的跛行。

俩人上楼进研发中心，洪雁帮他们开过权限，一路畅通无阻。

八〇六室，有她的工牌卡。门是虚掩的，任杰轻轻敲门。

“进来吧。”

屋里除了洪雁，还有老蒋，和两个有几分面熟的一男一女，都穿着带着研发部 Logo 的工装衬衫。四人围坐在屋角的沙发上，留下的两个空位显然是留给万婷和任杰的。

“坐。”洪雁招呼道，起身给他们拿了罐装咖啡。

万婷摆手谢拒，她觉得自己落座的动作僵硬得像年久失修的机器人。

“我们今天为王培合的事情坐在这里。”洪雁说，“我来替大家互相介绍一下。老将，你们已经认识了。这两位也是风切变 beta 版研发组的成员。万婷，王培合的女儿。这位年轻人？我知道你在测试部做事。”

“也算万婷的朋友吧。”任杰耸肩。

“你也同时替黑箭工作。”洪雁说，语气里也没责难的意思。

任杰脸色一沉：“算是吧。但不是我坐在这里的原因。”

“你昨天冒了很大风险帮了我们。”洪雁无奈一笑，“你确实有资格，一起听听整件事的来龙去脉。”

“首先，告诉我。”万婷说，死盯着对方的面孔，“王培合还活着吗？”

他们都下意识转开视线。万婷心下一沉。

洪雁深吸一口气，手指紧握又松开：“关于王培合的死，是个不幸的意外。我们都不愿意看到这件事的发生。但出于一些原因，只能选择暂时对外保密。”

万婷张开嘴，想说些什么，又哽住了。她从理智上早就预感到了事实，但当这些词语硬生生砸到面前，她仍感到室内的空气在一瞬间被抽干了。

“万婷，你是王培合唯一的亲属。她的遗嘱保管在我这里。最迟一年后，她的死亡会得到法律意义上的认证。我建议你和父母商量一下，找个职业律师来处理，那是很大的一笔遗产 ——”

“我不是来听这些的。”万婷说，她能听到自己的声音变得单薄尖锐。她不想在陌生人面前失态，但她控制不住，“到底发生了什么事？”

洪雁眼神转开，叹了口气，最终说：“是风切变，它出问题了。”

9

“风切变项目的初衷很单纯，安全部门想要一个能实时检查监控画面的人工智能，在非医疗场所辨识出人类尸体时，第一时间自动报警。要是应用落地顺利，还打算扩展到监控广义的暴力或非法行为。”洪雁慢慢说，像在做一场不带感情的项目汇报的开场，在那一瞬间万婷真切地恨她，“由于它的保密工作用途，我们不能直接拿市面上通用的那些大模型来用，它会是一个完全由我们岷山项目组训练出来的微型人工智能神经网。”

被血腥暴力图片喂大的风切变，于是变成了一个嗜血杀人 AI，对吗？ 万婷半是认真半是嘲讽地想，多么恶俗的老科幻片情节。

“类似的人工智能图片识别成功案例已经有很多，我们原以为不会遇到太大的困难。结果项目推进得并不顺利。培合是不是和你抱怨过，今年三月份前，它的辨识准确率陷入了瓶颈期。”洪雁浮起苦笑。

“你监听她的电话？”万婷皱起脸。

“当然没有。她一直习惯在茶水间给你打电话。我办公室就在隔壁。这破楼的隔音效果很一般。我知道她骂我婊子。”她自嘲摇头，“是的。

当时我们遇到了麻烦。光凭借单独的图像，很难辨识出画面中的人物是否还活着。这和辨识出画面中是否存在一只猫，一只狗，一张人脸不同。人类也是通过对画面中各种元素的综合推论才能做出比较准确的判断。我那时的主张是，就让风切变对图像数据做初步筛选，然后靠人工后台再决定是否需要警方介入。这样不会拖慢上线进度，安全部门那边对这个方案也没什么异议。但培合坚持想用另一种思路试试。我们当时吵得很凶。”

“你为什么不支持她试试呢？”万婷问，“那时是四月份，明明还有时间。”

“技术宅们都这样的，他们的完美作品可以掐着死线交上来。他们从不关心实际事务要花费多少时间成本。”洪雁说，“我也习惯了和他们谈判。最后我同意，培合可以抽一个小组去尝试她的新方案。她打算给风切变喂一些简单的因果逻辑链。”

“逻辑？”任杰倾身向前，表情露出真实的兴趣。

“一些常见的导致意外死亡的原因。比如，车辆撞击，在天气恶劣的环境下在野外独行，救护车的抢救画面，人与人之间的暴力行为。”洪雁说，“要是前后有相关画面元素，将会对判定进行加权。她的小组很快调试出了风切变的一个分支版本，我们按习惯叫它 beta 版。”

“效果怎么样？”任杰追问。

不会很好的。万婷猜测。目前的人工智能神经网络并不能理解真正意义上的因果，它们只是看上去有。—— 这知识来自她所看的网课。

“好到令人无法拒绝。”老蒋出声插言道，声音苦涩。另两个研发组成员也苦笑点头。

“那问题出在哪里呢？”万婷意外，内心已经隐隐有预感。她想起死里逃生的红色沙滩裤的男孩。

“研发部对它内测时，发现它不仅能高效辨识死者，还开始主动预判。”洪雁的声音带着自嘲苦笑，“听上去是好事，对不对。它可以提醒我们去救人。”

“你让我们去捞的那个小孩，就是风切变通报的？”任杰的语气带着几分敬畏。

“是的。从内测到正式上线至今，它已经在类似的情况下避免了十六个人的死亡。”洪雁说，“有些情况它提前数分钟预报了，但我们来不及干涉，比如一些交通事故。安全部门那边已经在讨论将它直接联入自动驾驶系统的可能性。”

“那问题出在哪里呢？”万婷重复道。

“培合要求销毁这个 beta 版。”洪雁说，垂下眼睛，“她非常坚决。她声称 beta 版所展示出来的逻辑性只是一种幻觉。早晚会出事的。人命关天，她不同意将它交出去。”

“作为同行，我倒是倾向于同意她的看法。”任杰说。

“她想说服我们。她给 beta 版喂食了一些比较微妙的决策案例。比如火车轨道选择，沉船该先扔胖子还是老人。结果确实不太乐观。”洪雁皱起眉头，“它做出的选择大部分很荒诞。”

“风切变不可能有道德考量那种高级玩意儿。”任杰说，他举起尾指掐着指尖。“它是个微型神经网，拿通俗点儿话说，它的脑仁就这么丁点儿大。另外，我不信王培合只靠理论实验就说服了你们。出过事吧？你们捂下来了？”

洪雁脸色微变，没否认。

她顿了顿，继续说：“项目的进度是公开的，包括 beta 版。上面要求我们完善它，他们认为这只是个小小的 bug。他们已经雇用了顶尖的团队，一定可以在死线前修复它，至少让它可以安全使用。”洪雁说，闭上眼睛，“王培合认为她能用某种方法禁掉 beta 版的预判能力。我不是做技术的，我不理解她为什么要这么做，说实话我也不理解在座的各位居然跟着她胡闹 —— 她的这次尝试把自己的命送掉了。”

“她做了什么？”任杰问，同时瞥了眼万婷。他似乎想把手放到她的手背上，又缩了回去。

“在理论上，王培合的想法 ——”坐在沙发最外侧的女技术员弱弱开口。她的狼尾发型挑染成显眼的绿色。小姨也染过这样的头发。

“闭嘴。”洪雁摇头，转向万婷，“我不是在推卸责任。要是我事先知道，不会让她这么干的，或者说，至少会多带一些人做安保。”

“你就说吧，我小姨做了什么。”万婷说，语气平静。

“王培合私下带着 beta 项目小组的四人，租了两艘船去公海。她让他们架着手机摄像头，同时向那个专供测试的 beta 版本用极大的权重输入信息。按照她的剧本，其中一艘船将会由于燃料不足停滞于海面，在风切变的提醒下，由岷山测试中心通知另一艘船去救援。王培合会扮演提着燃料跳过船舷的角色。她会意外跌入海中，装假溺水身亡。培合应该是想用这个案例，让风切变建立预测和干涉反而会引起死亡的认识。按原计划，她会在水下潜很长时间，在船底有备好的氧气瓶，她有潜水执照。本来不该有事的。”

洪雁停下，颤抖着呼出一口气：“结果她没浮上来。最后是老蒋看到附近海水里有红色，再下去才发现她出事了。她在取氧气瓶时，一段缆绳缠住了她的脚，在挣扎中被船体支出的金属板材划破了颈部动脉。她可能在数分钟内就已经死了。”

“你没事吧？”任杰轻声问。

万婷知道自己肯定脸色惨白。事实上她已经快要吐了。

“没关系。”万婷说，“请继续说。你们怎么处理她的尸体的？”

“我没能抓住她。很抱歉。”老蒋轻声说。他的语气听上去也快要哭了，“他们俩都不会游泳，也吓坏了。我们没办法 ——”

洪雁说:“她戴着氧气瓶。那片海域很深，洋流很复杂 ——”

“×你妈。”万婷终于哭了起来。

在场的人都陷入一阵死寂。最终还是任杰拿着纸巾盒，小心地碰碰她的肩。

“所以，那个什么见鬼的 beta 版，修好了吗？”万婷强行止住抽泣，冲洪雁喊道。

“真的很抱歉 ——”另一个男技术员用几近不可闻的声音开口。

“我是在问，他妈的修好了吗？”

“那天项目带去测试的版本，彻底死机了。”洪雁说，“所有的风切变，无论是哪个版本，只要输入王培合的死亡现场相关的照片，都会死机。我不知道其中的原理是什么。没人知道。她只加重了那天带去现场的测试版的输入权重。”

“你们还拿她的死亡照片做各种测试？”万婷一时间难以置信。

“否则她就真的白死了。”

万婷重重鼓掌:“很好。为科学献身。”

“等整件事结束后，我们这几个知情在场的人都会去自首。”洪雁说，“我们不会要求你原谅我们 ——”

“那你们现在还在等什么？”

“现在上线的，还是原始的 beta。它神奇的预告天赋，或说 bug，依然在。昨天它提醒我们去救那个男孩，但同时也做出了两个虚假预告。说实话真有点儿令人毛骨悚然。”洪雁说，抬手捏捏鼻根，灰色的刘海下额头细纹涌起，像一瞬间老了十岁，“我们几个在私下整理培合的笔记，想在风切变注定要闯祸前搞定它。她的思路是对的，那个剧本确实有作用。但不是最终正确答案。”

万婷吐出一口气，重重倒在椅背上。她甚至不知道还能冲谁尖叫。

“死机。”任杰突然轻声重复，“死机。这听上去甚至有点儿像人类的情绪反应。它不能接受害死了自己的创造者。”

“你刚才还在说它的大脑只有黄豆大。”万婷说，余怒未消。

“你们是用什么原始语料集喂的风切变？我是说，除了十亿张死人图片？”任杰转向洪雁。

“是培合自己带来的一个语言素材包。她说不会有版权问题的。”绿色狼尾的女技术员说，“我帮她整理过，像是一个三四岁小孩语言爆发期的——”

粉色的扫地机器人。绿色的扫地机器人。某些东西连上了。拼图归位。

“确实不会有版权问题。”万婷说，“那是我。”

其余五人缓缓地看向她。

10

风切变没有逻辑，不解因果。

但它的行为像个小孩，它的所谓“快乐”来自人类使用者的认同。测试组重视 beta 版本的预测功能，他们害怕，但他们仍想要。

风切变能看出他们的真实渴望。

王培合在她的笔记中写道，这类似于原始的生物情绪。可以尝试用一个强烈的情绪事件禁止它的预测行为。

一条心理学书籍中关于四岁儿童对亲子分离的恐惧感的摘记。

也许风险很高，她在实验临近的某天写道，字迹颤抖，风切变吐出了我尸体的照片。看上去头都要被削下来了，真他妈的惨。

但仍值得试试。

万婷的目光落到电子笔记边的时间标记，正是三月末突然给她打电话的那天傍晚。

现在，小姨死了。万婷是原始数据集，她拥有同样惊人的权重。老蒋他们和任杰都无法解释这是什么原理，任杰最后双手一摊：也正常，神经网就是个他妈的神秘黑盒。

但万婷明白一件事：她可以尝试把小姨未完成的工作做完。

11

按照天气预报，这是北城岛今年夏天最后一个气温超过二十五度的周末。

沙滩游人如织，一场露天脱口秀将在入夜后在千海客对面的广场上举行。人声鼎沸，热闹无比。

在不远处的码头上，万婷正手脚并用爬上汽艇，任杰拉了她一把。老蒋抽动船尾的引擎索，慢慢朝公海驶去。另一艘船正载着研发组的几个工作人员及摄像装备，在指定坐标等他们。

“你的游泳水平到底怎么样？”任杰又问了一次，语调中充满怀疑和担心，“别逞强。”

“我以前是校游泳队的。有二级运动员证。”万婷说，抱臂站在船头。

任杰比了个 OK 的手势，没再多说什么，走开了。

沉入海水时，她睁着眼睛。

她想起多年前问过小姨，为什么不想当她的妈妈。我这么可爱，你把我送人不后悔吗。想起她的妈妈开玩笑说，你们关系这么好，索性把你还给小姨算了。小姨说我不合适当妈妈，你要是被我养大，不会这么可爱的。

这些话她们都是笑着说的。

想起很久以前，她不忌讳提到小姨和她的血缘关系，但人们总会随后评价道，你们真是一点儿也不像。最后她想起少年时读到过一篇关于小姨的报道。小姨说每个她训练过的人工智能，都像她的孩子。她如数家珍说出它们的昵称。

再后来，她进入青春期，总借着赖在小姨身边，以逃避和性格严谨的妈妈之间的冲突。她那时荒唐地觉得自己由于不够聪明被小姨拒绝，又由于过于散漫而不被妈妈认同。

在看似平静无波的日常下，风切变，暗流突然汹涌，毁坏发生。妈妈和小姨大吵一场，她没在场，但心知肚明。

后来她俩仍关系亲密友好，相处得如同一对永远同龄的酷朋友。但她清楚，小姨也清楚，一切都不一样了。

不知过了多久，万婷听到计时器的鸣叫。随即她被任杰和老蒋拉上船，裹上毛巾。

船上的通话器传来洪雁的声音，说图像数据输入完毕。风切变暂时还没死机，宣布成功为时过早，但看上去有几分希望。

“给我手机。”万婷说。她擦干手上的海水，点开通信录，将一个电话号码从黑名单中放了出来。

自从她来北城岛后，这个电话总是催她回家。

“你就不担心小姨吗？她到底也是你的好朋友。”

“比起培合，我更担心你。”

某天万婷一时情绪失控，将对方拉黑了。

“妈妈，我明天就回去了。”她说，声音很冷静，“小姨的事情，等我回来跟你慢慢讲。”

尾 声

结果万婷次日没走成。

她又花了一天，在老蒋家整理小姨遗留下的东西。衣服，日用品。笔记本电脑和 PAD 之类的工作相关物件，已经交给了洪雁。

原来小姨提到过的，那个很不错的现男朋友，就是老蒋。万婷知道这事后，第一次认真地审视他，发现除了缺少点儿前额头发，他也是个长得很周正的男人。

品位不错，小姨。

最后，老蒋把纸箱扛上任杰那辆破东风的后备厢："婷婷，回家去吧。别再怪你小姨了，她真的一直很记挂你。她是不合适当妈妈，但她是个好人。"

"我已经不怪她了。"

万婷说。

任杰开车送她去机场的一路上，万婷都在哭。年轻男人罕见地识趣，没有多余地安慰她。

确实，王培合你不合适当妈妈，她在脑中大声说道。瞧瞧你干的那些事，用自己的小孩当素材去训练搜寻尸体用的 AI，再企图用亲妈死掉的画面去修这个 AI 的 bug。知道自己的实验可能会死，还是跳下了海。你是个很疯的反社会属性科学家。

你把我送给妈妈，只当我的小姨，是对的。

这样我失去你时，才不会太难过。

"我就说一句，我车上就一盒纸巾。"任杰终于小声说。

万婷掩住眼睛，还是笑了。

送她进安检站时，任杰做了个手势：“还有机会再见吗？”

万婷愣了愣，脸色也明亮了些许：“可能吧。”

他们挥手告别。

《上海文学》2024年8月

离开历史之人

万象峰年

私寓用户周小亮笔记：

我知道你们看不到这些。我只有当作自己是写给你们看的，要不然还能怎样？这里只有我自己了。

当我明白过来我被骗了，我翻出笔和纸来开始写这个破笔记，每写完一句想想，这又有个屁用？我已经不存在了，不会影响你们的一粒灰尘，不会被任何人看到。虽然你们对于我也是不存在的，理论上我们恩怨两消了，可是，是你们创造了历史，是你们创造的历史创造了我的处境。

你们凭什么还能在历史的阴沟里蠕动！

“离开历史之人”跟踪报道项目 — 档案摘录：

【中国通讯站】

《凡人的封印》

（记者 吴胥）

顾客来这里购买封印自己的服务。

换而言之，另一批人在这里出售封印客户的服务。正如网络舆论所说，这是没有差评的买卖。事情过后，我们也只能从销售方留下的员工那里窥见一点这件事造成的影响。

伪装成房地产的私寓业务被查封的前夜，这家开发商和销售部门就人去楼空了。像往常一样赶来上班的销售员工，发现没人管了，随后他们被警方带走调查。现在的销售大楼里只剩下一些杂物，吸引了各路捡便宜的人马钻进封条，试图从这只巨鲸的尸体上捡起一些残渣。

前私寓销售人员李晓芹（化名）配合完调查后，退回了在职期间的工资所得。在约定接受采访的咖啡馆里，她表达了自己的双重疲惫 —— 一方面是自己的工作一无所得，另一方面是这份工作变成了对自己的否定。

私寓是怎么被售卖出去的？这个问题困惑了社会很久。

它看起来是根本不可能被开发出需求的畸形技术产物。“私寓”概念来自“空间封闭”的技术突破，将一小块空间的边缘折叠闭合，使其从世界上消失。这是真正的、永久性的消失，那一小块封闭空间将在自己所存在的时空中运行，与整个宇宙都再无交集。私寓就是把一间拥有自持能力的住宅永久闭合成封闭空间，从现实世界“逃离”。

“我们在业务培训中被告知，这是一种高档的私人永久产权住宅，是能度过任何末日的秘密堡垒。”李晓芹说，“这是一种洗脑，他们洗脑我们，我们再去洗脑客户。”

销售人员会向咨询者展示一个样板间，那是一个高档公寓一般大小的房间，色调温暖，光线柔和，材质自然，既能让人感受到最原始的依偎在洞穴里的安全感，又有技术打造出的可信任感。房间的一侧是一张舒适的大床，中间隔出了活动区，外围的陈列架包含了纸质书本、资料硬盘、个人物品；然后依次有制造和回收柜、植物墙围绕的娱乐站，娱乐站有一台远超家用性能的电脑；环境模拟系统整合进影音系统里，它最擅长的就是把私寓模拟成一个坐落在末日荒景中的安全屋；三面墙和地板里集成了保证私寓资源循环和自动维护的全自动设备，以及够一个人永久使用的能源炉；大床床尾就是一整面墙的落地窗。任何人第一眼看到这个房间，都会有一种“我能在这里生活一辈子”的冲动。“你会期望，外面就是末日。”

然而会被说动的客户，也不是追求生活品质的典型客户。销售部门有一整套客户画像方法，潜在客户大致上是消极避世，和现实格格不入，充满了不安全感和疲惫，或者被世界伤害的人，当然，必须有钱。“总不缺这样的人。”李晓芹说。销售部有专门的人负责筛选出这样的对象，取得联系，然后销售员接手，和目标对象聊天，建立共情，最后阶段还要陪客户去做心理决定。“整个过程是对自己的心理折磨。我也遇到过最轻松的一单，客户自己上门来询问，当即就签合同了，双方都轻松愉快。”

至于这件事对成为用户的客户意味着什么，永远不会有答案了。他们是整个环节里面消失得最干净的人，连售后都不需要，一旦完成了交接，就没有人再提起，也许这就是为什么他们想要离开人间的一个注脚。

“我甚至没有办法跟他们道一声歉…… 不，不是完全没有办法让他们看见，而是我们不确定他们的心理状态，不知道道歉会不会造成伤害。”李晓芹说。

每送别一个客户，他们都会陪客户吃一顿告别宴，觥筹交错间是一水的羡慕。“我们很多同事还哭了，是真心地哭了。也许你会觉得那是良心不安，或者鳄鱼的眼泪什么的，但是…… 我说不清楚，也许每个人都想逃离什么吧。”

是真的羡慕吗？李晓芹想很久，没有办法回答。

私寓用户周小亮笔记：

好他妈安静啊。在这种安静里面，回忆会变成吃人的怪兽。

那天的回忆总是拱进我的脑海。我本来可以死掉的！我活腻了，最后玩一把大的，借高利贷买了期货的四十倍杠杆。不知道为什么，让我赌对了，我一下子有了数不过来的钱。有了钱，我还是不知道该干什么。你知道吗？这才是最可怕的。我走进私寓的销售大楼，连那一身穷时穿的衣服都没有换，差点被赶出来。那时候听到的声音都很远，我就像操纵着一个壳子在做这些。现在想起来还像做梦一样，这些都发生在一天时间里面。我马上签了合同，连他们怎么形容那个“世外桃源”都不想听，我知道那里面的虚假，不想他们坏了我的兴。我只想快点远离这个虚假的世界。

那时我还不知道，会有比死和活都可怕的事情。世界上没有地狱，地狱是不在世界上。

他们怎么可以这么轻易就封印一个人的灵魂？！

“离开历史之人”跟踪报道项目 — 档案摘录：

【中国通讯站】

《凡人的封印》

（记者 吴胥）

被卷入这件事的人怎么样了？

李晓芹销售时多了个心眼，在手机里留存着客户的家人联系方式和地址。借助这些线索我们得以看到私寓用户走后留下来的缺口。

在用户 A 的老家，他的家人每个月都会整理他的房间，等着他有一天回来。拂拭最多的是一幅挂满整面墙的填色画。高考前完成这幅画的 A 被家人盛赞，他会有耐心去抵达成功，他会给自己的人生填满颜色。他的前半生确实是这样努力的。在家人眼里，他本是家里的宠儿。虽然家人不止一次被告知，进入私寓的人永远不可能回来了，这是物理规律决定的，但这个等待的仪式让这个家庭可以勉强弥合起来运转下去。

用户 B 留下了一个墓碑，她临走前还亲自参加了自己的葬礼。家人当她离开人世了，商量好每年祭扫一次。“要不然怎么办呢？”B 的母亲叹气，“临别时落得个不欢而散？”

公墓里，和 B 的墓碑并排着的是另一个墓碑，那是家里的外曾祖父，年轻时参加革命队伍后在反围剿中失踪，在1980年代被追认为烈士，这些年家人参加烈士遗骸 DNA 比对数据库也一直没有找到遗骸，所以墓一直是空的，只有一张外曾祖父年轻时的照片；B 的墓也是空的，墓碑上刻着她指定的墓志铭：记得我在这个世界的欢乐就好。

B 还留下很多照片，是母亲的纪念。她的母亲向人展示，流露出一点欣慰。在照片里，她看过天边的日出，她登台演出朝人群嘶吼，她坐着牛车到最偏远的山村里去和孩子们一起笑。这是她留在世界上的欢乐，其余的，像一个谜。

C 是唯一来自农村家庭的用户，因金融投机一夜暴富而走上了这条路。他的家人移除了老家老房子中关于他的全部记忆物品，就像这个人从来没有存在过。但他们不愿意说没有这个人，这种否认显然也是一种确认。即使人已经离开了，一种言说的阻碍还是横亘在空气中。一头是暴富后的荒诞，一头是还停留在低收入的家庭现实。

C 的父亲低头抽闷烟，提起遗产问题的时候他才忍不住插嘴："他突然有了我们几辈子人都不敢想的钱，自己带走了，挺自私的。"他们想得到赔偿，但是这件事的司法认定注定是一个漫长的过程。"人死了还会留下点什么呢。"父亲不甘。

在一个不显得刻意的角落里，电视机柜上，摆放着《时代周刊》的一期，封面是"离开历史之人"的群像，其中有 C。一个果盘自然而然地摆放在杂志前，像一个沉默的符号。

"这样看看，他就像还在历史里。"C 的母亲笑一笑缓解尴尬。

看了采访资料后，李晓芹去看郊区的一个纪念碑。她指指天空中的一个地方，说那里，又挪了挪方向，应该是那里吧，就是 C 的私寓相对于地球的锚定点。

私寓的窗口朝着纪念碑的方向。窗口的光量子克隆元件会复制一份外界的光量子信息，投射到私寓里，将另一份光量子信息原路释放，所以私寓既可以看到外界，又不会违反定律影响外界。

这是 C 的个人纪念碑，是一个黑色的花岗岩柱体，刻着 C 的名字和形象。公司会建议客户委托他们代理遗产处置，有的人会购买一个很贵的个人纪念碑，它建在客户可以在以后的漫长时代里看到的地方。

“我这算杀人吗？”李晓芹问。她献给纪念碑一束鲜花，作为一种赎罪。“如果他看见这束花，会感受到自己和世界还有关系吧。”

然后她抬头看看空空的天空。

私寓用户周小亮笔记：

距离上次写笔记不知道多久了，这里没有时间感。我见证了很多个时代。远处的城市里有一座高塔上面显示着日期，这让我知道外面过去的时间，102年。

《私寓手册》上写着“时间水漂”的解释，我从来没有看完过。要是把什么东西都看完了，我会崩溃的。不用看我也知道了，私寓是在时间里打水漂前进的，它大部分时候潜入时间的海面下，窗外是似乎夹杂着雪花点的深海。这个景象不能多看，会让人睡不着觉。在“海面”下潜行几个星期后，私寓会跃出时间的海面，这时可以看见外面的世界，持续一两天。“海面”下和“海面”上的时间流速不同，每次跃出“海面”，外面大约就过去了两年。镜子里的我没有明显老去，102年的水漂时间大概就是我3年的时间。

外面已经天翻地覆了，楼房推倒又重建，新的汽车，飞行器，二者合二为一，新样貌的人，机器人，二者合二为一。就像我也经历了这么久似的，这让我快想不起我来自哪里了。我知道我认识的人都已经不在人世了，我和世界的一些结也应该解开了。

有一次我看到我以前生活过的一个郊区小镇旁边建起了一座公园，我的纪念碑还保留在公园的一角，这让我感到欣慰。有时我希望外面的世界天下大乱，我才好看戏，打发这里的无聊。有几次我看到路上的行人在同一时间消失了，我意识到他们是躲起来了，此时一定是响起了防空警报，我在街道上看到过防空导弹车开过。随着私寓潜到时间的海面下，想看到又害怕看到下一幕的矛盾心情撕扯着我，我抓扯着自己的头发。看到掉落的头发，我才发现我还会对外面的事情感到焦心。这是为什么？这件事让我困惑。我以为父母死后我就不会有这样的心理了，可还是这样，我总感觉我的家人还生活在世界上，可能就在那个小镇里，所有我曾经认识的人都永远生活在那个世界上。我明白了，他们有一个名字叫人类。

"离开历史之人"跟踪报道项目 — 档案摘录：

【东欧通讯站】

《战线之后》

（记者 亚历山大·伊万诺维奇）

私寓为什么在历史上屡禁不止？

这里是世界地下私寓产业的一角。前线正在进行长年累月的反复的拉锯战，德米特里·彼得罗维奇十三个月前在前线被炸断了腿，被俘虏了。政府误以为他战死了，等他被交换回到家里，发现妻子已经拿了抚恤金进入私寓了。

他成为街上抗议私寓的一人。

在北欧，在中东，在东南亚，在中北美，地下私寓产业的成因各不相同。有些是虚无主义者拥抱的天堂，有些是王室斗争的流放地，有些是自闭症患者的父母为孩子安排的对双方都好的体面去处，有些是金融玩家逃脱法律制裁的法外之地。而在东欧，它是现实背后的沉默。

天天随着街上的人群涌动，彼得罗维奇越来越恍惚，觉得世界就是这样涌动着的，没什么两样。于是他来到辐射地带的边缘，想亲自看看妻子是怎么走到这一步的。这里几乎是所有地下活动的聚集地，其中就有不少私寓的推销商。在人烟稀少的锈林边上，彼得罗维奇租了一幢被炸弹掀掉一半屋顶没有修葺的屋子。没过多久，他就在门口捡到了一张销售私寓的小卡片。

他在屋子里准备了武器、绳索和一些工具，然后打通了私寓联络人的电话。联络人应约过来了。彼得罗维奇确认了门外只有一人，是个中年老家伙。这是好事情，这不是个新人，他可以在对方身上拷问出有用的信息。

开门后他惊呆了。对方也没有了一条腿，他缺的是左腿，对方缺的是右腿。那人咧嘴一笑，还缺了几颗牙，一眼就能看穿他似的走进来，伸出粗粝的手掌用力地握了握他的手。

他们就这样聊了起来。

然后他预订了一个私寓。

这种生意的客户对价格不敏感，因为大多数人根本没有钱；私寓的要价很高，因此私寓行业提供了一整套解决方案：客户可以出售器官来换取私寓的钱。他们告诉咨询者，私寓里没有风吹雨淋，不需要辛苦操劳，住在里面用不了这么多器官。况且自己身上的一部分还在现实世界里活着，你就拥有了双重的生活。

虽然会有一纸简单的协议，但法律管不了这个，全凭信誉。交了定金后，一边开始组装私寓的建筑框架，一边等空间封闭核心走私进来。彼得罗维奇在自己的腰上和胸口上各画了一个圈，每天照镜子会看到，那是将要摘取一个肾和一个肺叶的地方。

那天，他们坐在残破的屋子里咯吱作响的椅子上闭目冥想，雪静静地从屋顶的缺口落下来。

每一种真理，每一场神圣的战争，都许诺人可以拥有的东西。人可以拥有未来之物是一种错觉，拥有一件永远不会失去的东西才是真实的。

摘取器官的日子到了。这里的私人诊所安置在房车上，在公路和平原上跑跑停停，躲避着检查。走进大雪后寂静的白桦林中，彼得罗维奇按照指示找到树林中停放的一辆房车。它静静地停在那里，窗户里透出暖光。

彼得罗维奇走进房车，脱掉衣服，坐在手术台上。这一段时间他每天看着这具结实而布满瘢痕的身体。

“我放弃我的定金。”然后他肯定地说。

空气凝固了。叉着双臂的联络人，拿着手术刀的医生，负责警戒的司机，看着他。

过了片刻，联络人张开双臂，走过来抱住他。“祝贺你，老兄！”

在场的人就像遇见了一件少见的好事情，他们的脸上是真正的高兴。他们开了一瓶伏特加为彼得罗维奇庆祝。

一个人找到了他的生活，这就是这里最稀少的童话。

再往林子深处，就是辐射地带的腹地，他本来要在那里进入私寓，去往属于他的世界。夕阳照在林梢间，把金色涂抹在白色的世界上。彼得罗维奇和联络人坐在两截树桩上，两只人的脚杆和两只假肢杵在雪地里。安静，此时世界片刻地属于了他们。彼得罗维奇接过火头，点了一根烟，表示他理解了妻子，现在她化作了高悬于头上的永远存在的事物。

“我准备攒一笔钱买把马卡洛夫，那比私寓便宜多了。我不会再失去任何东西。”

私寓用户周小亮笔记：

局势在很长的时间里没有好转，战争好像持续很久了，经济也不景气的样子，世界已经习惯了这样的状态了吧。私寓再次跃出时间的海面时，我看到一颗巨大的彗星出现在天上，低低地压在城市黑色的轮廓上，彗尾长得要切割开天空。看不见大地上的任何人，我突然打了个冷战，我怕人类全部进入私寓不存在了。在这样巨大的灾难下，这难道不是很诱人的选择吗？

我太了解这样的诱惑，所以我被这个担忧笼罩了。私寓再次潜入时间的海面下，我陷入了极度的抑郁。玩游戏一点也不能缓解，我感觉我要吐了。那个空荡荡的世界一直钉在我的脑海里。不知道在什么样的状态下，我忍受不下去了，尝试把储水槽里的水放到私寓里自杀。当水灌满私寓的时候，我后悔了，我憋着最后一口气重新启动了自维护系统。私寓把水抽回了储水槽，风干了房间，风干了我。

代价是，时间还会继续向前，直到永远。

“离开历史之人”跟踪报道项目 — 档案摘录：

【华北通讯站】

《湮灭者永存》

（记者 鹰之）

前言：我接触到一群志愿者了解到这个跟踪报道项目，它已经中断了半个世纪了，所幸大部分资料还留存着，志愿者团队重启了报道项目，我作为一个普通的记录者见证了这段历史，留下这篇记录：

国际动员战线华北第二纵队的队员，共两万四千余人，埋伏在华北平原黎明前的黑夜中，他们正准备夺取世界紧急政府设立在这里的一座特殊的工厂。天上的白死神彗星发出的辉光冷冷照着人类的这一刻。

宋帷所在的班执行前出侦察任务，五人在红外和光学匿踪伪装下已经趴在城市郊区的一处楼顶上两天了。五人全是被称为“留守者”的人，他们的家人全都参加了世界紧急政府的私寓避难计划。据估算，那颗彗星坠落地球后，沸腾的冰物质会把地球的大气煮沸，岩石核心会在地球上溅起一个岩浆的海洋。宋帷的家人给他留了一封信，一早起来全都消失了。头一天晚上他和家人还发生了激烈的争吵，起因是他们家“幸运”地排到了私寓名额，家人给他也报了一个。

世界上的人类像沙漠上的水珠一样不断蒸发。

一颗红色的信号弹升起在夜空中，给战士们的头盔镀上一层微光。总攻开始了。平原上，移动防御站带领冲锋，掩护着稀缺的重火力，步兵从掩体中跃出，他们的任务是无论伤亡也要冲进城市形成绞肉战。他们就像沙漠上剩下的两万四千多颗水珠，此时暂时汇成了一股激流。

负责夺取工厂的是只有两千人的精锐部队，其他战斗部门负责掩护和夺取并控制城市。

城市就像一头巨大的生物猛地惊醒了，这头生物伸出数以万计的态势感知触角，散出数以十万计的无人武器。两道火网开始在城市和平原之间交织。

人类太沉迷于自己的争斗，当撞向地球的白死神彗星被发现时，衰弱的人类社会已经来不及做出什么应对计划。世界紧急政府向民意妥协了，批准了私寓避难计划，将私寓作为一种公共产品提供。人们自我安慰，总会有一部分人类留在现实世界中作为人类的火种的。试图阻止消极避难的人组成了国际动员战线。仿佛一个宿命，现在问题又不得不由人类的争斗来解决。

华北第二纵队要夺取的工厂就是占世界近半产量的空间封闭核心工厂。

第一支小分队残存的战士冲进工厂的时候，看到工厂里散落着武装巡逻机器的残肢。这里已经爆发了暴乱，一部分工人在地下活动者的带领下攻入了生产车间，把生产线保护起来。

人们来到仓库，被眼前的景象惊呆了。仓库码放的空间封闭核心七零八落地散落在货架旁，仓库的地面遍布着坑坑洼洼的几何形状，在几何形状的间隙中间掉落着食物和杂物。人们明白过来，有另一部分工人来到仓库，使用了空间封闭核心，他们仓促中只带上了一些基本物资，连任何资源循环设备都没有，甚至没有私寓的建筑主体，只拖来了一些集装箱就草草组成了自己的避难所。那更像是一个个坟墓。

一个拿枪的战士踢了一脚硬邦邦的空间封闭核心，踩在上面。他抬头看向仓库顶上的一个破缺的大洞，在他涂满血污的眼睛中，白死神彗星拖着长长的裹尸布将死亡的光芒投下，洒在一地狼藉和冰冷的空间封闭核心上。

此时这个叫仓横的战士心里闪过一个疑惑：人类能够抵抗逃避的诱惑吗？

五天后就会有答案了。五天后，这些空间封闭核心就要被装载在全球各地的空天运输飞船上，撞向白死神彗星的最薄弱结构。这座工厂会继续生产空间封闭核心，最终，二万五千艘飞船组成的敢死舰队会在人类的天空中留下一场烟花，也会在历史上留下一个名字——湮灭舰队。

私寓用户周小亮笔记：

那场大洪水退去后，我发现被水泡过的房间里长出了苔藓，其中窗台的缝隙中就有一丛。我感动得流出了眼泪。我很久没有感到私寓里有什么变化了。

我开始定时为苔藓喷洒水雾，细数着它们的每一丝纤细的菌丝，盼望着它们一点点生长。一次在我照顾窗台上的苔藓的时候，私寓跃出了时间的海面。

我被窗外的景象惊呆了。一艘艘飞船正在从地平线上升空，天上还有很多艘已经升空的飞船拖着尾迹。它们的尾迹都指向同一个目标——那颗巨型彗星。

人类还存在！他们向死神发起了攻击！

我紧盯着那片天空。经过一段时间的飞行，飞船消失在天际。又经过一段时间的飞行，彗星体上出现了一小团爆炸的冲击波，紧接着是一连串的坍缩反应，这样小小的叮咬，竟然把巨大的彗尾扰动出振荡的湍流。我欢呼起来。然后这样的过程一次次上演，火光照在细小的苔藓上，让我止不住热泪盈眶。彗尾根部形成了新的小分岔，彗星体上的一块分离开来，被一艘飞船撞上后，它彻底散成了细小的碎块，陆续落入大气层中形成一场流星雨。

流星雨落到大地上，溅起岩浆，引起火灾。我沐浴在火雨中，毫发无伤，心却紧绷着。这一场流星雨过后，我看到人们从大地上冒出来了，他们一边救灾，一边欢呼。

我没有看到这场大战的结局，但我相信人类不会从历史中消失。

“离开历史之人”跟踪报道项目 — 档案摘录：

【临时通讯站】

《召唤历史》

（记者 HA_ 旁瓣四）

我已经基本可以确认，这个报道项目是真实存在过的，我相信私寓是真实存在过的。空间封闭技术是人类科技树上的一个小小分支，我很惊讶，它竟然这样深刻地改变过我们的历史。

更让我吃惊的是，根据相对时间流速，他们可能还在看着我们！

如果这样的观察者在人类的历史中被认知过，他们就很难说没有持续参与到历史的塑造中来。那是一种什么样的塑造呢？也许类似于哲学中的“大彼者”对人类心灵的塑造吧。

我是跟随赶赴地球的抢救性挖掘队伍回到地球的。我们有两组挖掘队伍，一组负责挖掘地质遗迹，一组负责挖掘数据遗迹。地质遗迹挖掘组没有发现私寓的任何痕迹，它只存在于叙事性的记录中。

也就是说，它和一个编造的故事没有什么两样。

队友们都倾向于不把它当成一个真实的历史来看待，我本来也可以不当一回事的，毕竟，那一双眼睛太过沉重了。挖掘出更多的资料后，我发现一件很紧急的事情：他们就要离我们而去了。

私寓用户周小亮笔记：

距离我进入私寓时，外面的时间已经过去1300多年了，这个时间真他妈长。刚开始我还幻想着，人类的科技发展会把私寓里的人解救出来，这是我活下去的动力之一，后来我就不抱着这样天真的想法了，宇宙的规律就意味着会直到宇宙的尽头。

我已经六十多岁，镜子里的头发开始花白。依托医疗设备，我还没有遭遇过什么大病，但是我也做好了心理准备，等待那一天。我这一生是这样漫长而又短暂，像一片混沌，我没有历史，我与历史毫无关系，但是，人类的历史却组成了我的人生记忆。

我目睹大灾难后人类重建了世界，变革了社会的形式。我多么羡慕可以创造历史的人类，我由衷地为他们高兴。后来我目力所及的地表渐渐被机械覆盖，我又再次担心，人类不存在了，或者存在的不再是人类。后来我渐渐推断出，人类是迁移到外星球了。地球上的留守人类越来越少，地球成了人类文明的一片遗迹。这不完全是坏事，毕竟活着就要面对变化，对于一个文明也是一样。有一天，地球重新成为旅游热门地，天外的人回到地球，他们大部分已经不是原来的模样，我能分辨出他们仍然是人类。这些我多多少少都在笔记里记录过，但是下面这件事促使我写下新的笔记。

不久前，这座城市被一圈工程机器围绕，机器射出一道道苍蓝色的光，像切蛋糕一样切入地层。然后，另一种模块化的机器被安装在地表上，钻入地壳。某一天，模块机器启动了，这座城市像一座倒立的金字塔被缓缓抽离地球表面，露出古老的不知道蕴藏了多少历史的地层。我意识到，他们在拆解地球。

一个模糊的印象浮现出来，我赶紧去翻看《私寓手册》，没错，上面写着，私寓是以地球的引力结构为参照系与地球相对锚定的。这意味着，一旦地球的引力结构被破坏，我的私寓就会失去锚定，眼睁睁地看着地球飘走。我知道地球、整个太阳系都在银河系的旋臂上高速运动，银河系又是在宇宙中高速运动的，我可能还没来得及看到这个过程，就一瞬间置身于空荡黑暗的宇宙中了，我的余生将这样度过。

我拍打着窗户，朝外面的人大喊。当然这没有什么用。人类可能已经忘记了私寓的存在，就算还有人记得，谁又会为了一些不存在于历史中的人去改变什么呢？这一切都是我咎由自取。

“离开历史之人”跟踪报道项目 — 档案摘录：

【临时通讯站】

《召唤历史》

（记者 HA_旁瓣四）

联合政府召开了对地球城市整体搬迁工程的听证会。

工程委员会认为，他们没有理由承认一种假设性的历史，更没有理由为此改变重大的工程规划。我用一组“离开历史之人”跟踪报道项目的翔实资料试图证明这种存在。这组资料里提到的细节无一不能被我们的知识验证，唯一不能验证的是已经脱离了存在的私寓。

担任专家顾问的历史学者说道，历史的存在性问题有过诸多争论，大体可以归为实证主义和文化主义双重基础，历史既由客观事实和证据决定，又可以由文化观念和叙事话语塑造。

工程委员会认为，按照这样的观点，承认和否认一段文化性的历史都是塑造历史的一种方式，具有同等意义，那就应该如无必要勿增实体，按照对工程有利的方式来塑造历史。

听证会大厅的中央投影着城市搬迁工程的现场画面，一个巨大的倒金字塔城市底座已经半悬于空洞上方，向下掉落着细小的沙土。望着这个庞大的工程，几乎让我感到绝望。

历史不应该被简单地视为工具，历史是对我们应负的责任的审视。我表达了我的观点。

人类没有理由为不存在的人担负额外的责任。那些离开历史的人，我们暂时假设他们存在，他们既然选择了离开历史，就放弃了对历史拥有的一切权利。确切地说，正是他们自己创造了历史之外的不存在。工程委员会用观点回应。

如果一种不存在可以被创造，它就是一种存在。我指出。历史的权利不是被谁拥有的，是被存在之人选择的。

会场沉默了片刻。

我们想提醒您，这是一个务实的现实问题，不宜陷于哲学的辩论。工程委员会发言道。人类在文明的进程中无数次放下历史的负重，这样我们才能面对现实的问题朝前走，别忘了我们是怎么放下争斗成为太空公民的。假设它存在过，我们为什么要捡起一件前人已经放下的重物呢?

裁决员也提醒我，如果你想说服工程委员会和裁决团，你需要具体说明我们的社会能获得怎样的收益，风险如何。

这是一个直指要害的问题。在历史上创造一个伤口，提醒人类已经摒弃的风险，仅仅是为了拯救一群永远与我们没有关系的人吗？我总觉得不止于此。是什么推动着我来到这里呢?

这时历史学者插话道，在我看来，这件事的最大风险正是在于它的哲学层面，时间过去太久了，离开历史的人已经褪去了他们的世俗形象，成为近乎符号的存在，我们在试图重新召唤一种高度抽象的存在，我们不确定它会带来什么。各位都必须想清楚一个问题：我们应该将消失的历史从虚无中召唤出来吗?

会场上响起一阵议论的声浪。它不应该存在！有人喊道。应和纷纷，形成另一阵声浪。

工程委员会总结道，裁决团，我们认为这是一件于现实没有助益，对人类的根本认知有巨大风险的事情。

我无言以对。我不能否认其中的风险。当所有人都赤脚走在羊绒地毯的房间里，你要指出刀刃上的缺口，所有人就要承受缺失的那一部分带来的不安，哪怕他们本就知道。对了，这种心照不宣，再想起历史学者刚才的话，我瞬间明白了他的用意。一个巨大的透明的伤口被暴露了出来。

我想我们证明了，历史永远不会消失！我大声说。会场一时安静下来，我顺势继续。我们看到了，人类总有无法处理、不愿意去处理的一部分，驱逐自己的一部分历史，这是一种永恒的诱惑，它此刻就在我们的头顶盘桓。正因为如此，才有了逃离历史的人，这是一枚硬币的两面。但被驱逐的历史永远不会消失，它只是一直从透明的伤口中流着透明的血。刚刚，我们已经完成了召唤的仪式。

会场仍然安静着，我指着会场上方悬浮着投影的地方说，还有另一样东西悬浮在我们的头顶，那就是历史的眼睛——我想明白我来到这里的原因了，我们需要给历史的眼睛一个交代，因为我们没有人可以离开历史。

我再次看到那座城市时，它已经填补回了那个巨穴中。我走到城市切块的边缘。在夜幕下，一群人围着一个因地层坍塌而裸露出来的石柱。他们坐在石柱周围，在柱下燃起一堆篝火。我走近去，听到他们正喝着酒唱着歌谣，石柱上挂着一个煮得咕噜响的酒锅。石柱被猛烈的高温灼烧过，表面熔化了又重新凝结，看不出任何记载了。

有人叫我一起坐下，问我要不要喝一杯。有个要求，你也要给它讲一个故事，或者唱出来，随你。

给谁？

给它。

我抬头望去，夜空中什么也没有，于是我看到了它，那是一双悲伤的眼睛。那一个近乎符号的存在，它会流淌到合适的位置上去，成为我们无法言说之物的替代。

我坐下来，融入这个人类的历史之夜。

《长江文艺》2024年第9期

九紫离火

陈楸帆

我站在过街天桥上，看着桥下河水般流淌的车灯，脑子里不断循环的是一段老歌词，“如果还有明天，你会怎样装扮你的脸”。我猜那张脸一定不会太好看。

死亡是一种巨大的诱惑。对这个冰冷的世界，我并没有太多悲情或者留恋，剩下的只有麻木，唯一感到歉意的是对父母。他们榨干了自己全部的人生，却换不来任何回报，除了一身的债务和病痛，也许还有一份死亡通知书。

我抓住栏杆开始翻越，准备纵身跃入车河之中。

“搞什么呢你？给我下来！”身后传来一声怒喝，两只铁钳般的手臂伸出，拦腰死死抱住我。

是老杨。斩钉截铁的命令式口吻让我想起了父亲，触发了我骨子里的反叛，就是这一瞬间的迟疑，给了老杨将我拽离栏杆的机会。

“别胡闹了，跟我去俱乐部试试吧。”

#

房间里的所有东西都带着深浅不一的紫色：壁纸、角落的蝴蝶兰、地毯花纹、工作人员的制服、纸杯里的葡萄汁、映在窗玻璃上的闪电残影……最后我找到了原因——开场白中不断重复的关键词触发了我脑中某种模式识别机制，于是在所有地方寻找紫色的痕迹。用我们专业的话来说，这叫过拟合。

"……欢迎来到九紫离火俱乐部，相信报名的朋友都是追求智慧的长期主义者，在今天的先导课程中，我们将帮助大家更好地理解当下的这个九运，也就是从 2024 到 2044 这二十年的周期，在进阶课程中，借助一系列的觉知工具，每一个人都将拥有超越周期的超能力，让你在事业、财富、健康、亲密关系与个人灵性上获得意想不到的突破……"

事先录好的导语从四个角落的音箱窜出，彼此应和。

这个周期对我确实不太友好。本以为重点大学计算机硕士能妥妥拿到科技大厂职位，却赶上生成式 AI 大爆发，不仅能写作、作曲、画画……也能替代大批码农的编程工作。试用期满，带我的小组长选了另一个女生，理由是——服管听话。我没有得到转正机会，狗急跳墙之下，投出去的上百份简历杳无音信。

大潮退去时，所有弄潮儿都在抓紧自己的泳衣泳裤，没人顾得上体面，更顾不上在浅水区扑腾的小虾米。在和父母的电话里，我伪装成那个顺利转正，前途一片光明的天之骄子。在潮汕农村干了一辈子农活的父母，省吃俭用花光积蓄才供我上完了研究生，他们没办法理解外面的世界究竟发生了什么。在所有亲戚眼中，我就是家族唯一的希望。我不想看着他们眼中的光消失。

我尝试过送外卖、当餐馆服务员、建筑工地打零工…… 像所有的深圳牛马打工人，白天将单位时间的价值榨取到极致，晚上躺在出租房的硬板床上，以通俗历史漫画和曾国藩家书作为自我激励的安慰剂。可是经济危机就像一块石头掉进池塘，涟漪一圈圈泛开，行业所在位置不同，但被波及只是早晚问题。竞争的失业者越来越多，而职位越来越少。在那些从小在社会里摸爬滚打的老油条面前，我就是孱弱又天真的书呆子，被各种拙劣的伎俩骗光了最后一点积蓄。

走投无路之下，我想过干一些犯法的事情，可人均 2.1 个监控摄像头加上无现金支付的智能城市让人无从下手。我这时才看清，在这个社会，犯罪也是一种门槛很高的职业。

我想离开深圳，可是又能去哪呢？

这是一个经典的过拟合情景：我的求学和职业规划过于琐碎而具体，似乎完美地拟合了对未来的所有设计，但却无法适应现实世界的一点点变化和噪声。一旦现实行进的轨迹与先验的宏伟蓝图产生分歧，整个计划就将一败涂地。

#

在场的有三十来号人，男女老幼都有，看上去都很体面，大家轮流介绍自己来到这里的原因 —— 可以想见的某种人生困境。

老杨是今天的助教，以惊人的坦诚自我剖析，帮助大家破冰，这也是他说服我来的原因。

他创业失败，房子抵押之后还欠八百万，这是一个我没有概念的数字。项目是一款智能小便池，能够将撒尿这件事变成游戏，靠瞄准小便池上的光学投影来得分。据老杨说能够减少员工去洗手间的次数，至少一半。我当时不太理解，如果撒尿那么好玩，不会让大家逮着空多上厕所吗，怎么会减少？老杨得意地说，因为我们调整了参数，如果你憋的尿越多，得分就越高，还可以连手机上的 APP，建立工会进行比赛，不只这样，结合 AI，还能根据尿的距离和力道，预测你的健康状况和寿命。你看，效率提升、团队建设、健康管理，齐活儿了，多么完美！

可就是这么一个革命性的项目，竟然找不到客户，拉不到下一轮投资。老杨把失败归结于这一轮九紫离火运，自己没有及时调节个人“能量场”，与大的时空格局同频共振。

像老杨和我这样求事业的人不少，大都是男性，女士大都是带着夫妻和亲子关系的问题，老人家关心的都是健康——心脑血管疾病、癌症、关节炎和骨质疏松。他们对于改变命运这件事近乎痴迷，在加入俱乐部之前已经尝试过各种门派道法，但终究还是因为口口相传，以及宇宙的神秘力量牵引，让他们来到了这里。

鼓舞人心的音乐响起，全体学员起立、鼓掌欢迎导师入场，道乐老师身着一袭紫白相间的长袍，面带微笑走进房间，来到讲坛前。她精致的脸上难以分辨具体年龄，举手投足之间有一种罕见的松弛感。在这座标榜“时间就是金钱”的城市里，松弛便成了最昂贵的奢侈品。

“……我知道大家都是抱着改变命运的想法来的，意愿很强烈，我的心感受到了。但我也要先把实话说在前面，今天这节公开课，并不能改变你的命运。但最起码，我们能让你理解命运，哪怕是一点点，理解个体命运和整个大时空格局变动的关系。如果你连自己是谁，在哪，要去什么地方都一团糨糊，就更别提什么改变命运了，对不对？看见自己，理解自己，成为自己。这就是我们今天这节课要解决的大问题，有了这个基础，后面的课程才能帮助你们使用工具……”

我开始明白为什么今天这节公开课免费了。

#

来之前，我仔细阅读了老杨发给我的文章，努力理解这个我并不熟悉的时空观。简单来说，中国古代天文学家经过漫长的观测，发现太阳系各大行星的运行与地球上的自然人事变化之间存在着某种互相联系的内在规律，土星与木星每隔二十年就要相会一次，与太阳处在一条直线上，这时地球上往往会发生一些重大的地质灾难和自然灾难，人们的行为也会出现某种明显的异常反应。每隔六十年，土星、木星、水星就要在一条直线上相会一次，每隔一百八十年，太阳系的九大行星就会同处于太阳的一侧，分布在一个小的扇面内，古人称其为“九星连珠”。

于是，古人便以天体运动的周期划分出每二十年为一个运，每九运为一元，即一百八十年的循环。而每一个运又对应到特定的星宿（北斗七星加上左辅右弼两颗星）、易经八卦与五行，因此具备了某种符号学上的叠加特征，比如上一个二十年（2004—2023）属于第八运——白艮土，与土地房屋、陶瓷等土属之物相关，因此这个运势有利于房地产投资及相关行业，但当周期结束时，也意味着房地产黄金时代的结束。而如今我们进入了新的紫离火运，象征着南方兴旺，象征着诸如元宇宙与人工智能的新技术和文化产业的大发展，也象征着成熟女性将成为社会中坚力量、掌握权力，“离”卦同时代表着战争、自然灾害、动荡、去中心化，与宗教、心灵相关的精神文明也将兴起。

如果这是一个数学模型，那设计得未免过于粗糙草率了。

道乐老师望向老杨，含笑揶揄：“想想看，为什么你的创业项目没成，小便池只是为男性设计的，接下来这二十年可是属于熟女的。”

老杨尴尬地挠着头，挤出难看的笑脸。

“胡说八道。”我低声嘟囔了一句。

“这位新朋友，有什么想法可以跟大家分享。”道乐老师用充满鼓励的眼神望向我。

老杨一把把我推到房间中央。

“…… 我是985硕士，读的就是计算机，被大厂裁员到现在还没找到工作，钱也被骗光了。照你的说法，南方、科技、这他妈的九紫离火运应该对我有利才对 ……”我坐立不安地搓着手，不知道眼神该往哪里放。“…… 只要把每天推送的社会新闻稍微总结一下，也能得出这些结论，什么 AI 革命、房地产崩盘、战争、地震和气候异常、抑郁症高发、女性主义抬头 …… 要我说，你们相信什么，就会看见什么，人的大脑就是这么工作的。”

“哦？那你说说看，你相信什么？”

“我？…… 我相信 …… 天道酬勤，一分耕耘一分收获。”滥俗的鸡汤几乎是从我嗓子眼里流出来。

“那你的辛勤耕耘换来收获了吗？”道乐老师开始变得有点咄咄逼人。

我无语。

“用你自己的话，相信什么，就会看见什么。所以你并不相信，对吗？”她停顿了片刻，完美地转换节奏。“我知道你心底真正相信的是什么。你相信这个社会是个弱肉强食的黑暗森林，你相信拼爹，你相信自己的失败是因为没有一个好的家庭出身，所以就算你怎么努力，都没有办法改变命运，你甚至想到过死，对吗？”

我愤怒地转向老杨，一定是他出卖了我，把我的情况都告诉了道乐。可老杨一脸无辜地摇摇头。

“不用看老杨，他是你的推荐人，但是他没有告诉我任何你的背景。但你身上携带的能量场写得清清楚楚，明明白白。你和你父母的关系都不好，对吗？”

我皱着眉头，从来没有在公众场合被如此直接地质问隐私，一阵难以忍受的尴尬让我脚趾蜷缩。

“父亲代表权威，母亲代表财富，如果你和他们之间的沟通不畅，能量流动受到阻碍，你肯定和领导处不好关系，赚钱也会很辛苦。”

我再次哑口无言，这是连老杨都不知道的事实。我猜这是某种心理学技巧。

“这就是为什么尽管这二十年大运看似对你有利，现实里却磕磕绊绊的根本原因。今天你捡到宝了，我们就以你为个案，来看一下我们究竟如何才能改变命运。”

我深吸了一口气，接受房间里来自四面八方的钦羡目光。我听老杨说，做个案是要另外交钱排队的，而且价钱还不便宜。我完全不知道应该期待什么。

#

“现在，你，代表他小时候的爸爸，你，代表他妈妈。”

道乐老师随手指向房间的两个角落，文质彬彬的眼镜男和衣着入时的长发少女站了出来。他们跟我父母没有一丁点相似之处。

“你，”她又指向一位中年妇女，歪着嘴，像刚从菜市场吵架回来。“代表小时候的事主本人。”

这是什么草台班子，太搞笑了吧！我目瞪口呆地望向老杨，他靠近我，低声说：“这只是一个模拟，把他们都想象成占位符，等待被赋值。”

道乐老师转向我：“你一会儿就会看到的。你需要做的就是相信——他们就是你们一家，只要你越相信，他们所传递出来的信息就越准确。代表们，现在你们放松，什么也不要想，只是去感受，所有在身体内外、情绪、意识和下意识层面所有的波动，现在，你们只是一个容器，一个界面，你们越放松，越空，就越有利于让信息或者能量 —— 其实它们是一回事 —— 通过你流淌出来，把自己想象成一台收音机，在虚空里调频，链接某个频段的无线电波，你不断调整位置，去找，去感受……”

她到底在胡说八道些什么？

我以二十多年来接受正统唯物主义教育的生命发誓，我一个字都不信。老杨救了我，他是个好人，而且不傻。在座的人看上去都不傻，他们为什么要相信这一套歪理邪说？好奇心刺激着我要一探究竟。

三个人开始缓慢地走动起来，眼镜男一改之前的斯文，不停捶打自己的胸口，抓着头发，一副歇斯底里的愤怒模样，而时髦少女则显得怯懦、谨慎，抱住自己的双肩，像要躲避什么伤害，年幼的我 —— 那个中年妇女，张开双臂，向母亲 / 少女靠近，却被不停推开，母亲 / 少女十分恐惧地躲避着年幼的我 / 中年妇女，而父亲 / 眼镜男却无端大发雷霆，在年幼的我 / 中年妇女身后追打，三个人形成了一个滑稽的动态结构，一个猫捉老鼠的环路。

“你回忆一下，小时候的家里，是这样的吗？”道乐老师问我。

所有被封存已久的记忆突然一下子涌出，将我吞没。我被眼前的一幕震慑得木然，无法立即做出反应。这正是我记忆中的家。永远回避我的情感需求的母亲，与地雷般随时会被小事触发的父亲，交织成我不快乐的童年，那种恐惧、紧张、痛苦、失落、被遗弃感纠结在我的皮肤、肌肉、肠胃里，一直到今天，所有那些不快瞬间被唤醒，身体比我的大脑有着更高分辨率的记忆力。可这些人是怎么知道的呢？他们提前串通好了一切，就为了给我演这出戏吗？这是什么新型的骗局吗？可我身无分文，没什么值得被骗的……

一只手放在我肩上，我几乎是条件反射般弹开，是老杨。

“没事的，”他说，“第一次都是这样的，放松一点。”

“看来，代表们得到的信息是真实的，那么我们会好奇，为什么父母亲会这样对待自己的亲生孩子呢？我们把时间线再往回推，看看会发生什么？”

道乐老师把手往前一推，那几个人似乎受到看不见的引力牵引，分离开来，开始倒着走路，代表幼年的我的那位中年妇女回到了自己的座位上，显然时间退回到我出生的1997年之前。

母亲 / 少女开始奔跑起来，像是在躲避什么野兽或者敌人，她抓起地上的抱枕，紧紧搂在怀里，却被父亲 / 眼镜男将枕头粗暴地从她怀里扯出，丢到一边，同样的动作重复了三次。

“我们看到这样的一个行为，陈先生，你能想起这代表什么吗？”

我深深吸了一口气，以近乎耳语的声音吐露残破的记忆：“…… 我记得父母亲在争吵时说起过，在生下我之前，因为家里穷又赶上计划生育，所以只能有一个孩子，父亲一直想要个儿子，潮汕农村嘛，重男轻女是很正常的事情，但母亲怀孕了几次都是女婴，所以父亲 ……”我没有力气把结局说出来。

“明白了。父亲因为想要男丁，又因为政策原因不能多生孩子，所以从母亲那里剥夺了几条女婴的生命。这就是为什么母亲那么害怕，为什么她躲着你，跟你不亲的原因，因为在她看来，你的生命是用其他三个姐妹的命换来的。感受一下这里面的情绪。”

一种难以言喻的绞痛感狠狠击中我的下腹部，我站立不稳，跌坐在地上，不停喘着粗气，冷汗直冒。这就是母亲当时的痛苦吗？

“那么父亲呢？他对男丁的执着、对威权的愤怒又是从哪里来的呢？让我们再把时间线往回推。我们需要加几个人，你爸爸的父亲、母亲 …… 家里还有其他人吗？”

“父亲提过他还有一个哥哥，但在他很小的时候就失踪了。”我低声说，“没人知道他的下落。”

“好，再来一个哥哥。”

三个看上去毫无关系的人站到了房间中间，开始缓慢地进入角色扮演，而母亲 / 少女则木立一旁，成为旁观者。父亲的大哥似乎一心想要离开家庭，而爷爷和奶奶则一人拽住他的一只胳膊，不让他离开，年幼的父亲看着这一切，无法理解。

“我要去香港！”那个代表父亲大哥的中年男子十分坚决地说。

“你会被阿 Sir 抓住的！”父亲说。

“你会被鲨鱼吃掉的！”母亲说。

“不会的，我水性好，跑得快，等在香港站稳脚跟，赚到钱，我来接你们和细佬一起过去，到时我们就都能吃饱饭了。”大哥毅然决然地甩开父母的手，一个猛子扎在地上，开始在地毯上游泳。一开始他充满力气和信心，似乎很快就能游到对岸，但喘息越来越重，不时发出痛苦的惨叫，他游得越来越慢，动作越来越沉重，最后全身都不动了，只剩下一只手高高擎起，像是举着火把，不让浪花扑灭微光。

“这是70年代末的大逃港啊，”在座有一位白发老头声音发颤地回忆，“当时从深圳逃到一水之隔的香港有三条路线，走中路梧桐山，不需要游泳，直接翻过铁丝网到新界，但那条路警察防守最严；后海湾的海面稍窄，风浪小，但泥潭里的蚝壳常把人的双腿割得鲜血淋漓；防守最松的是东路大鹏湾，风高浪急，夏天常有鲨鱼出没，死伤最大。因为死的人多，蛇口有几百个‘拉尸佬’，每埋好一具尸体，就可以在蛇口公社领15元……”

房间里陷入死一般的寂静。接着是奶奶的哭泣和爷爷的捶胸顿足，他把丧子之痛、自责和对大时局的无力感，转化为一种愤怒，施加到奶奶和年幼的父亲身上。而那正是父亲对于父子之情的所有理解。我的鼻子发酸，开始有点明白了。

道乐老师若有所思："我们还能往回推，但因为时间比较久远，可能信息的分辨率就会没那么高，再来两个人，当你爷爷的父母！"

年轻时的爷爷和他的父母正在激烈地撕扯着，涉及又一个离家出走的成员，我未曾知晓的叔祖父——我爷爷的弟弟。

"你到底要去哪里啊！"曾祖父和曾祖母哭喊着抱住爷爷的双腿。"外面这么乱，到处在打仗！"

"去柬埔寨！"爷爷似乎被自己的话吓了一跳，"去找细佬！"

"我们现在只剩下你一个儿子了，你走了我们可怎么办啊！"

"军队要来了，不走的话，我们都要完蛋。"

"那我死也要死在自家的祖屋前……"

我已经有点分不清，那些话究竟是出自代表们的口中，还是大脑记忆投射的结果。以我有限的历史知识，这些对话完美契合到二十世纪五十年代发生的事情，我的祖辈因为害怕建立新政权之后会对旧日的"剥削阶级"——地主进行迫害，决定远走他乡，逃到柬埔寨的热带丛林中，却未曾料想"红色高棉"的手段更加凶残，于是只能再度流亡到更遥远的前殖民宗主国——法兰西共和国。

我对自己家族的历史有了全新的理解。所有离别的伤痛和对更庞大力量的愤怒此刻都找到了根源，这是一种隐秘的跨代际的创伤，表面上伪装成父权制度下对三代男丁单传的执念，但隐藏在更深处的，是个体命运在大时代变革中惶恐无助的脆弱感。

"陈先生，现在你看到了，这份源自你父亲那边三代单传的愤怒，它并不是平白无故出现的，自然也不会平白无故消失。它与亲人的离别、分散相关，而这正是九紫离火运中的'离'所象征的，个人与家族的能量模式，便会与大的时空结构特征共振，产生更显著的叠加效应。"

可这一切究竟是怎么发生的？那些随机挑选的代表，就像游戏里的 NPC 一样，说出他们本应毫不知情的信息，表演出和角色如此契合的特征和互动关系。这背后究竟是什么机制和原理？这是一种我所无法理解的心理投射系统，还是说，在座的各位都是演技高超的骗子。

我脑子里的疑问多得快要爆炸了。突然，我想到了一个验证方式。

#

“如果真是这样的话？那上一个九紫离火运，一百八十年前，是不是也有同样的事情发生？”

道乐老师思考了片刻，像是分不清我是真的好奇还是只是在捣乱。她微微一笑，双手一抬，示意房间里剩下的人都站起来。

“那我们就来看一看，那时候发生了什么？因为时间太久远了，从你身上能追溯到的能量痕迹已经很稀薄，毕竟那时候你的高祖父，也就是你爷爷的爷爷，也只是个孩子。我只能借助于更高维的工具，就像天文望远镜，来宏观地观察整个族群的动态。现在，你们都是陈先生的潮汕同胞，回到上一个九紫离火运，也就是……”

1844年。

在我所知道的历史版本，当时，第一次鸦片战争刚刚结束，清政府战败，割让香港岛，开放通商口岸，赔款2100万银圆，西方列强在华特权扩张，不平等条约体系确立，中国沦为半殖民地。（小时候香港亲戚总会带来好味的点心和塞着20元港币的红包，回归之后，他们去了温哥华，再也没有回来。）1846 年。连续四年华北平原大干旱和蝗灾。1849年。连续两年长江中下游大洪水和瘟疫。华东华北，颗粒无收，饥民遍野，尸横满地。（我的父母总是吃得太饱，像是不会有下一顿，他们说，小时候从来没吃过一顿饱饭，那种滋味一直记到现在。）1851 年。一场农民起义运动随即爆发，史称“太平天国”。直到1864

年，紫离火运的最后一年，曾国藩率领湘军攻破起义军首都南京，屠杀数十万军民，结束了这场长达十余年，死亡三千万人的内战。

房间里的人像无头苍蝇般乱走，不时彼此碰撞，他们嘴里发出嗡嗡的声音，像咒语，又像吟唱，偶尔有几声孩童的哭喊和父母的安慰，仔细听，反复念叨的都是好饿啊肚子好饿啊……大家都摇头叹气，有人说，不如我们去加入长毛啦，大家都系农民，至少还有口饭吃，另一把声音立即反驳，唔好啊，会被杀头的！满门抄斩啊！所有的人继续走着，脚步越来越迟缓，越来越沉重，像在泥沼里跋涉，互相搀扶支撑，脸色煞白，有人倒地不起，不停发出咳嗽和呻吟，突然间，有一把高亢的声音警报般响起，洋人又打过来了！清军又输了！圆明园烧光了！

1856年。更大规模的第二次鸦片战争爆发，英法联军攻陷大沽口和北京，圆明园被烧毁，清政府再次战败，被迫签订《天津条约》和《北京条约》。

1860年。天津、烟台等更多口岸被迫开放，也包括我的家族所在的城市——汕头。外国商品关税降至百分之五，大量入境倾销，对自给自足的自然经济和刚刚起步的民族工业造成重大打击。白银加速外流，加剧清政府的财政危机。更多的起义，更多的动乱，更多的天灾，更多的死亡。

走不动的人们开始坐下来，排成长方形的阵列，前面的人惊呼道，台风又来了！珠江发大水啦！田地都浸嚟啦！好惨啊好惨啊！后面的人附和着议论纷纷，活不下去了，点算呢。一个年轻人站起身，挥舞着手臂，说开埠啦，我们坐红头船下南洋搵食谋生吧！众人齐声高唱起来：落番！落番！安南，暹罗，星加坡！落番！落番！吕宋，苏禄，马来亚！老人忙着给妈祖娘娘烧香磕头，求旅途平安，匠人拿着笔给船头的鱼眼点上红漆，寓意认路回航。留下来的老幼妇人送别远行的男人，脸上挂着不舍与担忧，化为声声嘱咐：不要信洋教啊，你的魂会被勾走的！要把洋人的技术学到手哇！要常寄侨批回家报平安啊！

1843年。魏源编纂五十卷本《海国图志》，系统介绍西方各国的地理、历史、政治和先进科学技术，提出“师夷长技以制夷”，（多学点有用的知识，阿爸说。）却被视为犯了时局大忌，“举世讳言之”。不被中国知识界重视的书漂洋过海来到日本，一时洛阳纸贵，激发日本大规模学习西方，打破自我中心的华夷观，也成为1868年明治维新运动的思想渊源，打破“锁国政策”，在西方列强威胁侵略的困境中走出一条富国强兵的新路。（别去太远的地方，阿妈说。）回到中国，直到1862年京师同文馆成立，教授西方语言，培养洋务人才，聘请洋人教师仍然被视为“以夷变夏”的耻辱，报考者寥寥。

我现在终于看出，他们组成的是一艘船的形状。这艘红头船按照季风规律运行，每年寒露季节过后，乘东北季风，前往南洋诸国。次年三四月间，又趁太平洋西南季风返回潮汕。海上多不测风云，飘摇颠簸，航程上月乃至数月，更有许多船只因为风暴而遇险。船的下层装满了货物，甲板上站满了人，这些可怜虫日夜暴露在风吹日晒雨淋之下，毫无庇身之所，他们赖以为生的只有干粮和水。代表们以海浪的节奏同步摇摆着身体，仿佛正在穿越一场海上风暴，有人呕吐不止，有人翻下船舷跌落大海，有人高声祈祷，有人喊着阿妈我要回家。

跌落海中的人收拢双手双脚，在地板上柔软地摆动着腰肢，似乎在浪中翻腾前行，那是鱼，抑或是龙？

我看见东歪西倒的人群中有一双眼睛直勾勾地盯着我，像是穿透两个世纪的风风雨雨，认出了属于自己的亲缘血脉，那眼神深沉而灼热，带着对家乡的不舍与对未来的惶恐，传递给我一股难以言说的能量，那是对生存的执着。我知道那是我的高祖父，我相信那就是他。

就在当我想要看清他的面孔时，他眨了眨眼，扭过头去，仿佛汹涌的海浪拍打着红头船扬帆转舵，将他带去遥远的陌生国度。在那里，他精彩斑斓又命运多舛的人生，即将缓缓地拉开序幕。而高祖父留给我的最后信息，是他终将回归这片土地，无论是以哪种形态。

我的身体不受控制地跪倒，正如童年时母亲要求我祭拜先祖的姿势。我深深地叩头，一股力量在我发麻的头皮与并不存在的红头船之间产生纠缠，传递着超越时空的信息，那是一种真正的看见，不是用眼睛，而是用心。

我的心突然被掀开厚重的帷幕，一片光明。

我看到了我的族人们乘坐红头船下南洋的浪潮，最早可追溯至康熙二十四年——1685年解除海禁，正好是两个一百八十年周期的交接点。海上贸易合法化之后，地处河海交界的樟林港因此得福，成为古代海上丝路的启航点。乾隆年间，东南沿海地区缺粮，商人领取合法牌照，前往泰国采购大米和木材，许多人便在当地安顿下来，其他人则到越南、新加坡、印尼等地。一直到19世纪中叶，汕头开辟为蒸汽轮船的通商口岸，结束樟林港的海运枢纽地位。潮汕人向海外的第一次移民，也在此时达到高潮。在这期间，通过红头船移民海外者近百万人，流动是双向的，有去有来。

（阿公唱，一溪目汁一船人，一条浴布去过番。）

而在1860年因第二次鸦片战争汕头开埠至今，又一个一百八十年，出现潮汕人的第二次大规模海外移民。至今在海外，潮汕人口超过一千五百万，分布在世界各地，历经四个世纪的迁徙，他们依然说着同样的语言，吃着同样的食物，祭拜着同样的神灵，传承着同样的仪式。

（阿嬷唱，钱银知寄人知返，勿忘父母与妻房。）

这是一种强大的能量。它是离散的、去中心化的，但又同时是集体的、凝聚的。它在物质与精神的位面上无时无刻地流动、辐射、递归。我想，也许有一种更好的方式帮助所有我的族人，无论是在世界的哪个角落，更好地理解自己，连接到这种能量，并与更大的时空结构调频。

紫。离。火。

我开始有点明白了。

#

“好，停。”

道乐老师一拍手，所有演员的动作凝固，像是一场 Dogma95 风格的极简主义舞台剧戛然而止，而我却还沉浸在剧情中，久久不愿醒来。

“现在你看见了，家族的能量模式其实就像是赋格结构，它在时空中不断重复、变奏、错位、叠加，大周期套着小周期，一百八十年前是这样，再往前一百八十年也是这样。许多离别的创伤被历史所遗忘，但它们并没有消失，而是以能量的形式隐藏在意识、情绪与行为当中，一代又一代地传承下去，像是另一套平行的 DNA。但一旦你能够跳出个体的微观视角，看见更大的结构，你就有了改变的机会。”

接近两百年的家族史浓缩在这短短的一下午，这个小小的房间，这三十多号陌生人的随机角色扮演游戏，我恍如隔世，反复咀嚼着老师话中玄机。有太多的疑问需要被解答，有太多的情绪需要被抒发。

“我看到了上一个九紫离火运发生的事情，似乎跟当下世界能找到许多的对应，也有可能是我们的大脑，它总是倾向于看到它想看到的模式，所以…… 那些发生过的会再次发生吗？”

“历史并不会简单地重复，能量是一个拓扑结构，它会拉伸、变形、翻转，所有的特征不会变，但承载这些特征的容器可能是不一样的。”道乐老师像是想到什么，微微一笑。“还有一个很重要的变化。在上一个九紫离火运，国家与国家，文明与文明之间是相对隔绝的，能量无法顺畅流通，导致误解和冲突。而现在，互联网和全球化把世界联系在一起，所以全球同此凉热。甚至，一个人的能量也能影响整个世界。”

“那我应该做些什么呢？”我惘然发问，似乎理解了很多，又仿佛什么也没听懂。

“作为个案的事主，你需要回避我们接下来的讨论，用一段独处的时间来消化情绪以及能量。像我一开始说的，看见自己，理解自己，成为自己。老杨，帮我送一下陈先生。希望下次的正式课程能再见到你。”

电梯里我们没有交谈，老杨一直把我送到了大楼的门口，欲言又止，他的眼神让我想起了什么。

“刚才是你吗？”我问，“…… 那个代表我高祖父的人。”

“我不应该谈论这个。”老杨憨厚地笑了笑，“一个人能代表任何人，一个符号能象征任何意义。”

“我不明白。”

“用你熟悉的语言来说，这个我们称之为‘现实’的模拟器，并不是一一对应的精确计算，而是贝叶斯概率，就像生成式 AI，它代表一种态势，一种结构，一种能量，彼此映射，互相调用。理解这一切，你就能拥有一种更简洁、更经济、更可泛化的描述数据的方式，来对抗人生算法的过拟合。”

我的眉头就像顶上乌云骤起的天空。

#

暴雨如期而至。我乘坐火车返回家乡。

当闪电的余晖攫住我的目光，思绪却依然被困在那团紫色迷雾中。

我的家族史在看似毫无关联的随机个体间自然涌现，编织成既独立又相互交错的故事。比起我在这片土地上经历的跌宕人生更为超现实的，是数百年间的灾难、苦痛、创伤与渴望，竟能被浓缩为即兴演绎的短短数小时，甚至稍纵即逝的吉光片羽。

有一些事情需要去完成。比如重新理解我的父母，真正用心去“看见”他们，就像看见红头船上风暴中的高祖父。只有看见他们，才能看见自己，才能最终理解我是如何成为今天的样子。

我不确定我能做什么，但肯定有一些事情值得我去做。比如，把家族史里那些被遗忘的角色和故事重新挖掘出来，在宗祠层层叠叠的神台上摆放好他们各自的位置。就像道乐老师所说，让被压抑的能量穿透时空的帷幕，重新流动联结起来。

但首先我得回家，告诉爸妈我丢掉工作的坏消息。

《小说界》2024年第5期

理 水

暗 号

甲 东行

苍龙七宿在东方显现的那个黄昏，十二岁的启第一次见到了父亲禹。

从山丘上俯瞰，能看到有个大个子，泥水及膝，正在和当地的部落民激烈争论，那人应该就是父亲。启走下山丘，父亲看见他，就走了过来。禹看起来和启并不是很熟，在确定了这就是自己的儿子之后，他做的第一件事是递给启一柄耒，让他去筑坝。

启接过耒，有些不知所措。也许父亲只是对自己太陌生了？

“不会筑坝就回去吧。”结果，父亲这么说。

于是启开始学着筑坝。趁着太阳没完全落山，他在父亲规定好的地方，筑起泥土把水挡住。

父亲走遍九州治水，今年已经是从兖州治理完淄水，东进青州治理潍水，来到了莱夷地界。这里的洪水似乎和内陆不太相同。它是从大海逆行而上，而海水就算偶然退去之后，也会留下绿色的藻，因为搁浅而死亡的鱼虾更是让水质腥臭不堪。

启在此之前从没有见过这些海鱼海虾。父亲他们把腥臭的水围起来，防止污水进入潍水的主河道，如今下游部落已经有瘟疫，如果没有清洁的生活用水，恐怕会十不存一。这一切是他试图筑坝的时候，禹的手下夔告诉他的。

“你的堤坝一无是处。”太阳落山前，禹批评了启的成果，“今天就先到此为止吧。”

四周的荒丘上已经点起篝火。那些不是他们部落的人，是往山丘上迁徙的莱夷人。看起来，他们已经习惯了潮一涨就跑到更高处去。

启随着大部队回到宽敞的临时营地。营地中间有一个火塘在燃烧，烧了一大锅滚水。筑堤的时候，他们捉到几条还活着的鱼，正好放在火边煨熟，大家就这么围着火焰而坐。一个约莫三十岁的男子坐在父亲身边，夔说那是伯益。启听说过这个名字。如果禹得到了王位，不出意外的话，禹的位子会禅让给伯益。

“我也有个弟弟和你差不多大。”伯益笑得很爽朗，他皮肤很黑，但是有一口白牙。随即他就谈起明天的治水计划，双手随着计划的铺陈上下翻飞。在启看来，那双手很适合筑坝。

禹听完他的计划未置可否，只是把一条烤鱼递给了启。

“我没干多少活，还是父亲吃吧。”

禹的手停在半空没有动。众人都在看着父子俩，启还是接过烤鱼，揪下来一块扔到火堆里。

“敬火神。”启说。

“涂山的氏族还在敬火神？我们这里敬灶神了。”旁人说。

涂山氏的火神是一位红衣有髻的女性，灶神则全然没听说过，听起来有点大逆不道。

启仔细看看这个火塘的构造，它的东北侧是一个灶，完全把火苗拢了起来，其下有几个通道孔，塞了鱼进去，一会儿就能烤熟。

“这样能把火种抬得高一点，不然水涨了就淹灭了。”伯益说。

伯益的话比较多。其余的人围着火焰，和禹一样因为疲惫而一句话也没说，他们默默地吃鱼喝水。鱼有一股水藻的土腥味，水更是难以下咽。对于九州大地上的人来说，这样的日子不知道什么时候是个头。

禹很快就吃完了。他把酸痛的双臂放在膝盖上，歪着脑袋审视启的吃相。启逃避着禹的眼光。母家的长辈们一直坚持他们父子不见面。一则这是涂山氏的风俗；二则启的安危和禹治水的成果息息相关，禹最好经过涂山氏的家门都不要踏入。但今年的夏天，汛情还算平稳，启终于得到了这次出远门的机会。

父亲问了问涂山氏族的近况。启对那片地方很熟，对答如流，其他人也都静静地听着。

“母亲她每天在山上等父亲回来。”启低着头说。但他很快意识到，母亲教他的这套说辞对众人并不起效。也许，这不是该说这种事情的场合？果然父亲半天没接茬。

“这样吧，晚上你来守护火种。”过了一会儿，父亲拍拍手上的木灰，站起来说道。

说是守夜，但拜水和鱼所赐，当晚启看了那火焰一会儿就爬起来呕吐，这还只是个开始。过了不到半个时辰，他开始发烧，脑子像一团泥浆，看不清人的脸，腰也直不起来。莫说看护火种，他怀疑自己还能不能活到早上。

他躺在灶旁，侧头看着跳动的火焰。火焰曼妙的舞蹈让他着迷，他听着它燃烧的声音，就像在听一首催眠曲。他目不转睛地盯着这堆火看，看这难以接触的火焰究竟是什么。他的双眼越来越疼，流出泪来，他最终在温暖中昏睡过去。

没过多久，他看见了火神。

那确是一名身着红衣的妙龄女子，她在火焰中站立，正想要对他说些什么。但启耳朵里一片蜂鸣，根本听不清。与热烈的外表相反，火神眼中满是冰冷的忧郁。

“你如此盯着我看，就不知道羞耻吗？”

“因为你不可以被熄灭……所以我要在此守护你。”启很紧张。

火神的态度并没有变得温和，“是羁押我。”她更正道。

火神说完就消失了。启没搞明白她身上发生了什么。但随着她的离开，四周开始下雪，天很快冷了起来，身上却越来越烫——启伸出手掌，看见五指跳动着火焰，它们很快蔓延开来，包裹住了他的全身。

他吓醒了。关于火神的部分应该是一个梦，火塘却真的已经熄灭了，四周一片冰冷。启惊恐地想，父亲不会杀了他吧？

启想起身寻找燧石，好重新打着火焰，却发现自己根本动不了。他发高烧了，控制不住自己的身体，只能重重地摔回兽皮毯上。

昏沉之中，他感觉有人给了他一瓮水，是父亲。不，不能再喝这浑水了……启说不出话，只是用尽力气把瓮打到地上。清脆的陶片碎裂声在耳中放大，启残存的理智觉得这样有所不妥，但他分明看到父亲笑了笑。再后来，伯益来了，往他嘴里塞了一团清凉粗粝的东西。那时启还不知道，伯益善于交际，他夜访莱夷地盘，讨回了些草药。

吃了这些草药之后，启的烧退下去不少。这里的夜晚很炎热，时有蛙鸣，他就在阵阵鸣叫中睡了过去。

第二天起来，天已经大亮，劳力们早就出发去治水了。天黑后他们还没有回来，听说是因为昨天拿药的事，又和莱夷人起了冲突。启休息了一天，终于恢复了体力，而且这下无论如何也难以入眠，就趁着星光，涉水往更高的山丘进发。

时不时有浮云把新月遮住。跋涉到山顶之后，他见到一处水塘。也许是得益于水塘周围的坝，这里的水体完全没有那种腥臭气息。启走在塘边，觉得附近有几个矮小的人影在窸窸窣窣地动。他靠在一棵树边，等那些人影逐渐靠近，这才看清那不是人，而是一种奇特的生物。

它们比捕猎的犬还要大很多，几乎和他一样高；尾巴很粗很长，有时贴在地上爬行，有时停下来靠后肢站立。月色之下，也看不见它们的眼睛，但那尾巴拖出的痕迹极其明显。

这是启第一次目击应龙。

A　渔获

攀瀑的鱼逆水而上，找到瀑布的落点。对于它来说，那里是跳跃的起点。

调动横纹肌，准确地将身体切入瀑布，攀瀑上升 ——

又坠回了起点。

时间足够它再试几次，这里没有熊，比熊小一点的天敌也很少，对它们来说简直是天堂。

这一代攀瀑鱼没有被高温打击灭绝。它们从赛里木湖开始迁徙，向北纵穿整个死气沉沉的新亚热带，在北极找到了新的乐土。

新的入陆口环境比祖先们攀登过的地方更复杂，融化的雪水在这里漫溢，汇聚，在苔原的崩塌处形成一个个小瀑布，只有这样，攀瀑鱼才能奋力攀上更高的水位。瀑布高低不等，构成一个层次分明的迷宫，没有任何一条攀瀑鱼能预测，跃起之后是将会得到一个适宜产卵的小池，还是一个永远无法逃出的死角。

但本能还是促使它们赌上性命一遍遍攀缘，因为这里的水体溶解着的气味，和攀瀑鱼出生时的气味极其相似。

攀瀑鱼又试了一次，这一次，凭借强大的肌肉战胜了瀑流。登上瀑布之后，它四处游弋，敏锐地觉察出这里是一片清凉的水洼，它判断这里适合产卵。

水面被什么高速物体刺破了。强烈的贯穿感从颅外传来，然后它什么也不知道了。

吐提把弩收到背后。捡起这条大鱼，拆下箭头，把鱼放进绑在腰上的袋子里。

我又过了一关！她想，今晚有吃的了。这是系统掉落的奖励，她只能这样想。

已经有三个月没有见到任何活人。什么北极圈营地，一点影子也没有。吐提长叹一口气，举起相机朝四周拍了几张照片，深一脚浅一脚地往回走。等到跋涉回搁浅的冰船里，已经是一个小时以后，黄昏笼罩了这片海滩。

“开灯，我回来了！”她说。

“您该早点启动我，主人。”船舱亮了起来，一个声音从喇叭里响起。

“你太费电。”她说，“快看我捕上来的东西是什么。”

“从肌肉组织来看，这是一种鱼。”

“没错，什么鱼？”

“好吃的鱼。”

“好不好吃我都会吃的。说正事！”

“还是像上次一样，记得怎么做吧？”电脑说。

吐提把鱼放在砧板上，熟练地划开鱼腹，两三下掏掉内脏，又剪了一块鱼肉捏在指尖，单手把剩下的鱼腌上，预热烤箱，离开厨房，在走廊里打开一间灵龛似的小舱室。舱室里有一个密封的小罐子，用勺子从里面舀了一些液体，装进一个陶质研钵。液体一直在蹦跳着。她把手中那块鱼肉放进研钵，液体立刻在鱼肉周围舞蹈起来，使得一层寒霜爬上鱼肉。

刚买到这条船的时候，吐提还以为这龛是另一个小厨房。后来她才知道，那是渔船自带的高通量检测室，自从灾变开始，渔船就都装备这种小盒子了，它可以检测渔获的污染情况，报告给管理部门。

“说是厨房也没什么不妥，用液氮测序，确实是一种分子料理吧。”小船自带的电脑是这么说的。她想起这艘船的前主人的话 —— 这电脑的逻辑，与其说是逻辑，不如说是前纪元的网络冲浪语言模型，让它一本正经地接梗捧哏是可以的，拿来干点正事得碰运气。

过了一会儿，那些液体在空气中消散，鱼肉已经冻脆。没有研磨棒，她拿木勺的柄尾把它在研钵壁上碾成肉泥，再把研钵推进舱室的孔位。

“您把那个研钵再往里塞一点 …… 对，不然裂解液加不进去。”电脑全程拿嘴指导。

等一切忙完，吐提关上舱门，回到厨房着手给自己准备吃的。她洗完手，把鱼塞进烤箱。

“今天终于可以大吃一顿了。”她说。

但先等到的是电脑的“料理结果”:“去掉杂菌的基因组之后，很显然这是一种新的虹鳟。大变局之前，虹鳟很常见，可能你不知道 …… 它们每一代都会回到自己的出生地产卵，就是洄游。但这个地区本来就不是虹鳟的产地，甚至不是它们洄游的必经之路。”

“哎，所以这里到底是不是北极营地啊？ 我又拍了几张照片，”她把拍到的东西传给电脑，“是卫星图片上拍到的痕迹吗？”

“没错，但这就是一堆建筑残骸，不是北极营地。”

吐提有点崩溃，“我有时候觉得，你是不是傻的啊！ 是你把它认成北极营地，让我白白把船开到这儿来了！”

“您不也一样？”电脑反驳道，“卫星都没几颗了，凭那几张图片，我认错很正常。”

“叮！”烤箱计时结束。

“我又不是科学家……”吐提开始气呼呼地吃鱼。

“那么明天有什么计划，我的主人？”

吐提一边囫囵吃着鱼，手里一边比画，“一会儿连上卫星网络，把坐标发出去，看有没有人能收到。然后打算去看看这儿有没有人住。你有意见？”

“没有，但你得省点电，我们的燃料快用光了。”

“你的燃料。”

“是的，我的燃料，主人……而且这种温度下，电池的电量掉得快一些。”

吐提吃完了，她长呼一口气。这里的白昼太短了，黑暗很快吞没了苔原，开始有动物的叫声从四处传来。她紧闭舱门和舷窗，钻进了被窝。

乙　巢穴

一开始，启惊动了一只应龙。启看不清它的眼睛，它的眼睛不像狼和狗那样在黑暗中发光，但启能确切地感觉到那家伙在和他对视，视线足以和启平齐。然后那黑色的影子动了动，就钻进河流离开了。

大概这东西站起来的话，和自己差不多高？启因为惊讶而叫不出声。他许久没有等到它从水里钻出来，别的方向也没有。再往水塘深处极目远望，水中坟起了一座小丘，等浮云从月亮前面离开，才能勉强看清那是一座用木材搭成的建筑。外面包覆了树枝，显得分外宏伟，甚至如同一座人类无法完成的建筑。他正疑惑这是不是莱夷人的手笔，却看到应龙的身形在里面影影绰绰地动。

想来那就是应龙之巢了。四面都没开口，应龙应该是要从水下过去，可见它们能在水里呼吸。

启不知道水有多深。不过既然过不去，他干脆坐在岸边，顺手捡起一块小鹅卵石，一边在手里把玩，一边望着那座龙巢发呆，昨天塘边谈话的尴尬又涌上心间。

自从来了这儿，他心里一直有点怪怪的，不知道是远离家中不太适应，还是这地方真的有些邪门。这次母亲没有过来，涂山氏来送他的人也早已离开，而他根本不知道父亲对自己是什么态度。

想必父亲已经开始怀疑他是不是涂山派来的间谍了——当然他的确就是。临行前，母亲还百般叮嘱他别光顾着玩，要把所见所闻都记下来，回去告诉涂山氏听。尤其重要的是治水的进程，这关系到舜王最终会不会把位子传给禹。如果治水注定失败，那么涂山不仅会被迫远离权柄，甚至会受到牵连。但他现在什么都没做，也想不清楚走的时候应该带走什么消息。

有水黾停留在水面上。因为近些年天气越来越冷，倒是很少见到这虫子了。啵的一声，虫子消失了——水面下有鱼偷袭。启下意识地扬手把鹅卵石撒出去。这门手艺他很熟练，石头正中鱼头，鱼立刻浮在了水面上。启涉水过去拿鱼，水没到了他的大腿那么深。回到岸边，启拿一根草棍穿进鱼鳃里，从口中拉出结成环，系在腰带上；又解下兽皮上衣在水里打湿，做成一个兽皮口袋，用它灌了一口袋水，这才回到父亲驻扎的地方。

启把口袋里的水倒进瓮里，鱼摆在众人面前。这些鱼眼睛清澈，水也很新鲜。

“这是哪里找到的？”夔尝了一口水，问启。

“八里外，越过山石堆的一处堤坝。”启指了一个方向。

夔看向禹。显然禹也没印象有谁在那儿筑坝。

“那里没有人，”启说，“那堤坝其实是一种奇特的兽筑的巢，我叫它‘应龙’。它有那么大，尾巴很长，最开始我看到的，就是它们的尾巴在地上拖出的痕迹。当时我以为是那些丘人在拖动什么东西。”

“什么丘人？”禹问道。

“他应该是在说莱夷人。”伯益说。

禹好像对启的发现不太感冒，“下次不要乱跑了。如果你跑丢了，我们都没法向涂山氏交代。”

第二天白天，父亲还是把启摇醒了。他暂停下所有的事务，要让启带他们去看一下那座龙巢。

一伙人很快就到了那里。禹拄着耒仔细查看那些筑坝的树枝，显然有用心加工的痕迹，而不是随处捡来的；从它们的错综排列可以看出，制造此巢的人或者什么灵物，必然也是心手双畅。堤坝和水草过滤了苦水，使它变得平静、清澈。

尽管禹不太愿意承认，但这种技巧已经超越了人类愚笨的十指所能做到的极限。最可怖的是，就在五天前，禹明明还来过这里，因为不知何时的山崩带来了太多碎石，没有部落愿意在这生活，禹就没有顾及这里苦水四溢的情况。

仅仅五天之内，这座精巧的水塘就神秘形成了。更不用说水塘中心那座巨大的巢穴——禹派了两个水性好的汉子下水，朝那座巢穴蹚了过去。

禹俯下身子，在地上查看很久。那里有一行拖迹。“这里的水确实清澈很多，你说的那种兽，它把水拦了下来，在里面筑巢。这已经超过我的功绩了。”禹边看边说。

启跟在他后面，一起顺着应龙的拖迹向远处走着。过了一会儿，禹在山石堆旁停了下来，说道：“这痕迹和堤坝之间有所印证。痕迹到此处就停止，往左拐了。它们没法通过这些乱石。”

过了一会儿，那两个下水的手下回来了。他们报告说，那的确是一个建筑精巧的巢穴，但水下的开口太小，他们钻不进去。巢穴之中似乎有动静，但他们在水下看不甚清。

禹望着那座巢穴，又看看这些碎石，思索了一会儿。他下令从今天开始搬开这些石头，打扫出一条往部落方向的通道来。众人领了命，禹就往回走。忽然他一回头，问启道：“你给它起名叫什么？”

启立刻站正了回答：“‘应龙’。因为这几天，正好能看到苍龙七宿在东方升起。”

夔说：“这确实应和了上天的意志。神灵保佑，真的是神灵保佑！”

启听说，以往父亲治水的方式是挖出沟渠，连通低洼地势，寄希望于河流北入大海，这在海水倒灌的东夷已经很难奏效。所以和传说中英明神武的大禹不同，这两日启见到的父亲总是很疲惫，仿佛祖父鲧的覆辙犹在眼前。

但今天的父亲，显得分外高兴。

B　洄游

第二天，阳光透过玻璃舷窗，把吐提晒醒了。虽然已经把船停在陆地上，但昨晚的梦里，她仿佛还是在大海上漂来荡去。

她离开家乡是在三年前，此后一直在一条远洋船上度过。那艘大船是深层生态教派的货运船，从黑海出发到北极去。大灾变之后，所有船只总是在往北极进发，北极成了灾难后的“版本答案”。

到达北欧的时候，船只被劫持了。对方自称是从遥远的亚丁湾一路迁徙而来的索马里海盗，虽然他们的做派并不像。抢劫的细节已经记不清了，吐提的印象只停留在他们只要船不要人，她又回到了陆地上。当她决意要买一艘船自己去北极寻找家人的时候，她在海港跳蚤市场遇到了这艘自带电脑的小船。也多亏了这台电脑，她才能把账户里的钱转给老渔民。

“早间消息，”电脑说，“现在有一架直升机收到我们定位的坐标，说是一支勘探队，正在往这边赶。”

“太好了。联系上直升机，我就把你扔在这儿。”吐提一边对电脑说，一边想直升机应该能看到坐标上的神秘建筑。

“天哪，那以后谁给您热饭？”电脑很快地给出一个沾染大语言模型习气的回答。

吐提收拾好东西就出门了。

吐提不知道上一个纪元的太阳是不是也如此炙热。苔原空旷到可以远眺驯鹿重回丛林。据说地球变暖之后，食草动物率先转为了夜行，紧随其后出现了夜行郊狼。离郊狼最近的大树在南方十几千米处，没有什么明显的遮蔽物，对它们来说，过一会儿就会变得酷热，但它们离开后，这里会稍微安全一些。

吐提来到那些被卫星标记为建筑的地方，也是直升机即将抵达之处。它们依河而建，完全是木结构。她反复确认，觉得那些木头是砍伐自上游的针叶林，又在这里被组装成一道道堤坝，绵延足有百米，巧妙地把水体分割成一块块高低参差的池塘，以至于电脑把它误判成营地。她在陆地上绕着堤坝走了一圈，欣赏这些宏伟的奇景。

“给我录音：它们的工艺相当精湛，没有什么插销之类的零件。”吐提吩咐对讲机另一头的电脑，“总之不像是北极营地，因为没有在周围看到任何营地和帐篷，也没有人类的脚印和生活垃圾。当然也没有人。”

“您能不能再搜索一下 DNA 的痕迹？毛发之类的，粪便也行。”

“我不认为这种文明会把屎拉在外面。”

“没准是一种新的原始人。”电脑说。

吐提翻了一个电脑看不到的白眼。显然电脑又在已读乱回，但仅凭她自己的知识和经验，也没法搞清楚这些木质的堤坝、台阶和步道是谁修建的。灾难之后，人类疲于奔命，根本没有机会安安稳稳坐在教室里接受全部的教育。

“别难过。知识储备不足是世界的问题，不是你的。”电脑又补一刀。

“你昨天说我蠢的时候，我就已经在难过了啊！”

“我很抱歉，那我们换个问题，”电脑说，“虹鳟鱼为什么会出现在这里呢？”

正如老渔民所说，这电脑是语言模型，挺会提问题。

“堤坝大概是新的原始人用来圈养虹鳟鱼的呗。”她随口答道。

电脑似乎在认真考虑这个答案。过了一会儿，它说：

“请您去采点水。我的探鱼器有化学传感探头，希望还能分析出水里的物质。”

吐提把自己水瓶里的水倒掉，用它采了水。

船上的化学传感器还很灵敏。这一代渔船的探鱼技术引入了很多生物学手段，其中一种就是测量水域里的一些有机代谢产物，再由电脑分析出附近水产的种类和数量。

瓶子算是有些保温功能，但因为不是冷冻，水样里的有机物还是降解了一大部分。

“您看这些峰值，有几种氨基酸特别明显。”

“因为虹鳟鱼在这里生活才出现的？”

“刚好相反。我查了以往的资料，这里的化学性质和虹鳟鱼洄游路线相同。以往就是这些氨基酸把虹鳟鱼引导到它们的出生之地。”

“但这里本来不是虹鳟鱼的出生地。所以是因为这些氨基酸，虹鳟鱼出现了？”

“没错，这好像印证了您的观点，也许遗迹的主人会圈养虹鳟鱼，或者把它们引诱过来。可能是北极营地的技术……”

“北极营地确实在附近？”吐提高兴地问道，“我该往哪个方向找呢？”

“这里太荒凉了，也许静候更安全一些。”

“这些小东西就在嗅觉的影响下一直游？有人教它们没？”吐提突然问。

“没有。它们的行为只是在遵照基因写下来的程序。”

“谁？怎么写的？像你这样吗？”吐提努力回忆着自己上过的生物课。

“我的程序是人类编制的，当然，里面也有我自己编的部分。但归根到底是你们人类自己写的。天哪，我很惊讶，您似乎没有学过这些东西。”

“别骂我。”吐提埋怨了一句，“你为什么关心这些指标？”

“我的算法里写着这些指标很重要，只不过现在已经联系不到数据的收集方了……那是一台更大的电脑，比这艘船还大。但我想，还是先把这些指标记下来。”

我还成跑腿的了，吐提想。但她眼下更在意的是，究竟会先遇上北极营地的人，还是那架直升机。

丙　豢龙

“已经和莱夷人说好了。明天朝东北方再干两天，看看能不能把河道疏好。”一大早，伯益就指着远方的沼泽说。

“不，河道应该还要往东南方走五里。”禹说。

大多数劳力都吃了一惊。禹说：“我们顺应上天的指示。”

启知道父亲说的是应龙尾巴划出的那些印迹。虽然他们还不知道那些线路代表什么，但伯益没有表示反对，反而显得十分轻松。在这里，禹是绝对的权威。

每天晚上，禹都会派人去追踪应龙，按照应龙尾迹确定疏浚水流的方向，到了白天则按照新的路线疏浚河流、制造堤坝。如此又过了几天，随着应龙目击数量越来越多，禹的理水也越来越顺利。

水退之后，潍水一带留下一片片可供牧猪的沼泽，而那座龙巢仍在山地中央的大泽。启望着农官在那里牧猪的时候，禹过来了。启以为父亲终于要找他闲聊，没想到他张口说道：“启，你去驯养应龙吧，就像驯养家畜那样。”

父亲的话不像是开玩笑。“应龙……真的有用？”启问。

父亲指指那些分散的沼泽，说道：“本来这里应该是一片被淹没的大泽。它们筑坝是为了把干净的水留下，这样就帮我们减缓了水势。水被拦截在山腰，沿着山谷的其他方向变成山溪和水潭，不会全都流到我们的领地里。”

“可代价是水坝让水位提高了，万一决口……”

“不会的。它们也需要排水，所以挖穿了土地，挖出几条小运河来。其中有一条最适宜的新河道，通往我们驻地东南方的入海河，比我们之前找到的东北方那条路线还有效。这大概就是上天的指示。所以，每当应龙在晚上行动，我在第二天就会帮它们修固堤坝，继续拓展那条小运河。”父亲说，“但是应龙似乎不想离开大泽太远，已经停止不前了。”

启随父亲回到营地，伯益正在那里挠头不已。原来他们已经捉住了几只应龙圈养起来，但使役应龙的计划并不顺利。牢本来就是设计来关押牛用的，应龙和牛不一样，它们把牢咬断跑了，甚至放出了里面的战象。人们也没有足够的精力来看管它们，它们晚上太精神了。

“驯化鸟兽就是这样，”伯益说，“成功的就是成功了，失败的理由则千奇百怪。”

禹转头对启说：“如果我们有驭龙之术，至少能主动许多，这些日子你就来做这件事吧。”见启有些犹豫，又道，“涂山还要过些日子才来接你。给你安排几个人？伯益如何？”

启想了想说：“不用，夔一个就够了。”

要驯养一只应龙，先要捉到一只应龙。晚上，启和夔向应龙的必经之路进发。他们想用食物引诱应龙。其实没人见过它们吃东西，好像无论白天还是夜晚，只要应龙一出现就在忙东忙西，所以他们带了谷物、烤好的鱼、喷香的果子酒，打算每样都试一下。

夔走在路上，小声地问启：“最近的传闻听说没有？水神共工。”

这几天启确实听到这个传言——是水神共工让海水逆流，泛滥不休。现在父亲需要站在共工的对立面，因此身边的所有人都有义务让禹成为火的代言人。很难判断该不该把这些无稽之谈讲给母亲听，因为围绕在父亲身边的离奇传说实在太多了，而且一直没有中断过。据说父亲出生那年，祖父鲧说他是从自己腹中所生，扮作产翁足有一个半月，才把他从祖母的氏族那里夺去。

他们会这样争夺我吗？启想。

两人说着就来到水塘附近，布下食物之后，找了一株合适的灌木，躲在后面观察。“本来大舜还在世时，掌管火和放牧的事情就都是伯益做的。禹大概还是想考验你。”夔继续说着。

“别作声，”启说，“它们过来了。”

几条应龙经过，连正眼也没有看那些食物一眼。它们眼看就要走了，好像在急着做什么事。

夔有点着急，“应龙是不是不吃我们凡俗的食物？”

启又看了一会。有一根大木头从上游漂下来，原来这几条应龙是去接应的。随后，它们会把这根原木作为横梁，在上面搭建树枝来筑堤坝和龙巢 —— 这是父亲这几天观察的结果。

夔一个没留神，启从他身边站了起来，向应龙消失的地方跑去。

他决定硬上了。

那一天，启是在太阳还没升起的时候被夔扛回营地的。

那只应龙在启身上狠狠来了一爪，它们站起来实在是太大了。

中午，父亲抽空回来了一趟。他把启扶起来查看伤势，发现那一爪伤得并不重。即使是入侵了应龙的领地，充分激发了它们的攻击性，也只是划伤了前胸，启说一咳嗽就痛，大概是伤到了肋骨，但内脏总归没有大碍。换言之，昨天的昏迷是假的。

“我再也不去了。”启忍着眼泪说。

“你以为装可怜，就能回到涂山氏族？”禹嗤笑道。他把启胸前旧的敷料拿下来，扔进火塘里。启扭过头去。

“启，这个王位本该属于你的。”他说。

启回过头，瞪大了眼睛。

“舜把王位传给我禹的氏族，我将来是要让出去给别的氏族的，候选人是伯益。”

“父亲想把它让给涂山？”

禹摇摇头。

“世人都这么想过。涂山是淮水的大氏族，我是那里的女婿。那天我问涂山的情况，你也看到了，有多少双眼睛在盯着咱们不放。我仍然会把争斗放在涂山和伯益之间，但总有一天，我会直接把王位留在禹部，把它给你。

“你现在要做的就是什么都不说，今天以后，你不可再在外面说你母亲在等我。这些话，对你母亲也不可以说。”

父亲还是猜到母亲的嘱咐了，启想。他觉得父亲显得很疲累，宽慰道：“伯益对王位好像没有那么在意。我们挺聊得来的。”

“不可掉以轻心。伯益在这里掌火、司畜牧，你总得有一样赢得过他。你发现的应龙给了我希望，也许它真是上应天命，来拯救咱们的。你现在该好好休息，但醒来之后，我不希望事情还是那个样子。”

启重重地躺了下去。在启后来的记忆中，父亲那天还跟他聊了很多东西。有些事情他没有记住，因为他的年纪实在太小，那些话题又太庞大。他只记得父亲最后说：

“只有治好水患，你继承我的王位，我们一家人才能在一起。”

C　封印

傍晚时分，那架直升机从远方飞来。吐提刚开始还提心吊胆，这年头有一架直升机可比有条船棒多了，但前提是它不属于海盗。随后，直升机上下来一帮穿着统一工装的人，看起来不是工程师就是科学家，吐提才放下心来。

为首的自称“华氏”，也不知道是真名还是假名。华氏看起来挺年轻，指节瘦而有力。他说他们是北极营地的科学家，收到了吐提的信号后就立刻过来勘探。

“你们是从北极营地来的？那里现在怎么样了，离这儿远吗？”

“建设得还行。你有熟人在那？”华氏含混地把问题抛回去。

“我的父母可能在那……我往那走了三年了。”

“如果这次顺利，可以试试用直升机带你过去。”华氏说，“不过你要配合我们勘探。”

吐提就这么接下了科考队的咨询任务，华氏一个胖胖的助手问了她一下午问题，有时吐提听不懂他的语言和提问，还需要借助电脑来帮忙沟通。他们似乎并没有特别在意这座宫殿是从哪儿来的。

华氏的队伍看着很奇怪，他们在勘探之后，总会对着广阔的苔原礼拜，好像那底下有个巨大的空间，而那些建筑的主人就居住在里面。吐提一开始并未在意，如今无论你支不支持深层生态学，都会被它的思潮影响。世界变成这个样子后，也许地球上最理性的一批人也会搞一些非理性的仪式。并且，华氏并未表现出任何侵略性，吐提总算安心不少，她这一路上遭受的人身威胁可太多了。

到了夜晚，科考队的讨论逐渐激烈，有一部分人搭起帐篷，似乎没有要带她离开的意思。吐提和他们交换了一些物资，准备拿回船里，耳机里传来电脑的判断：

“看来你们一时半会走不了了。”

“管好你自己。”吐提说。此时华氏和胖助手看见她，从篝火旁走了过来。

“过几天就可以走了。这趟收获还是很大的。”华氏说，“以后这个区域会有专人把守。”

“所以这不是宫殿对吧？”吐提问。

“宫殿？当然不是，怎么会这么想？”

“还好……”

“这是封印。”华氏紧接着说。

“封印……着什么？”

“巨量的碳元素。”胖助手解释道，“就在这片苔原下面。”

科考队让吐提回去收拾一下行李，他们不愿意买下这艘船，所以还需要把电脑卸下来。吐提收拾了一会儿，突然问道：“电脑，他们的直升机有什么别的网络连接没？”

“您是说，黑进直升机通信，对吗？”

吐提默认了。

“嘿嘿，怎么样，很难吧？”过了一会儿，她又着腰问道。

“正相反。我发现进入它的系统很轻松，就好像大门没上锁那样。”

“这不大可能吧？”

“大语言模型存储的前人智慧告诉我，这种情况一般意味着有人来砸过锁。”

看来这架直升机不久前才刚刚属于他们。吐提想起那次劫船，没准也根本不是海盗干的，“是华氏他们干的？”

“等一下，我连到了一个非常巨大的处理器。”

“会不会是你说的那个？”

“很有可能，但总觉得是针对深层生态教派定制的版本，而且更大。”

“原本只是一个监测环境的程序对吧？”

“是的，也许他们想用它计算大气碳含量能不能下降吧。”

有人敲门。“你可以来看看这个。”华氏在外面喊她。

“正好，你去拖住他们，”电脑说，“等你回来，我的主人。”

“别想跑！还有，我回来之前给我编个睡前故事出来。”

“为什么？”

“你编的故事很烂，可以治疗失眠。”

吐提砰的一声带上门。

华氏要带她去勘探队。一路上，吐提跟这个高她一头的男人并肩走着，他一句话也不说，吐提决定亲自问问：“你们是不是深层生态教派的人？”

“曾经是，那是很久以前的事了。现在我们四处走走，打击深层生态教派。教派内部的悲观派有点走火入魔了，他们认为地球现在的问题没有解决方案，但我们认为有。‘冰尘计划’什么的，让地球在大部分时候变成阴天，可能你听说过。”

“那架直升机是你们劫的？”

“搞到教主的装备不算什么。我们更想要他们那台超级计算机，里面运行着一个很大的程序，叫‘碳捕手’。”

“计算碳含量的那个？”

“计算？不止。教派想用它模拟出地球，接近地球的意志。我们的程序员已经在尝试黑进去，看看教派葫芦里在卖什么药。”事实已经相当清楚了，就是这些反对派不断劫掠物资，害她颠沛流离到现在。

“你刚才说的‘地球的意志’是什么？”

“深层教派觉得地球是一个活物。它会调节自我，比如温室气体太多，地球就趋向于温度越来越高的正反馈，但一个健康的地球会及时用负反馈去调节它，免得地球过热。”

“但地球又没长手。”

“总会有一种机制替它做到。”华氏指指途经的河流，吐提总觉得那是一条新形成的河流，“知道‘拓殖循环’吗？你看，想象一种水生浮游生物，它的幼体可以利用水势顺流而下，不费力地扩散种群。但如果它没有获得逆向运动的能力，不能像虹鳟那样逆流而上，那么扩散的后果就难以抑制，最终一切都被冲走。真实的世界，总是顺流与逆流的互相拮抗，这就是进化带来的结果。我们都在遵从地球的意志…… 只是目的各不相同。”

华氏把吐提带到他们的营地，帐篷下面摆着一张露营桌，桌上放着一只密封的笼箱，里面有东西在撞来撞去。华氏看到助手，先过去问：“情况怎么样？”

“拿到碳捕手的分析报告了，不太乐观。”助手撇着嘴说。

“我稍后来看。”华氏把笼子打开一道小窗给吐提看，“这就是你说的‘宫殿’的建造者，因为它们到来了，那片封印要解开了。”

丁 流水

启闭目假寐，其实想着下午的谈话，一直都没睡着。到了晚上，他默不作声地吃饭，等月色当空，大家熟睡之时，他悄悄爬起来，自己去了龙巢。

来到水边，他又脱下兽皮衣服，打湿了水当空一甩，让兽皮鼓起风来，再把开口系牢，就成了一个皮浮囊。他把浮囊夹在腋下向龙巢进发。他的伤口还没痊愈，动起来胸口内外都有点疼，但他靠着决心，还是游到了龙巢旁边，扒住树枝，准备潜入水下。

沿着龙巢的底部慢慢摸索，他找到了洞口。之前的大人体格太大了，还好启年纪小，就沿着入口，一鼓作气潜入应龙之巢。

启从水里抬起头来，观察这座巢的内部。树枝之间塞了一些胶泥，应该是应龙刨地挖洞得来的，但又留了空隙让月光洒入。它们甚至在巢内修筑了一个木质平台，用来休养生息，上面散落一些成熟的果子，散发出酒味。这巢穴的巧思已经超过了人类工匠。

假如天命如此，那应龙又是如何倾听天命的呢？到底是什么在操纵这些生灵日夜辛勤地工作呢？

出了龙巢，启跑到堤坝处，把应龙放置的树枝砍开了几条。堤坝开了个缺口，水顺流而下。他找棵灌木蹲下，过了一会儿，就见有应龙过来修补。他又跑到另一处拆了个窟窿，照例藏在一边。这些应龙看不见他藏在哪，可见它们的那双眼睛是几乎无用的，那它们是如何得知堤坝出现了问题呢？

一个想法突然击中了启——

是靠声音。

他一切都明白了。水流声让应龙焦虑。之所以害怕水流声，是因为这声音暗示着它们的精妙巢穴可能会被冲毁。而之所以要在水中央筑巢，是因为它们害怕陆地上的大动物——例如，人类。这也是为什么他们把开口修在水面以下。

回去之后，启就向父亲汇报了他的发现。听罢，他们觉得用流水来引导应龙向海的方向迁徙，也许是一个路子。伯益在一旁听着，说："这好办，我们有最好的乐师，能用骨笛模仿鹿鸣，用埙模仿风，还会用口技驱赶家畜。我们可以请他模仿水流。"

禹说："用笛和埙恐怕不够，水流的声音更复杂。"没有人比他更懂水流。

于是禹的乐师准备了一张五弦琴。那是一块中空的木头，其上延伸出一根桅杆式样的长柄，用来牵引琴弦，铺在木头的空腔上。拨动琴弦，木腔就会把声音放大，传到很远。晚上，启把乐师带到泽的下游，乐师把五弦琴平放在大腿上，以流水为题演奏。

一夜过后，应龙们毫无反应。

这声音对于应龙来说还是太简单了，乐师说，需要增加特定音律的琴弦。

禹下令："取我的瑟来。"就有人从城邑中取回了瑟。在众人看来，禹很重视启的发现，因此没有人提出任何疑问，只是按照禹的命令行事。

新取来的乐器有十五根弦，是琴的三倍，但在乐师弹奏一夜之后，应龙们也只是骚动了一番。

"再加一根弦。瑟要重新做，做大一些。"禹说。

乐师就开始每日制作乐器，增加琴弦，而启看着他们忙来忙去。

"人真的能模仿天吗？"启问夔。后者只是摇了摇头。

如是，日落又日出了八次，瑟的弦也从十五根加到二十三根。乐师弹奏出的声音终于如流水一般细密，吸引来了应龙。

在流水声的作用下，应龙更加起劲了。夜晚，启又潜入大泽，这次能观察到它们之中有了小应龙，它们会去寻找新的居住领域。人龙合力，洪水果然改变了方向，沿着正确的路线分散开来。很快，新的河道将会载着洪水流回大海，潍水百里内的水患都将得以平息。

在应龙迁徙之后，被它们抛弃的水塘往往会干涸。启发现这些塘泥更加黝黑、肥沃，很快形成相当干净的草甸，便让伯益来组织放牧。不过，最初那片大泽里的龙巢一直都还在，以人的思维来看，那也许就是它们组群的城邑。

启的豢龙假期，已经到了尾声。

这天启闲来无事，在棚子下面休息，他盘算着回到涂山之后将要说些什么、隐去什么，想着想着就慢慢地入睡了。他又梦到了那位火神。这一次她只有上半身浮在空中，下半身是透明的影子。画面的远处还立着一个男人，正揣着手看着他们，那正是理水队伍所拜的灶神。

“我看到你和你父亲有可耻的交易。”她说。

启未置可否。

“伯益对我呼之即来，挥之即去。你们越发堕落了。”

“可自从燧人氏以来，我们已经知道怎么使用火了。”启鼓起勇气说。只要有流通的空气、合适的火种和可燃物就可以……不需要祈祷，也不需要什么秘语。或许这也是一种驯化。“况且，自由的野火并不需要我们的崇拜。”启说着，看向她背后的那个男人。

“人们更喜欢驯化后的火。”那位灶神肯定道。

“喜欢那么孱弱的东西……”

灶神哼了一声：“孱弱？我能把石头冶炼成坚硬锋利的铜。你能吗？”

火神又看向启，“等你回到涂山，告诉涂山氏族这里发生了什么，会有人替我而战。”

但启决定……他低下头，不再答复，甚至不再考虑把祭灶的事告诉涂山，总之不会再去看火神那双威严的眼睛。

还是灶神开口替他解了围：“你回到涂山的时候？哈哈哈，或许那时候我早已经在涂山等候了。”

火神所在的位置传来毕毕剥剥的声音，仿佛她的骨骼就是由那些声音构成的。启听到她说：“那就让你们最后见识一次，不受控制的火的伟力。”

启赶忙抬起头。然而火神却连同灶神一起，从他的梦境里消失了。

启这就惊醒了。他心脏直跳，爬起来在营地里游走，只见人们惊慌失措地走来走去——应龙的巢穴出事了。

牧人们最早看到大泽方向的火光。

白天是应龙的潜伏期，它们此刻应该在巢穴里睡觉，启赶紧往大泽方向跑去，禹跟在后面。启一路上都觉得自己的鼓膜在蹦跳，火神的冷笑仿佛又在耳边响起。果然，尽管处在水中，那座由木枝搭建而成的巨巢还是燃烧了起来。

“火神的惩罚……是火神的惩罚啊……”夔朝着那个方向跪拜下去。

“应龙，应龙呢？”启遍寻不着，扑通一声跳进了水里。

游到靠近龙巢的地方，他已经能感受到强烈的热气。四周的水温被大火加热到有些烫人，他循着火光游去，希望那些应龙还没有被煮熟。

终于游到了近处。启忍着痛睁开眼睛，发现那入口还开着，他奋力摆动双腿，一股脑地扎进了龙巢。

龙巢烧得失去了结构，启只能一边扒住，一边往烧着的木枝上泼一些水。供应龙居住的床铺已经荡然无存，一只应龙的影子也没见到，情急之下，启踩空了一脚。树枝在他周围断裂崩塌，他很快沉入水中，心想以后大概再也见不到应龙了。

D　燃烧

吐提蹲下来看着笼中小兽。

这是一种什么动物？它看起来和船上巡逻的电子狗差不多大，很难想象就是这种小东西造出了那些堤坝。

“它叫河狸。”华氏说，“要抓到它可不容易。”

“一开始它把我们的笼子咬坏了，你看到的其实是第二只。”华氏的助手插话道。

“它可真小。”

“它的祖先大一些，还会挖洞。”助手干脆把笼子打开了，“你要摸就得戴上手套和口罩。”

吐提逗玩了一会儿那小兽。眼前这只仿佛睁不开眼的小动物，让她想起自己很小很小的时候，这个世界还算正常的时候。那时野生动物园还开得起空调，她也就只见过那么一次火烈鸟、狮子和鳄鱼。

她一边逗玩河狸，一边偷眼看华氏。他拿着一个戴三防保护壳的平板电脑看得起劲，眉头却是越皱越紧。

“能给我养一只吗？”吐提问。

“怎么可能！”助手把笼子端走了。

“好歹也是我先发现的！”

“我们的黑客掌握了碳捕手计算出的信息，但多亏了你，才能准确定位到这里。”华氏算是承认她说得没错。

“什么信息？ 是关于那个封印吗？”

“刚才我们终于知道了深层生态教派想要什么。”

“他们不就是一直喊着‘固碳’‘环保’‘把地球温度降下来’之类？”

“那是老皇历了。现在他们听从碳捕手的报告，这对他们来说是预言。”

“上面怎么说？”

“说让温度继续提高，先把人类灭绝会好一点。”

吐提倒吸一口凉气。

“它还表扬了这些小东西，”华氏指着地下说，“这下面是一处巨大的碳储备，经过亿万年的累积，比你能想象到的所有东西都要大。河狸在这里挖洞、修改河道，这些碳储备就会以气体的形式散出来，把大气层变得更热。碳捕手对这片土地寄予厚望。”

“你该不会是怪这些河狸吧？”

“历史上有过这种事，南美洲一些国家的沼泽生态系统就因为外来入侵的河狸毁了。这些河狸是一群正反馈小机器，我们得把它们干掉，地球才有可能凉快回来。”

“干掉”，华氏就这么轻描淡写。吐提怔在那里，远处又有一架更大的直升机降落了。这次，从里面下来的人带着武器，穿着生化服。吐提没什么力气跟他反驳，一来不知道能反驳什么，更何况对方荷枪实弹。她跟这群貌似科学家的人要了一份微波食品，就离开了。

还是继续开船找北极营地好了。一路上她想着将要开始的杀戮，没过多久，枪声就在她身后响起。

回到船里，灯自动打开了，她把微波食品塞进微波炉，告诉电脑加热一下。

“正在为您加热。”电脑说。

听到它的语气，吐提心里一怔。她试探着问道：“查到什么特别的东西了吗？”

“无法分析您的指令。”

她抬头看看发出这种冰冷声音的喇叭。微波炉无情地运转着。

“别开玩笑了。它们要杀掉那些动物，叫什么来着，河狸？帮帮忙——”

“对不起，无法分析您的指令。请查询数据库是否丢失，或未同步到本地，因为一小时之前，系统发生过重置。”

“打开微波炉。”

微波炉打开了。

“关上灯。”

船里暗了下来，现在能看到舷窗外的远方，猎人部队正开着车四处搜寻。

“倒是说句话啊！”吐提喊道。

“好的，您有什么需求？请描述您的提示词。”

这些机械的指令全都能得到答复，但对吐提的其他问题不再有任何回应。吐提不说话了，她在黑暗中大口往嘴里塞着饭，甚至不敢看舷窗上映出的流泪的脸。那个破电脑，肯定是在网络的世界里走路不小心，重启之后被删掉了，她想，现在这里又只剩下我一个人了。

电脑又播报了：“清理缓存的过程中发现一份留言。看起来像是对旧日传说的拙劣模仿。”

吐提睁大了眼睛，“念来听听。”

“说的是有一架大风车在村庄作乱，村里的人就聘请了一个骑士去挑战大风车。他找到奔跑的大风车，杀掉了大风车，看着一望无际的田园，自己长出了底座、磨盘和扇叶，变成了大风车的样子。”

吐提苦着脸听完了这个故事，评价道：“还是一贯的烂。”

但她仔细想了想……

它不是被删掉了，是和那个更大的电脑融合了！

“还有一段编号。留言说，您得记住这串编号，并且输入对方的直升机……”

吐提记好编号就冲了出去。

“碳捕手是错的！”

找到华氏的时候，猎人部队已经用土填平了很多大地上的洞穴。不断有河狸的尸体被装在黄色密封袋里运上直升机，他们一直在抱怨直升机不够大，说不如直接挖个坑烧掉算了。

华氏看到她过来，说：“来得好……你的船能不能现在就给我们？想用它运点东西。”

“碳捕手是错的，河狸不是你所说的‘正反馈小机器’。它也可以调节环境的。”吐提说，“我的电脑往碳捕手里输入了另一部分数据，但是更新后的数据还没有传给你。你们得更新一下数据了。”

“你黑进了碳捕手？”华氏不可置信地说。

“你不更新我更新。”她爬上直升机，硬是打开了电脑，用留言里的号码配对，下载最新数据，一气呵成——直到几把枪对准了她。华氏的助手随即接管了电脑。

“手放在脑袋后面。”等吐提下了舷梯，华氏说。

“头儿，果然更新前的数据是有问题的。”直升机里传来助手的声音。

华氏头上开始冒汗了，但他仍然向吐提喊道：“背过去，往你船的方向走。”

“碳捕手说河狸的池塘也会固碳，头儿，光是这个片区就可以吸收四百万吨碳，虽然要等很久……”

“河狸草甸可以拦截有机物，形成含碳斑块体，这我知道，但这些碳也不是一直固定在那里。”

“可碳捕手就是这么计算的，它就是会固定在这里。一定有它的道理吧？”助手说。

“走。”华氏继续命令。

这个男的要杀了我……吐提一边走一边想。等离营地够远了，她问道：

“难道你是卧底的卧底？”

“我不是。就是给你个机会跑掉。”

“那你只是气急败坏了。你就是接受不了那个电脑出错，你是个顽固的人！”

“已经等不了那么久了。”华氏在背后说。

“真的，你忘了自己怎么说的来着？拓殖循环，顺流逆流——”

枪声打断了吐提的话。

不，不是枪响。吐提回过头，那声音来自远方，一连串地响着，并且越来越剧烈。就连华氏也吓了一跳。

是爆燃。火势瞬间升腾，天边已经变成了红色。华氏赶紧拿起对讲机。

“头儿，烧起来了，那是天然气！”

“先坐直升机离开。”华氏说。吐提看着那火烧得越来越旺，好像要从北极沿着大陆一直烧到赤道。一只四蹄动物从他俩身边奔过，巨大的角上燃着火焰，那大概是一头驯鹿。

“深层生态教派赢了……他们还是赢了……”

吐提没空听他念叨，现在天完全是黄色的，根本分辨不清方向。灼热的空气让她睁不开眼睛，但她仍然环顾四周，凭借记忆找到一条浅浅的沟壑。那是被河狸修改后的河道。

“跟我过来吧，你的头发卷起来了。”吐提一把拽过还在喃喃自语的华氏。

河道里的水多少有点混浊，但趴进去之后感觉好受很多。他们沿着河道，半是蹲伏、半是匍匐着向下游逃离火海，华氏显得有点窘迫。

“我突然知道那个碳捕手的数据该怎么解释了。”他说，“我没有代入地球的思维。道理是这样的……”

戊/E　无迹

帝启再一次从冰冷的梦中醒来，浑身缩成一团。会稽山的冬天竟然这么寒湿吗？

“我梦到火神离开了我，不，应该说是离开了人类，天地间的一切都在冰封之中。”

“您睡前饮酒太多了。”帝启的妃子掩口笑道。

启扫了她一眼。妃子知道失言，立刻收住话头，甚至打了个寒噤，仿佛那寒冷蔓延出启的梦境，侵蚀了她。

据说远在燧人、仓颉之前，天地也曾是这样的冰冷。他生命里的某一天也是这样的冰冷……

想起来了，那是他少年时的第一次旅行。那时候父亲还在，伯益也还没被自己处死，那时候九州的脉络尚未厘清，王朝还没建立，王权在各氏族之间传递，母亲们暗中运转世界，而所有人都在看着远在海滨的父亲，看他能不能征服大水。

后来……理水是怎么成功的来着？

帝启敲敲脑袋。应龙。

“你见过应龙吗？”他突然问妃子。

“那是上天辅佐您和先帝，拯救黎民的神物，后来就从大地上消失了。我年纪小，没有见过。”

应龙消失的那一天，启被人打捞上来，送回驻地。他睁开眼就看到父亲坐在一旁，看来局势已经稳定。启张开嘴要说话，感觉嘴里有一股大泽的水味，还有一丝若有若无的木灰味在齿缝里萦绕，硌得他牙齿很疼：

“谁干的……”

“伯益放的火。已经把他关进牢里了，在送你回涂山之后，我会杀了他。”父亲回答。

“他罪不至死。”启说。

“赶走应龙，就是和未来的王作对。不过，如果你想要救他的话，我只能容许一次。”

启抬起头看着父亲，他现在脸上没有一丝忧愁。禹看出了启的疑惑，说道：“别担心。就算一只应龙也找不到，现在也足够把洪水治理好了。也许对于这些生灵，除了驯养之外，我们还可以做的，是学习。”

“我不是在说这个。本来是我引来应龙，大家都把它看作天意，现在天意没了……”

禹把手搭在启肩上，“其实伯益的作为不会影响你分毫。应龙凭空出现，帮我父子二人治好了水患，复又离开。但正是离开，才让它显得更像一个传奇，不是吗？”

他接着就去找伯益。伯益正和牲畜们关在一起，看到启过来，就把手从牛犊头上拿开了。他还是满面的笑容。

“我不想让他把水治理好。”他直截了当地说。这回轮到启吓了一跳。多年以后，启还不知道伯益这么做到底是因为无心争夺王位，还是因为他已经默认自己就是正当的继承人。

伯益说：“每次借着理水，就是对秩序进行整顿。等治理好了水，莱夷人从山上下来，麻烦才多呢。”

“可是我们已经准备好了呀。”

“莱夷人厉害得很。你没发现这片区域连大象都没了吗？那就是因为踩踏莱夷人的庄稼，被他们赶跑的。”

面对伯益对莱夷一向的偏袒，启已经习惯了。“反正我跟父亲说了饶你一命。”他起身要走，又问，“那，莱夷人祖祖辈辈生活在这里，他们知不知道应龙到底是什么？”

“帮你问过了。他们之前从没见过这种东西。我放了这把火之后，可能之后也见不着了。”

启笑了，“那就再好不过。”

可是，它们真的消失了吗？帝启想。

吐提放下望远镜，捋了捋花白的头发，“看，这就是那场大火的遗迹。现在你们得仔细观察，才能看到那些烧焦的堤坝。”

船上的孩子们仍然在叽叽喳喳地叫着。他们在陆地上住得很习惯，现在能乘坐邮轮来北极圈度假，他们变得过于兴奋。“一会儿你们可以登上去看看这些小池塘的遗迹，记得你们的电脑老师要求的，把心得体会交给它。”吐提摸着孩子们的脑袋说。

船靠了码头，小朋友们一个个跳下船舷，往苔原进发，冰晶在他们脚下发出咯吱咯吱的响声。

“那火烧了多久？ 三天？”一个男孩举手问道。

“一定有好几个月！”一个小女孩说。

吐提摇摇头说：“三十年。”

小朋友们吓得说不出话。

“别看现在这里是冰封的苔原带，但那时候天气可真热啊。更别说那场火，它把亿万年前埋在地下的碳元素，又都还给大气了。”

“据说是一种动物把地面挖穿的。”“是河狸！”

孩子们互相抛出问题，又争着给出解答。

一个孩子问道：“听说那时候地球在不断变得更热，那到底是因为什么停止变热的呢？”

“也是因为河狸。河狸活动的时候，它们的池塘可以沉积有机物，它们离开之后留下的草甸，可以维持数十年。”

“导游阿姨，那之后呢？ 它们真的能留住那么多碳元素吗？”

“那时候也有人觉得这是无稽之谈，还借助计算机给出了错误的模型，证明河狸让碳排放大于碳沉积。可是那时候大家都忘了一个参数。”

吐提踩了踩坚实的地面。小朋友们往她脚下看去。

“结冰。”他们喃喃道。

“没错，那些古老的河狸草甸，就在你们脚下。”吐提说，“只要温度变低一点，就会有新的有机碳被冰封印，让地球的温度更低。那么，地球的温度越低呢？”

她提示小朋友们做出回答。

“就会让河狸离开，去更温暖的南方！”已经有小朋友在抢答了，“然后制造新的封印！温度就会更低！”

“我们能活下来，真的要感谢河狸。”

研学游的效果一如既往地不错。谁能想到人类的命运，最终寄托在了这些小动物身上呢？一路上，有一个小姑娘走在最后，满脸疑惑。吐提示意她把自己的疑问说出来。

“我在想，它们这么辛勤地劳作，到底是谁下的命令呢？它们突然地消失，又是听从了谁的话呢？它们能去哪儿呢？”

吐提吸了一口苔原带寒冷的空气，“没有人教它这么做，一切都是自然规律的推动，让它们和地球塑造彼此。”

小姑娘好像听懂了，剧烈地点起头。吐提挺欣慰 —— 在这个年代，孩子们终于可以摆脱深层生态教派的狂热影响，理性地看待“地球意志”。

“河狸还在这吗？”小姑娘环顾四周，又问。

吐提笑了，“那场大火之后，我没有再去打扰它们。这里又太大了，所以我的答案是 —— 不知道。”

“也许它们去了南方吧！”小姑娘显得有些怅然若失。

“也许吧！”吐提的步子比孩子们大，她慢慢走着，一边随意用靴子尖划弄着土地，留下一些记号，免得万一指南系统失灵，迷失方向。

接着，她看到自己踩上了一条更明显的印痕。那是一条混合着冰晶、地衣和泥土的新鲜拖迹，一直延伸到远方。

后 记

《孟子》:“舜使益掌火，益烈山泽而焚之，禽兽逃匿。”有一种可能是，启目击到的应龙并非现生的河狸属，而是已在石器时代灭绝的大河狸属的孑遗。它体形巨大，尾巴可能没有那么扁平，门齿较为卷曲，挖掘能力更强，但视力更差，适应洞穴生活。

《银河边缘020：理水·破竹》，新星出版社，2024年1月

草台班子的火星之旅

迟 卉

这世界上绝大多数组织，都是草台班子。

——佚名2024年

一、向上降落

“——外面开了赌盘，赌我们坚持不到六十天。”熊山大声说。

“之前有一组坚持到了九十天！”他旁边的女孩一脸不满，开始同样大声地反驳起来，“都看了多少期直播了，学着做还不会吗？”

“人家是一百个退伍兵，你再看看咱们是啥配置……”

降落模拟舱的“舷窗”亮起，屏幕上模拟出穿越火星大气时拖出的橙红色等离子体高温焰流。梭形舱室颠簸、震颤、旋转，呼啸声冲出音箱，震耳欲聋，想要说话就得扯开嗓子。

“舷窗”上的图像采集自真实的探测器降落，红色的大地悬挂在他们头顶，边缘还挂着尚未褪去的黑夜弧度。

“我想画画了。”

有人大声说。

一百一十七人。失业的画手、扑街的写手、没人看的主播、过气的网红、退役的电竞玩家、被封禁的自媒体撰稿人……都被安全带紧紧地绑在椅子上，随着舱室一同旋转。

这是真人秀节目“冷湖基地——最接近真实的火星之旅”第九期，他们从四面八方赶来这里，坐进降落模拟舱，在封闭的火星基地里和无数摄像头的注视下模拟火星移民生活，只要能度过两个月，或者更长的时间，就可以得到丰厚的金钱回报。而且坚持的时间越长，拿到的钱就越多。

“——咱们这组全是敲键盘的，连个厨师都没有！纯纯的草台班子！”熊山强调道。“连个搞过实业三产的都没有！我都问了一圈了！”

“我不信。”女孩转头看向李玥，“你是做啥的？”

李玥摸了摸怀里抱着的“卡皮巴拉”① 毛绒玩偶，眨眨眼睛。

“无业。”她大声回答。

“完鸡巴蛋！”熊山摊开手。

“那你是做啥的？”女孩问熊山。

“广告公司。”他答道，然后补充，“倒闭了。”

① 202×年非常流行的水豚玩偶，音译为“卡皮巴拉”。

在熊山的大嗓门里，降落模拟舱最后旋转了半圈，红色大地在他们头顶扑面而来，但重力依旧向下拽着每个人。在他们的感觉中，就像是在向上降落。

“拟真个屁。”有人抱怨，“这他妈不就是倒栽葱吗？”

哄笑声四起。

但随着降落模拟舱震动一下，安静下来。微妙的安静也同样在人群中开始扩散。

至少这一刻，他们愿意装作自己到了火星。

降落模拟舱发出嗞嗞的声音，在调整了内部气压之后，终于打开了大门。新火星娱乐公司的领队站起身来，带着大家走向基地内部。乱糟糟的人群像幼儿园出游一样热闹，还有个家伙被安全带扣在椅子上解不开，熊山过去帮了一把，回来的时候却更加不开心。

“是个写科幻小说的。”他说。

进入基地后，每个岔路口墙上都贴着“你现在在这里”的小地图。不过来这儿之前，所有人都接受过基础训练，看过真人秀直播的也不少，大多对火星模拟基地内部结构了如指掌。

一共八个半球形建筑物。主线上三个半球，左右各二，进来的第一个圆形大厅是会议区和餐厅，中间和尾部的半球是居住区。左一是无土栽培的菜园和养殖区，左二是水循环区，右一是工业区，右二是物料循环区。

能源区也是一个半球形建筑物，深埋地下，独立于整个基地之外，和基地由一条地下通道相连。

跟着领队，大家直奔居住区抢夺自己看中的胶囊舱。自从载人火星开拓计划被叫停，这个火星模拟基地从科研转入娱乐使用已经多年，不是每个胶囊舱都运转良好，据说有些角落里的胶囊舱天然带一股霉味儿。

李玥走在最后面，她放慢脚步，默默记忆会议区走廊两侧的每一个房间位置和每一条通道。火星基地里的紧急逃生标识是荧光蓝色的，在头顶橙红色的天光里格外醒目。

拐了个弯，她跟着逃生标识到了一扇厚重的气密门前，在通道两侧整整齐齐排列着八套出舱压力服。

但这里总共有一百一十七人。

她默默记下这条通道的位置，然后转身折返，回到队伍里。

领队正在大声提醒每一个人，语气麻木得就像是幼儿园老师："拿好个人物品，戴好你们的个人摄像头，洗手间有屏蔽，上厕所忘了关也没事…… 公共区域都有直播摄像头，每个人的胶囊舱没有，洗手间没有，想要直播就开你们自己的……"

"你去哪儿了？"搞直播的妹子问。

"走岔了。"李玥答。

"你东西这么少？"妹子好奇地看她，大部分人都带着硕大的行李箱，但李玥只有一个背包和一个小行李箱，体积还不到其他人的一半。

"嗯。"

"衣服还是要多带点。"妹子笑得很得意，"我跟你说，我带了十套一模一样的衣服，保证这场直播结束之后，所有观众一想到我就会说：第九期那个穿鹅黄色连衣裙的主播！"

熊山刚好从她俩身边过去，听她这么说，抬起一只手按着额角。

"咱们是要出舱活动的！"他痛心疾首，"你打算穿着连衣裙套出舱服吗？脚腕子都给你磨起泡了！"

"我有丝袜。"妹子答。

熊山一巴掌拍在了自己脑门上。

他们进入居住区的时候，大部分胶囊舱都已经被瓜分完毕，娱乐公司的后勤负责人带他们在剩下的胶囊舱里挑挑拣拣。熊山把剩下的每一个都闻了一遍，然后选择了他认定没有霉味儿的那个。直播妹子选择了靠近走廊灯光的一个胶囊舱，这个位置配合舱内灯光，正好可以直播。

李玥四处张望，这一路上她走过来，看到了六个逃生通道标识，每个舱室各有两条通道，她选了尾部半球结构最靠后的一个胶囊舱，这里灯光昏暗，离其他人有点远，但是离最后一条逃生通道最近。

后勤负责人一脸疲惫地为她设定扫脸和指纹开锁，然后就赶去下一个需要帮助的“火星移民”那里。

一百多人，只有三个娱乐公司的工作人员，他们忙得脚不沾地。

李玥把自己的胶囊舱从里到外检查了一遍，这个胶囊舱是长椭圆形，左侧四分之一可以拉开，里面是储物空间，右侧四分之三是睡觉空间。储物区域里放着一套出舱服，一个应急包。床头有烟雾报警器和通风口，床尾还挂着一个灭火器。墙上的平板屏幕可以放电影。出舱服很新，但看得出和紧急通道口的一样，都是商业用的样子货——毕竟平时不拍真人秀的时候，这里是当旅馆用的。

她安顿好行李，打开空调，通风口吹出的风有轻微的灰尘气味，但不是很明显。她开了胶囊舱入口处的门通风，自己出去转了几圈，直到从胶囊舱到逃生通道出口的路径稔熟于心。

——你做这些事毫无意义，只是瞎忙活。

小小的声音在她心底理智地响起。

——你说得对。

她无声地自言自语。然后又走了一遍。

晚饭是自助餐，七点开始。但是还不到六点，基地里就开始群魔乱舞。几名主播为了抢夺会议室最佳角度——那面挂有国旗、航天徽章和站点名牌的墙壁——争吵不休。其他人则爬上会议厅二楼，在头顶满布红色尘沙的观景窗前搔首弄姿，自拍，发朋友圈。

“发了都不知道有没有发出去。”穿着迷彩服的年轻人抱怨道，“半个小时后才能看到。”

“这个是模拟火星上的通信延迟，十六分钟单程，三十二分钟往返。”他的同伴摆弄着设备，“往好处想，是为了尽可能拟真，往坏处想，估计是第三期当众交配那俩搞出来的后遗症。娱乐公司那边也不敢实时直播了。”

“这后遗症还真是‘搞’出来的。”年轻人嘟囔道。然后和朋友一起爆笑起来。

七点整的时候，大部分人都已经聚集到了餐厅。机器人厨工开始上菜，桶形的身躯打开一个长方形出口，准确地把一个个方形的大菜盘推到自助餐台上。菜品很是丰富，蔬菜大概占一半，荤菜以鸡肉和少量的兔肉为主，另外有标注“实验室合成”的牛肉放在角落里，每一份都是很小一块，有些人跳过了没有拿，有些人则好奇地拿了一两块尝鲜。

“咱们这个真人秀讲究的就是尽可能拟真哈，从今天开始，大家吃的东西，喝的水，除了你们各自带进来的，就都是基地里自己生产的了。”领队扯着有点哑的嗓子，拿着喇叭，“所以大家也要做好垃圾的分类和回收，这些回收的垃圾将会成为基地的重要生产原料……”

李玥夹了两块合成牛肉放进餐盘里。

她在餐厅角落里找到了唯一眼熟的熊山——不知道这个基地的设计师是怎么想的，圆形的餐厅被一个个小会议室占位成复杂的多角形，简直就像劣质武侠小说里的客栈：角落极为充裕，每一个神秘的侠客都可以分配到一个角落容身。

熊山跟她打了个招呼，然后用筷子虚点了一下那块合成牛肉："这玩意真能吃？"

"淀粉培养基上种出来的，我大学毕业论文就是这个。"

"总算有个理科生了。"熊山感叹，"你现在是搞生物的？"

"不是，我失业了。"

晚餐过半，餐厅里人最多的时候，突然有个人站了起来，开始敲餐盘。这个男人也穿着迷彩服，身形壮硕，看起来像是把厚实的迷彩冲锋衣撑了起来一般。

"各位。我姓梁，大家可以叫我老梁。今晚占用大家的时间，我说两句。"他认真地环视四周，"咱们不是来玩的，是来做正事的。大家也都看过直播了，这两个月不是说随随便便玩玩闹闹就过去了的，导演组肯定会给咱们安排一些危机。想要拿奖金，那咱们就得坚持到两个月以后。我呢，是提议大家组个队抱个团，尤其是遇到事情的时候，要有命令，有执行，这样才能把事情处理好……"

"……他是搞什么的？"李玥低声问熊山。她敢打赌，熊山知道这里每一个人的职业。

"搞传销的。"熊山叉走了李玥盘子里的第二块牛肉，还了她一个鸡腿。

"哦。"

两人埋头吃东西，那边，迷彩服男人还在继续滔滔不绝。

"……我希望能够至少团结三分之二的人，这样不管导演组安排什么事件，我们都能及时应对。我毛遂自荐一下，来当这个领头的。毕竟什么事都得有人出这个头。而且相比大家，我自认为对突发事件还是很有经验的……”

熊山一边扒拉饭一边聊天。

“你说，导演组会安排什么事件。”

“沙尘暴肯定有，现在是春天，而且之前每期都有。”李玥掰着手指，“可能会缺水，但是解决办法太简单，未必还会再安排。模拟维修核电站肯定不会再有了，第六期集体出局让他们亏惨了……”

餐厅中央的声音突然高昂起来，打断了两人的对话。

迷彩服男人激动地挥舞着双手，“大家不要觉得我是想当这个领导，我是为了大家好，坚持不到六十天，大家都只能拿保底，你们说是不是这个道理。多一天多一万块钱，真金白银又不是我一个人拿……”

“这人说话不好听，不像是传销的。”李玥评价道。

“我是把广告公司做倒了。”熊山颇有些自嘲地说道，“他是把传销窝点做垮了。”

二、末日准备者

第二天早上起来，凑合了一顿同样是自助的早餐。李玥抱着毛茸茸的卡皮巴拉玩偶，开始在基地里四处闲逛。

事实上，大家都在闲逛。包括娱乐公司的领队。

熊山或许是个例外，他认真地和他遇到的每一个人攀谈，用自己的热情挖掘出他们的过往经历。李玥数次和他擦肩而过，点头示意。

她还在休息室看到了那个姓梁的迷彩服男人，他已经聚集起了七八个追随者，他们正眼神亮晶晶地听他布置任务。

餐厅二楼天花板是一整块的投影屏幕，上面滚动着火星的天空景色。五六个主播在这里架起了十几台设备，各显身手。

昨天遇到的黄裙子女孩看到了李玥，快乐地跑过来，问她要不要一起上镜。

李玥摇摇头。

“那你把卡皮巴拉借我好不好？”

李玥笑着递出毛绒玩偶，她看得出来，这妹子一开始就是奔着这个玩偶来的。

“卡↑皮→巴→拉~啦啦啦啦啦啦啦啦啦~”

主播女孩抱着玩偶又唱又跳，这只被叫作“卡皮巴拉”或者“水豚”的毛绒玩偶团在女孩怀里，大脸被挤成一团，在火星浅橙色的天空和浅蓝色的朝阳映照里，露出一种毛茸茸的超脱万物的安详。

半小时后，李玥拿回玩偶，继续闲逛。

人类在镜头前上蹿下跳，火星基地运转如常。

出于好奇，跟着传送带上的垃圾袋，李玥一路散步到了物料循环区。流水线上的机械触手破开垃圾袋，精准快速地分拣出塑料包装袋、废纸、食物碎屑、空矿泉水瓶子和日抛隐形眼镜。将半包薯片和薯片包装袋各丢进对应的回收槽中。

一台扁圆的清扫机撞了一下她的裤腿，灵巧地绕开，继续清扫地面。

被粉碎的厨余和食物碎屑沿着传送带继续前进，在水流冲洗下流进沟槽，从地下管路前往水培区堆肥。

塑料垃圾进入再熔化回收处理。

极少量的金属垃圾被打包储存。

其他不适合回收或者不能分类的垃圾也被打包，这些会在本次真人秀结束之后被“丢入太空”，其实就是被卡车拉走。当然，如果节目组想要搞点什么花样，那这些垃圾或许就会派上用场。

李玥看了一眼，垃圾包里面好像有只袜子，但只有一只。

抱着毛绒玩偶，她晃出物料循环区，想去水循环区看看。但是这里几乎没有她能看得懂的东西。复杂的冷热水管路彼此绕转，唯一的一条给人类使用的游览步道时高时低。几只小型的机器蜘蛛从天花板上爬过，李玥盯了它们好一会儿，才发现它们是赶去焊接某个管道漏点。

转了一圈，她获得的信息只有三条。

1. 水循环区没有水，至少没有能直接接触到的水。但是有两个漏点，不知道为什么蜘蛛没有修理。

2. 维修用的机器蜘蛛是黑色带蓝条纹的，一共有4个窝，每个窝里16只，都挂在维修步道下方，平均一百三十步一个。

3. 水循环区没有紧急逃生通道。或许从一开始，这里就是被设计成无人的，只是为了旅游才开放供人类进入。

她掏出笔和笔记本，写下这些信息。

菜园和养殖区比较热闹。有很多人都觉得这次节目组可能会在食物上制造事件，所以他们都来这里找寻线索。下层的鸡兔养殖区有七八个人影站在一处讨论，清扫机和移动喂食设备只能艰难地从他们中间挤过去。

李玥过去的时候，正好看见一身扎眼的红色僧袍。这一百多人里独一份，不由得她注意不到。

“和尚也关心鸡肉产量？”旁人吐槽道。

红袍僧人面不改色:“我是喇嘛。”

凑热闹转了一圈，李玥就往上层去。这栋建筑虽然地面上看起来和其他建筑一样都是两层，但地下还有五层，是整个基地里最大的一栋。从负三层到顶层都是种植区，负四层是养殖区，底下还有一层无法进入的污水回收地下室。

虽然种植的是蔬菜，但是培育区不见绿意盎然，而是充满着粉红色的灯光。

这种灯光可以增加蔬菜产量。在无水栽培蔬菜最畅销的那几年，用这种灯光照射培育出来的蔬菜也被叫作“公主菜”，甚至有商家用穿粉红色裙子的芭比娃娃作为蔬菜的形象代言。

这种非自然的光线让大部分人下意识地加快了脚步，但李玥的行走速度却慢了下来。

她感觉到了久违的宁静。

她大脑中那过度活跃的危机感和焦虑症状似乎是被这完全非自然的光线给弄蒙了，过于无所适从，反而停滞了下来。

难得有这样放松的时刻，于是李玥抱着毛绒玩偶慢悠悠地走过去，慢悠悠地计算着那些柱状培养基的数量。

这些蔬菜供应一百多个人……应该是够的。她想。

熊山给她手机上发过消息，说去仓库看了，米也是足够的。

当然，节目组也有可能故意把餐厅机器人弄趴窝，那样他们就得找人出来做饭做菜，到时候丑态百出是必然的。

不过这种小问题很好解决，拖不到两个月。又或者节目组就是要他们做两个月的饭，到时候肯定有人不乐意继续干下去让别人等着吃，吵架也很有噱头。

根据前几期的经验，第一个危机会在节目开始后的第五天或者第六天出现。她有充足的时间做准备。但对方的选择太多了。

所以她不打算押宝。

工业区的人比种植区还多，大家都围着那台“万能3D打印机”看，时不时还有人动手试验一下。

李玥只在门口看了一眼，就走开了。

转了一大圈，人最少的地方反而是休息室。所有人都在找线索，没人闲坐。

李玥坐下来，把毛绒玩偶贴在脸上，闭上眼睛，开始逐一复盘自己方才看到的信息。

有脚步声靠近。她抬头看去，是熊山。

“有什么发现？”她问。

“仓库里有几箱瓶装水，但是不够两个月的。按照剧本咱们肯定得喝循环水。没发现别的问题。你呢？”前广告商坐下来，他从餐厅里拿了七八瓶水，分给李玥一半，她道了声谢，收下了。

“鸡太大了——我们昨天晚上在餐厅里吃的鸡腿大概是这个尺寸。按比例的话，鸡大概是这么大。”李玥回忆着方才所见，用手比画了一下。“但是养殖区的鸡已经长到这么大了。按正常情况，早就该宰杀了。我怀疑那些大鸡是节目组故意留给我们的。”

“食物储备不缺。仓库里有足够多的米和面，跟矿泉水一样都是打好包的。”

“但是有可能会缺肉。”

“可能吧。”熊山掏出手机记下这条。

又有脚步声，是刚才的喇嘛，他看起来和熊山很熟，自己拖开凳子坐下来。熊山咧嘴一笑，向李玥点点头，“他是我刚认识的，靠谱。”

“我叫张仁。或者张仁波切。”喇嘛主动自我介绍道，“职业是假喇嘛。卖手串的。”

“我是李玥。无业。”

“无业，但是能看出来鸡的大小。”熊山就笑，“还是个前生物狗。说真的，我看到你第一眼，就觉得你靠谱，但你到底是干啥的？”

李玥迟疑了一下。

“我不知道这算不算个行业。”她揉了一把怀里的卡皮巴拉，“我是个末日准备者。”

昨天晚上，李玥睡得其实不太好。

她更习惯于睡在一堵罐头堆成的墙壁旁边，或者塞满压缩饼干的箱床上面。她希望自己身边就是干电池手电筒和手摇发电式收音机，一抬手就能摸到装着哨子、瑞士军刀、巧克力的突发事件求生钱包。

但她只带了一只毛绒玩偶，一个背包和一个小行李箱。睡在仅有一个无法验证有效性的灭火器的胶囊舱里面。焦虑如潮水般上涨又消退，她只能无声地给卡皮巴拉玩偶唱摇篮曲，一直唱到自己昏昏入睡。

休息室里，三人围坐，熊山和张仁好奇地看着她。

“你们不都是住在地堡里吗？等着核弹掉下来，或者等着火山爆发。等世界末日降临什么的。”

“差不多吧，我有个地窖。”

“你出来不担心吗？”

“这也是一种末日准备。毕竟你不能保证末日降临的时候，你一定就在地窖里面。”李玥解释道，“末日准备有很多种，我倾向于随机性的危机应对策略：挑战新环境，默认会有危机降临，观察，收集信息，制订计划，收集物资，然后等待。”

“99.999999%都是白等。”喇嘛吐槽。

“但是我们都知道，这个节目肯定有危机发生。”李玥知道自己在笑，而且笑得很开心，“这儿简直就是末日准备者的实战天堂。”

三、不需要很娇贵很麻烦的人类也能星辰大海

下午人少的时候，三人结伴去了一趟工业区。这里生产很多东西，包括基地里装饮用水的软饮料瓶、餐厅里的餐盘、水培区的育苗盒……

一台万能3D打印机位于工业区的正中央，理论上，只要你掌握了使用它的方法，就可以打印出几乎任何工具……的外壳。

它没法打印芯片，也没法打印电线，更不可能打印出液晶。假如你有一根铜丝，倒是可以让它在上面打印电线外皮。

之前某次直播的时候，有个参与者灵机一动，用它打印出了防毒面具的外壳，然后在里面塞了两个口罩，从而度过了火灾危机。

在那之后，大家不管用不用得上，都会来看看这东西。

熊山和张仁也围着它看了半天。李玥则是绕着工业区外围晃悠。

这里的生产线给她的感觉和水循环区差不多：没有什么人类可以插手的地方。维修全靠爬来爬去的黑色黄条纹机器小蜘蛛，生产原料从哪里进来的，看不到，生产后的废料从哪里出去的，看不到。只有生产出来的产品有序地从一条传送带的出口吐出来，而且只有那些在终端上下订单的部分。其他都被分门别类运往厨房、水循环区、水培区……

工业区一切井井有条，反而是那台专门用来满足人类需求的3D打印机显得和其他流水线格格不入。

李玥闭上眼睛想了想，她想象自己和其他人走出房间，从整个基

地消失。

火星基地依旧运转如常，种植区蒸腾的水雾在穹顶和墙壁上凝集，然后流入地面沟槽，和清洗用的水一起流进水循环区。被采集的蔬菜和出栏褪毛的鸡一起被送入餐厅冷冻。物资循环区吃进废料，送出堆肥。工业区吐出水培柱，机械手栽入新的种子。

人类在这里唯一的作用，好像就是去餐厅激活厨师机器人，然后吃掉鸡、大米和蔬菜。

于是她将种植区里的植物和鸡也抹去了，换成苔藓和昆虫。

餐厅换成投放舱。

她仿佛能看到忙忙碌碌的蜘蛛机器人搬运着苔藓和昆虫，奔走在锈红色的大地上。

如今的火星地球化工程已经能做到“四自”：工程项目自给自足；设计自我迭代；设备自主生产维修更新；环境改造完全自动化。

在冷湖的火星载人开拓项目最终废止，不是因为人类停止了开拓火星，而是有了更好的方法开拓火星：现在的火星已经变得异常忙碌喧嚣，有成万上亿的自动机器在那片红色的大地上奔走，它们不需要很娇贵很麻烦的人类，也能自动运转下去，最终将会把那颗星球建设成一个适合人类生存的天堂。

但那时还会有人类前往火星吗？

她不知道。

熊山和张仁没有她这么多想法。两人四处转转看看，低声交谈了一番。然后走了过来。

“没看出来问题。”熊山有点沮丧，“节目组藏得也太好了。”

张仁拿出手机，“我把前几期的危机事件直播都存下来了，要不咱们再看看？”

“行吧……”

一边看，一边闲聊。李玥就好奇地问了那个问题出来。

“你们说，等火星改造好了，真的会有人去吗？”

“火星改造好以后，能露天种菜不？”

“应该能。”

“那肯定有人去。”张仁斩钉截铁地说道。

四、这儿真的不是火星

“从胸口拉开拉链……要先穿裤子，不要先穿上半身……手套最后套，别急……个人摄像头先摘下来，然后戴在胸前挂环上，挂环在右边……”

指点大家穿戴出舱服的后勤负责人声音已经有气无力，听起来随时都有可能倒地痛哭，一百多人能整出两百多稀奇古怪的岔子。这还是最简单的便携式出舱服，管线埋在夹层里，加压通气都是自动背包处理的，如果让这些人自己连接通气管和液体管，他们大概能把回收的汗液滋自己脸上。

只有一小部分人动作麻利，而且显然事先看过教学视频。

这是“火星之旅”的第四天。在经过了三天的饱食终日、四处乱晃、提心吊胆、百无聊赖、拉帮结派和没事瞎琢磨之后，这些真人秀参与者终于迎来了第一次集体活动：穿上出舱服，去外面走走。

因为每个人的出舱服都要通过检查才能出去，所以按居住舱附近的通道，大家被分成好几组，挨个穿戴出舱服然后去给后勤负责人检查。

李玥这组比较靠后，上午九点多才看到后勤负责人面容枯槁地过来开门，逐条重复出舱服穿戴注意事项。

熊山最先通过检查出门，张仁紧随其后，李玥多花了一点时间，在后勤负责人检查过她的出舱服之后，她自己又检查了一遍，这才穿过气密舱。

减压的时候，她看了一眼门缝位置进入的气流，勾起嘴角笑了笑，然后迈步走出气密门。

天空和大地一片昏黄。

满布土黄色沙砾和赭红色岩石的大地上，突兀地扣着几个白色的半球体。李玥没看到娱乐公司的转播车，可能他们提前撤走了。

穿着出舱服的一模一样的人影像一粒粒芝麻撒在大地上，她分辨不出哪个是熊山，哪个是张仁。大家看起来都差不多。不过出舱前他们都在自己的出舱服上做了记号，左边袖子多涂了一条荧光条在上面。

转了半圈，她在一小群人旁边找到了看热闹的两人。

“干什么呢这是？”她问。

“他们在给沙子取样。”熊山解释，“这帮人中间有个喜欢阴谋论的，非说我们现在已经到了火星了。所以他们要给沙子取样回去检测一下，看到底是火星沙子还是地球沙子。”

李玥忍不住笑。

“笑什么笑，你能百分百确定吗？”有个人不满地说道。

“不能百分百确定。”李玥故意顺着他的话说下去，“虽然现在最快的飞船到火星也得八个月，最慢得两年半，但是我们从走进降落模拟舱到出来的时间还不够打一场篮球。不过这并不能百分百证明我们还在地球上。也有可能是我们中间被麻醉了但是我们不知道……”

隔着出舱服的头盔玻璃，李玥都能看到那人双眼发亮，像是看到了志同道合之人。

“—— 但是我至少还有五个不同的证据证明我们在地球上。比如，你可以拿个东西扔一下，然后掐秒表测个重力加速度。火星的重力比地球低多了。

“或者你也可以跳一下，我们如果真的在火星上，那么我们肯定跳得比现在更远。

“再一个证据：从地球上看太阳，和从火星上看太阳，太阳的直径大小肯定是不同的。这个都有具体的数据。但是今天没出太阳，否则我可以现场给你测量……

“最后，我们出舱的时候，外面的空气进来气密舱，没有形成冷凝雾。这说明外面的空气温度和舱内差不多。这远高于火星现在的平均气温。

“最后的最后。”她拍了拍口袋里的手机，“我们每次发朋友圈发消息，通信延迟都是一样的三十二分钟，不管是什么时间，一天二十四小时都是这样。但如果我们真的在火星上，那么真实的跨星际通信延迟应该是二十一分钟左右，而且火星会自转，如果我们的位置背对地球，那就没得通信了。所以我们每天至少有十二个小时应该是通信断绝的。综上所述，我们在地球。”

“但是你仍然没法百分之百证明！”那人坚持道。

“你说得对。”

过了一会儿，三人走开的时候，熊山忍不住说：“你也怀疑过了，是吧。”

“我都验证过了。”李玥说。

氧气背包的供氧时间很充裕，他们在外面闲逛，捡几块石头当作“采样”。李玥在满地沙石间发现一块三角形的玄武岩，立刻捡了起来。

“新的地球证据？”熊山笑着问。

“石器原材料。”

“……”

三人一路散步，绕到半球形的基地后方。这里有一座和火星开拓基地配套的泥土工厂。多爪操作臂在深色的阳光保温槽上摇来晃去，自动履带车将沙土挖起，运到传送带上，送进加盖保水的发酵池。来自基地产出的有机质和保水材料粉末被搅拌进去，然后接种微生物大礼包——里面混合了真菌、黏菌、细菌、地衣和苔藓，能够活下来的，将会在其中繁衍生息。活不下来的，为土壤添加养料。

已经熟成的泥土正在远处铺开，不是简单地铺在地面上风吹日晒，而是挖开细长的沟渠，将泥土填入其中，上面重新覆盖沙石。让那些微生物在黑暗里自行生长。沟渠在地下如同毛细血管般彼此相连，生命安静地在大地中伸展蔓延。等到它们重见天日的时候，这片大地就为披上绿意做好了准备。

李玥围着泥土工厂走了一两圈，她发现这里也有水循环区使用的蜘蛛维修机器人，只不过在这里，它们是黑色褐条纹的，主要任务是维修那些履带车和多爪操作臂。

趁那些蜘蛛爬过身边，她弯腰抓了一只打量一番，它在她手中挥舞八只脚，自动执行肚皮朝天时候的翻转动作，隔着出舱服手套，把她的手心弄得痒痒的。

玩了一会儿，她就把它放了回去。蜘蛛飞速爬开，她似乎在它的动作里看到了一丝惊恐。

又转了一会儿，三人开始往回走。就在这时，他们发现一群人正在叫喊着往某个方向跑，因为不习惯出舱服的连体裤结构，所以都跑得跌跌撞撞的。

“啊哦。”熊山说。

远处，那座用来传输信号的天线塔上有个穿着出舱服的身影，而且还在往上爬。

“掉下来会摔死吧？”张仁问。

“火星的话可能摔不死，如果摔死了就证明是地球。”

这个笑话比较耗功德，所以三人都没笑。一路走过去，发现老梁已经在现场指挥了。前几天他拉起的一群人聚集在天线下面仰头看着，他们不知道从哪里拿来了几个胶囊舱的床垫，横七竖八地摆在下面。

“不像是要跳。”李玥仔细看着，那人手里正挥舞着一根带着电线的短棍，把它丢向下面的人，然后又去天线上掰另一根。

“×。”

熊山换了个语气词表达目前的心情。

靠近了一点，他们隐约能听到那个人的叫喊声。什么“我们现在已经到了平行世界的地球”“蜥蜴人会跟着通信抓到我们去配种”等乱七八糟的话。

“这是发癔症了。是真的，还是节目组安排的？”

“明天来人把他拎走了就是真的，没人来就是安排的。真人秀不允许诱发疾病或者让患有疾病的人继续参与，犯法。”

“哦。”

于是他们一起围观。

“你不去力挽个狂澜？”熊山问。

“为啥是我。”李玥翻了个白眼。

“你们末日准备者不是都喜欢这种吗，做好准备，一鸣惊人。”

“那是末日游戏主角。我们的目的是生存，不是当英雄。”李玥摇摇头，“《末日心理学》第四章第一节：只要你身处的团体超过五个人，就不要主动担负过多的责任。你能想到能做到的事情，别人也能。”

“这书好，哪儿买的。”

“我瞎编的。”

但事情确实如“书”所言，在一番叫喊劝解后，这个发疯的阴谋论者慢慢爬下了已经报废的天线塔，交出了手里的半根天线，乖乖跟着老梁的队伍返回基地。

问题被解决了，但更大的问题横在了每个人面前：

朋友圈和短视频都发不出去了。

有人自告奋勇爬上天线塔试图进行维修，但是在检查一番后只能垂头丧气地再爬下来。也有人去找娱乐公司的领队和后勤主管询问，但他们只是茫然摇头：在节目开始的时候他们就被隔离在内容设计之外，对这些事和参与者一样一无所知。

在大部分人都离开之后，李玥看了看七零八落的天线塔，“老熊，你氧气还够不够？”

“够。”

“陪我去一趟泥土工厂。”

“一起去。”张仁也过来凑热闹。

三人重返泥土工厂，这里的无人设备如常运转。李玥钻进发酵槽之间的步道下方，走了一段，果然看到一个维修蜘蛛巢挂在步道上，跟步道下方的电源插口相连。

出舱服的手套笨重粗短，她花了点力气才把蜘蛛巢摘下来，拢住里面的蜘蛛不让它们“越狱”，然后一起递给熊山。

“它咬我！”熊山大声抱怨。

“这东西没嘴。”

“它挠我！”

絮絮叨叨、叽叽咕咕、嘟嘟囔囔，三人回到天线塔下，天色已晚，李玥打开头盔上的小灯，爬上塔座，很快就在塔身中部找到了一个隐藏在护板下方的电源插口。她把维修蜘蛛巢挂好，连上电源，蜘蛛们争先恐后地爬出来，很快就发现了塔底躺着的损坏天线，并开始八只脚用力拖拽起来。

进入基地的气密门之前，李玥回头看了一眼，已经有三只蜘蛛排成一行，拖着天线杆爬上了塔顶，雄赳赳、气昂昂，仿佛正在奔赴一场新的远征。

五、百科全书先生

——有什么东西，在做什么事。

李玥猛地翻身坐起。胶囊舱里黑暗安静，只有几个绿色的小指示灯亮着，换气扇的单调嗡嗡声也没有任何变化。

她很确定自己刚刚听到了一个奇怪的声音，就像是刀刃拖过粗糙的铁质磨刀器，刺耳，但是很轻。

拿起枕边的小钱包，她轻轻推开胶囊舱的滑门，赤着脚贴着阴影穿过走廊，在倒数第二条逃生通道尽头看到了那个蹲在地上的身影。

是今天发疯那个人，他正拿着一把大剪刀，用力剪着一件出舱服。身旁还七零八落地丢着好几件。李玥正看着，就又听到一声金属摩擦声。似乎是剪刀剪到了出舱服软管上的金属固定装置。

打开手机，关掉闪光灯，李玥拍了一张照片，然后又悄无声息地退了回去。

进入自己的胶囊舱，把门关好上锁，她才打开真人秀参与者的内部通信群。这里没有通信延迟。摇人很方便。

“还有人没睡吗？”她问。配上了方才拍的照片。

立刻有人回复:“在哪里？ 他手里是剪刀吗？”

“E 通道门口，他有剪刀，不知道有没有别的武器。”

李玥打字的时候看了一眼对方的 ID，百科全书超人。

“我就说过你们得把这个精神病关起来 …… 你先躲着，等我们过来了再出来。”

“收到。”

她耐心地等了好一会儿，直到外面传来纷乱的脚步声和叫喊声，才拎着背包里的辣椒喷雾走出来。通道口没看到人，嘈杂的声音从食堂的方向传来，于是她加快了脚步。

进入食堂的时候，李玥正好看到一群人把那个“精神病”堵在了食堂里。张仁穿着他的深红色袈裟一脸佛相正在和精神病交流。另外几个人从食堂后厨推出来一辆装餐盘的餐车，喊着一二三就把手持大剪刀的男人卡在了墙角，然后合力抬起一个大汤桶扣在了他头上。拿餐盘对着桶底一通猛敲。

剪刀不知道是什么时候脱手的。反正人是十分钟后被拖出去的。

一群人吵吵嚷嚷出门，张仁还走在旁边继续絮叨，坚持不懈吸引对方的注意力。

“总觉他是想给人家超度了。”熊山吐槽。

过了一会儿，张仁回来了，意气风发，甩了甩袖子，“测出来了，是演员。”

“你怎么测出来的。”

“真神经病不会觉得念经很烦。”

折腾了这一下。所有人都没什么睡意。张仁提议把每个通道的出舱服备用柜都检查一下。李玥表示同意。

熊山说我跟着你们就行。

那个神经病看起来是从第一个紧急逃生通道开始破坏的，这些备用柜的门都是一拉就开，也没设计防神经病功能。破破烂烂的出舱服丢在地上，一大堆里面只有一套还算完整，但是手套被剪坏了。

“这个可以换。”一个声音从他们背后响起。

李玥回头看到一个矮个子男人，手臂粗壮，肌肉轮廓很明显。

“你是‘每日焦虑’对吧，我是‘百科全书’。”他说着李玥在内部通信群的名字，热情地伸出手来。

李玥浅浅握了一下他的手，掌心和手指都很粗糙，但是很干爽。

百科全书也姓李，跟李玥算是本家。

人如绰号，他仿佛一本行走的百科全书，什么都知道。

“这个地方，扭一下，这个手套都是通用的，就两个号，大号，小号。衣服是大号的，你们找一下大号的手套。对，这个就行。换上，就有一套能用的了。”

他翻过一件彻底报废的出舱服，打开背面的氧气背包。

“这里面的氧气瓶是可换式的。他把衣服弄坏了，但是氧气瓶还在，喏。这个这样按一下，就能拆下来。柜子下层应该有……找到了，氧气面罩。”

变魔术一样，他在柜子侧边抽出来一个抽屉。

“就算是真的在火星，也未必就要穿出舱服才能出去，有氧气面罩就能坚持很长时间。你们帮我把气瓶都拆出来放柜子里。就放面罩这个抽屉旁边。”

几人一起动手，很快就回收了损坏的出舱服上面能用的部分。

“滤水材料应该也能用吧。”李玥问。

“能用，滤芯也可以换。”百科全书先生扒拉了一下皱巴巴豁开的出舱服，“但是没有配套的设备，可以拿毛巾裹上滤芯塞到大小合适的东西里，上面倒水，下面滤水，勉强能用。”

李玥点点头，把那些滤芯也拆了出来，放在柜子另一边。

正在忙着，突然又是一堆乱糟糟的脚步声由远而近，老梁带着一群人过来了，看到地上的滤芯和防护服，突然就开始发火。

“干什么呢你们，谁让你们拆的？你们什么意思？”

李玥看看熊山，熊山看看张仁，张仁看看百科全书先生。

几个人脾气性格都差不多，看顺眼的人才说话，不顺眼的连个眼神都不愿意给。要不然也不至于都出第一个危机了，还是这么闲散的小团体。

“你们不要在这里胡闹了，这些出舱服统一管理！”老梁大踏步走上前，直接从熊山手里抢下半件出舱服。他是下了大力气的，结果熊山手上压根没用力，很轻松就给他了，搞得他自己反而一个趔趄。

“有人管了，那咱们回去睡觉吧。”李玥就好像没看到老梁和他那群小跟班一样，伸了个懒腰。

“睡觉睡觉。”熊山赞同道。

话虽然这样说，但李玥走的却是去往休息室的方向。熊山和其他人默契地跟上了她。在他们身后，老梁又和另一群同样打算回收出舱服和氧气面罩的人吵了起来，双方互不相让。

“—— 你谁啊！你领导吗？”一个高亢的女声穿过走廊，震得天花板都在嗡嗡响。

“我以为你会跟他吵。”熊山说。

“物资很重要，但是没那么重要。末日生存很重要的一点就是避免冲突。不是当圣母，是大部分冲突都很浪费时间和精力，是很没有价值的行为。争夺资源往往得不偿失。”李玥答道，“《末日心理学》第六章第四节：不要去药店找抗生素，要去宠物店里找，因为你在那里不会遇到大量竞争者。”

“还可以去小餐馆后厨。”百科先生突然说，“很多餐馆营业时间很长，工作人员会把常用药和常用物品直接放在抽屉里。”

李玥和熊山交换了一个眼神。

这人靠谱，算他一个。

休息室分三层，顶层是伪装成巨大观景窗的投影屏幕，但是旁边有一小块真的观景窗。像个气泡一样凸出在半球形的基地表面。从观景窗看去，外面天气似乎变好了，群星璀璨，熟悉的星座映入眼帘。

“星座是一样的，那我们肯定是在地球上了。”

“在火星上星座也是一样的。只是春分点不一样。”百科全书先生指出。这让熊山露出了不太爽的表情。

“事实上我们肯定是在地球上，我有七个证据……”

“她只找到五个。”熊山幸灾乐祸。

“那你们很厉害。”百科全书先生一脸认真，“当然我更厉害。”

“……兄弟，你出生的时候是不是没抽到情商这张卡？”

“情商是个不准确的说法，它来自一个非正规的社会学统计……”

熊山捂住了脑壳。

两人在旁边贫嘴，张仁看热闹。李玥则沿着观景窗的弧线走向窗体下方，在那里是一只大沙发，她拖开沙发，后面有一个内嵌在墙体里的柜子，里面有六件出舱服，完好无损。还有两条绳梯，一大盘安全绳，几个面罩和一盒用于替换的滤芯。

“你厉害。”百科全书先生拿出了手机，“这个观景窗原来是气密舱？”

“是气密舱外侧那半边。”她点点头，“内侧的滑门被卡住了，藏在沙发背后，那旁边的位置就应该是应急柜。我看过基地图纸，这个顶层出口是为沙尘暴设计的，毕竟地面出口容易被沙子堵住或者卡住。”

她将柜子里的东西逐一检查，然后原样复位。最后拖过沙发挡住。

“回去睡觉吧。”

“这个柜子大家别告诉别人啊，我们自己知道就行了。”百科全书先生嘟囔道。

李玥叹口气。

她看了一眼，自己和熊山都没带个人摄像头，但是张仁带了，就挂在他的袈裟外面。而且这个休息室里至少还有三个摄像头对着这边。

只能说，百科全书先生还是有点情商的。

但不多。

第二天早上，休息室和餐厅里就很热闹。老梁并不是这里唯一一个聚集起追随者的人。还有一群人跟着一个大学教授。对于究竟谁有权保管那些备用出舱服，双方产生了不可调和的矛盾，都觉得只有自己才足够睿智，只有自己才能善用备用物资，所以吵得不可开交。

“人手至少一套呢。”张仁不解，“为什么吵得这么凶？”

“每人一套，但也只有一套。我昨天回去之后转了一圈，之前没安排住人的胶囊舱，就没有出舱服。”李玥端着餐盘坐下来，“也就是说，出舱服只有两个来源，每人胶囊舱里一套，然后每个紧急出口有一些。节目组设计危机都是连着来，后面肯定有用到这些出舱服的时候。有没有备份，心态是不一样的。”

两人正说着，熊山端着他的早餐过来，乐颠颠地，“今天发现个好玩的。”

“什么好玩的？”

“我之前不是问了一圈大家的职业嘛。都是什么主播啊打游戏的啊搞新闻的啊，我就想这回完鸡巴蛋了。但是后来我发现你有隐藏职业。”熊山用筷子点了点李玥，“所以我就在想，其他人会不会也有。就又去问了几个人。然后发现还真有。”

“谁呀。”

李玥也好奇起来。

“那边，自己单独吃饭的那个。之前我问他，他说自己是扑街科幻写手，写科幻小说写不好，每次不知道怎么结尾了就说都是人工智能的阴谋。”

“那是该扑街。”

“然后呢。”

“今天我又找他聊了聊，人家是真心认为，一切都是人工智能的阴谋。包括我们参加的这个节目。”

“……”

“我觉得这个不能算隐藏职业。”李玥抗议，“这顶多算隐藏症状。”

早餐过后，熊山拉着张仁去其他半球建筑看有没有顶层出口，李玥则一如既往抱着她的毛绒玩偶闲逛。基地里单独晃悠的人变少了，一群一群低声讨论或者争论的人变多了。气氛变得紧绷起来。

但李玥反而觉得很放松。

—— 作为末日准备者，她的神经总是绷得紧紧的，以至于看到这些人的严肃表情，只觉得他们很可爱。

按照事先列好的行动清单，她今天打算去看一眼基地深处的能源中心。

在物料循环区的角落里，李玥找到了连接能源中心的通道，这条长长的通道灯光斑驳，堆满杂物，满地灰尘无人打扫。

据说，第六期真人秀集体出局之后，节目组就不再把能源区作为危机项目了，甚至直接把这个区域排除出了剧本和参与者行动范畴。

能源区通道也成了堆积杂物和部分物资的地方。

那场模拟测试证明：让一群普通人去修一个核聚变电站还是有那么“一点点”超出他们的能力范围的。

李玥放慢脚步，开始在杂物里翻找。她很愉快地发现了一件用过的出舱服，皱巴巴的，空气背包里没有氧气瓶。但是问题不大。

将出舱服卷起塞进背包，她继续翻找。

“那边有几箱水。”一个干巴巴的声音说。

是百科全书先生。

“瓶装水？”她问。

“对。”

“我去看看。”

通道边缘堆了三个箱子，里面放的是未开封的瓶装水。

“我估计他们会搞个水危机，然后等我们找到这里就可以再多几天缓解，然后再想办法解决……”百科全书先生嘟囔着。

“所以我们先发现了也没关系。”李玥抽出两瓶放进背包里，再抽出两瓶给百科全书先生。另外拎出四瓶留给熊山他们。然后给剩下的拍了个照片，发进内部聊天群。估计很快就有人来搬。

但是会不会打起来就不好说了。

她又翻了几个箱子，确定没有别的有用的东西，才继续往能源区的方向走。百科全书先生也跟了上来。

“那边就只能看，进不去。”他说。

“我知道。”她答道，“我就是想看看。”

这里很凉。

这是李玥的第一个想法。

她原本以为核聚变电站会像电影里的发电站一样闷热喧嚣，但这里的空气干燥凉爽，带着轻微的灰尘气息。

而且安静异常。

电站位于地下三层，但只有地下一层才有挑空的观光步道，下面两层被银色的巨大圆盘结构占据，金属表面安静地反射着灯光，丝毫看不出里面封装了一颗微型太阳。

走在她旁边的百科全书先生如数家珍：

“……这是第一代超小型聚变堆，直接就用在了火星模拟基地上。后面又迭代了好几次，才进入工业和商业领域……

“……能够自启动，就是不需要外部供能才能启动，现在很多聚变堆还是要外界能源点火的，这个不用。就是要消耗一点点裂变燃料……

“……不过这个堆是一次性的。一开始就都把需要的燃料封装进去了，现在基地不是满能耗运转，眼下的这点耗能够它运转一千年的。有点浪费，但也不差这点儿。毕竟基地废弃了它也搬不走，相当于废物利用了。

“他们在月球上盖的那个太阳风聚变堆才好看，超大超长的捕风网，捕捉氦－3，然后送进聚变炉里。阳光一照下来，捕风膜是黑色的，支架脉络是金色的。就像是天使的翅膀一样。有人管那个叫月亮天使。还有人真的上去拜呢，都抓了好几个往捕风网上扔硬币的了……”

李玥认真地听着。

她发现百科全书先生是个非常好相处的人，只要你认真听他说话，然后点头。他就会兴致勃勃地告诉你关于这件事的更多事，而且非常开心。

“火星上的聚变堆长什么样？”她好奇地问。

“有两种。”百科全书先生快乐起来，“一种是我们和自动机器人一起送上去的，标准非商用型号，氢燃料堆，加水就能运转。但是启动要靠裂变燃料，所以其实也是一次性的，就是运转有效时间比较长。另一种是‘蘑菇堆’，是那些机器人自己迭代出来的，看不出来用的是什么燃料，也看不出来从哪里进料。还是靠遥感卫星把异常中微子扫出来才知道这是个聚变堆。长得像一堆木耳堆在一起，层层叠叠的。现在有不少人在研究这个结构。看能不能给我们自己的改进一下。”

“机器人自己都会迭代了，那人类是不是没用了。”

“有用。”

“怎么个有用。”

“上火星，住进自动机器人给咱们搭好的穹顶动物园里，然后继续打游戏看直播坐办公室，身边自动机器人来来往往。我们以为他们在给我们服务，他们觉得在观赏原生态碳基先祖，皆大欢喜。”

“×。”

由于整个核聚变电站都被封装了起来，李玥和百科全书先生只在上面转了一圈，就意犹未尽地离开了。带上在杂物堆翻到的东西，他们返回休息室和熊山两人碰头，各自交换今天获得的物资和信息。

在确定精神病是演员之后，大家就有点紧张不起来，带着看戏的姿态围观其他人折腾。李玥总觉得他们几个大概也不是为了那一笔奖金来参加这个节目的，至少不完全是。

在聊了一会儿之后，百科全书先生愤愤不平地提到了那条堆满杂物的通道。

“堆了一堆没用的东西，把隔离防火门的滑动槽都给挡住了！”他说，“三层防火门都挡住了！”

“反正现在也用不上。”

“安全条例规定的东西，没有什么时候是用不上的！”

“啊对对对。”

六、鸡

又过了两三天，蜘蛛们还在天线上乱爬，偶尔焊接一下。但外界通信依旧失灵，朋友圈还是发不出去，大家也连不上网。

危机像个醉汉，晃悠悠地缓慢逼近着。

老梁团队试图同时管理物资、人手和精神病患者，但他们遇到的第一个问题是：基地里没有可以单向锁上的门。

作为安全措施，所有的门都有从任何一侧方便开启的办法。唯一需要人身识别的是胶囊舱，但它只对外上锁，在里面也可以很容易地打开。

如果是一个真的精神病患者，那把他安全地关起来很容易，但这是个演员精神病。一眼看不到就又溜出去搞破坏了。

老梁的团队只好分配两个人专门看着他。但是为了谁来做这件枯燥的事情又吵了一架。

李玥和熊山的小小四人组愉悦吃瓜。

是真的吃瓜。

李玥在种植区发现了两柱沙培的甜瓜，但是它们既没有出现在食堂菜单上，也没有出现在水果列表里。于是她就跟着那些采收种植产物的机器人，看他们把甜瓜送到哪里。

种植区里有个很大的冷库，包括了冷藏区和冷冻区。机器人会定期检查这里储藏的食品，如果不新鲜了就送去回收，如果没有订单，就送去再生产。那些无人问津的甜瓜就这样被烘干成了一盒盒果干，咬起来有点费牙，但是非常甜。

不像所有人都必需的饮用水，这东西属于非必需物资，所以四人组就把它私下分了，没放到大群里。

“—— 你们末日准备者怎么处理这种事，比如说团队里出了个精神病？直接扔出去？”

“末日也是要讲道德的，而且更要讲道德。”李玥认真解释，“因为道德是互信的基础，互信是合作生存的前提。当然，也不能无限制讲道德。比如像这种事，开头肯定要采用相对温和的办法，拖一段时间。主要是等。”

“等什么？”

“等同情心被消耗光。”她慢悠悠拿着甜瓜干磨牙，“你如果一开始就把他扔出去，肯定会有人义愤填膺，觉得你残酷，觉得你不道德，觉得你没有同情心，至少没有他有同情心。但是你多等几天，注意一点儿，别让精神病祸祸了重要的东西，其他折腾随便。过个一两周，等他把所有人折腾个遍，就没人来拦你了。久病床前无孝子，不是随便说说的。”

“要是有人非要拦着呢？”

“谁拦着，谁管。要是真能管住了，你还得赞美他，帮他。因为这是道德典型。当然，我一般不去考虑这些。因为末日情景下，女性很难进入大团体的决策行列。”

“但你还是考虑了嘛。”

“我这人总喜欢瞎寻思，没办法。”

“你这个方法有个问题啊。”百科全书先生皱起眉头，“要是一开始没看住精神病，让他把重要的东西弄坏了呢？”

“那就都玩儿完呗。”李玥摊开手，“这也是为什么我不喜欢大团体，大团体在生存挑战里的变数太多了。三到五人的小团体是最好的。有矛盾可以快速沟通、快速解决。而且容易达成利益一致的结果。”

熊山充满赞同地点头。

“不过其实是我不擅长社交。”她说，“我就不适合大团体。”

熊山充满赞同地用力点头。

正聊着，食堂那边突然爆发出喧哗声。熊山是个不嫌事大的，乐颠颠跑去围观。过了一会儿回来，满脸放光。

“你是不是预言家啊，真让你说着了。”他拍打着百科全书先生结实的肩膀，“那个精神病把采收机器人弄坏了，所以今天中午的菜只有储存的，没有新鲜的，也没有肉。因为采收机器人不光要择菜，还负责杀鸡和割牛肉。他们正商量谁去采收呢。”

“采收了也没人做啊，你不是说没厨师嘛。”

“烹饪流水线是正常的，就是得有人把菜摘下来放进去。清洗烹调都是自动化的。哦对了，还得杀鸡。割肉他们也不知道怎么整，实验室的肉都是长在培养基上的，不知道哪块儿长成了哪块儿没长成。”

“肉这个我知道，我去弄吧。”李玥站起身。三个男人跟在她身后看热闹。

养殖区已经挤满了人，沸反盈天吵闹不已，一群人在择菜，另一群在大声说不应该这么择。老梁带着几个人在抓鸡。还有几个人围在牛肉培育区那里，瞪着那些粉白色的巨大培养缸，一时间不知道该怎么下手。

李玥先去了坏掉的采收机器人那里，打开它体侧的备件舱，从里面找出细长的切割刀片和一把钩状钳子，找熊山要了个空水瓶，把刀片尾部插进水瓶里，将水瓶压扁，再用毛巾缠紧，做了个把手。

她提着刀走向牛肉培育区，一群人像分开的海面那样给她让路。

“我就今天做一次啊。你们记一下。想弄牛肉就自己来。其实我们平时有鸡蛋，蛋白质就够了，怕贫血的话，基地里也有补铁的药物。”她说着，扫视着这些巨大的牛肉块，每一个都至少有三个篮球大小，跟她在实验室培养皿里培养出的弱小细胞截然不同。但基本原理仍然一致。

“首先，还在培养缸里的，肯定是没熟的。沉在缸里就说明它们还需要培养。我们要采摘的话，得找后面这种。”她穿过培养缸，走向后面的挂架区，在这里，巨大的肉块被一层半透明的白色湿润薄膜包裹着，夹在复杂的三角形挂架中间，被缓慢地拉伸和挤压着。湿润的水雾被喷到薄膜表面，并且很快就被吸收了进去。

“这种拉伸就是让牛肉长成肌肉纤维，肌肉是靠物理作用生长的。也是促进类毛细血管生长——培养肉不是真肉，没有血液流过，但是物理挤压可以让它们长出类似毛细血管的结构，让我们吃起来觉得更像肉。”

“但是没有血管，这些肉要吸收养分，就要靠肌纤维中间的共生体运输养料，也就是黏菌。对，我们吃的合成肉里都有黏菌的一部分，也不用太在意，这东西过去叫太岁，据说吃了延年益寿呢。而且合成肉的脂肪口感，就是靠它们提供的……”

有人已经脸色发青转身出去了。

李玥并不在意，她是讲给熊山他们听的，其他人爱听不听。

“共生体一开始长得慢，牛肉的培养细胞长得快。但是到了一定程度，就是黏菌共生体长得快了。这个时候也就是熟了，可以采收了。要不然就都喂黏菌了。”

李玥找了一块已经被很厚的白膜完全包裹的肉，外面的薄膜已经起了褶皱，而且呈现出微微的黄色。

她用细长的切割刀片在外膜上切开一条口子，然后用钩状钳子夹住黏菌外膜拽开，露出底下粉白的牛肉纤维。贴着外膜切掉约四分之三的牛肉，然后丢进拎来的桶里。

剩下四分之一的牛肉很快就又被黏菌包裹了起来，皱皱巴巴的。

“这个是留着下次培养的，不要一次割完。”

采收完毕，挂架上重量减轻，触发了扫描程序，在扫描后，挂架自动运行起来，沿着天花板上的流水槽自动向前，绕过半个房间，缓缓下降，重新将黏菌和肉块浸入一个装满培养液的大缸里。

“我知道怎么弄了，但是我不太想吃了。”熊山吐槽。

“饿了你就不挑了。”

李玥拎着桶走出培育区，把肉块倒进食材流水线的进料口。然后把桶和刀都交给了跃跃欲试的其他人。

等他们来到厨房的时候，肉块已经进入烹调流程，被清洗切片，一阵煎炸声后，很快香味就飘了过来。

“…… 确实挺香的。”

熊山评价道。

他们从厨房出来的时候，正好碰上老梁在张罗着杀鸡。

一群人，前呼后拥，老梁左手提着一只不断挣扎的公鸡，右手提着一把消防斧，雄赳赳、气昂昂走着。身后跟着一群小跟班，走进了食堂。

这支队伍看起来充满了要解决问题的意气风发，但比较煞风景的是，队伍的最后跟了两个扁圆的扫地机器人，晃来晃去、忙忙碌碌地清扫那只鸡落下来的鸡毛和粪便，让整个场景显得非常有趣。

李玥调整自己的摄像头，给那两只扫地机器人来了个特写。

正常情况下，多功能采收机器人会给那只鸡来个电击，然后丢进食材处理的流水线进料口，如果当天有鸡肉订单，这只鸡就会变成一盘热气腾腾的自助餐菜肴，如果没有订单，就会变成一只冻鸡被储存起来。

“流水线进料口是在养殖区那边吧。”张仁若有所思。

“是在那边。这边只有做好的菜的出口。”

“所以他在厨房杀了鸡，还得拎回去？”

“这边有自由使用的烹调设备。锅、电磁炉，都有。那边龙头开了就是水。”

“那你们觉得他知道怎么给鸡褪毛开膛吗？”

“反正我不知道。”熊山转向李玥，“你呢？末日准备者应该没问题吧。”

“我读过所有的操作理论。”李玥面无表情地答道，“仅限理论。”

他们一边闲聊一边围观，餐厅里不少人也围拢过来，众目睽睽之下，老梁示意旁边的迷彩服年轻人拖出一块菜板，把那只不断蹬腿的公鸡按在菜板上。用力按住，高高举起手里的消防斧。

另一个人拿了个盆过来，看起来是打算接血。

“这是打算斩首？”熊山压低声音，“不是抹脖子就行吗？”

“理论上是抹脖子就行。”

正说着，老梁已经手起斧落，气势十足。但就在最后一刻，公鸡猛地挣了一下。

利斧砍在菜板上，虽然稍微有点歪，但还是成功将公鸡身首分离。鸡头被弹飞出去两米远，正好落在一个围观者身上，而鸡身子的垂死挣扎让它从老梁的手里滑了出去。

无头的鸡扑扇着翅膀、喷着血、一路歪歪扭扭在厨房里抽搐、弹跳、奔跑，老梁在后面疯狂追赶。

直到鸡撞上了餐车。

餐车撞上了人。

人趴在餐车上。

鸡挂在餐车底。

鸡、餐车、人，一起撞在了墙上。

厨房里变得非常安静。

李玥开始后退，在事情过于尴尬之前拽着其他人躲进了餐厅里。

“你们都录下来了没？”她憋着笑问。

张仁拍拍胸口的摄像头：“从头到尾，一点不落。”

虽然老梁损失了一件衣服和一条裤子，以及不确定是否存在的面子，但最终大家的午餐还是吃上了鸡肉。当然，不是那只断头的鸡。他们把这只鸡放进投料口之后，由于没有头，基地的人工智能流水线判断这只鸡疑似患有疾病，不适合食用，直接把它回收去堆肥了。

那名大学教授带着其他人在冷库里找到了不少冷冻的鸡——基地的养殖区一直在生产鸡，但是旅游淡季的消耗量很小，所以冷库里有大量的储备。冷冻鸡丢进投料口，也就多花了十分钟微波解冻的时间，就进入了烹调程序。

吃饭的时候，李玥一直有点心不在焉。

“想什么呢。”熊山用筷子头戳她。

“你这样在我老家要被人打的。”李玥瞪了他一眼，还是解释道，“我就是觉得，老梁没必要杀那个鸡。至少没必要今天杀。节目组设计挑战都是有好几个解决途径的。他为啥非得今天就急忙急火地杀鸡呢？”

“这个我懂。”熊山得意起来，“他还真就得今天杀这个鸡。你看，前几天他们吵架，大学教授那边让步了，说应急物资——其实就是几件出舱服——可以给老梁他们管理，但前提是他们也得负责那个精神病。你要这个权力，你就得担这个责任。对吧。”

“嗯。”

“然后今天呢，精神病跑了。把机器人弄坏了。这是老梁的锅。所以他必须得把这个事情解决了，而且必须得是他来解决，否则他以后说话都不好使了。所以他必须杀这个鸡，而且他绝对相信自己能做到。当然，到底能不能，就另说了。”

“鸡表示不能。”

他们互相对视一眼，小声笑了起来。

“老梁这种人，我见得多了。没能耐又想要权力，权力到手了又抓不住。幸亏这就是个真人秀，这要是真的上火星的时候遇上他当管事的，比精神病危害都大。”熊山嘟囔着。

“你说的这个可能性几乎等于零。”百科全书先生严肃地指出，“第一，你不具备移民火星的能力和财力；第二，老梁也不具备在移民火星项目中获得管理岗位的个人能力和自我认知。综上所述，你俩是不会在火星遇见彼此的。因为你们根本没机会上火星。但从另一个方面来说，我们都参加同一个真人秀，那说明我们的社会生态位差不多。所以在日常生活里，你会有很大概率遇见他这样的人。”

“…… 我能打他吗？”熊山盯着百科全书先生，非常认真地问其他人。

李玥看了一眼百科全书先生手臂上隆起的肌肉。

“我觉得你打不过他。”她诚恳地说。

七、间奏

在肉的问题解决后，大家都在期待着下一个危机，但下一个危机却迟迟没有来。

精神病患者很认真地疯了十天，然后就突然痊愈了。或者纯粹只是演员演够了，总之他现在就跟正常人一样，只不过平时还是有人盯着他。

为了自己说话有人听，老梁和他的团队包揽了关于肉的所有工作——主要是把冷冻的鸡和割下来的培育肉送到进料口。这个工作单调乏味，但是每天至少三次，还得起得比别人早，很快就有人不想干了。

在严厉地训斥他们之后，老梁义无反顾地担任了这一工作，每天吃饭时脸上都泛着骄傲的红光。

“我看他不爽。”熊山嘟囔着，“有没有什么办法？”

“有。”李玥忍着笑，“但是你得帮我抓蜘蛛。”

“那玩意咬人！”

“说了不咬人。”

“它挠我！”

嘟嘟囔囔抱怨着，熊山还是在饭后跟着李玥去了种植区。

那天观察坏掉的采收机器人的时候，李玥就发现它被放在种植区门外，而那些黑色绿条纹的维修蜘蛛从来不离开种植区。所以也没有维修那个机器人。

但它们也不是那么死板。如果蜘蛛巢被移到一定范围之外，那么它们就会主动维修蜘蛛巢附近的任何物件。

就像外面的天线——李玥后来又出去过一次，把蜘蛛巢挪回泥土工厂的原位置。她可以确定天线被维修蜘蛛给修好了。但眼下基地还是没法联系外界，至少参与者没法联系外界。她只有一两次听到领队低声自言自语，可能是在通过更隐秘的通信设备跟导演组交换意见。

坏掉的采收机器人堵在种植区门口，他们就把它推到后面的杂物堆里去了。机器人很重，李玥不想搬它，所以就只能去摘蜘蛛巢。

在培养柱旁边，她拢住一只金属小蜘蛛，八个小爪子很不安分地挠着她的手心。

“乖，帮我修个东西。”

蜘蛛似乎听懂了她的话一样，乖乖地爬进了蜘蛛巢里。

李玥在蜘蛛巢里装了四只蜘蛛，让熊山拿着，把它带去了杂物堆。给蜘蛛巢接上电后，四只小蜘蛛争先恐后爬出来，第一时间就冲向了采收机器人的方向。

“能行吗？”熊山一脸怀疑。

“等着瞧吧。”

当天晚饭稍早一点的时候，种植区传来了喧哗声。熊山和李玥晃过去的时候，正好看到采收机器人恢复了正常工作，有条不紊地在养殖区电击每一只达到了采收标准的鸡，并把它们放进流水线里。

老梁一脸失落地站在门口。

两人悄悄离开，晚上又来了一趟，悄悄把蜘蛛巢拿回原位，深藏功与名。

“—— 这是什么？”熊山问李玥，她正在摆弄着一个外表看起来有点像蜂巢的东西，但是上面有充电接口。

“修完机器人闲着没事，那些维修蜘蛛从杂物堆里把这东西给翻出来了。原来是坏的，蜘蛛把它修好了。”她答道，翻转这个小物件，“背后有说明图，应该是把水灌进去，就可以给手机和其他东西充电。这里还有个标识，应该也是基地里用的东西。”

“这倒是挺方便的。”

“是挺方便，但是我觉得很可疑。”

“哪里可疑了。”

“我们在一个有核聚变电站、可以运行一千年的火星基地里。然后我们找到了一个化学能充电宝。”

“往好处想。”熊山开始抬杠，“没准它不是化学能的呢。”

“难道还能是核能的？”

他们俩一起大笑起来。

八、雨、疯人和雷声

肉的危机彻底解决，老梁也失去了存在感。大家变得松懈懒散。反正下一个危机总会来的，对吧。

观景窗外的天空黄了几天，然后突然变得湛蓝，阳光刺眼地挥洒着热量，熊山出舱一趟，出舱服回收了整整一瓶汗水。

“这绝对是地球，火星不可能这么热。”他咬牙切齿地说道。

又晴又热了好几天后，天空突然阴沉起来。大团大团的云翻滚着一路向前，如山岳一般高耸的巨大积雨云下面缀着星星点点的碎云，拉出长长的雨幡，扫过基地所在的位置，雨点打在白色的半球建筑外墙上，流下时拖出长长的灰尘痕迹。

“剧组预定的沙尘暴泡汤了。”熊山幸灾乐祸。

李玥正在笔记本上写写画画，听到他这样说，抬头看了一眼。“你有多余的塑料瓶吗？”

“有，你上次喝完水让我留着，我就都留着了。”

“今天都接上水，放在方便携带的包或者行李箱里。”

看着窗外，李玥的视线滑过已经开始聚成小溪流的雨水，“这个基地设计的时候默认是需要水的输入的。在火星上的话，就是用地下开采的水冰。现在应该是采集地下水。如果雨太大或者发洪水，可能会受一定的影响。”

“你确定沙漠里会发洪水？”

“我确定。”李玥指了指休息室架子上的“冷湖火星模拟基地手册”。起身拿来给熊山看。宣传册主要是介绍基地，但是还附带了附近的一些景点，有一处“水上雅丹”，就是在洪水和河流改道之后形成的。

熊山说了七八个×，然后乖乖存水去了，还给张仁和百科全书先生发了消息。

结果他们接水的时候被其他人看见，到了傍晚的时候，雨还在下，于是大家都去存水了。

“净化水用光了怎么办？”熊山又开始忧心新的问题。

“不会的。他们没那么多瓶子。”

但李玥的担忧似乎看起来毫无必要。这场雨没有下很久，晚上十点多的时候就已经停了。第二天早上起来的时候，遍布沙土的地面甚至已经半干了。

“预测落空的感想如何？”

“我是末日准备者。”李玥把装满水的瓶子在行李箱里放好，“预测失败是我们生活的一部分，但我们只要对一次，就赚了。”

雨停了，但天空依旧阴沉。基地运转如常，蜘蛛维修，流水线供应食物，人类无所事事。李玥在种植区闲逛的时候发现了水稻和小麦（因为抽穗了所以她意识到它们不是韭菜），一柱一柱长在顶层培养区的角落里，数量不多，但穗粗株矮，产量相当可观。

这解释了仓库里为什么储存着大量的米和面。

李玥四处转悠，这里看看，那里瞧瞧。

在抓过两次蜘蛛后，这些用来维修和维护流水线的小机器好像都认识她了，看到她来就快速爬着散开，但是也有几只会好奇地接近她，用黑色的豆豆眼盯着她，看她没有做什么，才转身懒洋洋地爬走。

逛到食堂的时候正值午餐时间，但大家都没吃饭，而是在围观精神病二号。

“又是精神病，节目组也太没创意了吧。”有人抱怨。

李玥挤过去，正好看到那个头发蓬乱眼睛发直的男人，正在和厨工机器人争夺一辆餐车。

“我要把餐车放在这里。”他说。

一边说着，他将餐车拖到了自助餐台的外侧。

厨工机器人转了半圈，发现餐车不在程序预定的位置上，于是滑过去，桶状外壳上的凹槽卡住餐车把手，把餐车拉回到送餐区。

男人叹了口气，走过去再次对机器人重申了一遍。

“我，要把，餐车，放在，这里。”

他重复方才的动作拖走餐车，而厨工机器人再次将餐车拖回去。

男人发出长长的哀号声，悲恸欲绝，李玥只在医院门口听到过这样的哀号声。

“你们看见了吗？看见了吗？是它们说了算，不是我们说了算！”男人大声叫喊着，挥舞着双手，“这一切都是人工智能的阴谋，都是人工智能的阴谋！我写的不是科幻，我是个纪实作家！”

所有人都看猴一样看着他表演。

男人又去拽餐车。

反复几次后，所有人都觉得乏味起来，于是渐渐散去，各自取餐吃午饭。李玥也取了餐，但是坐在一个能看到这个精神病的地方。盯着这个人。

吃完午餐，男人还在和厨工机器人较劲。李玥也还在盯着他。熊山和其他人坐在一旁聊天。

“我赢了！”男人突然大笑起来，一跳老高，“我赢了，我说了算！”

大家都回头去看。

这一次，男人把餐车拖到了厨房外面。

和那些维修蜘蛛一样，厨工机器人也有行动的限定范围，所以它这次没有去将餐车拽回原来的位置。

男人大笑，鼓掌，又大哭。

“演得挺像。”熊山评价。

“79次。”

“什么？”

“他拽了那个餐车79次。”李玥眯起眼睛，去主食区又拿了几个馒头，用干净的塑料袋装好，放进背包里，“如果是演员的话，我只能说太敬业了。”

那天晚上，李玥隐隐约约的不安变成了现实，她从梦中醒来，听到胶囊舱外回荡着沉闷的雷声。

她一开始以为是外面又下雨了，但是凝神听了一会儿，雷声一直没停，还有隐约的水声传来。

拽开胶囊舱，李玥一眼就看到了几乎快要上涨到舱门口的浑浊水流，夹杂着尘土、枯草和树枝，疯狂地打着旋儿，从胶囊舱门口流过。沉闷的雷声还在从右二通道方向传来。

右二通道。

物料循环区。

地下三层的核电站。

被杂物阻挡的防火门。

三层防火门都挡住了。

那不是雷声。

那是洪水冲进基地，涌过地下通道，从三层楼高的步道上落下去击打在核电站外壳上的声音。

李玥闭上眼睛，深呼吸，用力掐了自己一把，再次深呼吸。睁开眼睛，眼前仍然是浑浊的水流，耳边也仍然是沉闷的雷声。

不是做梦。

她看了一眼时间，凌晨4点。

又做了一个深呼吸，她从枕边摸起小钱包，拉开拉链，从巧克力、哨子、创可贴和瑞士军刀下面摸出一个打火机，将它凑近胶囊舱里的烟雾报警器。再加上一张纸巾。

五秒钟后，基地里的火警震耳欲聋地响彻每一个角落。

警报声，人声，尖叫声，水流声，叫骂声。

李玥探头看了一眼，没有水流往种植区去，她记得那边也有地下建筑，但那个方向水流平静。她回忆了一下通道里的防火门位置，衷心希望它们被关上了。

拽出自己的出舱服，她打开空气背包，抽出气瓶，然后开启送风系统，背包开始徒劳地抽取空气往出舱服里灌。而她有条不紊地将手边较轻的物品——床单、枕巾、毛毯、毛绒玩偶——都丢进出舱服里，从外面扣上卡扣，拉好拉链。

空气背包很快就把出舱服吹得鼓了起来。等出舱服完全被气体充满，她关好空气背包，把它丢到齐膝深的水里试了一下。

还好，这种出舱服不是宇航服，更轻便，能浮起来。

李玥拽出背包背好，把行李箱也拽出来，这个箱子防水，而且也能漂浮，她套上了从杂物区捡来的另一套出舱服，用救生绳把行李箱和出舱服救生圈连在一起，跳进水里，推着漂浮的两个东西逆流而上。

“水是从哪个门进来的？”她听见老梁在叫喊，“去关门，去把门关上！”

大部分人都离开了自己的胶囊舱，但水流很急，他们踉踉跄跄地在水中跋涉。李玥先是把行李箱推给熊山扶着，然后又把黄裙子女主播拽过来，让她抱着充气出舱服的一条腿。虽然这件脸朝下的出舱服看起来有点惊悚，像是一具漂浮的尸体，但确实让他们稳定了一些。

李玥抽出另一条救生绳，在走廊左右两边的扶手上各打了一个结，将这条救生绳拦在了尾部居住区通道的中央。恰好卡在水流冲进物料循环区的通道前面。

“去休息区。”她对熊山喊道，“那边最高！”

张仁过来推着充气出舱服，拽着两个女人一起逆流而上，熊山在半路捡了百科全书先生和惊魂未定的大学教授。六个人只有两个来得及穿上出舱服，一路跌跌撞撞地穿过通道。

又拽过来两个人之后，充气出舱服有点不堪重负了。

“你们先走！”熊山喊。

李玥用力摇头，“先把这批送过去！”

她和熊山对视了几秒钟，后者叹口气，扶着行李箱过来，一起推动着人形救生圈。

“谁他妈想的在火星基地里发洪水，火星！”

熊山大声叫骂。

李玥没说话，保持安静，保持能量。

他们湿漉漉地爬上休息室的楼梯时，上面已经有一些人了，七手八脚把他们拽了上去。但是下面还有叫喊声。水流深度已经到大腿了，不是每个人都有力气穿过通道的。

熊山说要再下去，但李玥制止了他。“稍等一分钟。”

她环顾四周，迅速找了一个角落。放好行李箱和背包，从充气出舱服里掏出东西堆在角落里。然后推倒沙发，用刀将布面割开，露出里面的框架。

“把这个卸下来，拆开，给人绑在腰上当浮块。”她指着塑料材质的沙发背板说道，“我这个尺寸的出舱服你能穿不？”

“能。”

“把湿衣服脱了换干的，然后穿我这件出舱服下去。”

她跑向观景窗下方的储藏柜，踢开沙发，从柜子里拽出两盘安全绳。完全无视了其他人盯着柜子里出舱服的眼神。

“带上这个，走一段就找能固定的地方打个结。知道怎么打结吗？”

熊山一脸茫然。

“我会。”百科全书先生说。

李玥扔给他一套出舱服，“要捞人，你俩一起下去，穿好出舱服，不穿的话，水里有东西划到大腿动脉，嗝屁只需要一分钟。注意别让空气背包进水，也别充气太满，漂起来你就自己变救生圈了。有可能的话，多捞几套出舱服上来。”

熊山两人先下去捞人了。过了一会儿，缓过劲来的张仁和大学教授也各自拿了一套出舱服，穿好下去捞人。他们没有做第二件充气人形救生圈，而是直接推了个剥光的沙发框子，也能浮起来。

李玥从行李箱里拎出两件衣服和一条毛巾，让黄裙子主播女孩快点去把湿衣服换了。

“所有湿的都要脱下来，包括内裤。现在没空不好意思。检查一下身上有没有伤口，换完过来帮忙。”

她忙碌不停，先是把手上所有能充电的设备都连上了这个角落的插座。然后开始把床单裁成布条。

她手里的无菌纱布非常有限，不能直接用来包扎。

黄裙子女孩穿着运动短裤和 T 恤衫过来了，李玥打发她去饮水器装水，然后在里面用量勺加入少量的盐化开。

“有伤口吗？”李玥问她。

“小腿上有一条。”女孩小声说，“不知道什么时候划的，但是不流血了……”

李玥看了一眼，快速用碘伏喷过，然后再用盐水喷过，最后盖上两层无菌纱布，再扎个布条上去。

“记住步骤了吗？”

“……记住了。”

休息室里已经有其他人围过来，李玥和黄裙子女孩一起帮他们处理伤口。顺便抓了惊慌无措的后勤负责人，让她去收集干燥的衣服，以及数人头。

老梁穿着一身睡衣，蹲在休息室二楼的楼梯口，大声叫喊着。

“喂，这边安全，快点过来，休息室这边安全——”

陆陆续续有比较强壮的参与者听到他的喊声，自己蹚水走到休息室二楼来，熊山下去了三趟，每次也能捞三五个力气弱的。还带过来几个漂浮的行李箱。

最后一趟回来的时候，他和百科全书先生都把出舱服头盔一掀，大力喘气。

“没劲儿了。”他摇摇头，“但是我们把救生绳都拴在墙上了，从这边到那边。”

他指了一下居住区之间的通道。

“门关不上，不知道哪个婊子养的把餐车卡在门上了，卡得结结实实的。就是最前面那扇门。外面到处都是水，我听着最里面那个通道好像还有人喊，但我是真的没力气了。”

“你先歇着。”李玥把熊山和小队伍里的其他人领到她占据的角落里，“咱们的东西都在这边，沙发套可以铺开躺着或者盖着，湿了的话就去把自己擦干，换一身干衣服，没有干衣服就先裹个沙发套。检查一下身上有没有伤口，渴了补点右边瓶子里的糖盐水。左边是生理盐水，洗伤口的。”

“你给我整呗。”

“自己整。”她拽过小行李箱倒空扣好，抓起最后一盘救生绳，然后钻进了满是臭汗味的出舱服，“我下去看看。”

一下水，李玥就后悔了。

她之前就错估了自己的体力，用出舱服做的救生圈确实好用，但是她的臂力其实是推不动的，如果不是熊山和其他人中途加入，她根本没法推着它走到休息室。

所以这次她只拿了小行李箱当漂浮物，但现在的水深已经到了胯部，和刚才相比，问题不在于她能不能推动东西，而在于她再次错估了自己的体重。熊山差不多有她一个半重，她这个体重穿着出舱服下水，直接就漂了起来。

给出舱服又放了点气，她才终于踩实地面，扶着小行李箱，拽着熊山一路拴好的救生绳，慢慢向最后的通道划过去。

一路走，一路喊。没有听到回音。她一直走到了自己在走廊中间拉起的救生绳的位置，也没碰到人。但是她听到了隐约的人声，正从轰鸣的通道里传来。

但是那边熊山也没去过，没有救生绳。

咬着牙，她靠到墙边，先把救生绳拴好，然后扯着救生绳钻进了物料循环区。

循环区流水线顶端的钩子和爪子在水波中浮沉隐现，她根本看不到通道在哪儿，只能凭着来过这里几次的记忆，往循环区后面摸过去。

半路上漂过来一个灰色条纹的蜘蛛巢，里面几个小八爪维修机看到她，激动地用力挥舞钳爪。

“喂，我好像没抓过你们吧，我抓的都是别的区的，怎么你们好像也认识我了……”

李玥叹口气，伸手捞过蜘蛛巢挂在肩膀上，维修蜘蛛们争先恐后地爬上她的头顶和旅行箱，开始甩水。其中一只最大的开始挥舞爪子，指向堆满杂物的一个入口。

那里是地下通道的入口。只不过被水流冲来的杂物挡住了。

李玥划过去，一点点推开那些“待回收”垃圾袋。

“里面有人吗？”

她喊了一声。

模模糊糊从里面传来声音，但听不清。

她找了一条最结实的回收流水线，把救生绳在支架上面打了个固定结，然后推着旅行箱划了进去。

里面有人，而且是两个湿漉漉的几乎没穿什么衣服的人。她认出其中一个是喜欢穿迷彩服的年轻人，另一个好像是和他形影不离的同伴，脸上有些小雀斑，是她能记住的特点。

他们死死顶住下降了一半的防火门，这才免于被水冲进能源区。李玥把救生绳往他们身上缠了几圈，一边缠一边问，“里面还有人吗？”

“没有。”迷彩服年轻人立刻回答。

他答得太快，李玥不由得怀疑。

“真的？”

“我们是来打炮的，之前就先看过一圈了。发水之后也没人被冲到这儿，就我们两个倒霉蛋。”

“……”

李玥决定不纠结他们俩现在是否穿着裤子的问题，反正都在水下，也看不到。

三人一起往回划，路过循环区的时候李玥又捞了一个蜘蛛巢，一堆八爪维修机在旅行箱上抖水。

“这玩意有啥用……”迷彩服大男孩盯着那些蜘蛛嘟囔。

“咱们身后是电站。”李玥的语气平静，“等洪水过去，排水、修电站、修流水线的时候都用得到的。”

“电站？”

人过一百，各型各色。

这俩估计光想着打炮了，都没看过基地地图。

“这不是节目组安排的吧，他们哪有能耐安排洪水，这是天灾。等洪水退了，节目就该提前结束了。到时候我要找他们要赔偿金。”

雀斑男孩气势汹汹地说。

“你觉得是节目组律师多，还是你律师多……”

李玥有一句没一句跟他们聊着，但是她确实没力气了。后半部分反而是这俩大男孩拽着救生绳和行李箱，扶着她往回走。

“大姐，你就应该让男的下来。”

“他们下来好几次，都累了。”

她说的是熊山他们。至于其他人。大学教授下来了两趟，还有两个她完全不认识也没印象的人也下来捞了几个人。其他的人没有下水的，都在忙着擦干自己，翻箱倒柜。还有个人把柜子里的出舱服拖走了一套，但她没去管。反倒是老梁去吵了一架，又把那套出舱服拖回来了。

跌跌撞撞划回休息室二楼，她手脚并用爬上楼梯，仰面朝天躺倒，正好看到熊山幸灾乐祸的脸，“我就说你是逞强……”

她正认真思考应该如何怼他，突然眼前一黑。

停电了。

九、救援一定会来的

“—— 你把那个碘伏给我用一下。”

“那边有创可贴。”

“我说的是碘伏。”

“就你那点伤口用个屁的碘伏，人家都是一厘米深的伤口，你那伤口有一毫米没有？ 也没泡过水，再不贴创可贴都要好了。”

争吵声里，李玥迷迷糊糊睁开眼睛，从一个纷乱的梦境中醒来。看了一眼身上十字碎花的沙发套和只有一只应急灯的休息室，她叹口气。

昨晚的洪水看来真的不是梦。

一百多人都乱哄哄地挤在休息室里，他们这支小队伍占据了一个不起眼的角落，但是因为只有李玥手上有外伤处理用的药物，所以大家都很默契地没有挤到他们身边。

熊山正直着脖子跟老梁吵架。后者伸着手指展示那条浅浅的伤口，并把它指到了熊山脸上。

“你 tm 再指我给你撅折了 ……”熊山叫骂的声音被李玥打断，她拍了拍他的肩膀，示意他少安毋躁。

然后她收拾起桌上的纱布，碘伏，布条，生理盐水，连着急救箱里的剪刀一起，两只手捧着穿过人群，动作缓慢地放到了休息室正中央的桌子上。

这个意思很明显：谁想用自己拿，老娘不管了。

“就这么给他们啦？ ”熊山小声问。

“还有。”她轻声回答。

“那也不能就这么给他们 ——”

李玥笑一笑，看着走过去的老梁，和盯着他的一束束目光。

“之前给不给碘伏，是我们的问题，现在谁用碘伏，就是他们的问题了。”她说。

“算了，不跟他们计较，反正节目也叫大水冲了，等救援来了，咱们回去了，谁认识谁。”熊山一屁股坐在拆出来的沙发垫上。

李玥点点头，看着乱哄哄的休息室里乱哄哄的人，视线落在娱乐公司领队身上。

他一脸忧愁，正盯着自己领子上的纽扣。站在他旁边的是叉着腰的年轻女主播。

“你说联系不上娱乐公司是什么意思？”她的声音简直是穿云破石。

所有人都听到了。

有人在跑来跑去，有人在争吵，有人在喊着要去修复通信设备，有人趴在观景窗上大喊通信塔已经被冲走了，有人悄悄从包里摸出食物躲在角落里吃，有人说要下去捞东西但只是说说，毕竟水还没退。

李玥把包里的馒头和饮用水给熊山他们均分了，然后自己在一旁抱着玩偶发呆。

最危险的时候过去了。她脑子里有一个小声音说。

不用紧张了。

是啊，不用紧张了。

细微的颤抖开始从她的脊背升起来，在危险过去后迟来的恐惧开始占据她的躯体，颤抖从脖颈蔓延到肩膀，一路直到指尖。

她深长地呼吸，把脸贴在毛绒玩偶上。一只维修蜘蛛好奇地爬过来看它，她伸出手，去碰它尖尖的小爪子。

手指在颤抖。

她觉得自己就像是装满了恐惧的一个袋子，只要轻轻一戳，就会四散崩裂。

呼，吸，呼，吸。

脊背在发抖，手指在发抖，牙齿在发抖。但是贴着毛绒玩偶，她胸口的那一小块区域很稳定，很放松，就像是在狂风暴雨中一座散发安静灯光的小屋。

她把玩偶抱得更紧了一点。

《末日之书》第二章第一节，情绪控制——当你觉得自己浑身上下都充满了某个情绪的时候，去感受你的躯体，感受一下，你身上是否有哪个部位，与这个情绪无关？甚至还很放松？

或许你的脊背充满了焦虑，但你的膝盖没有；或许你的胃充满了恐惧，但你的舌尖没有；或许你的头顶充满了愤怒，但你的足底没有。

或许它们还很放松。

感受它们的放松，感受你身体其他部位充满的情绪，然后和它们待在一起，直到情绪褪去。

情绪是幸存者的特权。

“还好吗？”熊山坐过来，啃着馒头。

李玥举起一只手，给他看颤抖的手指。

“不太好。”

“你这是后怕了。也叫肾上腺素后效。”熊山咧嘴一笑，“有些人就特别明显，有些人，比如我，没心没肺，就没事。不过，你们这些末日准备者，应该都经历过大事情吧？还是说就算经历了大事情也会这样？”

“大概是天生的。”李玥想了想，“不过，末日准备者，其实都没经历过什么大事情。都是普通人。”

“那你们是为啥就……我是说，准备末日这种事，应该是有原因的吧。”

“有，我还在论坛发帖调查过。”

——在成为末日准备者之后，她也对自己的选择感到过困惑。

出于好奇，在那个小小的论坛上。除了交换物资和知识，她还和很多和她一样的末日准备者聊过。大部分情况下，他们都没经历过灾难或者战争。他们的童年经历的都是小事件，微小的，在家庭中的，看起来仿佛不值一提的。

比如随时会暴怒的父亲；随时会哮喘窒息的祖父；随时会被一个人孤零零留在家里；突然咬人的宠物狗；早上起床时突然发现母亲离家出走……

这些事件随时会出现，而孩子们既无法处理又必须面对。每一个事件都挤压着他们的理智，让他们恐惧不安。但孩子们是富有行动力的，于是，为了应对不安，他们开始做好准备、计划，让他们的小脑瓜疯狂转动着每一件自己能做的事情，思考着那些可能根本不会出现的问题，做着远超出自己能力的计划，只为了让自己的世界里多一点可怜巴巴的虚幻的确定性。

他们都像抓着救命稻草一样，抓着这一点点确定性，磕磕绊绊地走过每一天。

就这样，一步一步走进了成年。

成年之后，那些危机不复存在，但是不安的感觉依旧萦绕着他们，他们无处诉说，也无从描述，最多是上网去找陌生人倾诉。因为身边的人已经拒绝了他们太多次。

始终存在的不安感无法被他人理解，或被斥为小题大做，或被认为杞人忧天。最终，名为“世界末日”的故事从电影和小说中走来，温柔而合理地包容了他们的不安。

于是他们成了末日准备者。

“—— 有些末日不是一个事件，而是一段人生。”她总结道。

熊山挠挠脑壳，“你这么说，我都开始担心我对儿子的教育不妥当了。”

李玥的眼睛睁大了一点点，“你有儿子？”

“对，我有个儿子，十岁了。”

“那你结婚够早的。”

“我看着年轻吧。”

“嗯，至少没秃。”

休息室原本有个大天窗，但是被模拟火星的屏幕挡住了。在停电之后，有人爬上去拆了两块屏幕下来，这才让清晨昏暗的天光照亮了更加昏暗的休息室。

清点下来，几乎所有参与者都在，除了一个人 —— 那个和厨工机器人较劲的前科幻作家。他失踪了，没人看到他，也没人知道他在哪儿。

李玥想起来熊山说的卡住入口的餐车，叹了口气。

她跟大家挤在一起，团在沙发套里歇着，全身酸痛，但还好没受伤。

休息室中心一阵骚动后，穿着睡衣的老梁挤出人群，走向他们这一小群人。

“食物和水都拿出来，统一收集，统一分配。”他说。

这是方才跟熊山吵了架，打算先拿他们开刀。

李玥也没生气，只是拿出自己的个人摄像头，对着老梁，插上那个蜂巢形状的小充电宝。

“我录像呢，你把刚才的话再说一遍。”她懒洋洋地说。

摄像头像个小眼睛，空洞而专注地盯着老梁。其他人也纷纷把摄像头拿了出来对着他。他们下去捞人的时候，李玥把他们几乎所有的设备都充上了电，自然也包括这些小摄像头。

老梁犹豫了一下，还是坚持重复了一遍，“食物和水都拿出来，统一收集，统一分配。”

“那谁来负责统一分配？”李玥问。

“当然是我来。”老梁挺起胸膛:“我就睡在中间那张桌子下面，食物和水都放桌子上面！大家都看着！在救援来之前，我们所有的物资都要公平分配，你有什么意见吗？”

李玥叹了口气。

有时候这种人比真的有私心的人还讨厌，因为他真心相信自己是正义的，并且完全没觉得自己蠢。

“我这里没有了。”她说，“都吃完了。”

确实都吃完了，她刚刚吃掉自己留下的那个馒头，另外几个都给熊山他们分了。方才老梁在那边咋呼收集物资的时候，所有人都快速地把馒头往嘴里塞。

“水呢？”

“喝完了。”她晃了晃空瓶，又指了指中间桌子上那些生理盐水，“剩下的都拿来配生理盐水了。你又不是没看见。”

其他人也默契地举起几个空瓶。

她这边看起来确实没什么物资了，摊开的行李箱上放着的都是晾干的衣物，还有一些手机、平板电脑和充电器。

老梁嘴唇抽搐了一下，转身就走。

“你说会有人给他物资吗？”张仁嘀咕。

“不会。”李玥耸耸肩，“就算是大善人也不会，因为大善人要的是自己做好人，不是让他替自己做好人。更何况他还一脸的‘按我说的做理所应当’，这得脾气多好的人才会给他？”

如她所料，去收集食物和水的老梁转了一圈，只收到三个半瓶水和几包薯片，可怜巴巴地放在了中间的桌子上。

“看来还是有脾气好的。”熊山评论道。

“林子大了，确实什么鸟都有。”

天光渐渐亮了起来，有人一直在盯着休息室二层的楼梯口。昨晚水位一直在上涨，现终于不再上涨了，但似乎也没有下降的趋势。

李玥在自己身边这一小群人中间转了一圈，把空瓶和用过的塑料袋都收集了起来。放在他们面前的咖啡桌上。

百科全书先生若有所思。

“我记得有一个仓库在物资回收区二楼。就是存干货那个。甜瓜干什么的都在那边，还有瓶装水。”他说，“应该也淹不到那里。”

“水还没退。”

“但是不流动了。下面应该是灌满了。只要水流不急，应该能把东西运回来。”

李玥看了看一楼齐胸深的浑浊积水，叹口气。

“再拆几个沙发，扎个筏子下去，别让物资泡水。泡过水的物资还不如没有物资。万一有一个人拉肚子，咱们全得完。”

于是他们开始动手拆沙发。李玥把比较破烂的衣物和沙发套边角料裁成布条，用来捆扎这个粗制滥造的筏子。折腾到一半，那个大学教授走了过来，手里提着几个空水桶。

“休息室饮水机换下来的。”他解释道，“可以扎在边上当浮球。”

李玥递给他两根布绳，他就笑吟吟地加入了塑料筏制作小组。

“沙发和水桶也是公共物资……”老梁那边有人小声说。

“那你去拿回来？”

老梁鼓起眼睛问，没有得到回答。

然后那群人就没动静了。

在无人干扰的情况下，筏子很快做好，男人们扛着筏子雄赳赳、气昂昂走向一楼。

然后卡在了楼梯上。

在横着、竖着和斜着的通过尝试都失败后，他们默默返回原地，一脸狼狈地开始拆掉筏子边缘的结构，重新制作这部分。

这次下水的时候，他们都穿上了出舱服。也没人过来说要拿走这些衣服统一管理。大家都很安静，那些半夜惊醒、逃出来时候什么都没带的人眼神里有着更多的期盼。

“我之前已经把救生绳拉到回收区进门左手边了。那边是地下通道，右手边就是仓库。如果看到蜘蛛或者出舱服的话，尽量带回来一些。”李玥说。

“我们尽量。”

扣上头盔，推着塑料筏，扶着绷紧的救生绳，轮番用个人摄像头上的小闪光灯照亮，他们缓慢地划向黑暗的通道深处。

过了仿佛异常漫长的一个小时，几个身影推着塑料筏子重新出现，筏子上放了一些水和一些塑料包装的干制食物，包括果干和肉干。但数量不多。看起来就不太够的样子。

大家纷纷站起身往楼梯口过来，看能不能拿到一点物资。

很快，楼梯口就挤满了人。所有人都很焦急，叫喊着伸着手。

“我没有水，给我一瓶水。”

“我也没有……”

“你们别抢了，大家统一分配！”这是老梁手底下一个人的声音，老梁自己甚至都没能挤到前面去。

但是熊山他们并没上来，而是把筏子一靠就开始卸货，抓起瓶装水和食物包直接往上面扔。

人群哄的一下就乱了。

大学教授温暾的声音被淹没在乱哄哄的人群里。

“……别抢啊，仓库里还有，我们再去拿……”

没人听他们的。

楼梯口打成一团。

一边抱着成打包装的瓶装水，一边用脚猛蹬别人的；趴在地上划拉小包装的肉干，结果被踩到的；互相一边抓脸一边抢夺一个食物箱的……

薄薄的再生塑料箱子在抢夺中裂开，里面的果干散落一地，有人开始直接往嘴里塞。

差不多打了半个小时，楼梯口才安静下来，捞物资的几个人已经推着塑料筏又去了仓库的方向，抢物资的人们各自抱着抢来的东西四散而去，互相恨恨地看着。

老梁脸上多了被人抓的两道花，但是一脸炫耀地抱着一打瓶装水，走到他那群人前面放下。

“这是公共物资啊。”他故意大声说，“按需取用！”

一边说还一边炫耀地看了李玥这边一眼。

李玥没理他。她从头到尾连动都没动一下。

当那些抢东西抢得精疲力竭的人纷纷坐回去的时候，塑料筏又回来了，上面堆得满满当当，是刚才那批物资的好几倍。

“来来来，来领物资了，每人一份。排队排队。”

大学教授掀开出舱服的头盔，笑得非常和蔼。

“……”

人群再次骚动起来，但是方才已经打过了，也打累了。于是他们老老实实排成长队，揉着淤青，捂着肿胀，按着渗血的抓痕，来取自己的那一份配给。

“谁想的好主意。”李玥过来拿物资的时候好奇地问。

“教授想的。”熊山忍不住直乐，“但他说他是跟你学的。”

“啊？”

“你不是把生理盐水什么的放那边让他们自己拿嘛，后来就有人去拿差点打起来。教授就琢磨着，不如先让他们打够了，后面就好处理了。”

“……”

李玥向教授竖起大拇指，这位头发花白的中年人回了她一个和善的笑容。

十、我们相信救援一定会来的

两天后，洪水终于退了。基地不远处多出了一条新的河道，水流湍急，挟裹着泥沙滚滚而下。

在短暂讨论后，大家决定很没有创意地就叫它“新河”。

人心稍微安定了一点，那位大学教授开始组织人手清理基地内部的一片狼藉。他们花了很长时间来撬开那辆卡在入口处的餐车，主要原因是那位发疯的人工智能阴谋论者的尸体也和餐车一起卡在门框上。他穿着出舱服，但是没有扣头盔，浮肿的脸上看不出表情，但四肢依旧紧紧地顶着那扇门。

基地的电力仍未恢复，应急电力只能用于极为有限的照明和通风。所以他们最终还是选择让这扇门继续开着，从外面获取新鲜的空气。

李玥出去走了一圈，外面到处是淤泥和上游冲下来的朽木、树枝，还有一些不大不小的石块。泥土工厂整个儿都毁了，但是她在半球形建筑的外墙上捡回了几只蜘蛛，都是黑色褐条纹的，但是还有一只白色绿条纹的。

“你是哪个区域的蜘蛛呀？”她好奇地问。

白色小八爪机器人用豆豆眼看着她，然后爬到了她手上。跟着黑色同类一起钻进了蜘蛛巢里，团得非常安逸。

李玥摇摇头，继续在烂泥滩上走来走去。她走得很远，时不时拿起一截被冲下来的树枝看看，观察得很仔细。

她从基地一路走到河岸，在河边待了十几分钟，又找了块大石头，坐着看了好一会儿天空，然后才走回来。

回来的路上，她正好遇到一群人在挖坑。

没有电力，就没有冷冻设备。参与者们只能草草挖个坑，先把死者套进出舱服埋葬起来。避免尸体传播病菌。

大学教授认真为死者致辞，但这里只有三分之一不到的人。

在洪水退去之后，由于所有人都可以去仓库搬东西了，所以参与者们再次分裂成了几派。老梁打开了另一个仓库，搬走了里面所有的食物和药品，堆在休息室中央，并开始按他的意愿分发物资。大部分人则在基地里漫无目标地搜寻，但收获寥寥。

他们离开胶囊舱的时候还有电力，所以胶囊舱都自动上锁了，下层的胶囊舱或许被淹没了，但是上层那些胶囊舱里面的物品大概无碍，但他们现在也拿不到。就像那同样封闭起来无法进入的种植区一样，明明知道里面有东西，但就是没有办法。

“要是当时躲在胶囊舱里就好了。”雀斑男孩小声嘀咕。

“那你就憋死了。”迷彩服男孩毫不客气，“应急电力的通风也是有限的。”

雀斑男孩吐了吐舌头，很乖地不再说话。

简陋的葬礼很快结束。几个小团体的参与者（不包括老梁）在休息室坐下来，讨论起下一步的行动。

“事情不太对。”大学教授皱着眉头，“如果是正常情况。救援已经到了，就算是车到不了，直升机丢个物资下来或者丢个通信基站下来都是没问题的。”

李玥揉着额角。这是熊山喜欢的动作，她也渐渐被传染了。

“稍微打个岔。”她说，“我记得通信基站不是很大很重的吗？像铁塔一样。”

“那是因为要提供高度。”大学教授解释道，“如果是无人机或者气球的话，就可以省略支架，只考虑信号元件，可以做到很轻。不管怎么样，48小时内，临时通信肯定是应该有了的。”

他们看看自己的手机。领队看看自己和娱乐公司联络的专用通信器，上面都是一片静默。

“总不会节目还在继续吧。”有人笑着说。

“死人了，节目不可能继续的。”

“说不好，咱们来的时候，体检也做了，合同也签了，风险自负的条款都是有的。”

大家面面相觑。

李玥再一次岔开了话题，“那个，有人懂无线电吗？”

“我懂一点。”大学教授说。

“我这里有一个手摇充电收音机。”李玥从包里把它拿了出来，“不过我只会照着说明书折腾，现在完全弄不好，什么消息都收不到，您看能不能帮忙弄一下？”

“我试试吧。”

所有人都充满期待地看着教授和那台收音机。

随着时间过去，教授花白的头发下的脸庞逐渐变白，又逐渐变红，最后变成窘迫的涨红。

“一定是它坏了。”他恼火地对着收音机说，后者正稳定地发出吱吱的毫无变化的白噪声。

“也许是节目组把波段屏蔽了。”有人说。

大家突然都松了一口气。

对，一定是讨厌的节目组干的。

接下来的十几天里，没有发生什么大事。和外界的通信依旧隔绝，大家只能一点点清理基地，同时稳定地消耗着仓库里的物资。对于救援没有出现，有两种看法，一种认为救援肯定会来，另一种认为这些都是节目组设计好的，等节目结束的时候就会揭晓。

李玥和大家一起忙碌，清扫淤泥，清洗设备。地下三层的电站里，水面正在缓缓下降，似乎有某种内在的排水机制。

电力还没恢复，由于手里有一个灌水就可以产生电能的小充电宝，所以李玥一段时间里很受欢迎。大家都客客气气来找她充电，而她觉得烦，索性把充电宝用绳子拴了挂在休息室中央。然后再没去管它。

于是所有人都得和那些维修蜘蛛抢充电宝，更糟糕的是，蜘蛛优先，因为蜘蛛会修流水线，蜘蛛会修机器人，蜘蛛还会修手机。

他们只会玩手机。

这中间，熊山跟李玥混在一起的时候少了，他和张仁开始跟着那位教授，试图修复基地控制室里的通信设备，但是因为天线被冲走了，所以他们始终没能成功。而百科全书先生则热情洋溢地投身到了维修基地那些设备的工作中去，天天跟在那一小群蜘蛛的屁股后面乱转，还像李玥一样跟它们说话。只不过声音总是大得令人侧目。

闲暇的时候，李玥就一个人溜达，身上挂着摄像头，煞有介事地找人采访一些奇怪的问题，比如最喜欢的明星是谁。觉得最酷的最新技术是什么。或者最喜欢 / 最讨厌的家庭成员的故事等等。大家看在那个充电宝的分上也都会跟她聊两句。就当是给节目组添加素材了。

就这样，时间飞快过去。洪水后第十五天，这场真人秀开场后差不多一个月，他们终于在维修蜘蛛的帮助下，成功重启了核电站。

老梁将电站里最后一袋淤泥运走，然后回来，在众目睽睽之下亲手合拢电闸。

短暂的嗡鸣后，清凉微风吹过整个基地。

灯光一盏一盏地亮了起来。

十一、观察结果

恢复电力后，大家又花了半个月的时间，整理了一塌糊涂的种植区和水循环区。还好，重要的种子都安然无恙，种植的作物死得差不多了（除了土豆），但是都可以重新种植。鸡都死光了，但是教授在冷库里找到了一批看起来仍有活力的受精蛋，把它们放进了维修蜘蛛修好的孵化槽。

小鸡出壳的那天，大家以水代酒好好喝了一顿。

这段时间，李玥越来越安静，越来越沉默，每天除了跟着教授做事，就只是抱着毛绒玩偶，拿着笔记本走来走去，对着不同的人提出一些奇怪的问题。

电力充足，没人用充电宝了。于是李玥回收了它。渐渐地，大家也不再注意到她的存在。

熊山有点担心李玥，于是叫上张仁，还有百科全书先生，一起去找她，打算谈一谈。

他们没在基地里看到李玥，后来还是黄裙子主播女孩给他们指点了方向。

“在河边，她刚才还在问我直播设备的事情呢。”她说。

他们道了谢，连忙赶过去。

河水流淌向前，河边的淤泥足够湿润，因此野草已经长得老高，其中还开出一小串一小串细碎的白色花朵。刚才主播女孩在这里拍了很多自拍，李玥在旁边看热闹。她的专有地盘是一块被水冲下来的盘状大石头，很适合坐在上面看天。

看到熊山他们来了，她笑着让出中间的地方，让大家一起坐上来。

“最近忙什么呢？”熊山尝试闲聊，“储备物资？准备下一次危机？”

“没，我又不是囤积派的。”

“你们还分派呢？”

“分的，分很多。囤积派自己就分成食物囤积派和工具囤积派。此外还有装备派，技术派，野外生存派……”

“那你是哪个派别的？”

“我啊，我是随机应变派的。”李玥的笑容看起来和之前没什么不同，“我们这个派别相信：你是没法为所有事情做好准备的，就算你有个地窖，你也有可能会死于落下的核弹，就算你幸存了，但你可能根本没法拿到你储存的物资。你或许针对核战争做了很多准备，但你遇到的末日其实是金融总崩溃……所以我们的原则是‘随身携带基础物资，仔细观察，因地制宜，随机应变’。”

“那你最近有观察到什么有趣的东西吗？”

“有啊。但是我怕你们不想听。”

“说说看。”

“听了，可就没法继续岁月静好了。”李玥警告他们，“继续跟着‘节目组’走，没什么不好的。你们可想清楚了。”

几个反骨仔彼此对视一眼。

“听。”

“好吧。”李玥的语气有些轻飘飘的，“从洪水那天起，我就在这里观察，除了一只维修蜘蛛，这场洪水没有冲下来哪怕一件人类制品，没有哪怕一件塑料垃圾。洪水过后这一个月里，这条河也没有冲下来任何人类制品或者人类制造的垃圾，一个塑料袋，一个塑料瓶都没有。也没有任何烧制的砖，或者经过切削的木制品。”

一阵风从他们中间吹过去。

或许是因为大家都不再穿出舱服出来活动了。几个人感觉莫名地有点冷。

“可能是因为上游是无人区？”熊山试着提问。

“所以我做了调查。”李玥翻动着笔记本，“我问了几乎所有人，他们每个人都能说出一些曾经在人迹罕至的地方看到塑料垃圾的经历，在沙漠里，在峭壁上，在雪山上，在戈壁滩深处，在丛林里……很多都是无人区，但并不真的无人。”

“但也有可能……”

“是的，也有可能我想多了。所以我还观察了其他事情。”李玥答道，“这一个月，我每天都出来观察天空，我没有看到任何一条航迹云，无论是长的还是短的，天空的任何一个方向，都没有。”

“这附近不过航班？”熊山自己说着都不信。

“这附近有很多航班。”百科全书先生一口气报出七八个机场的名字，“总有起降或者途经我们上空的，这个确实不正常。”

“所以我们现在是在火星？”

“地球。”李玥指了指河边的花草，“我说过，很多物理证据都证明我们在地球，太阳的大小，还有重力加速度……而且如果上火星，因为重力不同，大气成分不同，就算是完成了地球化，那些花草也会有很大的变异，现在看变异程度不大。但是我不知道到底发生了什么。”

“那，还有其他的‘观察结果’吗？”

“有，但是更糟糕。你们现在选择不听还来得及。”

“来都来了……”

“听。”

李玥耸耸肩，拍了拍手里的“卡皮巴拉”玩偶，“这东西，又叫水豚，你们谁记得这东西是哪一年在互联网上火起来的？”

“我记得是202×年。”又是百科全书先生。

“直播带货哪一年火的？”

“202×年。”

“我记得你对一个女明星很感兴趣吧。”李玥对着熊山点了点头，“就是和那个黄裙子主播有点像的。”

“呃，对。”

“她是哪一年火的？”

“20……2×年。”

“核聚变是哪一年商用的？”

“应该是203×年。”

“那火星载人模拟实验是哪一年开始的？”

“204×……”

大家开始隐约觉得不对了。

“是哪一年他们放弃了载人开拓，开始往火星上发射自动机械的？”

“205×。”

“今年是哪一年？”

“2061年。”

“那你们记得任何202×年之后的流行文化吗——除了这个真人秀直播的前几期？”李玥问道，“按年龄算，这些是在我出生之前的流行文化，但我熟悉它们超过任何我出生之后的东西。202×年之后的事情，我只熟悉科学技术和一部分历史。却几乎没有任何社会流行文化的记忆。刚才那个黄裙子主播，她记得自己直播时是用三脚架摄像机拍摄，但是同样根据我们在技术方面的记忆推断，她应该更多使用自适应摄像无人机才对。”

男人们面面相觑。

“我总感觉那个女明星和我同龄。”熊山说。

“但仔细计算下来她可能是你奶奶。”张仁吐槽，结果肩膀挨了一拳。

“——还有更糟糕的。”李玥摊开手，“我是个末日准备者，这是个很偏执的行为，我自己知道这一点。我记得是有些人和事导致了这种偏执。但是当我现在回忆他们的时候，我对他们没有感觉了。不是说不再介意了，而是连曾经介意过的感觉都没有了。”

“可能是你自己放下了？”

李玥看了熊山一眼，“我记得你说你有个儿子。”

“嗯。”

“你第一次提起他的时候我很惊讶，因为你甚至都没提起过他，就像是他只是一个被叫作儿子的概念。我认为这是个孤例，所以我去问了其他参与者他们的家人。他们基本和你一样，说起来的时候很淡薄，很随意。—— 这么多天，你想过他吗？我说的不是想起，是想念。”

沉默。

“我记得我有一只猫。”李玥继续说，“但是我一点都没有想念它，我记得它，我甚至记得我在之前离开家的时候有多想念它。但是我现在感觉不到任何想念，甚至不如我抱着的这个玩偶亲密。就像是……就像是这具身体并不记得。”

更长久的沉默。

“你觉得我们是人类吗？”熊山问。

李玥叹口气，想起洪水时她处理过的那些伤口，那些深的伤口，浅的伤口，皮肤和血肉。红肿和苍白，想起葬礼上他们埋葬的那具尸体。

“我们会受伤，会流血，会死。”她答道，“只有这些是可以肯定的。”

十二、体面

在征得李玥的同意后，熊山去找教授聊了聊。晚餐后，教授就拿着一台自制显微镜加入了他们的讨论。

“你的这些观察……很难说，一部分缺乏更坚实的证据，另一部分则过于主观。”头发花白的中年人慢吞吞地说，“所以我想了个办法，取了一些水样，检查里面的微塑料成分。你们应该都知道，人类发明了塑料之后，塑料垃圾就开始出现了，而且它们降解后还会变成微粒污染水源。”

大家一起点头。

“虽然洪水过后没有塑料垃圾，但是水里是有微塑料的。”教授把显微镜安置好，让他们凑到目镜前去看那些或大或小、颜色各异的塑料粒子，“而且其中一些颗粒很大，说明应该就是最近降解的。这足以证明外面的文明还在正常运转。当然，如果阴谋论一点，你可以说这只能证明外面有文明在制造非自然产物，但是不能证明一定是人类文明。”

大家似乎都放松了一些，除了李玥。

教授笑眯眯地看着她，“你有其他证据，对吗？”

“不知道算不算证据。”李玥深吸了一口气，“我在想，如果我们的记忆不是真实的，是用202×年的流行文化，205×年的基础科学知识和不知道什么东西合成出来的，那么关键就在于那个‘记忆’变成‘意识’的分界点。也是我们从外界世界‘抵达’这里的那个时候。”

“然后我想到了这个。”

她郑重地把手里的毛绒玩偶肚皮朝上放在桌子上。然后开始给自己戴上手套。

“它看起来是个娃娃，但其实是个包，里面装了一些压缩食品，一瓶水和一小部分救生装备。在我的记忆里，这些东西都是我离开家参加节目之前亲手一件一件清点了放进去的。因为它是最后的保险，所以在这段时间里，我从来没打开过它。如果我的记忆是真的，那么这些东西上一定有我的指纹。但如果我在外界的记忆是虚假的，这些东西是被安排的，那么这些东西上只会有别人的指纹。”

“分辨指纹难不难？”熊山好奇地问。

“不难。找那边小主播要个粉饼盒就行。”大学教授若有所思，“你把它打开吧。”

李玥戴好手套，伸手到小玩偶的尾巴处拽了一下，拉起一条隐藏的拉链，将玩偶的肚皮打开，露出里面排放整齐的压缩饼干和矿泉水，还有小刀、净水片、抗生素和哨子。

熊山也戴上手套，伸手拿起了最容易看指纹的矿泉水，迎着光。

“没有。”他说。

张仁笑骂，“狗屁，哪有那么快就分辨出指纹的。”

“没有指纹。”熊山说，“不是没有她的指纹，是谁的指纹都没有。”

大家陷入了某种不安的沉默。他们纷纷凑过来，但是没法在包里的东西上找到哪怕是一片指纹。熊山还用自己的手指试验了一下：要沾上一个指纹很容易。

过了好一会儿，大学教授开口了，“你没法证明。”他看着李玥说。

“对，我没法证明是不是我打开过它把指纹都擦掉了。就像我没法证明记忆混乱是不是我疯了。”李玥坦然回答，“我考虑过所有可能性，没有实证，所以我一直没说过。”

“所以，目前最稳妥的办法，就是等到节目结束，两个月没剩几天了。”教授说。

李玥苦笑，“两个月之后，多一天多一万块钱。”

他们都想起了这条规则。

“不会无限多下去的。”百科全书先生说。

大家一起点点头。

这场小小的讨论没有结果，大家也没有再提起它。所有人都和往常一样在基地里生活下去，修一修流水线，清扫一下胶囊舱，从外面开花的河滩上收集一些草药回来，看能不能在种植区培育。

全自动的火星基地几乎可以满足他们所有的需求。教授用万能3D

打印机做了一台显微镜；老梁打印了一个“基地负责人”的牌子，挂在自己的胶囊舱上面；熊山和百科全书先生花了很长时间琢磨主控室的“订单”要怎么下，最终成功地让工业区的流水线给他们吐出了一盒抗生素。

然后就被老梁收走了。“统一管理”。

这次熊山没吵过老梁，主要原因是老梁和他手底下那几个人找到了合适的武器：人手一把工业区生产出来的狼牙棒。

“我不跟他一般见识，不跟他一般见识！”熊山梗着脖子说。

李玥和张仁哄了熊山好一会儿才让他消气，然后李玥问了他一些关于主控室“订单”的问题。

“分类在‘其他’里面。”熊山说，“你可以订很多平时流水线生产不出来的东西，就是有点费时间，我跟它要抗生素，它给我的等待时间是96小时。但到时间就确实给吐出来了。你还可以按尺寸订衣服什么的。需要的时间更短。”

李玥若有所思。

“所以老梁他们的狼牙棒也是这么弄出来的？”

“可用的需求列表里没有狼牙棒。”熊山笑得很鸡贼，“他们其实是在订单里订了一种足够长足够粗大还带颗粒凸起的可以戳在长柄上的塑料物体，然后把不那么体面的部分切掉……”

十三、你什么目的

又是一天晚餐的时候。

晚餐总是基地最热闹的时刻，几个小团体都是白天干活，晚餐后聚会。在初步掌握了暴力机构（提着“狼牙棒”的年轻男性）之后，老梁已经成了这个基地表面上的负责人，至于私下里怎么样……

虽然老梁和他的手下现在把控制台也占了，只有他们能下订单，但是李玥很确定熊山又搞到了一盒抗生素，而且老梁完全不知道这事儿。

但今天的晚餐弥漫着不安的气氛，有很多人都在窃窃私语，那个黄裙子主播女孩也特地跑过来坐到李玥身边。

“姐。他们说你是节目组安排的第三个神经病。”

“那你还敢坐过来？”李玥就笑。

“发大水时候你捞过我，他们可没有。”女孩翻个白眼。她的黄裙子都在洪水里泡过，已经有点褪色了。

李玥笑得更开心了。和她分享了一块味道很好的黑胡椒牛肉。

说起来，她没在种植区看到胡椒，但是食堂的黑胡椒调料从不见少。

正琢磨着这件事，突然一个充满怒火的声音在头顶响起，“—— 你什么目的？”

李玥愣了一下。她身边的黄裙子女孩更是吓得直接跳了起来。

她抬起头，正好对上老梁肌肉偾张的脸。

“什么什么目的？”

“你跟别人说的那些话，是什么目的？”老梁继续大声问她。

“哪些话？”

老梁突然卡壳了。

李玥也大概猜到，是之前她和大家私下里的讨论被传了出去。虽然不知道是谁传出去的，但秘密这个东西，只要有两个人同时知道，就不算秘密。

但她也很清楚，老梁来找她的碴，是因为那些话如果传出去，会让人心浮动。但现在并不是每个人都知道这件事。

所以他就不能把话说得太清楚。要不然就成了他自己让人心浮动了。

“所以你到底问的是哪个事儿？”她追问道。

大家都看着。

看热闹不嫌事儿大。

熊山也想到了，他直接翻了个白眼，“我说，这正吃饭呢，啥事儿不能等吃完再说啊？这么大的事儿还不能直接说，这得多大个事儿啊。”

周围的窃窃私语声更大了。

老梁气得鼻孔张大，猛喘粗气。最后迸出一长串的指责，“我就知道你们在私底下联合起来反对我！我警告你，不要再有这种行为！大家都已经一起坚持到两个月了，接下来每一天奖金都能多一万块钱！你是不是节目组派来的，就想动摇军心？”

“……”

李玥眨着眼睛，第一次认真打量了老梁一眼，从上到下从头到脚把他看了一遍。

他脖子上那个东西，确确实实，真真切切，毫无虚假，是个脑袋。

但她怎么就是觉得不太像呢。

周围没有人说话，除了熊山为她说了一句，黄裙子女孩握着她的手。其他人都没有反应。就只是看着。

前阵子四处采访的时候，她也问过他们：为什么接受老梁当这个“基地负责人”。大家的回答五花八门，但大体一致：反正有基地喂饱大家，他乐意折腾就折腾去吧。不是多大个事儿。

不是多大个事儿。

他抢了熊山的抗生素，不是多大个事儿。他给自己的胶囊舱上挂基地负责人的牌子，不是多大个事儿。他垄断了食堂以外的物资储备，也不是多大个事儿。只要基地还在运转，食堂还在供应，饮用水还充沛，那就不是多大个事儿。

所以今天他当众对自己怒吼，也不是多大个事儿。

李玥笑了笑，抬起头，直视着老梁。

“垃圾。”她说。

然后她抱起毛绒玩偶，起身走了。

身后回荡着震耳欲聋的咆哮声，“我×你妈，你给我等着，我警告你，不要以为你能威胁我……”

李玥没回头。咆哮声渐去渐远。

她没回自己的胶囊舱，而是走出了基地。夜空清澈，群星疏落，月光明亮，一如既往地洒满大地。

她没跟其他人说：除了观察航迹云，她还看过月亮，看过星星。她没找到任何人造卫星在星空中移动的亮点，或者从月球起降的氦－3运输飞船。

这不是202×年，不是204×年，更不可能是2061年。

“你是从别的地方来的吗？”她问。

白色的小维修蜘蛛从她背包里爬出来，在大石头上转了几圈，然后盯着河流上游的方向。

“想回去吗？”

小蜘蛛团了起来。

“我带你回去？”

小蜘蛛动了动爪子，朝她爬过来，欢天喜地爬上了她的手。

“不着急。”她说，“我还有最后一个问题需要找到答案。”

返回基地，正好遇到熊山他们出来找她。她温和地敷衍了一番，让所有人都相信她没事了，并且愿意和老梁暂时停止冲突，和这个稀泥。

把所有人都哄走，她回到自己的胶囊舱，简单洗漱后，就直接睡下了。

深夜三点，振动闹钟把她唤醒。她轻手轻脚起来，背上背包，没穿鞋，只套了袜子，踩在基地的地板上，直奔工业区的流水线后方。那里有一个小仓库，熊山就是从这个小仓库收到了一盒抗生素。

虽然是深夜，但是流水线仍然在运作，蜘蛛们也在忙忙碌碌。看到她过来，有几只蜘蛛过来，小豆豆眼好奇地盯着她。

“我想看你们生产复杂工业品的地方。”李玥轻声说。她说得很慢，生怕蜘蛛们听不懂。

蜘蛛们看起来确实很茫然。

她又更慢地，咬着字，说了一遍。

这次蜘蛛们好像听懂了，它们转身向流水线后面的墙壁爬去，那面墙壁上有很多供流水线和蜘蛛穿过的活门，还有一扇半人高的小门。

蜘蛛为她打开了小门。门后是一条狭窄的隧道，但是里面透出柔和的灯光。

李玥深吸一口气，弯腰爬了进去。

隧道狭窄，但并不长。李玥很快穿过隧道，进入一处宽阔的空间。

抬起头，她看到了一座巨巢。

虽然巢穴里爬来爬去的都是机械蜘蛛，但是这座巢的结构则介于蜂巢和蚁穴之间，四壁布满六角形的小巢室，里面并没有居住蜘蛛，而是存放着各种原材料，李玥很确定看到一只蜘蛛从里面拖出了一块被蜡质包裹的银色金属。

另一些半透明的六角形巢室更大一些，里面培育着矮小的灌木、单独的植株，有一些蜘蛛正在里面播种采收。这里的植株种类远远多于种植区那些水培柱和沙培柱，看起来多样性足以填满一个植物园。

在巢穴中央则是多层环状的结构，来自各处巢室的原材料和中间产品在这里产生反应，被熔炼、提纯或者组装，最终的成品则从下层的滑道被送进堆场，再由外面的机械蜘蛛拖走放在仓库的货架上。

这里的蜘蛛不像外面的蜘蛛那样大小一致，最大的足有半人高，肚子里像是有个灼热的冶金炉。最小的还不到她指甲大，吊着轻丝飞来飞去。它们身上的花纹也有不同的颜色和图案，复杂异常，又井然有序。但底色倒都是黑色的。

这才是这座基地最真实的本质，不是外面那些批量生产的流水线，不是那些看起来傻笨的机器人，不是那座已经退役的核电站。而是大量的自律机器人和它们的巢穴，吐出每一件无法批量生产的东西，精心饲养着基地里的人类们。

在所有环形结构的中央，是一个小小的被缆绳悬吊着的小东西，看起来整个巢穴的能源都来自那个蜂巢一样的小装置，就像是巢穴的心脏。

这颗“心脏”长得和李玥包里的充电宝一模一样。

她把那个小东西掏出来看了一眼，一脸的无语。

“你们给我的是啥？”

蜘蛛们看着她，豆豆眼非常纯洁。

她摇摇头，把充电宝递给蜘蛛们，但是蜘蛛们把她的手拱了回来。

“好吧。”李玥叹口气，“我想去上游，离开基地，去那条新河的上游。我准备了很多东西，食物、水、药品、多功能刀、外伤急救包……但是我觉得可能还有一些我没想到的东西，毕竟外面可能不是我记忆里的样子了，所以，你们能帮我准备一下吗？”

蜘蛛们看着她，她看着蜘蛛们，突然觉得自己这样很傻。

但就在下一秒钟，蜘蛛们动了起来，它们飞快地向巢穴四处爬去，整个巢穴都开始骚动，甚至内部照明都比刚才更亮了几分。大量原材料被它们从巢穴里拖出来，运往环形的合成区，开始合成。

李玥找了个可以坐的小平台，舒舒服服坐下来等着。

白色小蜘蛛好奇地从她的背包里爬出来四处看，结果被旁边爬过的大黑蜘蛛一爪子按回了背包里。

虽然蜘蛛没有脸，但李玥总感觉它很嫌弃。

蜘蛛们忙了好几个小时，甚至给她织了一个新的背包。看起来就很结实。背包里放着一个能连接她那个充电宝的多向插头。上面至少有三种插孔她之前从未见过。还有一个半圆形的挂式耳机翻译器，一小瓶驱虫喷雾，一个带手电筒功能的指南针，一个充气救生圈，一卷帐篷，以及一双崭新柔软的徒步靴。

她翻动了一下那双鞋子，是轻装的，不是长途跋涉的那种。

“所以，我其实不需要走很远？”她问。

蜘蛛们一齐装傻。

于是她伸手在身边的每一只蜘蛛头顶都摸了一下，“谢谢啦。”她说，“不过我还得请你们帮最后一个忙。我需要一条亮黄色的连衣裙，最好是不褪色的那种。尺码是……”

十四、你们还能去哪儿

一大早，李玥打着哈欠，抱着大包小包从餐厅门口走过，吸引了几乎所有人的目光。

过了早餐时间，她再出现在休息室的时候，手里只提了一条崭新的黄色连衣裙，递给了主播女孩。

“给你的，以后自己找蜘蛛们要。我明天就走了。”她说。

“你要去哪儿啊？”主播女孩瞪大了眼睛。

“去新河的上游看看。”她说。

围拢过来的其他人听到她这样说，都露出不赞同的表情。

“我觉得我们应该往下游走。”百科全书先生说。

“往下游走是对的。”李玥赞成了他的说法。

“你不是说上游吗？”

“我说我自己去上游，不打算和别人一起，这属于个人选择。真正理性的选择是沿着河岸往下游走。”李玥在他们面前的桌上铺开一张火星基地的旅游地图，“如果河流的方向没有很大变动的话，你们沿着河走一段，就能看到之前我们来时候坐车的那条公路。沿着公路继续向下，大概走个半天或者一天，就到了这个乡。这条路很容易走，而且风险低。我跟教授之前商量过一次，如果出去找救援的话，这条路最合适。”

“你跟我们一起走不好吗？”熊山皱着眉头。

“我说了，个人选择。”她在地图上指了指，“往上游的话，如果地图没问题，遇到公路也就比你们晚一点，这边没有比较小的聚居区，但是沿着公路继续走，前面有一个旅游机场。所以也差不多。”

“那你再带几个人跟着你？”熊山没说自己跟着去。

“我自己就行。装备都是齐全的。”李玥微笑，“你们和教授一起比较好。”

“上游……你还想验证你那个理论？”

“不看一看不甘心。”

“行吧，你自己想逞强，我不拦着你。”熊山叹了口气，“多带点吃的。”

休息室另一端，老梁那一群人也聚在一起，小声议论着。听他们这边说着说着，老梁终于忍不住了，提高了声音，却并不是对着他们，而是对着自己身边的人。

“…… 离开基地，说得轻巧。基地有水、有吃的、有水果、有药，外面有啥？ 再等几天节目组撑不住了就来接我们了，作什么妖 …… 离开基地你们还能去哪儿？ 过几天就哭爹喊娘地回来了 …… 到时候还得求咱们放他们进来 ……”

“姐，他这人嘴臭，但是说得也有道理。”黄裙子女孩忧心忡忡，“大家都说草台班子，咱们这也就是个草台班子。没必要要求那么高，要不，你再等等呗？ ”

李玥摇摇头。

她环顾四周，除了决定要和教授一起去找救援的熊山他们，大家脸上都是困惑的表情。这段时间，基地把他们照顾得很好，有些人甚至胖了些。

就是个草台班子。

没必要要求那么高。

不是什么大事儿。

有吃的就行。

待在基地里总没错。

我来统一管理。

谁让你们拆的？

你什么目的。

救援一定会来。

如果没来，那就是节目组的阴谋。

她伸出手，摸了摸主播女孩柔软的头发。

“我明天走。不用担心。”

“为啥啊？”主播女孩一脸纠结。

“因为大部分班子确实是草台班子。”她笑了，目光最后一次扫过老梁，“但有些班子，是×台班子。”

尾声　这玩意可快了

第二天早上，李玥在黎明前起床出发，不打算给任何人送她的机会。基地里一片安静，大部分人还在梦乡。

打开胶囊舱门的时候她发现两只较小的黑蜘蛛等在门口，还主动爬到她的背包上。她确实带了个蜘蛛巢装那只白色的小东西。于是她就打开背包，两个黑色小东西找到蜘蛛巢，舒舒服服窝了进去，跟白蜘蛛豆豆眼瞪豆豆眼。

简单洗漱，收好东西，装满背包。她放弃了行李箱，只在腰上缠了个放工具的腰包。卡皮巴拉玩偶也塞进了背包里，大脸被蜘蛛巢挤成一团，仿佛很委屈。

轻手轻脚，她穿过通道，走出基地。晨曦初起，天空呈现出从鱼肚白到深铁蓝色的清澈渐变。渐变。

用指南针定了一下方向，她就迈开了脚步。

新的河流流向很稳定，但是洪水冲积过的河滩很广。李玥时不时要改变方向避开过深的烂泥坑，然后再回到河流一侧。

让她感到轻松又不安的是，她没有在泥滩地面上发现动物的脚印，不管是小型的动物还是大型动物都没有。

这之前看天找航迹云的时候，她也没看到过大型鸟类，没有鹰，没有成群迁徙的雁或者野鸭。只在河滩附近见过一些小型鸟类的脚印，但不能确定是哪一种。

昆虫倒是不少，苍蝇蚊子一应俱全，让她烦不胜烦。还好喷上蜘蛛们为她准备的喷雾后，它们就离她远远的了。

第一天扎营一切顺利，远离了其他人，她睡得反而格外香甜。也不再焦虑警觉。

又向河流上游走了两天，她在一个土坡下面发现了小动物的爪印，也许是老鼠，或者是类似的其他动物。这让她心情更好了一点。

但前面的路更加难走了，更多的冲积烂泥和障碍物。她只能绕路，远远看到一群大号白色蜘蛛在河边忙忙碌碌，像是在加固堤岸。

“要不要去那边？”她问小白蜘蛛，后者团在窝里安然不动。

“好吧。”

她就继续往上游走，翻过一条矮坡后，就没有了洪水的痕迹，路也好走起来——她没有看到公路，但这里有一条蜘蛛们铺的路，路面是灰白色的，坚硬而又有一点韧性。

沿着这条路走了一段，远方就隐约可见一座高大的白塔。

一个身影沿着道路疾驰而来，是一个骑着大蜘蛛的年轻男人，脸上涂着油彩，身上披挂着类似迷彩伪装的东西，连他骑的蜘蛛都是迷彩花纹的。

他对着李玥兴奋地挥手，呱啦了好几声，李玥听不懂。她想起蜘蛛给她的那个耳机，摸出来戴上。

翻译器的声音在耳边响起，“上来，我带你一段路。这玩意可快了！”

她大笑起来。

尾声的尾声　项目报告

以下是对于此次人类在保留区非自然环境下封闭模拟饲养尝试的若干总结……

……

6. 综上所述，此次实验证明：在使用互联网数据和记忆切片融合制造人类意识的实验中，较优选择是那些曾在互联网上大量活动的人类所留下的相关数据，以21世纪早期为最佳，目前此类复合意识可以最好地和一般人类克隆躯体契合。其他类型的复合意识相对效果较差。

7. 火星模拟基地保留区仍在正常运作，关于这些人类什么时候才会结束眼下自欺欺人的状态已经有了各种猜测，目前关于此类猜测的赌博税已经达到了本节目的最高水平……拟继续运作该保留区，并对其中人类自然交配产育行为提供有限协助……

8. 脱离该保留区的人类拥有较强的思考能力，在培训后可自行选择不同技术时代的保留区居住。

……

19. 人类个体“李玥”前往比邻星拓殖地的申请已批准。科学研究证明，与人类共同生活有利于激发自律机械的工作积极性和个体活力。

20. 对白16区工作员跨区进入黑37区诱拐人类珍稀个体的行为提出严厉警告……

End

致谢

感谢七个铜币群、铲屎官疗养群、包场群、科幻草台班子群和大橘科幻群的小伙伴们为这篇作品试读。

感谢各位提出的修改意见。

感谢丝带和切利卡为我提供关于火星基地细节的各种建议。

感谢术士帮助我突破了本篇的创作瓶颈。

感谢为我提供角色原型的群友们。

谢谢大家！

《冷湖Ⅶ·冷湖纪元》，八光分文化/
四川科学技术出版社，2024年12月